尾鱼 作品

七根凶简

渔线人偶·仙人指路

过去的永远不死，它甚至还没有过去。

缆车晃晃悠悠地往下走，很快就到了江心，

其实长江水道之上，也没什么胜景，

一道跨桥，几条走船，漫江薄雾罢了。

目录

目录

“传说蚌孕育珍珠是在很深的水底下，

每逢月圆当空时，就张开贝壳接受月光照耀，吸取月光精光，化为珍珠形魄。

五珠村把这样的情景称作老蚌晒月。”

七根凶简 人物出场表

木代

二十三四岁，人称“小老板娘”，

幼年时被亲生母亲送到孤儿院，后被霍子红收养，师从梅花九娘，学习了一身以轻功见长的武术。

在团队中属性为“木”。

罗韧

二十七八岁，小名罗小刀，

性格坚韧果断，对敌凶狠，在“凤凰小分队”五人的团队中，起着至关重要的领导作用。

在团队中属性为“金”。

一万三

原名江照，因欠下一万三千元债务，被起外号“一万三”，后留在木代家的酒吧做调酒师还债。

因样貌帅气，擅长画画、调酒，深受女生喜爱，在五人的团队中属智慧型。

在团队中属性为“水”。

炎红砂

出身采宝世家，被一万三戏称为“白富美”，性格直爽，眼中黑白分明。

为了寻找失踪的叔叔而找到木代做保镖，经历了家族的兴盛到衰败，后与木代等人共同行动，收复凶简。

在团队中属性为“火”。

曹严华

原名曹土墩，在重庆解放碑一带落脚行窃，人称“解放碑的曹爷”。

在团队中属性为“土”。

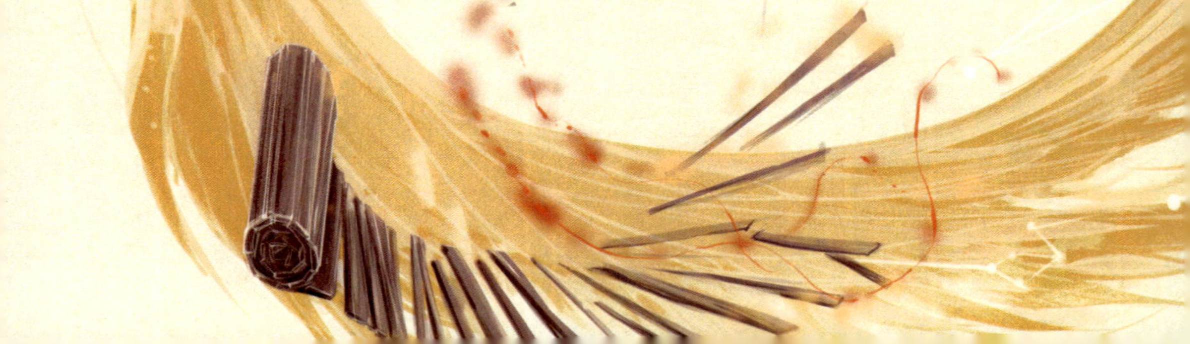

引 子/

重庆，解放碑。

万烽火在这片重庆最繁华的地界上走着，不紧不慢，气定神闲，踱过一幢幢现代感十足、灯光透亮的店面，也与无数肤白貌美的重庆妹子擦肩而过。

他右手拎了个鸟笼子，原本是随意拎着的，意识到越来越多的人在看他之后，手指忽然就翘成了兰花指形状。

这跟性取向或者脑子正常与否无关，纯粹是一时兴起，用他自己的话说，这叫幽默感。

前后左右都有人驻足看他，还有人掏出了手机来拍，他听到斜后方的窃窃私语：“是cosplay吗？这叔都这把年纪了，也是蛮拼的。”

万烽火鼻子里“哼”了一声。真是眼皮儿浅，谁跟你玩儿cosplay来着？

笼子里的金丝雀上蹿下跳，很有点儿愤愤不平，跟他一个鼻孔出气的意味。

下一秒，经过一个世界知名的高档男装店面，橱窗里高大的男模下巴抬起四十五度，右手掀开价值不菲的西装衣领，向人展示据说充满了性感和诱惑的塑料胸膛，而玻璃面上，滑稽似的映出万烽火的装束。

他穿对襟的圆领马褂，大袖，两开衩的长袍，布面鞋，倘若加上个小瓜皮帽和小圆墨镜，那就是惟妙惟肖一肚子坏水的晚清账房先生。不过上述两项既然换成了鸟笼子，又很容易让人想起老舍笔下知道大清无力回天只能耽于养鹰斗鸟的垮掉的八旗子弟。

当然，万烽火本人绝不会这么想。

他觉得，这代表了一种态度、一种境界，透露出某种睥睨一切、特立独行的王公气质。若非如此超凡脱俗的气质、态度、行为，又怎么配得起他与众不同的职业呢？

三百六十行，各有由来，万烽火的行当其实也源远流长。他经常跟人说，咱这行当，也是有祖师爷的。

祖师爷名叫百晓生，个人专著《兵器谱》，人脉极广，消息灵通，人送诨号“包打听”。

包打听，多么古老的行当，因为人心隔着肚皮，笑里可以藏刀，真相总是千转百折，诸般种种，所以催生出了对这个行当古今一脉无穷无尽的需求。

万烽火是天生做这一行的材料，他有旁人无法理解的职业热情。只要想到一条无形无味的消息，可以低价买进高价卖出甚至多人竞拍，可以搅乱一池春水，搅得无数人命运陡转，他就激动得热血上涌坐立难安，以至于他把名字都改成了“烽火”——那是古代中国最早用于传递消息的几种形式之一。

当然，这是巨型市场巨大蛋糕，任何人或者任何机构独揽分分钟都会“撑死”，所以万烽火清醒而慎重地选择自己的细分市场。

政府的、军方的、外交的、资本的、金融的，与此相关，通通不沾。

他只做一种消息。

江湖消息。

有时候，年轻人会跟他较真儿，在他们的观念里，江湖=古装=武打片，只存在于影视或者小说里。在这个信息爆炸的21世纪，江湖比他身上那件长袍马褂还要陈旧荒唐。

但是万烽火觉得，有人就有江湖，从古至今一直都是，只不过换了一种自我展示的方式而已。

比如古代是纵马天涯，现在是开车闯荡，破车就是劣马，豪车就是汗血宝马；再比如古代一语不合掀桌子吵架，现在话不投机网上开骂，本质都是一样的。

可能是“江湖”这个名字听起来太古风盎然了，如果换个比较潮的名字，比如“river-lake”，年轻人理解起来，就方便多了。

万烽火拎着鸟笼子，踏着脏兮兮的楼梯上了二楼的老九火锅店。门口的挂钟显示是早上十点半，完全不是饭点，但这并不影响店里头已然人声鼎沸、热气腾腾。

重庆人民对火锅的热爱，不分寒暑，无论早晚，一样深沉持久。

万烽火在靠角落不起眼的位置坐下来。木头桌面开了缝，里头填满了红油凝成的膏。想来这油膏的形成也不是一日之功，应该跟化石似的，一层层考究得能算出久远的年代。

他点了九宫格火锅，两份全油碟，九荤九素，满满当当摆了一桌子。服务员大妈运笔如飞，在菜单上点点勾勾画画，还不耽误跟客人沟通感情：“大哥这身打扮少见啊！”

万烽火拈着筷子在渐开的锅里过油：“我这人复古，喜欢过去的东西，现代这些玩意儿，太闹腾了，急嘈嘈的。”

大妈很有职业精神：“那大哥用钱也不喜欢刷卡？一般都用现金？”

顺口这么一问，也不当真指望他答，万烽火还没开口，她已经急吼吼地拎着醋瓶给另一桌送过去了。

火锅终于沸腾起来了，香气四溢，不知道金丝雀是不是想吃，在笼子里跳得无比焦虑。万烽火目不斜视，很是斯文地夹筷子下料。

九宫格就是好，一格管一样，先放后放的都分开，不至于一筷子捞起来生熟同嚼。油豆皮儿纸一样薄，搁红汤里滚一遭就熟了，筷子捞起来，油碟里一搅，又裹一层麻油，亮晶晶的油豆皮儿往嘴里送去。

正吃得兴起，有人在对面坐了下来。

尽管隔着腾腾的烟气，万烽火还是看得明白，那是个形销骨立的中年女人，黑衣服，长直发，长脸，眉毛稀疏得像是被砍伐过半的林子，打眼就能看见裸地。

万烽火身子下意识地坐正了一点儿。

据说古代打仗的时候，如果是女人或者小孩挂帅，那都是不可小觑的。同理，如果来家是女人或者小孩，万烽火都会高看一眼。

“岑春娇女士？买方还是卖方啊？”

“你是管事的还是跑腿的？”

两人几乎是不分先后，同时发问，问完了有一两秒的冷场，只有火锅“突突”滚得雀跃。

万烽火呵呵一笑：“现代社会了，人人平等，管事的、跑腿的都一样，靠谱就行。”

岑春娇盯了他一会儿：“卖方。”又压低声音，“一桩二十多年前的无头案子。”

万烽火例行公事般给她讲操作规则：“二十多年前的侦查水平，受客观技术限制，估计有不少无头悬案。你这种情况呢，得看提供的线索有没有价值。你可能也知道，我们不给订金，会先让当地的同事看一下有没有感兴趣的下家。如果有，要看对方愿意出什么价钱。消息嘛，你懂的，甲之熊掌乙之砒霜，找到对的人，才有对的价钱。”

他又补充一句：“当然了，我们只提供消息，至于什么惩奸除恶，你们还是要找专业机构的。”

说完了嘴一努，斜对面就是派出所，专业派头十足。

讲了这么一大串，万烽火有些口干，招手让服务员过来，加点了瓶红罐凉茶。

岑春娇问他是跑腿的还是管事的，忒小瞧了他。要是放在武侠小说的环境里，不敢说是掌门人，至少也是个舵主、堂主的级别。

按说这种接头见面的事儿不当他做，但这年月，不就流行个贴近群众嘛。万烽火琢磨着，自己偶尔跟个一单两单，就跟首富马云一时兴起踏上自行车送个快递一样的道理。

岑春娇夹了香葱，在油碟里搅啊搅的，顺时针三圈，逆时针又三圈，只是在搅，没向锅里下过一次筷子。

万烽火招呼她：“别客气，吃啊。”

“我们那块儿，吃的都是酱碟，吃不惯油碟。”

合着就是搅来玩儿的，不过做这行，什么人没见过，万烽火也不在意，顺口问了句：“北方人啊？”

岑春娇答非所问：“北方有个落马湖，你听过没？”

中国这么大，小地方的湖沼小河，他上哪里知道去？万烽火正想摇头，岑春娇又说下去了。

“二十多年前，湖边上，一家三口，一对教授夫妻和他们二十出头的姑娘，都叫人给杀了。那叫一个惨，血流了一屋子，警察赶到的时候，都迈不进去脚。”

万烽火“嗯”了一声，凶案现场嘛，大多都这样。他把锅里煮老的茼蒿菜捞起来，同时纳闷着“落马湖”这个名字，好像真的在哪儿听过。

“这都还不算稀奇，稀奇的是，家里的三个人，四肢、躯干，还有头，都叫人穿了线，不是普通的线，是渔线。落马湖嘛，边上不少人打鱼为生。”

万烽火一筷子牛皮肚正要送进嘴里，又慢慢放下去了。

岑春娇像是没看见，出神地盯着煮得滚开的火锅看，就好像那里头现出了那个画面似的。

“四边的墙上都砸了钉子，那些线一头连着人身子，另一头就绕在墙钉子上，把三个死人摆成了一幅场景，逼真得很。场景是一个人手捂着脸，好像是在躲，另一个人手里拿着刀，狞笑着要砍下去的架势，第三个人两手旁推，像是在劝架。”

万烽火忽然觉得嘴唇干得很，连咽了好几口唾沫。

“据说现场那些横扯竖拉的线，足有上百根，乍一看像是蜘蛛网。每个人的表情都到位，比如发怒的人要怒目圆睁，有两根线专门拉起他的眼皮，再比如狞笑，要眼睛和嘴角的动作一起配合。警察把捂着脸的那个人的手拿开，看到捂住的位置被刀划了个大口子……”

她就在这里停住不说了。

万烽火从愣怔中回过神来，像是意识到了什么，伸手就往马褂的里衣兜里掏。

“订金先两万，后面的价钱我们好商量……岑女士住哪儿啊？不如住我们协议的酒店，这样联系起来方便……”

说话间，他掏出一个iPhone6加长版：“咱们扫一扫？直接……支付宝转账？”

【第一卷　渔线人偶】

Y U X I A N R E N O U

第一章

云南，丽江古城，聚散随缘酒吧，后门。

前头的音乐声若有若无，一万三一边紧张地看有没有人过来，一边一迭声地催促："快点儿，丫倒是快点儿！"

眼前这两人一般的贼头鼠脑，一个蹲在地上拆箱子，耳朵上挂的环有手镯大小，另一个头上染了撮白毛，撅着屁股在箱子里拨弄，然后一挺身子，一手一瓶洋酒，瓶身上的洋文都不稀罕用英文，一看就逼格高高。"两瓶一百二！"

"我擦！"一万三不干了，"怎么还涨价了？以前不是一百吗？"

"白毛"鄙夷地看着他："一百二怎么了？一进酒吧标价上千，那些来泡妞的鸟人，能喝出个啥？这些瓶子看起来这么有档次，那都是要成本的懂吗？而且你要的是零售，又不是批发！"

酒瓶子看起来的确有档次，包装升级过，一万三向他求证："原料没改吧，可别是那种工业酒精兑的。"

"白毛"觉得很受屈辱："咱能干那缺德事吗？咱造假也是良心假！"

晚上九点来钟正是酒吧开始热闹的时候，一万三哄了张叔在吧台里帮他暂顶，不能再耽搁时间，付了钱之后酒塞外套里，一个腋窝下夹了一瓶，然后赶人："走走走，快走。"

"大耳环"悻悻，抱起了箱子往外走："过河拆桥呢！"

"白毛"也嘟囔："可不，穿上了裤子就不认人。"

搁着平时，一万三是要一人屁股上踹一脚的，但是时间来不及了。他小跑着穿过后头幽暗的过道，声音务必让张叔听到："来了，来了！"

再走两步，眼前豁然一亮，顶上流光摇转不定，吧台顶上倒陈着大大小小的高脚杯，顶光一折射，一片流光溢彩。

聚散随缘，晚十一点前是酒吧，十一点后是清吧。规模不算大，但在这儿，卖的可不就是个情调嘛。

张叔木讷讷地站在吧台里头，像是京剧老生进了芭蕾舞剧《小天鹅》的场子，端的是格格不入，一见着一万三就骂：“兔崽子，一泡尿是撒去玉龙雪山了？”

“肚子疼，叔，你要理解……再说了，我这不回来了吗？”一万三赔着笑，矮下身子从吧台搁板处钻了进去。张叔又愤愤地骂了他两句，这才离开。

一万三嘘了口气，转身装作是在整理酒台，贼溜溜左右一觑，神不知鬼不觉地用腋下的两瓶“李鬼”换下了上头的正品。

一切顺利，十点多的时候，一万三勾搭上一个来旅游的学生妹子，巧舌如簧逗引妹子咯咯笑得跟母鸡要抱窝似的。然后他又放了个大招，从酒架上取下那瓶单价六十的洋酒，颇为土豪地给妹子倒了半杯。

单纯的妹子惊讶极了：“这个好贵的！”

一万三勾唇一笑，灯下看美人效果最好。他原本就长得不赖，再加上灯光效果，那还了得？更何况，手里头还晃着一个漾着昂贵酒水的高脚杯呢。

是的，“美人”指的是他自己。

一万三把酒杯递给妹子：“美酒就是要赠美人的。”

十一点过了，客人少了，转成了清吧的调调。含情脉脉的妹子被假酒灌得微醺，半推半就跟着一万三到了后头的楼梯上，迷迷糊糊地就被他带到怀里，再一愣神，他已经吻下来了，一只手还不规矩地伸到了她衣服里头。

楼下传来轻轻的脚步声，不知道是哪个客人到后头来用洗手间。妹子先还有点儿害羞，转念一想，现代社会，拥吻这事最正常不过了，路人都该有点儿回避的常识。

来人偏偏就没有。

“老公！”

声音不大，一万三先打了个战，妹子是后反应过来的。她难以置信地看向一万三，又看向楼梯下的来人。

是个二十三四岁的女孩儿，身形苗条，相当漂亮，长头发。一件颇宽松的银灰色半身衬衫罩着白色吊带，腰线处露出吊带贴身的下半截，胸口挂着羽毛混搭皮圈银环的坠子，下头是紧身的黑色牛仔，棕色牛皮的半靴。她整个人倚在最下头的扶手上，似笑非笑的。

妹子盯着一万三看，声音都抖了："老公？"

那女孩儿笑了笑："这是怎么个情况啊，上次搓衣板还没跪够是吗？不过有进步，上次花钱去嫖，这次……至少是免费的。"

那妹子脸上红一阵白一阵的，说起来，她还真不是风月老手，顶多就是头脑简单，憧憬着艳遇等于真爱，没想到起步就摔进粪坑，那叫一个无地自容。她劈手甩了一万三一个嘴巴，噔噔噔跑下楼时，哭音儿都出来了。

女孩儿也不去管她，一步步往楼梯上走。一万三紧张得脸都白了，下意识就往台阶上退，还要赔着笑："小老板娘，有话……好好说，你这么叫，我不敢当……不敢当。"

酒吧的主人是个四十来岁的女人，叫霍子红。她收养了个女孩，就是眼前的木代，不过两人差的岁数不算大，不好母女相称，所以木代一直叫霍子红为红姨。

一万三和张叔都是酒吧的帮工，区别在于时间长短。平日里，他们管霍子红叫老板娘，至于木代，有时喊她名字，有时喊她小老板娘。

一万三是真心怵木代。

第一次见她，是在来酒吧打工的第三天，木代从外头旅游回来。霍子红介绍的时候，一万三喜得心花怒放的，当即就做起了搞定美女接手酒吧人财两丰收的春秋大梦。

于是他迅速采取实际行动，没事就往木代跟前凑，嘘寒问暖甜言蜜语。木代也客气，时不时冲他莞尔一笑，一万三觉得有戏，在一个暖风熏得游人醉的下午，展开了进一步行动。

他很有些画画的技巧，刷刷几笔，形似也神似。考虑到女孩子多半喜欢会画会唱的文艺小伙，一万三决定以自己的特长为突破口。

木代看了果然有兴趣，一万三就势在她身边坐下，给她讲画画时透视的虚实远近，讲着讲着越坐越近，看木代没反感，于是更进一步，伸手去覆她的手面。

这一招来自前辈经验，屡试不爽。如果她反感，他就按兵不动；如果她也有意，他就趁势牵个手……

哪知道世事往往出人意料，下一刻，他杀猪一样号啕。

木代攥住他的中指，向着反方向掰。人这种生物有时也确实脆弱，一百四五十斤的块头，居然被个指关节控得嗷嗷叫痛，他到这个时候才顿悟什么叫看走了眼。

木代并不撒手，力道反而越来越大，脸上是那种从此之后他一看到就头皮发麻的似笑非笑。

当时一万三也没多想，只是叫她放手，一来二去就痛急了，“小娘皮”什么的都骂出来了。他的另一只手伸出去想抽她，被她抓住手腕拧了个弯，痛得眼泪都流出来了；又抬腿去踹，被她干脆利落地两脚分别踢中左右膝盖下头，“扑通”就跪下了。

后来还是霍子红听到动静过来，木代才放了手。可怜的一万三到第二天走路还发颤，两只手哆哆嗦嗦的，端不了碗。

张叔非但不同情他，还挺幸灾乐祸：“你活该！我们小老板娘可不是一般人。”

怎么个不一般法？一万三暗地里留了心，先从名字入手。她姓木，莫非跟丽江历史上的木府有关联？要知道，中国所有的古城，唯有丽江古城没城墙，那是因为木字有墙为“困”，要避木府的讳。

他把这想法跟张叔说了，张叔唾沫星子喷了他一脸：“拉倒吧，小老板娘起先不叫这名字。四岁还是五岁的时候，抱去给个看风水的先生算命，先生说小老板娘五行缺木，老板娘懒得想名字，索性就让她姓木了。”

那她怎么会功夫呢？

张叔没回答，一只手伸出来，屈起三指，单留拇指和食指，比画了个“八”的手势。

一万三绞尽脑汁去想历史上有什么跟“八”有关的武林高手：“她是八大罗汉的传人？”

“狗屁！我们小老板娘练武有八年了。”

现代社会，又不是要拿奥运武术冠军，一个靠脸就能吃饭的女子，不去学钢琴、油画、烹饪、插花，不声不响学武八年，为了什么？难道是专门为了对付自己这样的无耻之徒？

今晚运气真不好，被她逮了个正着。

一万三战战兢兢地跟她打哈哈：“小老板娘，你别误会，我跟她真的是两情相悦。茫茫人海中相遇，情难自已，就放纵一下。青年男女，异性相吸，我也没做坏事……”

木代笑了笑，目光顺着他的胸往下，停在脐下三寸往下那么一点点，然后脸色一沉，向着他的裆部飞起一脚。

这个毒妇！居然要踢他这么重要的部位！一万三“嗷”的一声双手下捂，忙不迭后退时被高出的台阶绊倒，一个仰八叉摔在楼梯上。

木代没踢，她的腿只是那么提了一下，像是做关节活动，还装着挺惊讶地问他："你慌什么啊，怎么摔着了啊？"

楼梯顶上传来脚步声，间杂着轻声的咳嗽，一万三热泪盈眶：救星到了。

第二章

来的是霍子红，脸上挂着常年的倦容。她的鼻子下沿两道深深的法令纹，虽然显老，但从眉眼来看，年轻时委实是长得不差的。

她身体不好，隔三岔五地生病，这两天感冒，咳嗽总止不住。霍子红从楼梯顶上探出头来，哪怕有些不悦，声音也是温温柔柔的："木代，到我房间里来一下。还有啊，不要老欺负……一万三。"

她其实是想叫他名字的，但是一时间竟然想不起来："都是你，给他取这么个外号，搞得我也想不起他叫什么了。"

木代绕过一万三往楼上走，木质的楼梯板吱吱呀呀的，一万三听到她远远传来的声音："那也没错啊，他是欠了你一万三千块钱，卖身一年打工抵债。别说我没欺负他，就算真的欺负一个奴隶，也不犯法啊。"

一万三悻悻地从楼梯上爬起来，心里骂着：你才奴隶，你全家都奴隶！

回到吧台，客人已经走得差不多了，张叔正挨桌扫地。一万三在电脑上登记完最近的酒水进出库存，四下瞅瞅没别人，赶紧点开了天涯网页。

他几周前发了个帖子，名字叫《扒一扒我那极品的老板娘》。在这个帖子里，他的老板娘代号森林，身高一米五出头，体重约一百五十斤，种种苛刻员工的行为，甚至连周扒皮再世都要自叹不如。

虽然不算热帖，点击和回复也相当可观了。

一万三更新了一下，"如实"记录了今天发生的事，大意是他在酒吧洗杯子的时候，失手砸了一个，森林老板娘上来就给了他一脚，他义愤填膺，吼了句："难道打工的人就没有尊严吗？"

但是森林冷笑了一声，脸上横肉迭起："吃我的，住我的，你就是我们家的奴隶！"

很快就有人回复了。

——楼主的老板娘是有病吧？

——楼主吼得好，就该再扇上一耳光。

——楼主闪人吧，从之前的描述来看，楼主能力很强的，到哪儿都能找到工作。

…………

读着这么多热心人的回复和建议，一万三的心情渐渐复苏。他哼着小曲儿整理吧台，顿了顿又去刷新回复，看到其中一条的时候，心里忽然咯噔了一声。

——楼主的想象力很丰富，不去写小说真是可惜了。睡醒了吗？杯子还没洗完吧。

ID名称是“欠债还钱，天经地义”，点进去一看，注册时间距离他发帖时间没多久。

一万三后背凉意冒起，半晌抬起头看向天花板，酒吧的二层是住人的，正顶上是霍子红的房间，木代现在应该就在房里。

回帖的不会是……她吧？

房间里，霍子红正咳嗽得厉害，木代帮她倒了半杯止咳糖浆：“身体不好就别乱走呗，不好好休息，倒有精神去维护小人。”

霍子红喝了一口，抚着胸口顺了顺气：“木代，不要老针对一万三。”

木代拖了把椅子，倒转着骑坐了，纠正霍子红：“我没针对他，他本来就是个骗子，当初你就该让那个浙江老板把他送到派出所的。”

当初？

当初那件事，还得从那个浙江老板说起。

两年多前，那个浙江老板和朋友自驾川藏线，在康定附近的折多山停车拍照。他年过五十，体重也横向发展，高海拔地区走几步就喘不上气，坐在地上休息的时候，无意间往来路一瞅，视线里出现了一万三那“惊艳”的身影。

据说当时，一万三头戴骑行的头盔，一身紧身劲装，蹬一辆单车，车后头是几十斤重的驮包，神情凝重，眼神坚毅。

老板惊讶极了，在他走两步都气喘的地方，一万三负重蹬车骑上坡道，这是怎样的一种精神啊！

他赶紧招呼一万三：“小伙子，下来休息一下呗。”

再一聊，老板被深深地震撼了！

一万三说，他的梦想就是单车环游世界。目前，他已经骑完中国二十多个省份，他还抖出一面旗子给老板看，上面有密密麻麻的签名，很多是来中国旅游的国际友人签的，都是洋文。一万三还自豪地指着一个鬼画符一样的签名告诉他，那是比利时驻华大使签的。

接着他又阐述了自己接下来的打算，骑进西藏，顶礼珠穆朗玛，然后从西藏出境，骑到尼泊尔、巴基斯坦、印度，如果可能的话，还要骑到欧洲大陆。

他一边说一边拿出一个硬邦邦的馒头，掰了一小半，夹了两根咸菜，嚼巴嚼巴吃了，然后又珍而重之地把馒头用塑料袋裹了放回包里。

骑行耗费体力，浙江老板劝他多吃点儿，一问之下才知道，剩下的那点儿馒头还要分两顿吃。

浙江老板的青年岁月在精神文化贫瘠的年代度过，待到有钱去实现一些任性的理想时，已然心有余而力不足，很容易盲目地在后辈身上看到当初自己的影子，所以当即起了资助一万三的念头，身上现金不是很多，又朝同车的朋友融了点儿资，总计一万三千块。

一万三很感动，请他在旗子上签名，还跟他说："我会带着有你签名的旗子在世界各地留影的！"

要是折多山上有提款机，老板估计还会冲动地再提一两万给他。

事情本来就该这么结束了，谁知道一年多之后，在聚散随缘酒吧，两个人又宿命般地相遇了。

那时候，一万三已经改了装束，扎着花头巾，白衬衫，穿破洞的牛仔裤，跟当年风尘仆仆晒得跟个茄子似的形象不可同日而语。老板本来也没认出他来，是一万三自己泄了底。

他跟几个酒吧的客人高谈阔论："现在很多大老板喜欢自驾川藏、登山，显得逼格很高。我总结，这帮人，七个字，钱多人傻年纪大。花钱缅怀青春，这个时候你就得找准卖点，卖理想卖情怀激起共鸣。我告诉你们，我有段时间蹲守川藏线，看见这种内地牌照的自驾车就过去。那些人客气啊，给我大把吃的喝的，什么脉动红牛，我后来光卖饮料就赚了小八百。也有傻的，印象最深的一个人，给了我足足一万三千块钱！"

那个浙江老板坐后头那桌，开始当八卦听的，越听越不对劲，听到最后一句，气得"嗷"一声直接撑住桌子就扑过来了。五十多的人了，愣是展现出了青年人的敏捷身手。

……

木代盯着霍子红看："红姨，好心也得因人而异，一万三就该被送去坐牢的，你居然还为他花钱。"

霍子红笑笑："也不是白花，一万三千块，他要在酒吧打工一年，折下来也挺合算。”

木代下巴抵在椅子靠背顶上：“爱心泛滥不说，还引狼入室。”

“不要先入为主，这些日子，一万三干得挺好的。”

木代说得认真：“我敢用我的头担保，他一定动手脚，不是在账上，就是在货上。”

“人都会改过的，不能一棍子打死。木代，你性格就是这点不好，太拧。”

木代不说话了，过了会儿，她情绪忽然收了起来：“随便吧，你喜欢就行。我其实就是个被收养的，跟你说话不该这么冲，我下次改。”

霍子红愣了一下，心里长长叹了口气，她递了张纸条给木代：“木代，帮我去一趟这个地方，方便的话，明天就出发。”

“嗯。”

短暂的静默之后，木代说了句：“那我先回房了，还得收拾行李。”

木代就是这个脾气，平时，她一定会问，为什么去，找这个人干什么，有什么吩咐没有，但是情绪低落的时候，她只会回一个字：嗯。

霍子红走到门边，出神地看着木代的身影消失在楼梯下头。张叔拎着扫帚和簸箕上来例行打扫，扫到霍子红门口时，霍子红说了句：“有时候，我挺担心木代这孩子的，她跟谁都不亲近。”

张叔扫得吭哧吭哧的，也没抬头：“正常。木代被领养的时候，都三四岁了，在那种地方，是吃过苦的。我印象最深的，是她吃桃子过敏，刚到你身边，你递个桃给她，她怕你不高兴，赶紧接了，大口地咬。”

霍子红轻声接了句：“可不嘛，头半年，每次吃饭，她都不敢夹肉。我说哪个菜好吃，她就不吃哪个。小毛头孩子，就压了那么多心思。”

说到末了，她忽然有点儿伤感：“如果没有八年前那件事，木代现在，也许会好很多。”

张叔直起身子，右手握拳捶了捶腰心：“其实我们小老板娘现在已经很好了，真的。你去看看那些新闻上报道的，小老板娘这样的，算恢复得很好了。”

楼梯上传来熟悉的脚步声，一万三头皮一颤，以迅雷不及掩耳之势关了网页。

木代沉着脸过来，本来想直接忽略他的，想了想还是在吧台边停下，说了句：“我明天要去趟重庆。”

“真的？”一万三喜形于色的同时意识到自己的欢快太明显了，他的声音立刻低沉下来，神情也随之换成了失望，“不是吧，又要有好几天见不到你了。”

其实他想说的是：去吧，去吧，别回来了。

木代笑了笑，笑得一万三浑身不自在。他读懂了那里头的含义，让他老实点儿。

一万三很是心虚地瞥了瞥酒架上那两瓶酒。

回房的时候，一万三从木代的卧室门口经过，透过半开的门，看到地上一个摊开的行李箱，一半五颜六色，猫猫头的洗漱包、大象头的打底T恤、带流苏的短靴、铃铛贝壳的手链，而另一半，所有衣物装饰，全是黑的。

一万三在心里说：这个毒妇，就是个精分。

第三章

重庆有两个别称，雾都、山城，都是掏心掏肺的实诚，不掺一点儿水分。

木代陡地看见，还以为自己是坐飞机坐近视了。

下了飞机，霍子红给木代打了个电话，算是委婉讲和，木代这才问她：“这个地址为什么是老九火锅店？请我吃火锅吗？”

霍子红温温柔柔：“你按时去，门口交条，会有人招呼你的。重庆小吃多，你吃腻了再回来也行。”

听这意思，像是专门送她来玩的，老九火锅店的事，只是顺带。

木代心里轻松，找了解放碑附近的快捷酒店住下，第二天起来，看看时间还早，出去坐了个长江索道。

这索道有些年头，20世纪80年代修的，后头也没翻新，吊缆吱吱呀呀，听得人心里悬得很。江上悬了两根，方便缆车对开。

缆车来了之后，木代想打退堂鼓，但她站得位置太靠前，被后头的人直接推了进来。

既来之，则安之吧。

缆车晃晃悠悠地往下走，很快就到了江心，其实长江水道之上，也没什么胜景，一道跨桥，几条走船，漫江薄雾罢了。

缆车上多是游客，这个时候也嘀嘀咕咕：“当地人肯定不来坐，没什么看头嘛。”

说话间，对面的缆车也过来了，最近的时候，都能看到里头人的衣着长相。游客是最容易嗨的，马上就摇着手冲着对面“嗨”“hello”起来。

对面几乎是同时鼓噪，但有个靠窗穿黑色夹克的男人没动，同样地，这头的木代也没动，自然而然地，两个人对视了一眼。

然后，那男人伸出手，朝这边指了一下。

缆车相交，转瞬即过，很难说伸手是指谁，但奇怪的是，木代下意识觉得是在提醒自己，想都不想，伸手就往斜后方抓。

伴随着“哎哟”一声，触手是肥嘟嘟的一截胳膊。

一转脸，是个三十来岁的男人，肥头大耳，满脸横肉把眼睛压迫成了两条线，个子不高，比木代还矮些。

木代笑嘻嘻地抓着他的胳膊往前：“哥，往前站。”

边上的人被挤搡，有些不高兴，但见两人是一道儿的，还是给腾出了地方。

那个男人一双小眼贼溜溜地转，脸色阴晴不定。木代另一只手伸出来，掌心朝上，送到他面前。那男人犹豫了一下，从裤兜里掏出木代的手机。

木代也不说话，接过手机就低头装作是刷网页，那个男人不动声色地朝外挤。这一页，也就这样在意会之中翻过去了。

到站之后，木代原站返回，想着说不定还能见到那个穿黑夹克的男人，当面道个谢，但是出来之后，看着满街人流，忽然觉得，当时一切都模糊，也未必能认出他来。

去老九火锅店的路上，木代给霍子红打了个电话，顺便把遇到贼的事告诉她。霍子红问她：“你喊了吗？你得让大家帮忙把他抓住，这样他以后就不能再坑别人了。”

木代耐心给她解释：“红姨，强龙不压地头蛇，而且就算喊了也未必有人帮我，万一他恼羞成怒，跟我在缆车上打起来，江上晃悠悠的多危险。反正呢，我给足他面子，不吵不闹的，他也知趣，想了想就把手机还我了。”

霍子红叹了口气：“我还是觉得，遇到这种事不能怕，得站出来，见义勇为才对。”

见义勇为当然是对，但是……

木代觉得跟红姨说不通，也懒得去说，一万三这事不就是最好的例子吗？

到了老九火锅店，店门口坐了个服务员，木代记着霍子红让她“交条”的话，先把字条给服务员，果然，服务员伸手往里指：“到底，右转，包厢。”

木代依言找过去，到门口时迟疑了一下，不过应该没错，那个穿得好像在演清宫戏的大叔很热情地站起来：“霍子红小姐？”

其他人都还没到，万烽火闲着也是闲着，给木代讲了落马湖的案子，顺便也介绍了自己的行当。

他拿了根簪子出来作比，簪子是老银的，簪头是景泰蓝烧的翔凤，凤凰眼珠子嵌着红宝石，嘴里衔一串白玉的垂珠。

“比如说，”万烽火先用手把簪子盖住，“三个人找我，一个人要找带凤凰的老银簪子，一个人要找用红宝石做眼珠子的凤凰，还有一个人要找嘴里衔白玉的凤凰，这就是三条诉求，但当时我手里没东西，这三条我就先存档，留心着。”

“然后有一天，”他一缩手，把那个簪子露出来，“有人拿了根簪子来卖，买方、卖方，这就对上了。”

木代脑子聪明，一点就透：“所以这簪子就像你倒的消息，待会儿要来的人，也包括我红姨，都是从前打听过落马湖那件案子的人？”

她觉得有些小题大做：“这能赚多少钱啊？而且，打个电话通知一下不就行了，犯得着专门让人过来吗？”

万烽火看了她一眼：“觉得重要的人就会过来。”

简简单单一句话，琢磨起来倒挺有深意：红姨觉得这事重要？难道她认识案子里的某个人？

不过，木代的好奇心没那么强，反正，自己就是个过来领受消息的传声筒罢了。

前后脚的工夫，另外三个人也到了，一个是近四十岁的瘦弱女人，眉毛寡淡得像是忘了长出来，叫岑春娇，挨着万烽火坐了。

另外两个都是男人，一个叫马涂文，二十七八岁，浑身酒气，睡眼惺忪，赤膊穿件马甲，胳膊上文着大花臂；另一个叫李坦，五十来岁，瘦高个，佝偻着背，皱纹很深，一脸的潦倒。

万烽火关了包厢的门，拧着了火锅下头的打火开关：“咱们边吃边聊。钱，你们都交过，一直存在我们这头，听完了岑春娇讲的，再决定付不付账——不过话说回来，账肯定是要付的，除非……是假消息。”

木代有些诧异，原来红姨他们早就把款子放在万烽火这儿了，这场火锅宴是听消息吃饭付账来的。她觉得挺新奇，要是搞成赌场那样，每个人前头都有代表金额的筹子，听得爽了推两枚出去，那就更有意思了。

火锅的汤面微泛，香味丝丝缕缕混着泡儿外溢，木代馋虫大动，自己调了酱碟，又伸筷子去下菜，筷子伸出去的时候，忽然意识到满桌子就自己在动，迟疑了一下，还是继续。

边上的马涂文奇怪地看了她一眼，倒不是觉得她举动突兀：这姑娘年纪轻，打扮得无忧无虑、热热闹闹，怎么看怎么觉得跟一屋子的人都格格不入。

岑春娇的目光逐一从每个人身上扫过，开口说了第一句话——

“杀人的人，其实已经死了，五年前就死了。”

木代觉得正常，二十多年了，凶手正常死亡或者意外死亡都有可能。她注意看另外两个人的神色：马涂文除了犯困也没什么异样，倒是李坦突然抬头，脸上掠过一丝不易察觉的怒意。

“五年前，我在济南西郊客运站附近的一个小旅馆做服务员，低档小旅馆，被褥常年不拆洗的那种，住的人三教九流，大多是没钱的、打工的。

那天是我夜班，半夜的时候趴在前台打盹儿，忽然电话响，103房间，里头的住客请我送壶热水去。

那个住客我见过，已经在旅馆住了十来天，除了第一天入住的时候打过照面，后头基本没见他出来，而且他入住的时候就已经病得很厉害了。当时我们服务员私底下还开玩笑，说可不能让他长住，死在这儿就不吉利了。

接到电话，我心里有点儿发毛，那个人的声音断断续续有气无力，让人觉着他马上就要不行了。

我提着水壶过去，敲门的时候没人应，就找钥匙开了门，一进去就知道不好了，那个人脸色发黑，眼皮翻白，躺在床上圆瞪着眼睛抽气，分分钟都要断气的感觉。

我心里害怕得很，马上给老板打电话，老板不在旅馆住，估计是时间太晚了，已经关机睡觉，怎么打都打不通。

我急得没办法，决定出去找看门的老头，才走到门边，那个躺在床上的男人忽然说话了。”

木代正拈了筷子捞菜，听到这儿的时候，觉得胳膊上的细小汗毛都竖了起来。倒不是害怕，就觉得瘆得慌。

李坦的嗓子沙沙的，声音让人听了周身都不舒服：“他说了什么？”

岑春娇的脸上掠过一丝茫然似的心悸，似乎至今还有些后怕：“具体来说，他也不是在说话。他眼睛瞪得很大，死死盯着天花板，语速很快，像是打字机嗒嗒嗒地打字，声音没有起伏，一个磕绊都不打，很像背书。”

万烽火追问：“那……背的是什么内容？”

“先是年月日，某年某月某日，然后是地址，××县××街××道，杀了几个人，然后是性别、姓名，用什么工具杀的，怎么杀，杀完了之后怎么逃的，做报告一样的语气，眼睛一直瞪着天花板。”

木代头皮有些发麻，下意识地抬头看天花板，岑春娇强调了两次“一直瞪着天花板”，让她莫名觉得头顶有什么东西。

屋子里很安静，连那只时时上蹿下跳的金丝雀都垂着翅膀呆立不动了，如果仔细看，有一两根羽毛，似乎都竖了起来。

第四章

万烽火咳嗽了两声：“然后呢？”

李坦紧跟着追问：“落马湖那件案子，就是他临死的时候说出来的？他只说了这一件吗？”

岑春娇看了李坦一眼，回了句：“不止这一件，但是一件归一件的价钱，你懂的。”

李坦的脸色很难看，木代却有点儿想笑，这个岑春娇，倒是挺懂得拆分售卖的。

岑春娇接着说下去——

“我那个时候已经听傻了，也不觉得他说的是真的。有哪个犯罪的人，无缘无故的，会跟陌生人讲这些呢？

愣了一会儿之后，我觉得还是得去找看门的老头过来给我壮胆，主意打定，刚迈开步子，那个人一声长长的倒气，没动静了。

我回头去看，他眼睛圆睁着，嘴巴还半张，但真的再也没动静了。我不敢过去看，我怕我挨过去了，像电影里那样，他突然蹦起来或者咬我一口，那我会吓死的。

我跑着去找看门老头，一边跑一边喊，还没跑到走廊尽头，看门老头自己过来了，住客也被惊动了，有人凑过来瞧，还有人打着门吼我半夜小声点儿。”

说到这儿，岑春娇长长叹了一口气，环视了一下在场的所有人。

“你们知道那种老式的小旅馆吗，”她伸手比画给大家看，“走廊两边都是房间，走廊一边的尽头是封死的，另一边通往前台。我说我没跑到走廊尽头，意思就是，我一直在走廊里，期间也没有任何别的住客进过那间屋子。”

“看门的老头过来之后，我赶紧拽着他一起去那个房间，看见……”

岑春娇停顿了一下：“我知道说出来你们可能不信，但我说的的确是真的。”

她这么郑重其事，想必是房间里有异样，马涂文听得认真，这个时候脑洞也开得最大：“那个人的尸体没了，或者，又活过来了？”

“不是，尸体还在，也确实是死了，但是，左脚没了。”

有那么一两秒钟，没人说话。

左脚没了？

木代拈着筷子，早就忘了去夹菜，下意识问了句：“怎么个没法？”

“砍的，但是创口并不特别平整，切口粗糙，血肉牵扯。当然，这些不是我判断的，是后来我托朋友辗转打听到的。”

木代终于明白为什么之前岑春娇要那么详细地给他们描述旅馆走廊的情况了：旅馆的走廊不会很长，岑春娇离开的时间很短，在这么短的情况下，一个人蹿进死者的房间，很是费力地砍下了他的左脚，然后悄无声息地离开，怎么听都像是奇谈。

马涂文头一个憋不住了：“大姐，你编的吧？”

李坦冷笑了两声，齿缝里迸出两个字：“假的。”

岑春娇好像早已料到会是这种反应，答得不紧不慢：“报警之后，旅馆里每一个住客都被单独排查，我们旅馆有半个月没有开张。这事在当地不是什么秘密，万先生的同事都是有本事的人，尽可以去打听。我也录了笔录，不过太过诡异的那部分，我当时半是害怕，半是怕惹麻烦，对谁都没有提起过。”

马涂文不说话了。那人死了之后是留下了尸体的，少没少左脚这事，打听打听就知道，岑春娇在这一点上胡编乱造没意义。

李坦的脸上还是那副讥诮的神情：“我不是说这件事是假的，也许当时，你的小旅馆里确实死了一个人，那个人也确实莫名其妙地被砍了左脚，但是这整件事情，还有死了的那个人，跟落马湖那件案子没有关系。”

他满脸倨傲地看向万烽火：“万先生，我付钱，是为了落马湖的案子，其他再诡异十倍的案子，我都没有兴趣。”

岑春娇有点儿沉不住气：“你什么意思？”

李坦不屑于再理她，转头看木代和马涂文两位："咱们都是买家，假消息我是不可能给钱的，你们两位的意思呢？"

真是峰回路转，原本以为只是来听故事，没承想半路杀出这么一出，木代觉得自己作不了这个决定，她看向万烽火："要么中场休息一下，让我们想一下？"

中场休息的时间，木代躲到火锅店后门，给霍子红打了个电话，说了一下这头的情形。霍子红听完，"嗯"了一声，过了一会儿说："确实是假的。"

木代没吭声，她觉得自己如果是万烽火的话，会被红姨和李坦这两个人气死的：表面上一副打探消息有求于人的样子，实际上知道的内幕怕是比万烽火都多。

霍子红好像察觉出了木代的心思："当年死的那对教授，夫妻俩都姓李，那个男的李老师是教过我的，这事我留心了很久，不仅托万烽火那边打听消息……那个岑春娇说的，也实在是太假了。"

"那这个钱，到底付还是不付？"

霍子红的回答出乎她的意料："付吧，我托万先生那边查消息，不想让他觉得我隐瞒实情。还有啊木代，你帮我留意一下那个李坦。"

木代想问什么，末了还是都咽回去了，挂上电话时，她惆怅地想，事情真是有些怪怪的，具体说不出来，但就是哪儿都不对劲。

回去的路上，木代看到马涂文也避在一角打电话，经过的时候，她故意凑近了些，听到没头没尾的一句："那我付还是不付？"

木代登时就乐了，忽然觉得今天这个场子，真是怪好玩的。

中场休息结束，万烽火出来主持局面，询问各位买家的意见，李坦坚持己见，马涂文咳嗽了两声，装模作样："我经过前后认真地分析，觉得岑大姐……女士提供的信息还是很有价值的，我这里是愿意支付的。"

前后认真地分析？是你分析的吗？木代忍住笑，朝着万烽火点点头："付。"

岑春娇脸露喜色，万烽火也轻轻舒了一口气，对李坦说："2比1，少数服从多数，规矩你懂的。"

李坦的脸色红一阵白一阵的，木代还以为他要发火。谁知道片刻之后，他忽然笑起来，身子往椅背上一靠："不就是钱吗？行啊，付。"

也算生意达成，皆大欢喜，岑春娇心情舒畅，忽然又想起什么："哦，对了，当时那个人入住旅馆，我看过他的登记信息，叫刘树海，济南人，1972年的。"

李坦根本也不关心他是几几年的，只是看着木代和马涂文冷笑，像是看两个傻子。

散场的时候，万烽火请几个人到他的协议酒店暂住，说是根据岑春娇提供的信息，会安排当地同事跟进，可能会有新的发现，大家住得近方便随时碰头。

免费住宿，何乐而不为的事，只有马涂文摇头说自己在重庆有住处，而且素来认床，不习惯睡酒店。

木代想起刚才听到的电话，她是代表红姨来的，那这个马涂文身后的人，又会是谁呢？

答案出乎她的意料，万烽火说："就是马涂文马先生啊，一直都是他。"

万烽火的协议酒店，店如其人，荒诞的复古，白墙灰瓦，垂花门，一进门还有拜财神的龛位……

慢着慢着，不是财神，木代凑上去细看，才发现龛位里供着个书生，右手背在身后，手里握了卷书。

万烽火兴致勃勃地给她介绍："这是我们行当的祖师爷，百晓生……"

他还想说什么，手机里来信息了，万烽火很是熟练地打字回信息，袍子的大袖在手机边上荡啊荡的。

木代忍不住想笑："都复古成这样了，索性彻底点儿呗，用什么手机啊。"

万烽火不同意："姑娘，这可别，什么都能复古，唯独两样，务必与时俱进。"

"哪两样？"

万烽火伸出两个手指头，先掰下一个："一个是钱，老实说，我更喜欢真金白银，钞票这玩意儿，就是印的纸，拿着其实心里忒不踏实。这两年更虚，电子货币，什么摇一摇、扫一扫、刷一刷，连纸都不让你摸了，但是没办法啊，全世界都这么搞。"

"还有一样呢？"

万烽火不掰手指了，直接拿手机在她眼前晃了两下："信息，沟通。自己摸着自己心口说，离得开它不？"

木代想了又想，然后摇头。

万烽火得意："我就知道，你们这些年轻人，现在都拿手机当命，我有个朋友，他这里……"

万烽火指指脑袋："这里跟别人不太一样，喜欢钻研一些怪力乱神的玩意儿，不是封建迷信，是真钻研，动不动就实地考察，专去那些鸟不拉屎的瘆人地方。电脑U盘都普及了，他记东西还是用笔，二十多年实地考察下来，笔记多得要用麻袋装。也不用手机，说没必要，那阵子找他可费劲了。我骂过他几次，他就是坚持不用，说没必要，可是后来，还不是用上了？”

木代好奇：“你劝得他转过弯儿来了？”

“这倒不是……”万烽火清了清嗓子，“他后来给自己的好朋友当证婚人，新郎送他的……但是这不是重点，重点是，后来还不是用得颠儿颠儿的开心？谁都得对外沟通信息，与时俱进免不了的。”

第五章

马涂文晃荡晃荡地进了住家小区，这地儿是他租的，说是小区都抬举了，里头汇聚了大量三教九流外地来渝的不安定人士，是附近派出所的重点监控区域。过去几年，公安也确实在这里取得了累累硕果，共计抓获外逃犯四名，调解桃色纠纷十余起，其他偷鸡摸狗林林总总，简直家常便饭。

门口有两个混混儿正打扑克，脸上贴满了条，其中一个仰脸问他：“小马哥，今晚有你演唱会不？”

马涂文回答：“有，今晚我唱怀旧金曲，《上海滩》！”

那人悻悻地甩了张牌：“这臭手，皮圈！”

明显不是在跟他认真讲话，马涂文也不生气，真的哼起了“浪奔，浪流”的调调儿一路往里走。

马涂文是酒吧唱歌的，三餐不继，以梦为马，连固定的场子都没有，有个推销啤酒的女朋友叫八美，两人挣得半斤八两，但八美总觉得高他一头，见面就唠叨他不思进取不求上进不像个男人。

妈的，梦想懂不懂，梦想！马涂文寻思着，早晚他得把八美甩了。

走到门口，就近的空地上停着一辆黑色悍马H2，这车本身已经很惹眼，车顶还横列一排狩猎灯，像一只蹲伏着的充满危险的巨兽。

马涂文心里酸溜溜的，哼了句：“了不起吗？”

好像的确了不起，因为下一刻，他忽然改了主意，掏出手机，对着悍马咔嚓咔嚓自拍，一会儿仰头，一会儿低首，还有几次学着世界超模的架势，伸手把马甲掀开一些，就跟露出里头脏得发黑的白汗衫是多么性感了不起似的。

然后发微信朋友圈，内容是“悍马开起来也就这么回事，没什么特别的”。

特意@了女朋友八美。

正扬扬得意，面前忽然“哗啦”一声，一串狙击枪模型做坠子的车钥匙就在他正脸前垂下，他听到罗韧的声音——

“开起来是怎么回事，得拿了钥匙进去坐着才知道。”

马涂文觉得自己挺倒霉的，难得骚包一回，怎么就让他撞了个正着呢？

他斜眼看罗韧。

罗韧二十七八岁的年纪，帅气高大，穿黑色夹克，军靴，看似慵懒闲散，似笑非笑，但袖口露出的精壮小臂和眼眸中时不时掠过的锐利精光，又让人觉得他跟他的车一样，都像一头蓄势待发的猎豹。

马涂文酸溜溜地说：“能别损我吗？咱从小光屁股认识，站在同一起跑线上，你看看现在这差距，天理不容。”

罗韧笑笑：“等你去鸟巢开演唱会，我也只能买票进去看，那才叫差距。”

马涂文登时舒坦了。

马涂文的屋子乱得很，唱片左一张右一张，地下一溜儿的啤酒罐子，脚下一个没注意，铝罐就骨碌碌乱滚。

罗韧在沙发上坐下来，自己给自己开了瓶啤酒，也不多废话：“今天见面怎么样？”

马涂文搬了凳子在罗韧面前坐下，一肚子的话要吐槽：“还见面呢，我跟你讲啊，一屋子的神经病啊。一个清朝老头叫万烽火，一个老耷拉着脸的中年女人，就是那个叫岑春娇的，还有个阴阳怪气的男的叫李坦，特长就是怀疑一切……”

他捏着嗓子学李坦说话：“假的，假的。”

“还有个女的叫木代，你知道她手上套什么吗？那种布艺的小猫头的腕绳，这得多幼稚啊，心理年龄最多十八岁。”

罗韧不动声色：“他们住哪儿了？”

“都跟着万烽火去了巴蜀别苑，万烽火他们的协议酒店。”马涂文忽然想起了什么，“不过那个故事挺瘆人的。哎，罗韧，那故事是假的吧？”

罗韧答非所问：“你把见面的过程给我讲一讲，从进门开始，每个人都说了什么，什么表现，尽量详细。”

幸好就是刚刚发生的事，印象还算深刻，马涂文从头到尾讲完，又把前头的问题问了一遍：“哎，罗韧，那故事假的吧？”

“如果是假的，我为什么要付钱呢？”

“那就是真……真的？”马涂文越想越不可能，“人的脚怎么会忽然没了啊？还有那个用渔线穿人的，这得多变态啊……”

罗韧把车钥匙递到他面前：“真不开？”

马涂文的思路陡然被打断，好一会儿才反应过来他说的是什么：“不开。哎，你有没有听我说啊，那个故事……”

“那我走了。”

李坦和木代住了隔壁，因为上午的小分歧，他对木代挺不满，脸色一直不大好看，木代也懒得理他，觉得一个五十多岁的大老爷们儿，真是没什么肚量。

快傍晚时，木代听到隔壁门响，从猫眼里看到李坦出去，想起红姨吩咐的话，等了几秒之后也跟了出去，在别苑门口遇到万烽火，冲他略点了下头。

万烽火却半天没敢认，过了会儿去前台问服务员：“那女孩是我今天带进来那个？”

服务员没看见：“是一楼右边出来的吗？那就是了，那里只住了你带来的客人。”

万烽火倒吸一口凉气，刚刚看到木代，她黑色的宽松罩衫罩黑色紧身吊带，下头是黑色紧身牛仔，黑色的半靴，全身唯一的亮色是颈子里一根细细的银链子，坠子好像还是个骷髅头。

回想起上午她一身青春热闹的装束，万烽火匪夷所思：怎么有人穿衣风格如此……两极化？

李坦没有走远，就在附近露天的大排档，要了两个菜，一瓶酒，自斟自酌。杵在附近盯梢也怪傻的，木代装着也去吃饭，然后意外巧遇：“李叔，你也在这儿吃饭啊。”

不顾李坦的眼皮都翻上了天，她厚着脸皮在李坦面前坐下来，笑嘻嘻地找话说：“李叔怎么会对落马湖的案子感兴趣啊？”

李坦反问她：“你年纪轻轻的，你怎么会感兴趣？”

“我不感兴趣啊，我阿姨让我来的。她说那对教授姓李，那个男的李教授做过她老师。”

身后有人吃完了出去，路过李坦身边时趔趄了一下，李坦顺手扶了一把，正想回木代的话，木代突然“啪”一下把筷子拍在桌上，厉声喝了一句：“拿出来！”

李坦吓了一跳，那个刚被李坦扶过的人身子哆嗦了一下，转头看向木代。

李坦忽然明白过来，急忙伸手入怀，一手摸了个空。

钱包没了。

木代一字一顿："说你呢，拿出来。"

大排档里的喧哗声忽然就小了，掌勺的老板有些怕事，双唇不安地翕动着。那个人恼羞成怒，很有点儿赖到底的意思："你说什么呢？有病啊！"

木代霍地一下就站起来。也不知道为什么，那人有些胆怯，又不好示弱，正僵持着，大排档外头有人说话："算了算了，给她给她。"

是那个缆车上见过的胖子。

如果他们这一行也有组织，胖子应该算个管事的。那人犹豫了一下，伸手掏出个黑钱包，愤愤地掷向木代，手里带了三分劲儿，存心要她接不到或者弯腰去捡。

谁知道木代随手一捞，稳稳就拿住了，问他："没抽张儿吧？"一边说，一边打开了钱包翻看。

行家一伸手，就知有没有，那人看木代接钱包的手势，已经有三分变色，待听她说出"抽张儿"这样的行话，顿时就了然胖子为什么要说"给她给她"了，尴尬地站了一会儿之后，冷哼了一声掉头就走。

抽张儿，是指有的贼偷了钱包还回来时，顺手黑走了几张，譬如钱包在他手上是八百，回到你手上是五百，但是一偷一还的时间间隔短，有些失主未必在意。

其实李坦的包里有多少钱，木代不可能知道，这么一说一翻检，也多少有点儿装腔作势的意思。

经过这个插曲，李坦对木代瞬间刮目相看，脸上也带了笑："钱包里没多少钱，就算那个什么抽……张儿，也损失不了多少。"

木代没说话，她把钱包合上给李坦推了过来，问他："里头那张照片，是你……朋友？"

李坦知道她说的是钱包里的那张有些泛黄的黑白照片，虽然照片上是个年轻女人，但是从时间推算，现在怎么着都是年近不惑了。李坦点点头，算是默认。

"这个女人，叫李亚青，是落马湖那件案子里李教授夫妇的女儿，也算是我的……未婚妻吧。"

木代的神色有些难以置信。李坦心里有些苦涩："都二十多年了，还是追着这个案子不放，多少是因为有些个人执念在里头。就像你阿姨，也是因为跟李教授沾了师生之谊啊。"

木代想笑，却怎么也笑不出来。

沾了师生之谊？在看到那张照片之前，她也是这么认为的，但是现在，她不这么想了。

那个照片上的李亚青，活脱脱就是年轻时的……红姨啊。

李坦又说了句什么，木代从愣怔中回过神来："什么？"

"我是说，你和你阿姨，都被那个岑春娇给骗了，我有确凿的证据证明，那个女人……撒了谎。"

第六章

李坦抛出这句，故意停顿，耐心等木代反应，然而大失所望。

她好像并不关心，问的第一句话居然是："你的那个朋友，就是李亚青，真的死了？"

这叫什么话？要不是看她有几分本事，李坦真想拂袖而去。

他忍住气："当年，我也在县公安局工作，虽然同事拦着，但我还是坚持去了现场，确认现场死者是三个。"

"我不是这个意思，"明知道会让李坦不悦，木代还是把自己想的问了出来，"我是说，死的那个，你看清楚了，真的是李亚青？"

李坦气极反笑："姑娘，你是电视剧看多了吧，你的意思是死的那个李亚青是别人假扮的？你当我是瞎的，认不出自己未婚妻？你当我们现场办案的刑警都是吃干饭的？"

木代也知道自己问得荒唐，但是不问出来心有不甘，只好尴尬地笑："随便问问嘛。"

她终于想起正事："你有什么确凿的证据？"

"这些年，我一直没有放弃追查此事，即便因为擅自告假丢了工作……两年多以前，我跟凶犯打过照面。"

木代惊讶地瞪大眼睛，李坦好像料到了她想问什么，很笃定地跟她确认："是真的。"

岑春娇口中的凶犯叫刘树海，1972年生人，五年多前死在济南西郊客运站的一个小旅馆里，而两年多前，李坦跟凶犯打过照面。

用脚指头想都知道，岑春娇和李坦两个人中，有一个在撒谎，而百分之八十的可能性，是岑春娇撒谎，毕竟红姨也曾说过，岑春娇讲的那个故事"确实是假的"。

红口白牙，真真假假，这些人一个个心怀鬼胎，连朝夕相处的红姨，都忽然间变得云遮雾罩了。

木代兴味索然地看着李坦："所以呢，你告诉我干什么？"

李坦比她还惊讶："你不感兴趣？"

这下，轮到木代纳闷了：她应该感兴趣吗？

李坦泄气了，原本看木代有几分本事，想拉拢结交的，但是现在看来，也就是个会三招两式的小姑娘罢了。

他意兴阑珊地起身："我累了，先回酒店睡觉了，你……"

本来想提醒她一个姑娘家，入夜了别在外头乱走，想想还是算了，她那么有本事，不入流的豺狼虎豹也不能把她怎么样。

木代没留他，满脑子的红姨李亚青。

古装武侠片里，经常出现类似的梗，比如男主角失去了真心爱人，没两天路遇佳人，居然与挚爱长得一模一样。

这个时候，男主角的朋友们就会摇头晃脑着惊呼："这世间竟有长得如此相像的两个人？"

有啊，同卵双胞胎啊。

木代正心念微动，有人在对面坐下了。

凳子"吱呀"了一声，那吨位，不抬头都知道是谁，木代先环视左右："怎么着，蓄意报复来着？"

对面是缆车上见过的胖子，拈起筷子夹了粒盐炒花生米咯噔咯噔嚼了："长挺漂亮的，怎么这么不会说话呢？欺负你一个女的，我们犯得着吗？一回生二回熟的，认识一下，鄙人曹严华。"

木代看了他一眼："《百家姓》里顺着来的？"

曹严华大吃一惊："美女妹妹，看不出来啊，文化人啊！"

一边说一边伸手过来，要跟她握手。

木代一头黑线，《百家姓》她小时候是背过的，那时候是当补充教材，当初从头至尾背得顺溜，现在只能记住前三十二个姓，但是可巧，最末八个姓正是"孔曹严华，金魏陶姜"。

只是这突如其来的"认识一下"是几个意思？

见木代不回应，曹严华不高兴了："怎么着？瞧不起我？"

脾气还挺大，木代虽然没握手，但还是自报了家门："木代。"

“手上有两下子，专门练的？”

“嗯。”

“早上不是处理得挺低调嘛，晚上怎么这么大脾气？”

“看心情。”

曹严华肃然起敬：“有个性。”

他手臂往外抡了一圈示意：“解放碑一带，这个月是我罩，你丢了什么，找我。”

这睥睨一切的架势，木代拿话戳他：“你还挺能耐。”

“那是。”曹严华照单全收，“老实说，比你想的能耐。我知道你住巴蜀别苑，那个万烽火，我跟他也有交情，帮他找回过东西，也帮他打听过消息。你今儿个，去老九火锅店了吧？”

“你跟踪我？”

曹严华嗤之以鼻：“我整天在这块儿转悠，低头不见抬头见的，闲着也是闲着，再说了，你给了我那么一下马威，我不得瞅瞅你是干吗的？做贼嘛，别的本事没有，三条，切包、盯人、耳目多。”

——说完了招呼老板点菜：“老板，加个酸菜鱼、辣子鸡，再来个毛血旺、肥肠。”

——又示意木代：“妹妹，把账结了。”

木代不干：“凭什么啊。”

曹严华眉开眼笑：“把账结了，哥哥告诉你是哪个色狼一路盯你的梢。”

木代僵了足有五秒钟，然后掏出钱包，啪地拍了三张一百块在桌上。

曹严华没抬头，“嘿嘿”干笑两声，又伸手拈了一粒花生米：“我斜后面，街角那个水果摊，有个穿黑色夹克的男人，看到没？”

木代脸色阴下来，霍地站起朝外走。曹严华一副看戏不怕台高的架势：“妹妹，我替你把了关，人其实长得还挺帅，你自己掂量掂量，好好把握……”

看到木代起身，罗韧迅速转身，低头装作挑拣水果，但是挑着挑着，突然觉得不妙。

真是蛮凛冽的杀气。

现在掉头走还来得及，不过落荒而逃怎么也不是他的风格，他朝摊主笑笑，指着苹果的堆头：“再来两斤苹果，有香蕉吗？也来一斤。”

说话间，不远处忽然“咣当”一声，那头儿是个吃豌豆面的店。木代拖了张外头摆放的折叠凳往地上重重一顿，面朝这边坐下了。

豌豆店的老板张望了一下，估计是被木代那阵势吓到了，没吭声。水果摊的摊主看了看木代，又看看罗韧："那个……"

那个什么？罗韧当然知道这半条巷子的人都在看他和木代，木代那架势太明显了，简直像20世纪90年代的黑帮片，领头的拖张凳子那么大剌剌一坐，底下的小弟们就要抡着刀子上来砍了。

罗韧略转了头，目光和木代的碰触了一下。她似笑非笑，满脸的倨傲，不回避，满满的敌意和挑衅。

罗韧微笑了一下。

这二十七年，头一次遇到嚣张成这样的，也不是没人比她更横，就是……

马涂文这个孙子，他到底是从哪儿看出来她幼稚的？说好的小猫头的手链呢？说好的心理年龄十八岁呢？

罗韧淡定地对水果摊主笑了笑："再给我称两斤草莓。"

木代有点儿沉不住气，但更加笃定了罗韧这个人肯定有问题：半条街的目光都聚焦在他的身上，他居然还能这么镇定地一门心思挑选草莓？

她回头看了一下曹严华，他在那儿跟个兴奋的大马猴似的比比画画，意思是：是他！是他！绝对是他！

似乎还嫌远观不过瘾，他撇下了一桌子的菜，兴致勃勃地过来溜达。

罗韧付了钱，拎了满手的袋子往外走，巷子一边是死胡同，只能走这一边，也只能经过木代。

"喂！"

"喂！"

目不斜视的罗韧终于停下来，他疑惑地先看四周。不远处，第三人民医院的霓虹招牌正在高处闪烁。

——最后才看到木代，很是困惑地问她："你叫我？"

第七章

木代站起来，直直盯着他，也不废话，单刀直入："你为什么跟着我？"

罗韧像是听到了这个世界上最好笑的笑话："我？"

他苦笑摇头，看看周围的人，又看看木代，示意了一下那块医院的招牌，似乎非常无奈："小姐，我朋友住院，我过来看他，临时没什么准备，所以过来买水果，可能是不巧跟你走的路重了……"

围观的诸人中除了胖子曹严华，人人都露出了同情理解的神色。这个世界容易原谅长相好看的人，更容易原谅长得好看且谦和有礼的男人。

木代敏锐地感觉到了周围不是很善意的目光。

罗韧抱歉地跟木代笑了笑，和她擦肩而过。木代正犹豫着要不要再出击，他又退回来了，先向那水果摊老板说话："不好意思，能借个纸笔吗？"

拿到了纸笔，他又回到木代面前，水果先搁脚边，低头在纸上写着什么："不过小姐，如果你是想找机会认识我，我叫罗韧，你可以随时打我这个号码……"

话没说完，木代狠狠撞了他个趔趄，罗韧摸了摸被撞疼的肩膀，回头看她远去的背影，唇角露出一丝狡黠的笑。

巷子里，木代脸色阴沉，走得很快。曹严华要小跑着才能跟上，气喘吁吁，痛心疾首地上气不接下气。

"妹妹啊妹妹，就是他，我敢用我的职业生涯发誓啊……

"妹妹啊，你还是太嫩了啊！你谈过恋爱没有啊？那小子故意的啊。我跟你说哦，我看得门儿清，你要是放浪他肯定装君子，你一旦正经他就是流氓啊，是看准你脸皮薄让你知难而退啊……"

木代忽然停住了，曹严华一个没收住脚，往前冲了好几步才退回来。

木代看他半晌，忽然嫣然一笑。

这啥意思？曹严华警惕，现在来劲了？那也别对我笑啊，对他啊。

"耳目多？"

曹严华这才反应过来她说的是自己刚刚自夸过的三条。

"那必须的。"曹严华侃侃而谈，"妹妹，我跟你说，从古至今，国内国外，那些盯梢跟人的，为什么屡屡失利？"

"为什么？"

"因为脱离群众。一个人死乞白赖地跟跟跟，跟了一条街又跟一条巷，被跟的又不是猪，迟早会发觉的。但是我们就不同了。"

他双手一展，骄傲无限："解放碑一带，我们的同事二十四小时值班。我们还有微信群，换句话说，我的消息一下达，得有多少人持续盯着啊，男女老少，各色职业，各种伪装，势必让他泥足深陷于人民群众的汪洋大海之中……”

“那帮我盯着他。”

曹严华不说话了，过了一会儿，他突然发觉自己挺亏的：“凭什么啊！”

他语气太激越，第一个字发力过猛，唾沫星子不能说喷了木代一脸，至少部分登陆了。木代让他喷得眼睛下意识一闭，又缓缓睁开。

曹严华有点儿内疚。

木代掏出纸巾慢慢擦，面带微笑地咬牙切齿：“咱们不是朋友吗？你以后去云南玩儿，我招待你啊！再说了，你别当是帮我啊，你就当你是……team building啊。”

曹严华犹豫了一下。

“妹妹这样，我知道你有点儿本事，你再给我露个绝的让我掂量掂量。我交朋友呢，无非是交用得上的，有钱的、有权的、有本事的，我都要向上巴结着的。你别怪我交朋友势利，谁都想这样……”

话没说完，眼角余光忽然瞥到身边一空，又听到扑扑两声轻响。他再抬头时，觉得天灵盖儿冒气，一句话卡在喉咙眼儿里出不来。

我滴个乖乖！

小巷两边，一边是矮房背面，一边是楼房背面，木代在楼房墙面上四五米高的地儿，两手攀住楼外架的空调边板，身子掉转，头下脚上，两只眼睛亮得慑人。

这叫壁虎游墙，又名仙人挂画，据说源出少林，但后来被绿林发扬光大，需要很长时间的练习。歌诀说“功成轻身如蝼蚁”，说的就是木代这种的吧，简直像真的壁虎，倏忽一下，就上去了。

曹严华半晌才回神，激动得说话都打战了：“大家是朋友了，木代妹妹，我一有消息就去别苑找你！”

第二天一早，服务员敲门更换毛巾，还顺便带了个档案袋。档案袋上黑色记号笔写了两行字。

第一行是：霍子红小姐。

第二行是：如有问题，拨打内线108。

虽然是给红姨的，但自己是全权代表，应该是能看的吧。

木代把档案袋打开。万烽火他们的效率着实不低，虽然有的时候未必能打听出最隐秘的消息，但是一旦有突破口，外围的附加参考信息是一点儿都不少的。

里头是刘树海的详细资料，证实了岑春娇说得不虚——尸检的确是生病死亡，也的确被砍了左脚，但是砍伤跟致死没有关系。

另外，刘树海的后背正中，有一部分皮肤缺失。准确地说，像是被剜去了一片长23.5cm、宽5cm的皮肤。

这怎么回事？木代按照长度比画了一下，觉得像一根宽的直尺，又像拉长了的书签。

资料里提到，这部分缺口上下非常齐整，绝非随意剜去，即便是人为，也需要精细的功夫。而且，是脱去衣服尸检的时候才发现的，创口新鲜，跟脚上的砍伤时间应该差不了很久。

真是奇怪，从岑春娇夺门而出到喊来看门老头，至多一分多钟，砍去左脚已经匪夷所思，谁又能精量细取地来剥皮呢？

档案袋里还附了张刘树海的生平小记：1972年生，长沙人，自营一家汽修店，邻里、客户评价忠厚老实，这辈子就没见他和谁红过脸，日复一日的普通人生，命里唯一一次大的波折是2007年带家人去山西大同看石窟，结果旅游车撞破护栏栽进河里，没有大的伤亡，但刘树海是最后被救上来的，在医院里昏迷了足有48个小时才醒。

2008年离开家，说是到外头找生意机会，之后很少跟家里联系。2010年在济南西郊客运站的一个小旅馆里因病死亡。

还有很重要的一点，家人回忆，刘树海没去过落马湖。

岑春娇看来是要跳脚。

翻到下一份，木代忽然愣了一下。

上面写的是：另，张光华项目无进展，据悉最后被目睹，是在太原汽车站。

通篇都是刘树海，怎么又冒出来个张光华？

木代怀疑是万烽火搞错了，顺手拨了内线108。那头的万烽火听到是她，长舒一口气："还以为又是岑春娇，她刚跟我嚷嚷半天，说是这些犯罪的人行踪都隐秘，去了落马湖也未必告诉家人。我再三保证不会耽误付钱，她才罢休。"

木代扬了扬手里的资料，就跟他能看见似的："你们内部做事也太大意了，张光华的资料都到我这儿来了，保密性太差了吧。"

万烽火奇怪："张光华？"

下一秒他反应过来："哦哦，那件事，你红姨没跟你说吗？这也是她打听的啊。"

这回轮到木代发愣了：也是红姨要打听的？她到底要打听多少人啊？

万烽火耐心给她解释："你红姨在我这儿备两个案，一是落马湖，一是张光华，你这趟代表她过来，我就让人把最新的资料整理了，张光华的项目虽然没进展，还是顺便提一下。”

挂了电话，木代顺手翻了翻张光华的资料。这是个土生土长的落马湖人，跟受害的李亚青一家住同幢楼，是个机关职工。资料里附了一张黑白照片，浓眉大眼，英俊正气，很像那个时代的电影明星。

红姨为什么要打听这么个帅哥？木代八卦之心顿起，不过翻到后面，看到上头写着“当时已婚，儿子三岁”，顿时兴味索然。

刚把资料都塞回档案袋，电话又响了，前台通知有客人找。

曹严华耷拉着脑袋站在别苑大堂，木代还没走近就知道他进展不顺。

刚走到面前，曹严华就重重叹口气，估计不好意思开口，故意要用肢体语言让木代“意会”。

木代打人专打脸：“不是说要他陷入人民群众的汪洋大海之中吗？”

曹严华哀怨：“姐，这不怪我们，本来一切都没问题，谁知道后来，他唰地开一辆车出来，你知道那是什么车吗？咱哪儿跟得上啊，咱也不具备开车作业的能力，要都能开上车，谁还做这行啊，再说了……”

他嘀咕：“那车飙起来，咱打仨出租也跟不上啊。哎，老爷子……”

忽然，他眉开眼笑地打招呼，木代回头看，原来是万烽火出来了。

万烽火瞪眼睛：“你怎么在这儿呢？”

曹严华赶紧解释：“老爷子别误会，我切谁也不会切您的客人啊。”又指木代，“好朋友，我们好朋友。”

好朋友？万烽火心里犯嘀咕，正要细问，看到之前那个出去送件的服务员回来了，赶紧问他：“送到了吗？”

“送到了。”

“照片拍了吗？我看看。”

木代好奇：“送什么还要拍照片啊？”

万烽火接过那服务员手里的手机看照片：“还不就是那个马涂文，他不住这儿，资料要送过去，得保证交到本人手里，所以我让服务员务必拍照片。哟，这家里够乱的……”

木代伸头过来看，照片上，马涂文举着那个档案袋，眉开眼笑地正面咔嚓，就跟拿奖似的。

万烽火正要把手机还回去，木代抢先一步接了：“我看看。”

她把照片放大。

小姑娘家家的，真是心思莫测，万烽火斜眼看她：“这个马涂文很帅吗？还要放大了看？”

木代没吭声。

马涂文家里，确实够乱的，啤酒罐儿滚了一地，沙发上还搭着女式的吊带。

不过，这都不是重点。

重点是，他面前那张凌乱的桌子上，放了几袋水果。虽然像素不高，但是粗粗一认，还是认得出的。

有苹果、香蕉，还有……草莓。

第八章

前台转了个外线电话给岑春娇，她开始听得漫不经心，后来脸色渐渐郑重，眼角带出了几分喜色，接连追问了几句：“真的？”

放下电话，喜不自禁。

消息这种事还能卖钱，从前她是不晓得的。旅馆出了死人那档子事后生意渐渐不好，她转去了中心客运站附近的餐馆当服务员。这里南来北往的客流更多，人来人往，嘴边嚼着的都是奇闻逸事。消息买卖这事，她就是在这里听到上了心的。

来之前，她做过功课，落马湖和另一件案子，的确是悬案。

岑春娇开门出来，斜对面的门几乎也是同时打开，李坦。

岑春娇对他没什么好脸色，拖着行李箱径直往前台。到了大厅有些意外，原来万烽火和木代他们都在。

万烽火挺奇怪的，昨儿岑春娇还跟他说，除了落马湖，还有另一桩案子要跟他说道，怎么转脸就收拾了行李要走呢？合着是被李坦他们那一迭声的“假的”给气着了？

不像，岑春娇是个贪钱的人，早上还因为钱的事跟他嚷嚷半天呢。万烽火虽然纳闷，但按下去不提，一团和气地跟她打招呼：“要走啊？”

“家里有点儿急事，着急回去。”

李坦不屑地冷笑出声。在他心里，岑春娇无疑已经和骗子画上了等号。岑春娇倒是反常地沉得住气，神色如常地跟众人道别。

岑春娇走了之后，万烽火跟木代和李坦解释说，消息的打听就是这样，有时候得有一个契机，契机不来，等个三五年是常事。

言下之意就是，这事现在又进僵局了，有新消息我再通知你们吧。

李坦未置可否，不说走也不说不走。木代给霍子红打了个电话，红姨柔声细气的，说："既然没什么事，你想回来就回来。要是觉得重庆待着好玩呢，就多玩两天，店里这两天不忙，一万三做得挺好的。"

一万三，一万三，真是听到这个名字就来气。木代不高兴："红姨，你别被他给引诱了。"

红姨失笑："你越想越没谱了，他才多大点儿。"

红姨也真是单纯，怎么能用常人去揣测一万三呢？木代觉得，只要有利可图，一万三什么事都做得出来，更何况红姨还是风韵犹存的。真是把羊放在狼嘴边上，大大不妙。木代当机立断："红姨，我这两天就回去，让一万三老实点儿。"

通完电话，木代去108房朝万烽火要马涂文的地址，万烽火上上下下打量了她好几回："你不是看上他了吧？"

木代笑嘻嘻地说："可不呢。"

万烽火大跌眼镜："你这年纪的姑娘，眼睛都是瞎的。"

要着了地址，木代还赖着不走："万叔，岑春娇这趟，能赚多少钱啊？"

她装着一副也想入行的架势："我性子野，毕业之后坐不住办公室，红姨让我在酒吧帮忙，我又没兴趣。如果这行好赚，你帮我搭个线呗，我到处玩儿着打听消息，还能把钱给赚了。"

万烽火还蛮喜欢木代的，也乐意跟她说话："几万块钱吧。"

木代倒吸一口凉气：几万块！万烽火作为中介，中间还要抽成，那红姨他们得出多少？

万烽火看出了她的心思："姑娘，消息这玩意儿，找对人，才有价。你也别为你红姨心疼钱，她出的，还不是大头呢。"

木代还想问，万烽火直接掌心向上，那意思是：你再问我就得收钱了。

红姨出的还不是大头？看李坦那副惫懒的模样，也不是有钱的主儿，莫非大头是马涂文？

不不不，应该是他背后的人。

到了马涂文家，已经时近中午，整个小区破败不堪、吵吵嚷嚷，马涂文抱了个吉他在一楼门口练歌，昂着脖子唱："我要飞得更高……飞得更高，哦哦……"

"哦哦"两个高音上不去，听起来好像有人伸手拽住他的脖子，还连打了两个花结那么残忍。

旁边两个混混儿拍手："好！好！我小马哥唱得太好了！"

木代不动声色地环视左右，没什么异常，也没有曹严华口中那辆车，看来罗韧还没到。她乐得在附近转悠。下傍晚时，小区里居然出摊了，有卖油炸豆腐的，也有家门口支儿张桌子卖小馄饨的。木代要了碗小馄饨，低头正舀汤，听到身后响起拖拽箱子的轱辘声。

有个女人打听："那里是三号楼不？"

岑春娇！

木代低头看着汤碗里的紫菜虾皮，脑子里忽然雪亮：难怪岑春娇忽然收拾东西要走，她不是要回老家，而是中途被人截和了。以她贪钱的性子，如果能绕过中间人直接交易，何乐而不为呢？

木代装着在吃饭，眼角余光悄悄瞥向岑春娇。果然，她一路往对面那幢楼去了，不一会儿就拎着箱子消失在逼仄的楼梯上。

马涂文住三楼。

万事俱备，只等那个罗韧了。

晚上九点多，木代看到了那辆驶进来的黑色悍马。其实她不懂车，但就是下意识觉得这车子极其霸道桀骜，跟小区的风格完全不搭。果然，车上下来的，就是罗韧。

木代脑子里冒出的第一个念头是：车技不错，小区的路上堆得七零八落的，他居然开进来了。

罗韧停好车，直奔马涂文的那幢楼，但是进楼之前，似乎忽然有所警惕，狐疑地看了看木代所在的方向。

木代心念微动，她其实没有直接盯梢罗韧。她选了个挺刁的角度，正对一辆车的后视镜，而后视镜的范围，正好是进出马涂文家的那段路。换句话说，她其实是背对罗韧的。

也就是说，罗韧看不出什么，但他就是在那一瞬间……起疑了。

师父说过，两种人对身边的异常最为警醒，一种是经历过许多危险，积累起了对危险的第六感，另一种是习武多年，眼观六路，耳听八方。

这个罗韧，似乎……兼而有之。

罗韧进楼后不久，木代绕到楼后。这幢楼位置偏，楼后没有对楼，少了很多麻烦。木代套好手套，觑准了马涂文家的那扇窗户，深吸一口气，后背贴墙，蹬地先起，到两米来高时一个半身翻转，力道集中在两只手上，其他双足和腹部分力，很快就到了窗边。

窗子关得不紧，里头的声音断断续续，是岑春娇在说话——

“落马湖的案子只是第一件，那个刘树海讲，他犯了两桩案子。但是我也说不清楚，为什么两件之间隔了那么多年。”

罗韧问她：“第二个案子在哪儿犯下的？”

“内蒙古，二连浩特附近，但具体没说清楚，就说是野草原。”

“死的是牧民？”

“是，游牧的。”

“死状也一样吗？”

“都一样，也是叫人穿了线。但是他说，帐篷里是四口人，所以，情形是一个人捂着脸，好像在躲，另一个人手里拿着马刀，要砍下去的架势，第三个人两手旁推，好像在劝架。第四个人离开这三个人一段距离，两手拢在嘴边，好像在喊。”

罗韧“嗯”了一声：“是用什么线穿的？”

“说是套马索捻开了的，帐篷也不需要砸钉子，刀子在帐篷开了口，用线捆住的，另一头连了人。”

罗韧不说话了。

窗户上的阴影重了些，好像是人朝这边走，木代心里一颤，往边上让了让。

罗韧推开了窗户，似是有些烦躁，向马涂文说了句：“给我支烟。”

烟气袅袅娜娜地飘出来，而屋子里似乎陷入了短时间的沉默。

木代也有些混乱，岑春娇的叙述井井有条，不像是胡编乱造，而且很注重细节。比如落马湖的案子用的是渔线，因为落马湖边多渔民，渔线四处可见。而到了内蒙内草原则就地取材，就成了捻开的套马索。

听起来，凶犯是要展现一个大的场景，并非只局限于三个人，可是这个场景，是有什么意义呢？

屋里安静得很，只有烟气不绝，木代皱眉头：这个罗韧是个烟枪吗？到底是要抽多少烟？

又过了一会儿，忽然觉得不对，屏息细听，蓦地反应过来，探身看向窗内。

屋里没人，一支点着的烟架起了搁在窗台上，边上还有一根已经烧到头的烟屁股。

木代脸色阴一阵晴一阵的，咬着牙蹿进屋子，落地时踩到一个空啤酒罐，险些滑了一跤，亏得下盘稳站住了。房间面积不大，一目了然，大门半开，人早走得没影了。

罗韧！

木代似乎可以看到他一边眼色示意马涂文他们悄悄离开，一边不慌不忙地点烟。

亏她还那么小心翼翼，在飕飕冷风中挂在墙上，被烟熏了那么久！如果墙是软的，木代真想抱着头撞上一撞。

电话响了。

木代看了半天才看到茶几上埋在一堆杂物中的电话机，自从手机普及之后，很少有住户专门装电话了。本来想置之不理的，鬼使神差地，她还是接起来了。

那头传来罗韧轻笑的声音，还有路上的过车声，看来是上了车道了，不用追了，追也追不上。

这声音，简直是要杀了她的神经了。

“姑娘，不容易啊，在墙上挂得挺累吧？桌上有草莓，别客气，洗洗吃了吧。”

木代还没来得及开口，那头挂电话了。

第九章

垂头丧气地回到别苑，已经快半夜了，木代懒得回房，走到大堂的沙发前挺尸样躺下去，盯着天花板上的吊灯发呆。

别苑的风格复古真不是盖的，吊灯是悬臂铜猿，惟妙惟肖的铜猴倒悬下来，尾巴弯钩，钩梢上点灯。

可惜装的是现代的照灯，要真是古代那样，尾巴上立个烛，晚上焰头微晃，那就更有感觉了。

有人过来在对面的沙发上坐下，笑她：“丫头，怎么这么没精神？”

是万烽火。木代蔫蔫地躺着不动，说：“叫人气的。”

万烽火哈哈大笑：“跟气爆了的球似的。”

这话说得真贴切，万事都不能太过。她就是气得太狠了，反而气脱力了。

她提起精神跟万烽火说话：“怎么还没休息啊？”

“刚把李坦送走。”

木代意外：“他走了？”

“走了。”

也是，又不是真的来旅游，既然没进展，可不就各自散去了？虽然对罗韧心有不甘，但谁又有那个精神，为了个连底细都不知道的人，在陌生的地方熬着耗着呢？

木代怅然地坐起身子：“我明儿也回去了。”

第二天一早，木代收拾了行李，叫了出租车往机场去，刚开出不久就在人民路上堵了车。木代摇下车窗闲看风景，对面忽然有人对她大挥手：“哎，木代妹妹！”

是那个曹严华，这一块是他的地头，估计见天转悠。木代冲他挥挥手，本意是让他原地待着得了，谁知道他横插路小跑，一路躲着车挨着骂过来了，待到跟前，眉开眼笑地把胳膊肘压在车窗上：“哎，木代妹妹，去哪儿玩啊，三峡还是磁器口啊？”

“回去了。”

曹严华用了足有五秒钟才反应过来什么叫“回去了”，登时大惊失色：“怎么就走了呢妹妹？你才来几天啊，看不起我大重庆啊？哎，你走了都不打声招呼，太伤感情了，我怎么着都得请你吃顿饭啊……”

前头换灯了，司机不耐烦地撵曹严华：“让开，让开，开车了。”

木代抱歉地冲曹严华笑笑，谁知道还是低估了曹严华的热情。他不甘心地随车小跑两步之后，忽然拉开车门嗖地就蹿进来了。

这么危险违规，司机的脸色难看之至，曹严华权当没看见：“正好，我不忙，送送你。”

木代觉得正事应该还在后头，果然，曹严华加了她微信又再三表示要去云南拜会之后，忽然神秘兮兮地压低了声音：“木代妹妹，你功夫跟谁学的啊？”

木代斜他：“怎么着？”

“我也很想学啊，你这技术对我们这行太重要了啊！我上网查过，现在开班授课的都是什么太极拳，老头老太强身健体用的，不实用啊。木代妹妹，你有专门的师父吧？”

“嗯。”

曹严华心里一喜：“木代妹妹，不，姐，你看，你想不想收个师弟什么的？”

这要求提得可真委婉，木代一句话绝了他的心思：“没可能的，别想了。”

曹严华不死心：“难道你师父只收你一个徒弟？”

“不，前头还有一个。”

木代笑嘻嘻地看他："前头那个徒弟心术不正，学了功夫之后不走正道，偷了人家东西，我师父知道之后，打断了他一条腿……"

她说话的时候，手慢慢搁到曹严华膝盖上。曹严华听得紧张，也没在意，谁知她说到最后一句时，忽然用力拧住他膝盖往边上一掰，曹严华以为腿要被她给捏断了，没命地尖叫起来。司机让他叫得一激灵，车身硬生生在路上打了个飘。

木代好整以暇地缩手，语重心长地说："胖哥哥，不是我瞧不起你的职业生涯，但是我师父最恨的就是贼，他要是知道你蹚过这摊水，哼哼……"

曹严华让她两声冷哼哼得毛骨悚然，暂时绝了学技术的念头，不过他为人倒还实诚，也没有因为这事就转冷了脸，到了机场之后，一路把木代送到安检口。

距离起飞还有段时间，木代在机场店里闲逛，正寻思着要不要给红姨带点儿重庆特产，听见身后有人叫她，回头一看，居然是李坦。

这也算是此趟结识的熟人了，木代挺高兴的："你不是昨晚就走了吗？"

李坦笑笑："昨天不知道是航空演习还是交通管制，改今天了。"

他的飞机也还早，两人找了位置坐着聊天，话题绕来绕去也绕不开落马湖。李坦的兴致不高，想来是这趟重庆之行让他诸多失望。

木代并不觉得岑春娇的信息是假的，但是李坦这头也说得有鼻子有眼，双方各执一词，旁人也很难判断。她建议李坦："你如果真的跟凶犯打过照面，应该告诉万叔，他那里人多渠道也多，可以帮你一起找。"

"我跟他私下也谈过了，但是……"李坦眉头皱起，"怎么说呢，情形比你想得复杂，姓万的建议我去找个催眠师。"

怎么还跟催眠师扯上关系了？木代有些蒙。

李坦给她解释，但又说得语焉不详："当时……说实在的，我正好撞上，那个人想逃，我和他厮打在一起。他戴着口罩，然后忽然有人在我脑后来了一下子……"

木代惊讶："他们是两个人？"

李坦叹气："我原先也以为是一个人。"

他从怀里掏出烟盒，抽了一根在手上，估计顾忌是在机场，犹豫了一下没点："因为是两年前，跟岑春娇说的五年前完全对不上，所以可以肯定那个女人的话不可信。不过那两个人的脸，我真的没特别确切的印象，虽然倒地的时候看到了，但是当时被打蒙了，更何况，其中一个人还戴着口罩。"

木代明白过来催眠师的作用了："应该有用的，我听说催眠师挺神的，可以让你潜意识回到当时的现场，等同于场景重现，甚至可以引导着你把眼前的脸画出来。你画画好吗？”

李坦笑起来：“凑合吧。年轻的时候，我挺喜欢写写画画的，钢笔画画得不错，还给亚青画过……”

说到这儿，他忽然沉默了，半晌低了头，拇指、食指捻着手里的烟，烟头都给捻扁了。

木代心里有点儿堵，李坦年纪不小了，头发里夹了不少银丝。不敢说他当年前途无量，至少也是职业稳定，幸福家庭可期可许，谁知道李亚青出了事……

一个念头忽然在脑子里闪过，木代脱口问了句：“李教授他们，只有李亚青一个女儿？”

李坦说：“也不能算是，我听说，生亚青的时候，其实是双胞胎。”

他答得轻松，那边的木代却瞠目结舌，半晌说不出话来。

双胞胎这事，只是她的设想，自己意会的确凿，跟别人红口白牙的肯定，到底是有差别的。

“那……那另一个……”

“那个年代你也知道的，李教授他们是回城知青，当初生了两个女儿，送了一个出去，后来回来日子好过了，一直设法在找，但没找着……哎，姑娘，你是不是要登机了？”

木代回过神来，李坦正指着前头不远处的航班信息提示牌，木代对了对登机牌：“是，是我。”

她脑子里有些乱，起身走了两步，又折回来：“那……那个，我们留个联系方式。”

李坦点头：“我懂，有什么新的进展，我会跟你讲的。两个人找，总好过一个人。”

重新回到聚散随缘酒吧。

这两天，一万三格外勤快也格外卖力，张叔看不过去，挤对他：“小老板娘一回来，你就跟变了一个人似的。”

一万三说：“能不变吗？谁不怕打啊。”

更何况，霍子红前两天跟他提过，等木代回来，就会让她一件件上手酒吧的日常运营。木代要是接手了，第一件事肯定不是盘货就是查账，到时候，还能有他的活路吗？

这天傍晚，木代在临窗的位置坐着看书，一万三殷勤地送了杯咖啡过去。上面用奶泡和巧克力酱点了朵少女的头像拉花，三笔两画，意蕴悠长。一万三送过去，语气里不无炫耀，只盼木代能察觉到他这些日子的“刻苦”。

“小老板娘，你看我这段日子学的拉花……”

木代头也不抬，端起来就是一口。杯子搁下时，少女的脑袋已经少了半拉，又像是嫌烫，咖啡勺在杯子里搅了又搅。

一万三的心“嘎嘣”一声就碎了，什么叫牛嚼牡丹暴殄天物，这毒妇！

今晚他要在天涯帖子里更新一万字！

木代低声叫他：“一万三。”

“嗯？”

“有人盯我。”

废话，当然有人盯你，我正盯着你呢。一万三恨不得在她头顶上盯两个窟窿，但是还得摁下气去恭维她：“小老板娘，你长得好看，有人盯你也是正常的。”

虽然虚伪，倒也不算假话，何况这里游人如织，对面不是酒吧就是店面，还有很多摄影爱好者没事就咔嚓。有首诗说得好啊，什么你站在桥上看风景啊你也是别人的风景，记不真切了，反正就是这么个意思。

“不是，一万三，你也别露马脚，装着不经意的样子四处看看，到底是谁。”

让木代两句话说得，一万三忽然紧张起来，一颗心咚咚跳个不停。

他装着收拾桌子，眼神飘飘地左一下右一下，应该不是店里的客人。店里除了木代就一对情侣，两人那黏糊劲儿，目光恨不得在对方身上生根发芽。

那就是对面了？

对面也是一个咖啡馆，隔着窗户看不真切，角落里好像坐了一个黑色衣服的男人，但是一转眼又不见了。

木代的手机在桌面上震动了一下。

李坦发的，内容是“试了好几次，今天终于有进展，画像出来了，我拍照发给你”。

他用彩信发图，图片一帧帧出来得好慢，钢笔画的线条道道如刀戟压纸。人像出来的一瞬间，木代的眸光忽然收紧。

这是罗韧。

第十章

这一晚，木代失眠了。

半夜一点多的时候，她从床上爬起来，披着衣服下楼，把所有的门窗都检查了一遍，有几次，还伸手出去撼了撼。

还好，都很牢靠。

木代从吧台拿了洋酒和高脚杯，走到酒吧靠窗的角落坐下。虽然没有灯，但是并不黑，临街隔几步就有不夜的招牌，水道里的水泛着幽幽的光亮，底下的荇草结成一团又一团漆黑的阴影。

木代慢慢帮自己斟上酒，她喝酒没什么讲究，不像一万三，酒都是拿来调的。应该加几块冰，加冰多久最利口，讲究一套一套的。

接到李坦的信息之后，她第一时间给他打了过去。李坦说，事情发生在银川附近的小商河。

不过，要是追本溯源，还得从两年多以前的落马湖说起。

李坦记得很清楚，那天是落马湖案整二十周年，是个阴天，灰色的云团簇集在天边，上了年纪的人都说，怕是要下雪了。

被单位辞退之后，李坦开了个小超市，但是他的心思从来也不在生意上，勉强糊口罢了。

那天，他早早关了门，去了李亚青曾经住过的旧楼，走到半路，天上就飘雪了。

一晃二十年，旧楼已经没人住了，灰扑扑的水泥墙面，打眼看过去凄凉无限。李坦去李亚青家走了走，其他住户的家里都空荡荡的，只有她家，家具什么的都还在，大概是因为别人家都是搬出去的，而她们家全家死得突然，没人收拾这些身后之物。

地上的血迹早就看不出了，墙上那些被钉子凿的洞森森然，像一只只壁窥的眼睛。

李坦觉得胸闷，退到楼道里想抽根烟，刚叼住烟屁股想打火，楼梯上忽然传来空洞的脚步声。

鬼使神差地，李坦避到了隔壁的屋里，把门推开了道缝往外看。

来人中等身材，穿呢大衣、大头鞋，戴有檐的帽子，羊毛围巾，口罩。外头的雪应该大起来了，因为他走过的时候，身上还簌簌地掉雪片子。那人在李亚青家门口停了片刻之后，缓步走了进去。

李坦的心跳得厉害。这些年，虽然不算专业，但他也翻了几本犯罪相关的书。印象挺深的是，有一些心理变态的凶犯，会在纪念日重返凶杀现场，重温当时的场景和感觉。

虽然不能一棍子打死，但有个人在今天这个日子、在这里出现，挺意味深长的。

李坦屏住气，蹑手蹑脚地跟着那个人下楼，清楚看到那个人帽子下露出的花白头发。

那个人比他想得警觉，走了没几条巷子就失了踪迹。李坦向巷子里的住户打听，有个箍桶的老伯说那个人一路都在打听李亚青一家的案子，听口音不是本地人。

这一点给李坦提了醒，外来的人总要走的，落马湖不大，只有一个客运站，既然跟丢了，不如去客运站守株待兔。

李坦专门取了钱，带了简单的行李，在客运站转悠了三天，终于让他等到了。

他跟着那个人上了车，几次想从旁看到那个人的脸，但那人帽檐压得低低，自始至终也没有摘下口罩。

中途几次换站转车，万幸运气不赖，每次还都铆得住，最终真的完全跟丢，是在银川小商河。

说到小商河，就不能不提中国的第四大沙漠，腾格里沙漠。

腾格里沙漠介于贺兰山和雅布赖山之间，海拔1200~1400米，和一般想象中的干旱大沙漠不同的是，腾格里沙漠中分布着数百个残留了千万年的原生态湖泊。大漠浩瀚苍凉，湖泊婉转柔媚，互依互存，形成了罕见的景观，住户也自然而然打马塞上，依湖而居。

小商河就是这样一个地方，规模不大，生活方式相对简单，但不失热闹。

李坦直觉那个人就在小商河，他在镇上的旅馆住下来，每天都绕着小商河转悠。这里经常起风沙，头巾口罩是必备装束，中等身材的男人又是大把，那个人到了这里，还真像是一粒沙子混进了沙堆，叫人一筹莫展。

几天下来，人是没找着，对小商河的住舍分布，倒是摸了个门儿清。

这边的房子大都是夯土版筑平顶房，夯土一是因为当地少石材，只能就地取土；二是因为风沙大，厚重的土墙便于抗风抗沙。至于平顶，长年不下雨，自然也用不着斜坡式的房顶。

唯一不同的一家是低堡寨合院式的，这在之前是豪绅富户的房子，现在住得起的也必然不是普通人——李坦好奇心起，偷偷看过，院子里停的是一辆黑色悍马H2。

这车子，后来李坦在街上看到过一次。当时没看到开车的人，后座的窗户半开，露出一个年轻女子的脸。她略偏了头，眼睛泛红，似乎有什么愁郁伤心的事。

可是，每个人不都有伤心的事吗？就像自己，白发已生，事业不继，至今孑然一身，现在又千里奔波，为的什么？

当晚，李坦在临街的小饭馆喝得酩酊大醉，嚷嚷着要钢笔画画，忽然又呜呜呜抱着脸哭，快半夜时店主要关门，半推半搡着把他赶了出去。

李坦头重脚轻，走了几步就挨着街边的垃圾桶滑倒在地。

有脚步声从身边经过，李坦嘴里嘟囔着，勉强睁了睁眼睛。

从这个角度，他看到了一双大头皮鞋、戴着黑色皮手套的手，还有手里握着的一捆……渔线。

酒气上涌，李坦疲惫地闭上了眼睛。半晌，他蓦地陡然睁开，喝下的那几瓶白酒，都化作了冷汗涔涔而出。

渔线！

他踉跄着站起，向着那人离开的方向追奔。这里不比城市，一入夜就黑洞洞的，李坦在街道上茫然地左顾右盼，然后慢慢摸进了一道低矮的巷子。

只有一户人家亮着灯，门缝里冒出老羊汤即便是膻味也压不住的腾腾香气。路过时，李坦抽着鼻子嗅了一口，又嗅了一口。

不对，好像还有……血腥气。

他揣着一颗咚咚乱跳的心，踮着脚尖从高处的小窗上朝里看，那里确实是在熬汤，用的还是以前的烧土灶，汤已经沸了，蒸汽推得木头锅盖此起彼伏，灶膛里的火正旺，墙上映出诡异的影子。

一个人僵立着不动，胳膊高高举起，像是要劈什么，但摇摇晃晃，有一根连着胳膊的线，正被另一个人拖曳着定位，线的影子映在墙上，颤颤悠悠，像割指的弦。

李坦大喝一声，踹开门就冲了进去。

事后他也后悔，觉得自己应该做得更稳妥些，比如先报警，但当时，二十多年的心心念念豁然迫在眼前，热血涌上脑子，什么都顾不得了。

他跟那个穿线的男人厮打翻滚在一起，撞倒了尸体，滚在血泊里，倒了汤锅，砸了碗碟，火从灶膛里蔓延开来。他终于把那个混蛋摁在了地上，一手掐着他的脖子，另一只手去拽他的口罩。

就在这个时候，后脑上轰地挨了一下子。

李坦喘着粗气翻倒在地，眼前是一个男人愈来愈模糊的脸。

醒来的时候，是在小商河郊外的沙坡里，夜还黑着，远处的小商河一隅，火光冲天。

后来他听说，那户人家是卖椒香羊肉的，半夜烹煮羊汤不小心，火从灶膛里蹿了出来，天干物燥，火借风势，险些烧了半条巷子。火被扑灭的时候，一家人都烧得像干截的木头一样了。

所以，是烧死的。

这世上，只有他和凶犯知道，火起之前，屋子里曾经用渔线连起了人偶。

李坦在小商河只有半个小卖店门面大小的派出所门口犹豫了很久，还是悄悄离开了。

大火毁了一切，他没有证据，而且还很有可能被当成是唯一的嫌犯。当然，他也有私心：倘若报警，倘若抓到了那个人，只受到法律的制裁，岂不是太便宜那个人了？

无数次，他狠命捶打自己的脑袋，想着，要是能记起那个帮凶的脸就好了。后来，万烽火给他支招说，你可以试试催眠。

催眠？听起来像是国外或者影视剧里爱玩的噱头，日常生活可不兴这一套啊。整个落马湖，怕是连心理医生都找不到一个，还催眠师呢。

但是，怀着万分之一的侥幸心理，他还是去了北京，忐忑地迈进了一间暗色调装修、低调豪华、书柜里全是洋文精装本的办公室。

那个端坐在书桌背后，据说有着GPST-IH国际催眠师认证的人，礼貌地向他示意了一下："请坐。"

接到木代电话的时候，李坦正坐在喷泉广场的台阶上，看那张钢笔画的肖像。

李坦说："我是在小商河郊外的沙坡上醒过来的，应该是那个人把我扔在那儿的。我身上有钱包，钱包里有身份证，他一定早就对我的底细了如指掌了。"

"如果他真的是嫌犯，一定很忌惮那些至今还在追查这件事的人。岑春娇讲的是假话，但是其中有一部分又很真实。岑春娇会不会是一个饵，为了钓我们这些鱼呢？"

"木代，你要小心点儿啊。"

安静到让人恍惚的夜色里，木代举起了酒杯，一饮而尽。

原先她想的是：你要来，就尽管来，亮刀子，放招子，看谁狠得过谁。

但是一杯酒下肚……

他妈的一万三，当她是傻子吗？这酒能是真的吗？

第十一章

酒吧清早一般没客人，所以早餐通常都很显眼地开在最中央的桌子上，那是一张做旧的咖啡色调长方木桌，边上细吞口的天青色仿钧窑瓷瓶插一两支干花。正中是精致小巧的欧式细脚钢琴模型，琴键上立一个身姿曼妙的芭蕾舞女，足尖轻压，好像下一秒流畅的乐声就要迤逦而出似的。

这样精致的场景，每天早上被热气腾腾的米粥包子作陪，曼妙舞女只能眼瞪眼地看咸菜煎饼，还真是怪委屈的。

霍子红昨晚上落枕，起得晚了些，揉着脖子下楼的时候，张叔已经在舀红枣粥了。木代坐在桌子边上，撒娇的小样儿："叔，多给我点儿红枣呗。"

霍子红微笑，随口问了句："一万三呢？"

木代好像没听见，全副精力都集中在几颗枣子上。张叔回过头，一脸古怪地对着她挤挤眼，又用嘴努了努外头。

霍子红心里有了数，先出门去看。

一万三半蹲在门口扎马步，两手平摊向上，脑袋上顶半瓶洋酒，额头正中拿黑色的记号笔写了个"我"字，近前一看，掌心也有字，左手是"活"，右手是"该"。

连起来是：我活该。

这上下有字左右甩开的架势，活像过节贴了门楣春联。

这种损招，除了木代不作第二人想，霍子红叹了口气，把酒从他脑袋上拿下来："进来吃饭。"

进了屋，一万三挨着桌子扭扭捏捏就是不坐，霍子红拿调羹搅了搅粥，说："这里是谁当家呢？我说话都不管用了。"

木代朝一万三眼一翻："我红姨让你坐你就坐！"

一万三一个激灵，腾地就坐下了。

霍子红不动声色："又怎么了？"

木代拿着煎饼裹咸菜，讲究得像在裹金丝银丝似的："姨，一万三做了坏事，我包庇了他，就不跟你告状了，但小惩大诫是不能免的。"

霍子红看一万三："做了坏事？"

一万三供认不讳："是，老板娘，我一时糊涂。"

木代在边上讲风凉话："说得好像跟你清醒过似的。"

霍子红忍住笑，存心拿话戳她："木代，自打一万三来了店里，你跟他总是不对头，还真应了老话，不是冤家不聚头啊。哪天你俩手牵手到了我跟前，我也不会觉得奇怪。"

木代说："我也期待着那一天呢。"

这是什么意思？一万三顿生警惕。

木代咸菜裹好了，一口嚼下去，顺便抛了个眼波给他："信不信我过门儿第二天就给你披麻戴孝？"

一万三哭丧了脸看霍子红："老板娘，我早就心有所属，小老板娘这样……优秀的人品，值得更好的人……来配。"

……

吃完饭，照例是张叔拾掇杂事，一万三进吧台准备，霍子红要去蜡染布纺街走走。这里的旅游热度居高不下，她有心再盘个店面，专卖云南的特色小工艺品，蜡染扎染布艺是个不错的选择。

正准备出门，木代几步跟上来："红姨，我跟你一起。"

霍子红有些奇怪，木代向来对这些最不感兴趣的。不过，一起就一起吧，她也正想交代木代一些生意上的事。

一路上穿街过巷，行人渐多，各色小吃水果的摊头也沿着河道一顺摆开。霍子红随走随看，木代则绝不超出她身周三步，时不时还谨慎地四下去看。

她想好了，如果罗韧真的已经到了这里，那目标一定是红姨，她寸步不离红姨就好。如果罗韧转而对付店里的人……

这两天也要提醒一下张叔，至于一万三那种，牺牲就牺牲了吧，就当为民除害了。

酒吧里，一万三运指如飞，键盘打得啪啪响。最新更帖里，他的森林老板娘已经对他含蓄地流露出了"爱意"。

而追帖的网民显然也沸腾了。

——我早就猜出这个女人居心不轨，果然！

——楼主挺住！绝对不能屈服！

——我倒不这么想，我建议楼主假意答应，把酒吧都攥到自己手里之后再把她一脚踢开！

——楼上都是直男癌吧，人家自己的酒吧，喜欢上了自己的伙计，有什么过分的？

……

一万三忽然背上一凉。

那个名为“欠债还钱，天经地义”的ID又出现了。

——我就纳闷了，楼主每天不好好工作，更帖倒是很欢。酒吧的工作很清闲吗？

罗韧没有住客栈。

他包下了一幢纯老式的纳西族风格民房，三坊一照壁，四周客栈林立，反而更显隐蔽，但位置绝佳，推开二楼的木格花窗，就能看到最热闹的街巷。

甚至不用推开，这是老式的木头花窗，镂空的梅花雕花下是八十一个小窗格，依着九九消寒图而做。花格过去糊纸糊纱，现在都是透明玻璃，再加上花墙上拂来垂去的花枝条叶，是窥视却不暴露自身的绝佳位置。

罗韧站在窗前，居高临下，饶有兴致地看木代。

其实最先，他是看霍子红的，但是看着看着，目光就忍不住转到木代身上了。

怎么说呢，她跟着霍子红亦步亦趋，却时不时左顾右看满眼挑衅，那意思很明显：她知道有人从旁窥伺，也要传递出一个“惹我你就来试试”的信息。

像只龇牙咧嘴嗷嗷叫得凶的小狼狗，可是从来也不真的下口去咬，充其量……

罗韧忍不住伸手摸了摸自己的肩膀。

充其量，也就撞他那么一下吧。现在，她老母鸡一样张开翅膀护住霍子红，以为他就不敢有所动作了吗？

木代尽忠职守，陪着霍子红去，又陪着她回。

霍子红觉得她奇怪：“木代，你今天整个儿都怪怪的，说是陪了我一路，又一直神游万里。我今天跟你讲的东西，你都记住了吗？”

红姨给她讲东西了？

看到木代那副样子，霍子红也知道她心不在焉，摇着头进了酒吧。木代刚跟进去，张叔就招呼她：“小老板娘，有人给你送东西呢。”

木代惊讶：“我？”

“嗯。”张叔朝她示意了一下旁边桌上的一个小箱子，“快递。”

收快递的心情总是愉悦，不过知道她地址的人其实寥寥，谁呢？师父？万烽火？难不成是那个……曹严华？

木代半惊半喜，用钥匙齿划开封口的塑胶带，刚打开脸色就不对了，过了一会儿她拿起了箱子看，有些恼火："张叔，这能是快递吗？"

张叔奇怪："怎么了，送的炸弹啊？"

过来一看，他就明白为什么了，那个箱子上没有贴快递单，换言之不是走的正常揽收递送程序。但这也不怪他啊，有时候店里忙，快递来了他都懒得抬头，一般情况下都是努努嘴："喏，扔桌上吧。"

快递员也不含糊："那，叔，我帮你签收了啊。"

干脆利落，两厢方便，谁还有那工夫帮她检查啊，难不成真的送的炸弹？

他探头往箱子里看，过了一会儿，伸手拎出一袋草莓来。

颗颗粒大红润，颜色饱满，说实在的，这快递可真"速递"，草莓上的水珠都还在呢。

张叔说："这不挺好的嘛，美容养颜，女孩儿不都爱吃草莓吗？"

一万三也伸着头往这里看："匿名送草莓吗？小老板娘，是有人追你吗？"

他点评："不过这人也太实惠了，至少也送个花啊！这种不好，小老板娘，这种开始送水果草莓的人太实惠，真谈了恋爱，你就只能收到大蒜大葱了……"

木代忽然火了，一把抓过那个袋子，腾地就扔到了桌底下的垃圾桶里，然后转身就走。

张叔和一万三都没有动。

良久，一万三的目光都无法从草莓上移开，他清了清嗓子："叔，你看我们小老板娘，这也太……浪费了。"

"是啊。"张叔的声音也很凝重，"这种……是不是叫奶油草莓啊，得二十多块一斤吧？"

两人的目光交会，难得碰撞出了主意一致的火花。

何惧垃圾桶，不吃白不吃。

晚上，木代觑了个空，跟霍子红提了一下自己担心的事。霍子红又好气又好笑："你这么一整天神神道道的，就是为了这个？"

木代急了："要不是没有确凿的证据，我都想报警了。红姨，那个人要真是凶手的帮凶，那多危险啊。"

霍子红笑起来："那跟我有什么关系呢？"

"我只是打听一下当年的事情，李教授是我的老师，学生打听老师有问题吗？"

木代忽然想起李坦钱包里的照片，一句“你真的只是他的学生吗”冲到嘴边又咽了下去。

霍子红摇头叹气：“我也不知道你们在搞什么，什么催眠画像我也听不懂。真是坏人我也不怕，世上难道没有王法吗？”

这跟王法又有什么关系？这个红姨，真要被她气死了。

木代决定还是按照自己的路子走，谁想动红姨，动她这个家，都是她绝对不允许的。

白天不管霍子红怎么头疼，她依然执拗地跟着；晚上要么不睡，要么睡得极其警醒。练武之人，如果脑子里一直有根神经提醒着，那么哪怕是最轻的声响，都能让人迅速醒过来。

不过到底不是铁打的架子，几天下来，脸上就显端倪了，眼睛下老大的黑眼圈，一万三纳闷地问她：“小老板娘，你晚上是做贼去了吗？”

贼?

说到贼，木代忽然想起曹严华来了。往常，他发微信朋友圈是最勤的，配图要么是解放碑，要么是索道口，还要加一句：“今天心情不赖。”

想必是得手了，犯罪地点都在照片上。

不过这两天安静得有些异样，木代发了微信问他最近如何，也如同石沉大海。

这一晚十二点多，木代照例披了衣服下楼，挨个儿检查门窗，伸手撼了又撼。困意忽然上涌，掩嘴打了个哈欠，看窗玻璃上自己映出的脸，眼睛血丝密布得像个兔子。

突然好生恼火，你要来，你就来，动手打架也不怕你，最怕这么拖着，拖得人精神全无。

一鼓作气，再而衰，三而竭，原来是这个道理。

兜里的手机忽然响了，木代拿出来一看，是个不认识的号码，随手接起来：“喂？”

那头没出声，木代等了两秒，心里忽然“咯噔”一声：“喂？”

果然，略顿一顿之后，听筒里传来罗韧的轻笑声。木代头皮都轻微地发炸，下意识地冲到落地玻璃窗前。

路道，河街，荇草，不夜的招牌，幢幢阴影里像是完全没有人，又像是都有人。

他说：“我今晚不会来的，早点儿睡吧，养足了精神，咱们……明天见。”

第十二章

又是早饭的点，餐桌旁反常地不见了木代。霍子红是老板娘，张叔又到了腿脚要补钙的年纪，跑上跑下传达这种事，理应是自己做——一万三很积极："我去叫小老板娘。"

他"噔噔噔"几步跑上楼，木代的门半掩着，一万三没那个胆子直接进去，在门口咳嗽了又咳嗽："小老板娘，吃饭了。"

木代说："进来。"

门一推开，一万三脑子里蒙了：我的娘啊。

木代在练功。

木代的房间跟别人的不一样，墙面上总是多出几个凸凸凹凹的方便练功，比如两米高处有个凹窝，一万三以为是装修工人不小心砸的，直到有一次亲眼看到木代一只脚踩在凹窝里，一只手撑着天花板，整个人跟交叉的墙面形成了一个直角三角形——在换灯管。

因此一般是见不到木代清早起床在院子里"哼哼哈嘿"冬练三九、夏练三伏的情景的，她经常把自己扭得跟八爪鱼一样或者倒立着看书看片，用她的话说，那叫功夫在平时。

所以，一万三可以肯定，木代现在也在练功。

不过练得有点儿瘆人，她等于四肢张开悬在半空，四根登山用的绳索分别绕着她脚踝手臂，连着屋子天花板的四个边角。

一万三进门的时候，她的手脚同时外绕，相当于又缩短了一圈绳索的长度，整个人受的撑力更强。

一万三小心翼翼："小老板娘，你这是……"

"拉筋。"

哦，好像是从前听木代说起过，动手之前如果能适当抻拉，筋骨受伤的风险会小些。原来是这么拉的，脖子里要是也加一根，跟五马分尸也没两样。

一万三说："那我去跟老板娘说，给你留点儿饭。"

他生怕木代异想天开拿他打桩什么的，三步并作两步往外走。

"慢着！过来帮我看看，我脸色好吗？"

根据多次对敌经验，这种时候，一定要诚实，溜须拍马的话会死得很惨。一万三过去看了看，诚实摇头：“不大好。”

木代嘴巴往边上努了努：“帮我贴个面膜。”

一万三殷勤之至，做得真是到位，帮她贴之前还拿热毛巾先敷了脸，举着面膜纸比对着鼻子眼睛贴下去的时候，一万三问了句：“小老板娘，今天是不是要见……什么人啊？”

木代不置可否。

一万三人品欠奉，脑瓜子实在是灵的，木代的身手他见识过，一般的打架根本用不着抻拉什么筋骨。这次事先居然有所准备，像极了武侠小说里的约定比武。

酒吧的日子按部就班无聊透顶，一万三居然有隐隐的兴奋感：“那小老板娘为什么要做面膜呢？”

木代说：“全方位的碾压，身手上、精神面貌上，碾压！”

“碾压”两个字，发音很重。

懂了！一万三兴奋极了：他就爱看这种掀锅砸碗捅娄子的事情，闹得越大越好，最好把木代抓进去，蹲个三五年才好！

一整天，一万三都超级期待，脑子里勾画了无数种对方打上门的情景。因此，当傍晚时分，来者施施然迈进酒吧，指名道姓要找木代的时候，一万三大失所望。

就这种货色，至于做个面膜去碾压？

他连步子都懒得挪，懒洋洋地给楼上的木代打电话：“小老板娘，你的‘碾压’来了。”

碾压？曹严华很奇怪，给一万三强调：“我姓曹，曹严华。”

一万三的眼珠子都快翻没了：“知道了。”

乍见曹严华，木代也愣了半天：“你……过来玩吗？怎么也没提前说一声？”

曹严华悲从中来：“木代妹妹，窝被端了，人心散了，队伍不好带了啊。”

难怪这一阵子销声匿迹，无他，偷窃被抓去蹲了班房，拘留十天。

不幸中的大幸是，失手是因为一般的偷盗。警察不知道他还算个小头目，教育了几天就放出来了。

幸运中的大不幸是，被抓不是偶然的。为了净化城市环境，提升城市形象，解放碑一带加大反扒管理力度，队伍成员纷纷落马，眼看就要追查到他……

这叫风紧，扯乎，曹严华带了银行卡，卷了两件衣服，开溜。

火车站里，曹严华苦苦思索，去哪儿呢?

就在这个时候，手机“叮咚”一声响，送来了朋友的问候。

木代发的，问他：“最近怎么样，还好吧？”

曹严华握住木代的手，无限感慨：“难怪说患难见真情啊木代妹妹，我的朋友圈都是同事，自打我有难，点赞都不点了啊，只有木代妹妹你给我发微信，我这心里啊，拔凉又透亮啊。”

怪不得今儿个他站在这里，世上事，有因就有果，都是自己手欠招来的。

“不过木代妹妹，你放心，我不是来吃白食的，一来看看你，二来云南这边物产多，我想看看有没有什么别的机会转个行……”

说到这儿，他开始张望着看酒吧的内部装饰：“好像开个酒吧也不错嘛！”

晚上九点过后，酒吧客人渐多，一天当中的其他时候有一万三和张叔足以应付，但晚九点到十点的繁忙时段，木代和霍子红都要偶尔下来帮忙点个单送个酒什么的。

尤其今晚，木代真是被拿来当小工使了，原因是曹严华趴着吧台和一万三谈得热火朝天，霍子红还温温柔柔地说：“曹先生远来是客，我们忙就忙点儿，反正应付得来。”

不过也好，店里这么热闹，红姨他们都在她眼皮底下，不怕罗韧搞出什么阵仗来。

又一次撤了杯子到吧台，木代一边往洗水池里放，一边冷眼听一万三和曹严华对答。

一万三：“开酒吧赚钱，当然赚！前期投资吧，我觉得至少三五十万，装修很重要。”

曹严华：“是，我也这么想。钱不是问题，关键要做得有创意，要有吸引力，有话题。”

一万三：“我帮你想过了，曹兄，如果你开酒吧，门口地上一定要用黄金镶出一个‘斗’字来，你知道这代表什么吗？日进斗金！”

曹严华：“这太有创意了！兄弟，你这智商，怎么着也得是广告公司创意总监啊……”

……

木代听得脸上的肌肉直抽，眼前这俩货，一个卖身为奴坑蒙拐骗，一个偷鸡摸狗流窜在外，两人兜里翻遍了估计都凑不足两千块钱，还日进斗金，还三五十万！

正忍无可忍，霍子红在后头推了她一把：“木代，靠窗那桌客人，都坐了有一会儿了，快过去给人点单。”

木代恨恨，回头再跟你俩算账。

她顺手从吧台拿了酒水单，小跑着过去：“你好，请问要点……”

她突然不说话了。

罗韧从她手里把酒水单接过去，低头翻了一页，又翻一页：“有什么推荐吗？”

问了两声都没回应，罗韧抬头看她。

她脸色青一阵白一阵的，手里握了支点单的摁式圆珠笔，微卷的长发有一侧拂在耳后，露出细致但因情绪激动微微泛红的脖颈来。

“你们服务员，不应该把头发扎起来吗？要是挂到酒水了，不太卫生吧。”

“你来干什么？”

“这儿不是酒吧吗？喝酒啊。”

他一边说，一边看似随意地四下去看，末了，目光落在正和客人说话的霍子红身上。

木代也注意到了，她腾地移了下身子，挡住了罗韧的目光。

“有我在，你休想靠近我红姨。”

罗韧笑起来：“真的？”

木代正想说话，罗韧忽然伸手握住她胳膊，直接把她推开一些：“老板娘？”

霍子红闻声回头：“你是？”

她一边说一边过来：“有什么问题吗？”

罗韧站起身：“想认个老乡，挺巧的，我也是落马湖人。”

霍子红怔了一下：“这么巧，我离开落马湖很久了，是老乡的话，喝点儿什么吧，算我的。”

罗韧看着她，笑意更深：“离开再久都该记得的，当时，我们两家是邻居，如果我没记错，你住陈前巷12号。”

简直是胡扯，罗韧怎么又成了落马湖人了？天大地大，四处皆你家吗？

木代还没来得及说话，罗韧向霍子红做了个请的手势：“换个地方聊聊？”

还换个地方？木代急了：“红姨！”

这一声似乎终于让罗韧记起她这个人来，他转头看向木代：“还有，外人不方便在场吧？”

霍子红笑着拍拍木代的手臂：“木代，你在这儿待着好了。”

在这儿待着，是要她急死吗？木代心一横，也管不了罗韧正在看着，附到霍子红耳边："红姨，他就是我跟你说的那个人啊。"

怕红姨不明白，她还试图用手指在霍子红背上写个"罗"字。

霍子红抱歉似的朝罗韧笑笑，又向木代说："我们就去吧台后头，你在这里能看见的，再说了，一万三和曹先生也在那儿啊。"

这么多人，罗韧不会乱来的吧？

木代频频看向吧台后头，罗韧侧背对着，霍子红倒是面向她的，时不时温柔地朝她笑笑让她安心。而隔了几米的地方，一万三和曹严华俨然相见恨晚恨不得撮土为香结为兄弟了。

担心归担心，心里同时也好多疑问，这个罗韧，真是落马湖人？还是红姨过去的邻居？怎么什么事情都绕不开这个落马湖呢？

变故就是在这个时候发生的。

听到霍子红的尖叫声，木代浑身一颤，想也不想，手头两把吃甜点的钢叉向着罗韧脑后甩了过去，与此同时两步上桌，半空一个翻转，到吧台时一手摁住曹严华的脑袋，一个借力旋身向着罗韧直撞过去。罗韧一把搡开霍子红，避身躲开钢叉，却没能避开木代，被她撞了一个踉跄，好在下盘稳，借势急冲两步拉开后门，门开时忽然回头，向着怒火中烧的木代挑衅似的笑了一下。

霍子红被搡在地上，惊魂未定，但应该没有受伤，木代咬了咬牙，叫了声："一万三，看好我红姨！"

一万三还没来得及应声，木代已经没影了。

酒吧里有刹那间的寂静，事情发生得太快，以至于终于有人反应过来掏出手机想拍个"第一目击"时，一切都已经结束了。

霍子红捂着脖颈低声咳嗽着，一万三从柜门钻出，慌慌张张地扶她："老板娘，老板娘，你没事吧？"

越来越多的人朝这边拥过来，只有曹严华还愣愣地站在当地。

过了一会儿，他伸手摸了摸自己刚刚被狠狠摁过的脑袋，脑子里只有一个念头——

我要拜师。

第十三章

罗韧明显事先勘察过地形，穿街过巷速度很快。古城依山而建，游客们大多惫懒，不愿爬高爬低，所以越往山上人流越少，到了晚上尤其明显，有些巷道老早就关门了，只余一两盏灯笼为古城增光添彩。

不过这倒方便了木代，人多的话施展功夫多少有些忌惮，没人就可以无所顾忌了。她一般都两步上房，踏着屋檐翻转过巷，居高临下，罗韧怎么都甩不掉她。有一两次，她突然从屋顶翻下来，凌空就是一记手刀，逼得罗韧左支右绌。

不过，罗韧也看出木代的路数了，一般来说，男女习武各擅所长，很少有女人会去横练外家。举个简单的例子，胸口碎大石的都是五大三粗的男人，见过哪个女人跟自己的胸过不去的?

木代应该习的是轻身功夫，一来女孩儿体重轻，本身就有优势；二来在重庆时，她一招壁虎游墙已经显了端倪。

但是世上事从来不能完满，精力如果都用在轻身功夫上，拳脚对阵一定是她的软肋。

罗韧打定主意，下一个巷口忽然转向发力，蹿进了一片不算密的林子，紧跟过来的木代迟疑了一下，还是追了进来。

林子不比巷道，一是黑，视物不便；二是枝丫太多，上去了缠臂挂腿的很难施展；三是……

木代有些慌，罗韧进了林子就没影了，若非钻进了地下，那就一定藏在哪棵树的后头。

她其实不擅长这种勾斗，她喜欢那种灯光雪亮划下场子来，不避人，不惧光。

身后好像有动静，木代浑身一颤迅速转身，那一头，树影异样地摇晃。

木代屏住呼吸往那边走，刚走了两步，有一只手忽然自后搭住了她的肩膀。

就是这时候了！

木代咬紧牙关，肩膀侧顶，抓住罗韧的手腕前拽，如果是普通人，会被她一个过顶摔掀翻，可惜罗韧下盘太稳，力气也大过她，木代拽到中途就知道不妙，念随心转，一脚蹬住边上的树干，借着罗韧的力身子倒转上扬，头下脚上，几乎扬起近两米高。

依着这个势头，再让她来个半空翻转，就直接上了树了，到时候哪里抓她去？罗韧出手如电，喝了句“下来”，两手抓住她两侧肩膀，往下狠狠一拖。

木代几乎是被掼到地上的，她轻身功夫也真是好，触地就起，刚站起身，罗韧的手再次搭到她肩上，木代心一横，右肘微曲，身体后撞，肘根狠狠撞在罗韧肋下。

这一下其实兵行险招，是她先撞进对方怀里，但是只要撞得狠，对方吃痛之下无力还手，马上就能扭转战局。

听到罗韧痛哼的声音，木代心下大喜，谁知下一刻，他突然伸手前搂，把她连胳膊带身体一起钳住，另一只手抬起，冰凉的刀刃已经压到她脖颈处。

木代的脑子里一片空白，忽然想到师父常说的一句话——

高手过招，生死一瞬。

师父说，高手对阵，打什么三天三夜拆个千八百招的都是狗屁，一个破绽，胜负就分了，严重的就要定生死。

时间其实很短，十秒？十五秒？回合只有两三个，已经一败涂地了。

刚刚打得激烈，现在却安静得可怕，鼻端传来树木特有的味道，但所有的感官神经都只关注颈间的那一线凉。

罗韧问她：“知道你犯了什么错吗？”

不知道，不该追出来吧，事情发生得太快了，难道她就要死了吗？

木代心底忽然升起莫大的惶恐。

刀子好像又压得紧了些，罗韧凑近她耳边，问：“有什么遗言没有？”

有什么遗言？木代的身子有轻微的颤抖。英雄好汉这个时候一般都是头一昂，说什么“要杀要剐悉听尊便”，或者咬牙切齿“我做鬼也不放过你”。

她好像都做不到。

早上她还做了面膜来着，片刻之前她还鄙视一万三和曹严华沆瀣一气，怎么现在就要死了呢？

她鼻子一酸，自己都没发觉，眼泪已经顺着脸庞流下来，滴到罗韧持刀的手上。

有好一会儿，罗韧没再出声，过了一会儿，他很是无奈地说了句：“你怎么这么不经吓？”

木代真哭了。

反正也要死了，反正已经丢人了，还不让人哭吗？木代伸手去擦眼泪，自己都没注意到罗韧的钳制已经松很多了。

“木代，我现在让你走，但是你要听我三句话，回去好好想这三句。”

木代就听到“让你走”这三个字，僵了一瞬，然后使劲点头。

“第一，你亲眼看到我动霍子红了吗？

“第二，落马湖真的有霍子红这个人，住陈前巷12号，父母是乡下卖菜的小贩，她家境不好，小学读到二年级就辍学跟父母出摊。回去观察你红姨，像吗？

“第三……”

说到“第三”，他顿了一下：“我现在放你走，你不准回头，回头的话，别怪我改主意。”

说完，他在木代背上轻轻推了一下。

木代机械地往前走，深一脚浅一脚，脑子里嗡嗡的，不敢置信，但真的没有再回头。

看着木代走远，罗韧捂住肋下蹲了下去。

木代精神萎靡地回到酒吧，里头已经清了场，一万三他们正围着霍子红问长问短，木代径直走过去，叫了声：“红姨。”

霍子红脖颈上一圈浅浅的红印，应该是被罗韧给扼的，她抬头看到木代眼皮微肿，心里一惊，正要说什么，木代先开口：“我没抓到他。”又说，“我先回房了。”

霍子红已经看到她一身的土，知道即便没抓到，也是着实打过一场的，自己不好跟过去，拿眼色直示意一万三。一万三赶紧小跑着赶上，曹严华待不住，也亦步亦趋地过去。

木代步子沉重地上楼，推开房门时，忽然悲从中来，腿一软跪了下去，然后直接趴倒在地。

搁着平时，一万三怕是以为她又在练什么“壁虎游地”的功夫，这次知道不同，赶紧过去：“小老板娘，小老板娘，地上脏。”一边说一边束手无策，想扶又不敢。还是曹严华贴心，赶紧把她床上枕头拿过来：“来来，木代妹妹，咱垫着。”

木代抬了头，把枕头扒拉到脸底下垫着，哽咽着说了句：“我好差劲啊。”

一万三安慰她：“不就是没抓到吗？小老板娘，没抓到也不差劲啊。”

木代呻吟似的呜咽一声，把脸埋在枕头里，声音含含糊糊的：“人家说要杀我，我吓哭了。”

曹严华很激动：“吓哭了很正常啊，木代妹妹，谁不怕死啊，吓哭了说明热爱生活，珍惜生命，那些不怕死的人才是对家庭对社会极其不负责任……”

他叨叨说了好久，木代有气无力：“你们走吧，我想静一静。”

曹严华没辙，叹着气出来，到门口时忍不住回头看她，又问一万三：“她这是……怎么了啊？”

一万三说：“看来我们小老板娘是遭到了全方位的……碾压。”

说到“碾压”两个字的时候，他一手往下，做出拼命摁压的模样，心里默念着一个字——

爽！

关灯之后，霍子红和张叔不放心，过来看木代，床上没有人，被子枕头都不见了，霍子红走到壁橱边上，把推拉门推开了一条小缝。

木代拥着被子，脸埋在枕头里，已经睡着了。

霍子红叹了口气，把壁橱门又拉上，向外走的时候，低声跟张叔说话：“我就是担心她这一点。木代性格太刚，一点儿软韧都没有，要么趾高气扬，要么垂头丧气，从来没有中间的时候。”

“老板娘，今天这事，要报警吗？”

“多一事不如少一事，算了，在外头开店，免不了有人闹事的。”

……

壁橱里，木代缓缓睁开了眼睛——

她家境不好，小学读到二年级就辍学跟父母出摊。回去观察你红姨，像吗？

罗韧嘘着气脱掉了上衣。

镜子里的人身材挺拔结实，古铜色的肌肉泛着微微色泽，肋下瘀青了一大片。

罗韧用毛巾拧了冷水，叠好了敷在伤处，刚一敷上就激得倒吸一口冷气。

他恨得牙痒痒：“真该给她一刀。”

旁边开了扩音的手机里，传来郑伯关心的询问：“伤得厉害吗？实在不行去趟医院。”

“没事，还没那么脆弱。”罗韧摁住毛巾，关了扩音拿起手机凑到耳边，“聘婷好吗？”

郑伯在那头儿叹了口气：“还是老样子。”又说，“罗韧啊，你也该回来看看她了。”

罗韧身形一顿，沉默了片刻之后，刻意岔开话题：“我见到霍子红了。我总感觉，她知道一些事情，现在这三起相似的案子之间一定有着一些联系。”

郑伯苦笑："你就是太较真了，都查了这么久了，有结果吗？世上被砍掉左脚的人那么多，互相都有联系吗？我上网搜过，砍脚这事可不稀奇，上古的时候叫刖足，是五大刑之一呢。"

罗韧唇角微弯："如果霍子红这边能进展顺利，很快就有结果了。"

郑伯有些担心："没那么简单吧，你不是差点儿被她那个……养女打伤吗？"

"她？"罗韧失笑，"好像一只奓毛的猫，一戳弄就张牙舞爪蹦得老高，不过今儿晚上，我也是拔了她的爪子了。"

郑伯埋怨他："冤家宜解不宜结，你也别做得太过。"

罗韧懒洋洋地回了句："立场不同，各凭本事，有什么过不过的……"

目光忽然落到桌上扔着的那把直刃冷钢战斗刀上。

打完电话，他把毛巾扔到一边，仰面躺倒在床上。

天花板也做旧，顶上是欧式的四叶风扇，纯装饰，古铜镂空的花样。

罗韧盯着看了一会儿，忽然叹了口气，轻声说了句："你倒是哭什么啊？"

第十四章

一万三一夜甜梦，起床的时候嘴角都是翘的，张罗早饭时不见木代，更是神清气爽，积极递碗送粥，还貌似关心地问霍子红："小老板娘她……没事吧？"

霍子红"嗯"了一声："得蔫几天吧。"

才蔫几天？一万三心道不妙，怎么不是一蹶不振呢？

张叔在边上"哼"了一声："刀子划拉个口子，开始哗哗流血，过几天不也要结痂？她没事的。"

一万三垂死挣扎："那得慢慢地……一点点恢复吧？"

霍子红一句话打消了他的所有希望："木代不是这样的。"

她一根手指摁住桌边，下一秒腾地举到高处："她是这样的，跟弹簧一样，噌地一下就起来了，你等着瞧吧。"

早饭过后，住在附近的曹严华第一时间过来报到，美其名曰学习酒吧的日常经营，实则眼珠子直往楼上溜："我木代妹妹呢？"

话音刚落，木代从楼上下来了。一万三装着低头擦杯子，心里默念："摔一跤，摔一跤。"

见她平安走到底下，只好换个祷告：“别反弹，别反弹。”

上苍应该还是眷顾他的，总之木代今天是没什么反弹的迹象。她径直走到桌边坐下，掀开盖碗，一声不吭地吃早餐。

霍子红笑着过来，拈了张薄面皮饼，帮她卷了煎蛋和辣炒土豆丝，递给她：“打不过人家，抓不到人家，都是小事情。参赛的人那么多，冠军只有一个，第二名开外的人，都只能去跳楼吗？”

木代看着卷饼，没有立刻接。

“红姨，昨天罗韧为什么跟你动手啊？他动手就是他不对，为什么不报警啊？”

霍子红嘴唇微微抿了抿，又笑：“咱们木代快成十万个为什么了。”

她把卷饼放到木代碗边的平碟里：“这事掀过去了，以后也别再问了。很久之前的事了，我不想再提。”

木代没看她，低头搅着碗里的粥：“有些事情你是不想提，但是有人不干，罗韧不可能罢休的。”

霍子红半晌没动，过了一会儿，伸手出去，拍了拍木代的手背：“你忘了这事吧，别管了。”

木代的目光落在霍子红的手上。

红姨的手，不敢说是肤如凝脂、指如削葱根，至少也是纤长细腻保养得宜，用老一辈的话说，是没干过粗活没受过累，太太小姐的手。

小学二年级就辍学跟着父母出摊？木代不是没看过菜贩子的手，在间杂着新泥的蔬菜间拨来弄去，泥色嵌进皮肤的缝里，拿肥皂怎么搓怎么洗都擦不干净。

饭后，趁着霍子红在楼下跟张叔对账，木代进了趟红姨的房间。这屋子，她平时进进出出的，从来也不加注意，这次进来，提着十二分小心，胸口像是压了什么，闷得厉害。

红姨床头是夜前看的书，《详解世说新语》，桌上摊着一本各族服饰纹样参考。她之前提过，想再盘一个店面，布艺服饰是个考虑，扎染蜡染的花样得自己想着来，不能都是烂大街的式样。

墙边的多宝格架上是红姨收藏的小玩意儿，有因土为偶名曰黄胖的泥塑，有专门央手艺人做的小一号的脱胎灯笼，还有一个烫花的葫芦。

小时候看《八仙过海》，她偷拿了那个葫芦，摘了盖子灌了汽水，爬到桌子上学着电视里的铁拐李，一边哈哈哈一边叉着腰仰头往嘴里灌汽水，灌了一半葫芦就被红姨拿走了。她以为要挨揍，垂头丧气地跟着红姨进屋，谁知红姨说：“木代，这是个蝈蝈葫芦啊。”

她眼睛瞪得跟铜铃似的：“蝈蝈葫芦，装蝈蝈的？”

红姨说：“是啊。”

红姨又给她讲古人蓄养鸣虫，而虫具以葫芦为佳。这葫芦挑选起来是有讲究的，叫“紫、润、坚、厚”，为了保护葫芦，有些人还专门用绒布缝个葫芦套呢。

她半点儿没听进去，脑子里想着：完了，蝈蝈在里头说不定拉屎拉尿的，全被我喝了……

现在想起来，红姨可真有学问，像是书香世家里成长起来的。

木代心里突然“咯噔”一声。

红姨跟那个李亚青长得一模一样，李坦亲口承认李教授有一对双胞胎女儿，罗韧直指红姨根本不像那个住落马湖陈前巷12号的霍子红……

难道当初死在落马湖、被渔线牵成了人偶的才是真正的霍子红，而现在这个，是一直顶着霍子红姓名的……李亚青？

再一次看到霍子红，木代无论如何都不是从前的心情了，也无论如何不能把她跟那个天真到让人生气的红姨联系起来了。

她在靠窗的桌子旁坐下，拿了纸笔紧张地列出自己想的。

如果红姨真是李亚青，那她隐瞒这一事实好多年，并不像表面那样浑无心计。也就是说，红姨的话不一定都是真的。

——你亲眼看到我动霍子红了吗？

并没有亲眼看到，只是先听到惊骇的声音，然后看到罗韧扼住红姨的脖子，把她重重推开。

如果是红姨先动的罗韧呢？她事先设计的，她知道攻击罗韧，他一定会自卫，而罗韧动她的时候，她就故意尖叫……

木代被自己的想法吓住了，她慌张地把面前的纸扯碎了扔掉，双手插进头发趴倒在桌面上。

不不不，这样想是错误的，罗韧真是个魔鬼，三两句话就诱导她去怀疑红姨。

曹严华噔噔噔地跑过来了，他看到木代气急拿纸出气，觉得正是时机。

“木代妹妹，别为这种事生气了，不值得。”

“说实在的，论实力，你甩开闹事的地痞流氓几条街，吃亏就吃亏在经验不足，如果不是对方诡计多端，怎么可能算计到你嘛。”

他纯属臆测，但说得振振有词，就跟昨儿晚上亲见一样，不过溜须拍马得恰到好处，叫人心里熨帖。

木代终于抬起头看他了。

曹严华说得越发恳切：“这样的事，其实完全可以避免的，你知道关键在哪儿吗？”

避免？虽然知道曹严华这人不咋牢靠，木代还是被激起了好奇心：“关键在哪儿？”

“关键在于，你缺少一个经验丰富、武功高强、贴心贴肺的徒弟！”

“哎，哎，木代妹妹，你别走啊……”

曹严华冲着木代的背影，心有不甘地继续嚷嚷：“木代妹妹，你想想，再发生这样的事，有事弟子服其劳，就是我冲出去，就算被抓被打被吓哭，那也是我，你没关系啊。哎，木代妹妹，你考虑考虑啊……”

晚上，木代做了个梦。

梦见霍子红来到她床头，温柔推她：“木代，木代，醒醒啊。”

她明明醒着，却动不了，也发不了声，红姨在她床边坐下来，开始穿针引线。

针身像笔一样粗，穿线的针眼儿大得像黄豆，那线也很奇怪，像是好几股捻在一起。她的目光顺着线身往下，看到从红姨的膝上开始，摊开了一张好大的渔网。

地板也不见了，变成了泛着粼粼水光的湖面，渔网有一半没入湖面，隐隐见到在网下挣扎的鱼。

突然之间，雾气弥漫的偌大湖面上，只漂了这一张床。

木代害怕起来，想问她，红姨，你干吗啊？

嗓子里像是塞满棉花，怎么也发不了声，红姨的脸上露出讳莫如深的笑，缓缓伸出手，死死摁住了她的头，而另一只手握着那根针，直直向她的脸颊穿了过来……

一身冷汗，小腿抽搐似的一蹬，发现是被子，心瞬间落到实地，如释重负。

只是，再也睡不着了。

木代抱了枕头和毯子下楼，去到自己最常坐的靠窗的位置，把枕头竖垫在窗上，倚靠着在长椅上半躺下来。

上古五大刑。

刖足。

罗韧眉头紧蹙，指腹轻点在触摸屏上，随时在网页间更换。

而点出的几个网页内容也都大同小异：刑罚、中国古代刑罚、刑罚的衍变和发展、人类社会的进步和刑罚的逐步变更。

内容里提到，现代刑罚，无非死刑或者监禁徒刑，死刑的种类不多，甚至有些国家或地区提倡尊重人权，废除死刑。也就是说，刑罚对人的尊重性是随着社会文明程度的发展而提高的。

而时间往前追溯，上古乃至奴隶时代，刑罚野蛮残忍，最典型的就是五大刑：墨（黥面）、劓（割鼻）、刖（斩脚）、宫（剥夺生殖能力）、大辟（死刑）。

算是夏启总结前人经验，归纳出的五大刑。

罗韧隐隐觉得，这条路子是对的。刘树海亲口承认杀人，死后背上少了一块皮尚不知何解，但是被砍了脚，很像是刑罚的处置。

而且，被砍了脚的，不止他一个。

罗韧忽然觉得胸闷，他起身走到窗边，推开了窗户透气，顺势狠狠扯开了领口。

夜深人静，空气湿润，灯光在夜色里迤逦伸展，青石条板上泛着夜间才有的光亮色泽。这边看过去，远远的斜对面就是聚散随缘酒吧。

罗韧看了一会儿，忽然心中一动，拿出行李包里的德式夜视便携鹰眼，向着那里看过去。

夜视鹰眼的成像比起望远镜在白天的效果要打折扣，不过，他还是认得出那个人是谁的。

罗韧的唇角露出微笑，喃喃说了句：“还在站岗？”

第十五章

木代睡得迷迷糊糊的，听到自己脑后笃笃笃三声轻响。

像极了赖床时红姨喊她起床，就是这样不温不火轻轻悄悄，在床头笃笃笃敲三下。

木代往被窝里缩，一只手不耐烦地把被子拽蒙过头，另一只手伸出去摸。

往常，她会讨好似的抓住红姨的手腕，在被窝里哀告：“五分钟，红姨，就五分钟。”

所以……

隔了落地窗玻璃，罗韧面无表情地看她的手在玻璃上摸来摸去。几个意思？这是几个意思？

摸起来怎么……凉凉的……

木代心头一紧，整个人瞬间清醒过来：她没在自己房里，她现在睡在酒吧里！

她腾地一下就坐起来了。

酒吧里很暗，离黎明还有一段时间。桌面上映出一个人的影子，居高临下。

笃笃笃，那声音又来了，木代隐约猜到是谁，犹豫了一下之后，还是回过头来。

罗韧一手撑着外玻璃，额头抵在手臂上，另一只手拿着手机，手机屏幕冲里，屏幕上打了两个字。

聊聊？

谁要跟你聊聊！笑得跟个没事人似的，笑得就跟昨儿晚上拿刀抵住她的不是他似的。

木代的所有反应都在罗韧意料之中。他并不着急，就那样举着手机，直到屏幕的光隐了下去。

她应该会开门的，如果她对他说的话有所关注，如果她对霍子红也有疑惑，如果她能从那天晚上自己放了她那件事看出自己并没有恶意。

她应该会开门的。

也不知过了多久，他看到木代往门边走了。

门从里面开了巴掌大的缝，木代只露小半张脸。

罗韧没有往前走，欲速则不达的道理他是懂的。经过前一晚的剑拔弩张，现在修好是一件很微妙的事情，彼此都在试探，要适可而止。

木代手里攥了根钢制餐叉，经过餐桌时攥在手里的，门开的角度很刁。她设想过，如果罗韧硬要闯进来，她第一时间可以扬身上墙，在罗韧还没反应过来的时候，一个沉气下坠，借势把钢叉插到他颈后风池穴。

不行，这样太狠毒了，风池穴是人体三十六大要穴之一，万一把他打死打残了……

还是打吧，打晕了之后再捆起来。

但是，他没有往里冲啊。严格说起来，他昨天晚上还饶了自己一命呢。

木代脑子里转了许多许多念头，终于迟疑着开口：“那……时间地点我定。”

时间定在了第二天中午，地点只提前了半个小时发短信通知他。

而且这地点选的，跟他想的一样没创意。

景区派出所斜对面的……面馆，两边都有街道摄像头，而且正是饭点，店里头人来人往，不乏警务人员。

罗韧到的时候，木代已经在里头了，占据了黄金位置的一张桌子。店里空间小，一张桌子挨着一张桌子，罗韧费了好大劲才挤进去。

先点单，两份牛肉面，面上来了倒醋、淋辣椒酱，撕开一次性的筷子搓毛刺。各忙各的，外人眼里，还以为早就认识。

木代先撩了一筷子面："聊什么啊？"

罗韧说："我对你印象挺好的。"

木代一口面到嘴边又顿住了，罗韧却不往下说了："先吃饭。"

不是，这还叫她怎么吃饭！？这没头没脑的一句，什么意思？你凭什么对我印象好啊？

罗韧却真的一门心思只吃面了，吃得也快，三下五除二，吃完了拿纸巾擦嘴："这儿没什么喝的啊，你喝什么？绿茶？橙汁？你等我一下。"

他起身出去买水。

木代食不下咽，筷子在面里搅啊搅的，很有把拉面搅成疙瘩的态势。

过了一会儿，罗韧回来了，递给她一瓶橙汁："你别想歪了，我的意思是，你这个人，基本人品还过得去。"

这是他的真心话。

算起来，他跟木代也是实打实打了几次交道，木代没什么经验，有时操之过急。在罗韧看来，都无伤大雅，毕竟起初时，谁都是白纸一张，没有谁生来就五彩斑斓。

他其实更看重两点。

一是木代功夫真的好，而且，跟她过招时他留意过，她基本没有狠招和损招。这点对习武之人分外重要——习武之人手重，对阵时懂得怀慈悲心留三分余地，都值得敬佩。

二是她性格其实挺单纯，恃强时得意，受挫时沮丧，喜欢不喜欢都写在脸上，害怕时也会哭，跟她打交道不累。他最怕那种永远皮笑肉不笑讳莫如深的，皮囊下头不知道转了多少腌臜计谋。

而且她还算讲理，至少会动脑子想事情。昨儿晚上是一个试探，如果她怒不可遏跳出来要跟他拼个你死我活，也就没有"聊聊"的必要了。

木代有些警惕，一会儿拿刀子要她说遗言，一会儿又夸她人品，算什么？打个巴掌又给个甜枣？

她沉不住气："你到底要聊什么？"

"聊霍子红。"

木代把橙汁推回给他，一副绝不受人一针一线的模样："不管怎么样，我不会背叛红姨的。"

"如果你红姨真的没问题却被人怀疑，你应该想尽一切办法查出真相；如果她确实有问题，你就不想知道她的真面目吗？"

木代怔了一会儿，底气不足地回了句："我红姨没问题。"

就算红姨真的有问题，也不至于助纣为虐那么严重吧。

已经不是饭点了，用完餐的人陆续离开，反而给他们空出了一片方便说话的清净地。

木代忽然冒出一句："我知道你怀疑红姨是李亚青，但是不管怎么样，红姨关心落马湖的案子合情合理，你呢？你为什么掺和进来？你在小商河，是不是见过李坦？"

罗韧没想到她会忽然提到小商河和李坦，脸色在瞬间变了几变。

木代把一切尽收眼底："你知道我是谁，知道我是红姨收养的，知道红姨跟落马湖有莫大的关系。但是你呢？我连你为什么这么关心落马湖这件案子都不知道，你要跟我聊也行，但是让别人全盘托出，自己藏着掖着，有这样的好事吗？"

似乎是将到他的军了，木代觉得自己反击得真是有理有据："如果你不肯说的话……"

话还没说完，眼前金光一闪，罗韧伸手拽下领间的细金链子扔了过来。木代下意识地抄手接住，这才注意到链子有坠感——链子的一头儿悬着个金质的相框坠，相框里有张缩小了的照片。

木代拿起来看，是个长头发的年轻女子，微侧了脸，打的亚光，轮廓细致美好，背面不知道用什么手法，凹刻了两个字：聘婷。

"女朋友？"

"我叔叔的女儿，聘婷，罗聘婷。"

我叔叔叫罗文淼，算是个历史学家，主攻辽、西夏、宋史。几年前，他举家搬往宁夏小商河，一来清静，方便他做学术；二来宁夏一带，是当时西夏国盘踞地，直到现在，银川附近还有西夏王陵，随时都能实地考察。

叔母去世很早，叔叔带着聘婷，身边只有一个郑伯帮忙料理杂事。我跟叔叔的关系很好，也很记挂聘婷，每隔一段时间，都会过去看他们。

大概两年多以前的一个晚上，我忽然接到聘婷的电话。她心神不宁，声音哽咽地跟我说，叔叔很不对劲。

电话里说不清楚，不过听聘婷的语气，我感觉到事情有些严重，所以尽快赶到了小商河，但还是迟了。聘婷跟我说，叔叔已经失踪两天了。

我安慰聘婷不要着急，预备报警寻人，也寻思着委托一些朋友帮忙，谁知就在这个时候，叔叔回来了。

问他去哪儿了，他回答是：落马湖。

那是我第一次听到落马湖这个名字，我翻了地图来看，是在河北一带，并不特别有名。叔叔经常会去不同的地方做学术拜访，所以我也没怎么放在心上。

当天晚上，我在叔叔家里留宿，半夜起夜，看到书房的灯还亮着，就进去劝叔叔早点儿休息。

叔叔好像不大想理我，举着放大镜一直看面前西夏文的拓印本。我再劝他的时候，他突然腾地一下抬起了头。

木代渐渐入神，忽然听到这一节，心里一激，不自觉地往后一退，带得身下的凳子“吱呀”一声响。

罗韧看着她：“你能想象到当时的场景吗？原本近乎痴迷地伏案工作，然后毫无征兆地突然抬头，表情怪异，好像刹那间换了一个人。”

木代不知道该说什么：“然……然后呢？”

“然后，他跟我说了一句话。”

木代听得后背发凉：“他……他说了什么？”

“他说，罗韧，不要让我杀人。”

第十六章

木代听得心头毛毛的，下意识地拿过橙汁，拧开喝了一大口，顿了顿觉得不够，又喝了一口。

“我一时间没有反应过来，追问他什么意思。叔叔又恢复了那种精研学术讨厌外人打扰的神气，挥挥手让我早点儿休息。”

罗韧沉默了一会儿。

木代斟酌着开口："所以……你没有重视你叔叔的那句话，是吗？"

罗韧苦笑："重视了，但是……没那么重视。"

搞学术成痴的人，原本就有那么点儿稀奇古怪，罗韧虽然对那句"不要让我杀人"的话心生疑窦，但也只是多加留意，没有到二十四小时盯着守着那么草木皆兵。

更何况，罗文淼是个知识分子，平时见血都心惊，杀人？说梦话吧。

如此又过了几天，罗文淼一切如常，罗韧吊着的心也就慢慢放下来了。

这一天，他陪着罗文淼出去散步，路过一家渔具杂货店，罗文淼一反常态地要进去看看。

罗韧想着，叔叔可能是最近迷上钓鱼了。

但奇怪的是，他不买钓竿，也不看鱼饵，只是看各种不同的渔线，尼龙的、PE的、碳素的、钢丝的，每个都抽出一截，捻在手里看了又看，激动到双手战栗，眼睛里泛着奇异的光，末了选了一款，攥在手里回家，握得死紧，像是生怕被谁抢了去。

回到家，饭也顾不上吃，抽出了渔线细捻，又对着灯光照亮，跟他说话，他也爱理不理。

罗韧觉得瘆得慌，那是尼龙线，微透明，极细，看久了总觉得脖子不舒服，像是要被套上勒住。

他吩咐聘婷和郑伯："晚上睡觉，把门反锁了。"

大门都反锁，钥匙攥在自己手里，自己房间的门反而虚掩，有什么情况方便策应。

临睡前经过书房，他看到罗文淼正在伏案工作，举着放大镜写写画画，没有什么异样。

到底心中有事，他睡得很不踏实。半夜时像是听到什么动静，他陡然醒转，屋里好生安静，书房的光透过半开的门扇，射进一道拉长的扇弧。

还没睡吗？罗韧犹豫了一下，还是决定起身过去看看。

灯亮着，书房却没人，那束一直摊放在案头的渔线也不见了。

罗韧心头一凛，睡意全无，先冲到罗文淼的卧室，床上毯被叠得整整齐齐，没有动过的迹象。

聘婷和郑伯也被叫起来了，四下找了，杳无人踪。罗韧去大门处检查了一下，确信门没有被开过。

就在这个时候，打着手电沿着院墙走的聘婷忽然愣住了，顿了顿，手电的光柱扫向高处，声音颤抖地叫罗韧：“罗小刀，你看这里……”

院墙高处，有几个错落的脚印。

迎着木代质询的目光，罗韧给了她肯定的答复：“我叔叔真的不会武功，他是典型的知识分子，养尊处优，中年发福，走起路来不紧不慢沉稳持重，连小跑或者跳步我都没见他做过。爬墙？想都不敢想。”

木代“嗯”了一声：“后来呢？”

后来，罗韧留聘婷和郑伯在家里，自己开车出去找。

小商河不大，但有很多车子进不去的岔道街巷，也不知道是第几次停车进到里巷查看时，罗韧听到了动静。

这一段，李坦也给木代讲过，视角不同罢了。

“你把李坦打晕了？”

罗韧点头：“当时，屋里的情形很惨，我突然就明白叔叔的那句‘别让我杀人’是什么意思了。我脑子很乱，眼见李坦和我叔叔揪斗在一起，顾不上多想，就把他打晕了。”

当时大火已经烧起来了，如果把李坦留在原地，免不了被烧死。罗韧就带着他一起离开，先开车去了郊外，查看了李坦的钱包证件之后，把他扔在沙窝里；又给聘婷打了电话，让她把郑伯支去休息——到底是外姓，不敢轻信。

回到家已近凌晨，罗文淼瘫在后车座上，双眼发直，嘴角一圈白沫，问什么都不吭声。罗韧把他抱进房间，这才发现两人身上都沾了不少血迹。聘婷拿了毛巾给他擦拭，眼泪都出来了：“罗小刀，我爸爸怎么了啊？”

她看出来了，那血，不是罗文淼的，也不是罗韧的。

罗韧心乱如麻，扶罗文淼上床休息之后，拽着聘婷出了房间，反锁了门之后把钥匙交给她：“别让他出来，总之，别让他出来。”

对着聘婷，他解释不清楚，脑子里天人交战。叔叔的确是杀了人了，屋子里关着的，是个罪犯，他应该报警，即便一时间下不了这个决心，也要把人关起来，不能让他再害人。

但是，叔叔怎么会做这样的事呢？内里，到底有什么原因呢？

还有！他蓦地心惊，那个李坦，还有现场，仓促之下，难免处理得有破绽，他得出去探探风声。

聘婷哭肿了眼，透过楼梯高处开着的小窗看进罗文淼的卧房，父亲盖着毯子，疲惫之至，似乎睡着了。

罗韧交代她："别让他出来，你也别进去。事情暂时别跟郑伯讲，等我回来。"

聘婷问他："我爸爸是不是杀人了？"

见他不答，聘婷声音一下子就哽咽了："你是不是要去报警？罗小刀，你要让我爸爸被抓起来吗？"

罗韧说："别怕，有我呢。"

聘婷看了他很久，抽噎着在楼梯上坐下来，目送他离开。

很久以后，很久很久以后，这都是聘婷留给他的……最后印象。

木代听得发怔，之前是后背发凉，现在不知道为什么，总有不祥的预感："然后呢？"

面馆的厨房里在忙活，应该是提前为晚上的售卖做准备，"笃笃笃"的有节奏的切菜声，听久了让人恍惚。

罗韧说："其实我没出去多久。"

的确没有出去太久，命案现场被烧成了灰烬，围观的人群也散了，罗韧在派出所附近徘徊了片刻，意外地看到了李坦。

奇怪的是，李坦心事重重地停留了片刻，忽然头也不回地走了。

派出所的门楣很小，上面有公安的徽标，有几个死者的亲属，拈着纸巾一直擦眼泪。

杀人偿命，天经地义。

罗韧一路走了回去，想着，还是先说服聘婷，让她心理上有个接受度，再给警察打电话吧。

不知道走了多久，路上起了阵风，细小的沙粒迎面扑在脸上，风里好像都有血腥和烧燎的味道，小商河毕竟还是太小了。

那座鹤立鸡群堡寨式的房子遥遥在望了。

不对，门口为什么围了那么多人？还有郑伯，面色苍白的郑伯，被人簇拥着哆哆嗦嗦。

说到这儿，罗韧停了下来，长长地嘘一口气，拧开手头瓶装水的盖子，仰头连喝了好几口。

木代觉得不好再像听故事一样去追问，就没再吭声，只是小心翼翼地看着他。

“我叔叔死了，自杀的，割喉。然后聘婷……”

说到聘婷，似乎花费他很大的力气，他用了很久，才低声说出后来的话：“聘婷疯了。”

尽管猜到了结局不好，但真正从他嘴里得到佐证，木代还是浑身都激灵了一下。她下意识地低头去看手边的相框项链，那么美的姑娘，目光里一片清明澄澈，疯了吗？

让人不寒而栗。

“是郑伯发现的，他说，路过叔叔的卧室，看到房门开着，原本也没在意，但是看到聘婷坐在地上，伸着手，一直点着地毯，走近了发现地上是一摊血。再抬头，看到叔叔趴在一边的桌上，血就是滴答滴答从桌面上一直流下来的。”

他抬头看木代：“你还记得岑春娇说的济南那件案子吗？有一分多钟的时间，她出了房间去找看门的老头帮忙，就在这么短的时间里，刘树海被砍了左脚，背上还被剜去了一块皮。

“我怀疑，聘婷实实在在经历了那一分钟。”

有什么情形会把人吓疯呢？木代想不出来，她至多也只是被吓哭过。

“而且更可怕的是……”说到这里，罗韧的右手死死攥了起来，“你还记不记得，岑春娇说刘树海死前，像背书一样把自己犯过的案子都列了一遍？”

记得，岑春娇形容，当时刘树海眼睛瞪得很大，一直看天花板，语速很快，像是打字机嗒嗒嗒地打字，声音没有起伏，也没有磕绊。

“聘婷很乖，我说的她一定会照做，除非是出了意外，而割喉，一刀致命，很快。”

木代疑惑地看罗韧，觉得他是忽然岔了话题毫无关联，但是略一思忖，突然反应过来，脸色一下子白了。

罗韧提过，楼梯上那个窗口，可以看到卧室的情形，他离开的时候，聘婷是坐在楼梯上的。

聘婷很乖，罗韧吩咐了，她一定不会开门，除非是出了意外，比如看到父亲拿着刀子要割喉。

割喉很快，从楼梯上跑下来，再到开门，一切都晚了。

木代似乎看到，聘婷踉踉跄跄地开门进去，然后双膝一软跪倒在地，就在她惊愕得无法自持的时候，趴在桌上的罗文淼忽然抬起头来，颈间偌大的血口，然后用毫无起伏的、打字机一样的声音，叙述着某年某月某日，在哪里，杀了几个人……

聘婷疯了。

罗韧伸出手，把木代手边的那条项链拿了回来。他似乎很回避再看到聘婷的脸，没有过多的凝视，有照片的一面翻转向里，又戴回到脖子上。

“你问我为什么这么关心落马湖的案子，我这辈子，如果只能做一件事，那一定就是这件。”

第十七章

有些事情，做比说难。

查访尤其如此，就像万烽火说的，消息的打听有时候得有一个契机，契机不来，等个三五年是常事。

第一个契机是李坦，从他身上顺藤摸瓜，牵出了当年的落马湖命案。

第二个契机是岑春娇，通过她，知道了济南小旅馆里发生的事，还有内蒙古二连浩特命案。

第三个契机其实是木代，马涂文跟他说，跟那个“心理年龄只有十八岁”的姑娘聊过。她其实也不懂什么，是她姨让她来的，那个女人叫霍子红。

霍子红，落马湖？

罗韧以此为标再查，耐人寻味的事情发生了：霍子红出生在乡下，家境贫寒，父母是菜农，她很早就辍学，帮工出摊。在她二十岁那年，接连发生了几件事：

一是，她的父母卖菜归来，途中遭遇车祸，抢救无效，双双身亡。

二是，父母死去后不久，霍子红变卖了老家的物事，搬到了落马湖，租住在陈前巷12号。

三是，霍子红搬到落马湖后不久，命案发生。一个星期后，霍子红退掉了租住的房子，离开了落马湖，再也没有回去过。

之后霍子红的经历就很难追溯得到了，似乎行踪颇为不定，又似乎有刻意抹去的空白。最后的安定是八年前，定居丽江，开了一家酒吧，直到今天。

罗韧怀疑过霍子红是凶手，但是最有嫌疑的人都已经死亡，并且死状出奇一致，像刘树海，还有他的叔叔罗文淼，都是被砍去左脚，剜去了背部一块皮。

霍子红可能知道一些事情，而这些事情就是所有案件的关键。

可惜对霍子红的拜访并不顺利，他问出“你其实就是李亚青吧”的时候，其实心中只有百分之八十笃定，毕竟人是会变的。不是说士别三日当刮目相看吗？世上不乏奇迹，小学文化，菜农出身，经过这么多年也有可能琴棋书画样样精通。

霍子红过度激烈的反应反而让他笃定了自己的推测。

如果是两年前，叔叔和聘婷刚出事的时候，他一定热血上头不管不顾，哪怕用极端的手段，也要逼问出一些线索。但是两年过去，七百多个日夜的煎熬，让他更能沉得住气，霍子红这边他宁愿先缓一缓，转而把目光移向另一个人。

木代。

一个跟霍子红朝夕相处的人，可能只是提供某个不经意的细节，就足以帮他打开一扇门了。

但木代是个聪明的姑娘，要想有信任的合作，就得有足够的坦白来铺路。

从某种程度上讲，这一步他是走对了。他一直注意观察木代的表情，她从开始的心不在焉到渐渐入神到感同身受，到最后，情感立场上，已经很倾向他了。

她盯着他重新戴好的项链看，忽然问他：“你其实是喜欢聘婷的吧？可是，她不是你的妹妹吗？还是说……”

罗韧的眸光收了一下，没有立刻回答。他在想该怎么回答。这个业已发生的悲剧里，如果再加入绝望和负疚的爱情，是不是会更让她同情？

但是木代立刻摆手了：“算了算了，你当我没问过。”

罗韧刚刚给她讲了一幕家门惨剧，她却猎奇地问些无关紧要的，太不上道了。

木代有些不好意思：“可是，我怎么帮你呢？”

罗韧看了她一会儿，从口袋里拿出了笔和便利贴。木代多少猜到他的意思，自觉地帮忙把桌上的辣椒和醋瓶移到了边上。

他先写了三张，然后一字并排贴到桌面上，分别是：1落马湖，2二连浩特草原，3小商河。

贴完了另起一行，写了一张“现场”，和之前的三张错开一个挡位，像是要排出一张表格，然后依次排满三张，写的都是：线、人偶。

他给木代解释：“现场几乎一样，都是用线把人固定成一幅场景。我觉得用什么线是就地取材的，落马湖和小商河都邻水，渔线司空见惯，而且我叔叔曾经造访过落马湖，很可能刻意模仿。但二连浩特草原那件案子，用的就是捻开的索线。”

木代点头：“二连浩特那件案子，好像一点儿风声都没听过呢。”

“三件案子，只有落马湖案惊动了警方，有案可查；小商河是因为现场大火，烧得好像只是普通的杀人放火；至于二连浩特草原，我不敢妄下断言，但是我有个推测。”

推测？能作数吗？

罗韧似乎知道她在想什么：“没办法，毕竟没人去过现场。二连浩特草原很偏，据说经常有草原狼出没。而根据岑春娇所说，刘树海犯案的时候临近冬天，而那一年，内蒙古草原遭遇了大范围的雪灾。

“一般情况下，雪灾来临，牧民会尽快赶着牛羊迁移，但是如果那一家人已经被杀死，他们和他们的牛羊群就只能待在原地，免不了被冻死的命运。雪灾的时候，草原狼更加穷凶极恶，寻找一切可以吃的食物。”

他略顿了顿，手指在桌面上轻画了一个圈：“让它们闻到一点儿血腥味，就是个屠宰场。”

明白了，到了来年开春，案发地只会剩下累累白骨，旁人只会以为是天灾，即便细查，也不可能想到当时是怎样一幅场景。

和小商河案一样，都是被不可预料的外来因素破坏湮没了。

木代的心怦怦跳，这是三起业已知道的犯罪手法完全一样的案子了。

罗韧又写了一张，是“犯案时间”。

木代指了指落马湖那一栏的下面：“这个我知道，是二十年前。”

罗韧贴上去一张，写着“>20年前”，紧接着贴了小商河的，“两年前”，二连浩特草原的最后贴，下笔之前看了一眼木代。

真像是被老师提问，木代有些紧张：“刘树海是2010年过世的，如果草原的案子是他做的，那么至少是五年多以前……”

她想起在巴蜀别苑读到的关于刘树海的生平资料，赶紧又添一句：“他2008年离开家的，2010年过世，犯案时间可能在这之间，你写六到七年前吧。”

这认真的样子，上学的时候一定是个好学生，罗韧照着她说的写了贴上。

现在，桌面上有三行内容，罗韧问她：“看出什么来了？”

木代托着腮看：“落马湖案到二连浩特草原案之间，隔了好多年啊。”

不错，二连浩特和小商河之间，隔了最多两到三年，但是落马湖和二连浩特之间，隔了接近十五年。

这期间，可能发生过目前他们还没听说过的案子，也有可能确实没有发生命案。但是，没有发生的原因是什么？

罗韧贴出了第四行，“犯罪嫌疑人”。

刘树海，罗文淼，落马湖案下头贴的，是一个大的问号。

第五行，嫌疑人死亡地点，依次是：问号、济南、小商河。

第六行，嫌疑人死状，刖足，剜皮，缺失皮肤长方状，23.5cm × 5cm，落马湖一案下头，照例打了个问号。

第七行，其他。

罗韧只在刘树海一栏的下面贴了一张，写着2007年山西大同车祸。

木代心里一动，她记得当时资料里写，刘树海这个人忠厚老实，一辈子没跟人红过脸，命里唯一一次大的波折就是这次车祸落水，昏迷四十八小时，2008年突然离家，2010年过世。

会不会是那次车祸改变了一些什么？

罗韧又写了一张，但是这一次，只是攥在手里，迟迟没有贴出去。

木代好奇极了，如果不是跟罗韧还不太熟，真想掰开他的手拿来看。

那副眼巴巴想看又要装着若无其事的样子，罗韧真是不好意思再吊她胃口了。

那张便利贴上写了两个字：

济南。

“那一次，聘婷找我，我赶到小商河，那时候叔叔失踪还没有消息。我问聘婷，她觉得叔叔很不对劲，到底是个什么情况。”

聘婷也说不大清楚。有些时候，只有最亲的人才能察觉到那种不外露的异样吧。她说，就是好像变了一个人，有时喃喃自语，有时怪异地笑，有的时候又忽然暴躁地在书房里发脾气，盛怒时撕烂了好多书。

罗文淼平时绝不是这样的，儒雅的中年知识分子形象，举止进退都有风度。

罗韧追问，那这种变化是在什么时候开始的呢？

聘婷想了很久，期期艾艾，最后说，好像是有一次，被同专业的教授邀请，去济南做一个关于西夏和宋对抗历史的演讲。

那一次出了点儿状况，因为是从就近的城市过去，客运比火车飞机都方便。约好了在客运总站派车接，但是罗文淼买错了票，车子又中途坏了一次，接近半夜时，才在西郊客运站下了车。

半夜？西郊客运站？那时候的岑春娇不正好在西郊客运站的小旅馆当服务员吗？而刘树海不正是死在半夜的小旅馆吗？

不知道是不是惊怔过度，木代指着刘树海的名字，半天说不出话来。

罗韧用笔把罗文淼这里的“济南”和“嫌犯死亡地点”中的“济南”连了起

来，然后给了木代肯定的答复。

“是同一天。”

第十八章

是同一天。

刘树海和罗文淼，这样八竿子都打不着的两个人，曾经微妙地出现在同一时间、同一地点，有着意想不到的寡薄联系。

罗韧说：“一般在查手法相同的犯罪案件的时候，我们总有一种先入为主的想法，觉得要么是同一个人事隔多年犯案，要么是有前后相继关系，比如父亲死了，儿子接着犯案。总之，案犯之间是有亲密关系的。”

不错，这就是为什么李坦斥责岑春娇给假消息的原因，他认定了凶手是罗文淼，觉得这个横空出世的刘树海简直子虚乌有。那红姨呢？当时红姨接到电话，也脱口说是假的，红姨心里，是不是也认定了一个凶犯？是谁？

“但是，如果就是出现这种犯罪人之间没有直接联系的案子了呢？原因是什么？”

木代脱口而出：“附身？”

说完胳膊上一阵凉意，赶紧伸手搓了搓，同时心有余悸地看了看四周。

罗韧哭笑不得：“我不信这玩意儿的。”

“嘘！”

木代赶紧打断他：“哪怕不信，也要有敬畏之心，尤其不要用‘玩意儿’说人家，人家会不高兴的。”

她坐在凳子上双手合十，身子不动，双手从左到右转了一圈，嘴里念叨：“Sorry，sorry。”

罗韧盯着她看。

木代讪笑：“我红姨教我的，她说尤其是去那种偏远的地方，如果内急找不着厕所，随便找地方方便的话，要先这样，说几句打扰了。”

“你信这个？”

“其实我也不……”

她说到一半蓦地住口，眼睛又溜了一遍左右，说罗韧：“你就假装一下，这就像过年要说恭喜发财，送机不要说一路顺风要说一路平安，都是习惯嘛。”

罗韧说："我不信这些……"他看了木代一眼，"我不信这些……太太老爷，我倒是觉得，这像一种病毒，导致人心智失常举动残忍，刘树海是携带者，我叔叔是被传染者。"

他的目光落到落马湖案下头那一溜的问号上："就是不知道……传染源是哪一个。"

木代犹豫了一下，有些吞吞吐吐："上次，在重庆的时候，万烽火让人到我房间里送过档案，除了落马湖的案子，我红姨还在打听另一个人。"

罗韧心中"咯噔"一声，身子下意识前倾："谁？"

也不知道这算不算背叛红姨，不算吧，应该不算吧。

木代咬了咬嘴唇："有一个叫张光华的男人，也是落马湖人，跟李亚青一家住同一幢楼，当年大概三十来岁，已婚，有个三岁的儿子。"

"万烽火资料的备注上写，张光华最后一次被目睹，是在太原汽车站。"她示意了一下刘树海的一项，"2007年，刘树海在山西大同车祸，太原也是山西的吧？有没有可能那个张光华又从太原去了大同……"

在同一个省份出现，只是巧合吗？或许是她多想了，毕竟第一第二起案子之间，隔了近十五年呢。

但是对罗韧来说，这不啻又一个突破和方向。

张光华？

回到酒吧，木代别别扭扭地总觉得对不住红姨，走路都侧着，想把自己隐成个纸片人，神不知鬼不觉地回房。

谁知霍子红偏偏一眼就看到她了，笑着问她："木代，一下午都去哪儿了？"

木代支支吾吾的。曹严华忽然从后头凑过来，一本正经地说："木代妹妹下午在河那头的咖啡馆抱了本书看，我看到她了，在她面前走了两次，她都没注意呢。"

霍子红笑着揶揄木代："木代有时候看书，真跟个小呆子一样，雷打都不动的。"

曹严华向着木代挤眼睛，霍子红走了之后，他向木代邀功："看，有个徒弟好吧，那是不分原则不问良心地维护自己的师父啊。"

木代白了他一眼，正想上楼，曹严华神秘兮兮地过来："木代妹妹，其实我真看见你了。"

他还觉得挺有理的："像我这样的人，关注派出所的地点是职业本能，我也就是随便过去走走，谁知道就看到……"

估计没什么好话，木代斜了他一眼走自己的。曹严华紧追不舍："谁知道就看到你和一个黑衣帅哥坐在一个非常有情调的小面馆里……"

很有情调吗？就是普通的面馆吧，最贵的一碗面十八块钱，葱蒜辣椒酱随便加。

"你们聊得非常开心，好像在做游戏，拿着贴纸往桌面上贴啊贴啊……"

呵呵，做游戏，真想一口橙汁把曹严华喷回解放碑去。

"然后木代妹妹你还卖萌来着……"

卖萌？

见木代不理解，曹严华赶紧双手合十，学着她的样子扭着腰从左边转到右边，也真是难为他那么粗的腰了。

"木代妹妹，我绝对不会说出去的，虽然我只看到那个男人的背影，但是我相信一定是要人品有人品，要容貌有容貌……"

"一万三！"

曹严华的话还没说完，被木代的一声断喝吓得激灵一下。

在吧台上趴着的一万三也哆嗦了一下，倏地抬起头来。

"你软骨症吗？谁让你趴着的？打工八小时，付钱是让你趴的吗？"

一万三赶紧站直了，垂着的手几乎把擦玻璃杯的小白布给攥碎了。

反弹了，她反弹了。

曹严华还是头一次看到木代训斥一万三，顿时噤若寒蝉。木代上楼之后，他安慰一万三："别往心里去，女人嘛，性情就是多变的。"

一万三继续攥小白布：看来，今晚要登录天涯了。

到下半夜时，落马湖那边的消息就陆续过来了。万烽火在当地的同事非但不吃素，还兼有狗仔的特质，提供了很多在当时堪称八卦的新闻。

张光华的老婆在他失踪第二年就带着儿子改嫁了，如今年过半百，跟街坊邻居叨叨，最常说的一句话就是："过日子，不能找长得好看的男人，长得跟明星似的有屁用，挣不来明星的钱，心还一样花。"

据说张光华花心，婚后也没见收敛，跟好几个姑娘有暧昧。他老婆为了这个，没少摔锅摔碗。有一次，事情挺严重，听说是人姑娘怀孕了，对方父母可能有点儿关系，对他单位领导施压。单位领导也挺恼火的，又不好张扬，一个批条下来，调他去河南省灵宝市半年，名为交流学习，实际上是让他老实老实、冷静冷静、反省反省。

河南省灵宝市，现在听起来可能耳生，但是在以前颇有声名，无他，皆因地近函谷关。

函谷关有不少有名的传说，声名最为远播的就是春秋时老子骑青牛过关。据说当时的令官尹喜善观天象，隐隐见到一团紫气从东边飘来，推测必有圣人过关，赶紧到关口迎接，果然见到老子骑一头青牛冉冉而来。

如此高人居然就此退隐，简直是王室和百姓的一大损失，尹喜苦求多日，老子终于留下了一部《道德经》。

张光华被“流放”的，就是这样一个历史文化底蕴深厚的地方。

罗韧敏感地注意到了时间：张光华回到落马湖不久，李亚青家的命案就发生了。

有人形容张光华这个人，游手好闲，不求上进，凭一张脸和油嘴滑舌，忽悠得多少姑娘以为他是个性独特。

罗韧试探着问：“那他敢杀人吗？”

对方哈哈大笑：“杀人不敢，狗倒是杀过。”

杀过狗？

罗韧对张光华添一层厌恶，都是生灵，凭什么妄杀？

他随口问了句：“跟张光华有关系的那几个女人，知道是谁吗？”

有些人天生轻贱，有事不同枕边人讲，专向露水情缘喋喋不休，如果能找到那几个女人，也不失为一大突破口，虽然现在找过去难免尴尬，但为了多套些消息，哪怕多花点儿钱呢。

消息就是这点儿邪性，不分大小，你不知道哪个犄角旮旯里跳出来的就能帮到你。

那人迟疑了一下：“也能，不过现在都是半百大妈了，套这种早年的桃色新闻有点儿不地道啊。还有……那个据说怀了孕的女人，始终没人知道是谁。”

罗韧心中一动：“这么八卦的事，没人知道内情？”

“压下来了呗，那年头儿，面子和脸还是比较重要的，保不准还给了封口费了，我们总不能满大街拉着人问吧。”

“那当时那个领导呢？”

“你运气不好，当时的那个领导，早两年癌症，驾鹤走了，没掉头。”

这人说话还挺贫，罗韧苦笑着想挂电话，他又来一句：“不过……”

罗韧耐着性子等着他下一句，他却改了主意：“算了算了，说死人的是非，不地道。”

罗韧眸光一凛：“死人？哪个死人？”

那人支支吾吾。罗韧直截了当："账号给我，直接给你打钱，私赚的，不会通过你的'公司'，你知我知。拿了这钱，抽出一部分给死人烧个香，送点儿吉祥纸，死人也不会拿你怎么样的。"

"是听说，只是听说的，不一定是真的。"

"听说的也买。"

"私底下有人猜，说那个怀孕的女人是李亚青。因为他们两家住一幢楼，从前关系不错，见面会互相打招呼什么的，李亚青有时还会跟张光华聊几句。但是啊，不知道从什么时候开始，就不打照面了，据说张光华路上见着了李家人，都会刻意回避的。

"还有就是，李亚青的父母都是教授，那时候的教授，社会地位还是不低的，局里、机关单位都通得上关系……当然了，只是听说，不一定是真的……"

第十九章

这一头儿，木代也睡不着，一下午听到了太多故事，太多模糊的面目在脑袋里翻，每一个人身上都好多秘密。

看看时间还不算太晚，她从被窝里钻出来，拨了万烽火的电话。

万烽火那边"喂"了一声，木代分外礼貌："万叔叔。"

"呵呵"干笑两声之后，万烽火说："木代，不管你喊我几声叔叔，不管你多么礼貌，找我打听消息都是要钱的。"

一句话就被拆穿了，太没面子，木代一掀被子坐起来，双腿一盘："万烽火。"

万烽火啧啧："一下子就从万叔叔变成万烽火了，现在的小姑娘，太现实了。"

木代说："你给我报个价呗。"

"你出得起吗？"

"出不起我还听不起啊。"

万烽火干笑："大晚上的，我吃饱了撑的，挨个儿给你报价，我又不是广播电台。"

木代右手摁住半墙上的凹窝，力道全在手上，一个旋身就翻身贴上了墙，真正的一心二用："万叔，你别总盯着钱啊，没准儿哪天你用得上我呢！你想啊，你帮了我，我再帮你，互惠互利，还交了朋友，多好。"

万烽火哼了一声。

似乎有门儿，木代赶紧发问："万叔，你说这世上有没有鬼啊？"

万烽火答："你该打电话去'我爱鬼故事'或者深夜热线，要不然就打电话谈恋爱，不要跟我糟老头子浪费时间。"

"就是那种本身是好人，结果被鬼附身，干了坏事，然后呢，那个鬼又转移到另一个人身上，另一个人又去干坏事那种。"

万烽火叹气："木代，我们生意做得不小，但是从来也没什么麻烦，为什么？"

木代以右手为原点，整个身体往斜上方挪了三十度，就跟钟表走位似的："为什么？"

"因为我们合法做生意，规规矩矩帮人探听消息找人，请注意，找人，不是找鬼！"

没有就没有呗，至于这么慷慨激昂铿锵有力吗？

木代没好气："哦，那我没事了。"

万烽火语气一转："不过……"

他压低声音："不过，你如果真的感兴趣，可以跟我一个朋友聊一聊。"

木代贴在墙上翻白眼："你不是不信这个吗？"

"哎呀，这就跟过年要说恭喜发财，送机不要说一路顺风要说一路平安一样，都是习惯嘛，你到底要不要跟我那个朋友聊聊？"

"免费的？"

"免费。"

木代的唇角露出笑容来，她半空中腿一盘跳到床上，还在床垫子上颠了两颠："你说吧。"

万烽火的朋友叫神棍。

其实之前他也跟木代提起过，就是喜欢研究怪力乱神、坚决不用手机，后来还是勉勉强强用了的那个。

木代觉得叫人家"神棍"不太好，像是暗讽别人招摇撞骗，但是怎么追问都问不到他的名字。万烽火被她追得急了，说："他就是这样的，他也记不住我的名字。"

木代不信："那他叫你什么？"

万烽火沉默了一下，这一沉默真是有天长地久那么久："小万万。"

木代发出了很是鄙夷的声音："噫……"

两个半大老头子了，还打情骂俏一样称呼"小万万"，真是为老不尊，她鸡皮疙瘩起了一胳膊。

万烽火说：“我知道你想什么，他就是这样的，到时候他也会这样叫你的。”

木代嗤之以鼻：“我才不干呢，我就叫木代。”

万烽火以更加不屑的口气回复她：“等你跟他打过交道之后再来跟我说吧。”

挂了电话之后，万烽火小小地追忆了一下往事。

其实神棍一开始不叫他小万万的，他叫他小烽烽。

但是后来有一天，神棍忽然郑重其事地通知他：他不能叫小烽烽了，因为自己交了一个好朋友，那个人比万烽火可重要多了，小烽烽的名字要让给他。

当时，万烽火耸了耸肩，意思是随便，无所谓，反正哪一个都不是自己喜欢的，无非是从一个难听的称呼换成另一个难听的称呼而已。

但是事后一想，真是酸溜溜的：凭什么啊，凭什么我就不能叫小烽烽啊？

木代和神棍的第一次沟通，以鸡同鸭讲结束，神棍说：“小口袋我跟你讲哦，你如果要问我什么问题，要拿出切实的事情来，时间、地点、人物、不寻常的地方，这是做研究的科学态度，像你这样张口就问什么原本是好人，被附身干了坏事，这叫什么问题嘛！”

木代强调：“我叫木代！”

“我不管你是哪种口袋，总之问题不是瞎问的，要基于事实，问出要点，你准备好了再来问我。我现在很忙，要写书，你以后再打给我。”

还要写书？木代顿生敬畏之心：果然有学问的人都是任性狷介而又不羁的。

木代把面对万烽火时的豪情壮志抛到了九霄云外，很是狗腿地想：小口袋这个名字，好像也蛮好听的嘛。

第二天吃早饭的时候，一万三朝霍子红告半天假，说：“我曹兄在斜对面的饭馆找了份工作，头天上马，我得去捧捧场。”

果然游手好闲不是长久之计，出来的日子久了，还是得考虑生计的。丽江的饭馆酒吧多，随时招工，随时走人，铁打的营盘流水的兵。

霍子红说：“那是得去看看的，看看有什么帮得上的。”

一万三点头如捣蒜，三两下喝完碗里的粥：“那我先过去了，他第一天上班，可能事情还挺多。”说完，一阵风样旋远。

木代愤愤不平：“饭馆打工，又不是皇帝登基，能有多少事？一万三摆明了逃避工作。”

霍子红笑笑："那个曹严华是你朋友，木代，你中午过去吃个饭，也给人捧捧场。"

这就是她的红姨，温婉和气得挑不出错，贴钱给骗子一万三，对远道而来满嘴跑火车的曹严华也是周周到到。

红姨怎么会是坏人呢?

木代咬着筷子头："红姨，那个李坦啊，就是我跟你提的那个李坦啊……"

霍子红从碟子里拿了个煮鸡蛋，在桌角轻轻磕破，然后在桌面上碾啊碾地把蛋壳揉碎："嗯?"

"痴情!"木代盯着霍子红的脸，"他一直把李亚青的照片放钱包里，红姨你知道吗?李坦一直没结婚，他为了查李亚青的事经常告假，被单位给开除了，只好开了家小商店，生意也不好，那么早就长白头发了，背都佝偻了……"

霍子红手上轻颤了一下，然后说："哦。"

木代没有漏过这个细节，心一横，决定再加点儿料："我看着心里可难受了，你想啊，一个大男人，已经老了，一事无成，心心念念一桩二十年前的案子，这得多长情的一个人啊。他还跟我说……"

她声情并茂地道："他还说，一定要查出凶手，不然死了之后，都没脸去地下见李亚青。还说，我这辈子，如果只能做一件事，那一定就是这件……"

霍子红把筷子轻轻搁到桌面上，说："我头有点儿疼，回房躺一会儿，张叔，你收拾一下。"

木代继续咬筷子头，眼睛滴溜溜的。霍子红走了之后，张叔说她："小老板娘，你今天怪里怪气的。"

近午饭的时候，木代去了曹严华打工的聚贤楼。

这楼盘的是当地老房子，装修得古色古香，服务员也是一副短打，头戴毡帽，胳膊上还搭条白毛巾，见人先鞠躬："客官，里面请。"

曹严华头天上班，打工的热情显然旺盛，声音都比别人高八度，端着菜迈着翩翩步，一声"来咯"余音绕梁久久不绝。

他一腔热情地引着木代上二楼："木代妹妹，我跟你讲，临窗绝佳位置，俯瞰整个丽江，一般人都不让坐的。我跟其他服务员说了，给我师父留的……"说到这儿压低声音，"木代妹妹，你考虑考虑，收我为徒，这顿我请。"

木代的回答是两个字："呵呵。"

曹严华显然深谙这两个字的弦外之意，但是毫不气馁。木代其实有点儿好奇：“你老想学武干吗啊？”

“梦想。”

“方便你偷东西？”

“那哪儿能呢。”曹严华很是严肃，“上次被抓进去蹲了十天，出来之后我已经彻头彻尾是个新人了，我现在靠劳动创造财富……”

他再次压低声音：“木代妹妹，你如果不收我，我可能又会走上老路，你考虑考虑，就当为民除害。”

真是挺有自知之明的，还知道自己是个“害”，木代在窗边坐下，随便点了几个菜：“一万三呢？”

“没见着啊。”

果然不出所料，木代咬牙切齿，托着腮看向窗外。

的确居高临下风景绝佳，古城如画，换个角度别样韵味，民房群落瓦屋栉比，很多屋顶飞檐上都请了瓦猫、寓意食鬼的老虎，镇邪求吉。

再往下看，是向外的通衢大道，并排走车不成问题……

慢着，那是……

黑色悍马并不稀奇，但是车顶横装狩猎灯，那是罗韧的车吧？

开得很急，直驱而下。

这是干吗去呢？木代有些发愣。

路上人多车多，没法开得快，罗韧一手紧攥方向盘，另一只手有轻微的战栗。

“郑伯，你别慌，”他声音尽量冷静，“慢慢说，聘婷她怎么不对劲了？”

第二十章

出事之后，聘婷一直留在小商河的家里，由郑伯照顾。每隔两天，会有专门聘请的医院护士过来，带她洗澡擦拭身体，每个季度检查一次身体健康。

对郑伯和护士来说，都是轻省的差事，因为聘婷的疯不是那种张牙舞爪声嘶力竭型的，她安静到近乎呆滞，常常从早到晚都坐在地上，偶尔会伸出手，惧怕似的指着明明毫无任何污渍的地毯。

郑伯说的“不对劲”，要追溯到好几天前的晚上。

小商河由于地理位置的关系，到了晚上特别安静，经常只能听到呼啸的风声。郑伯上了年纪，对风声早已习以为常，但对其他的异动极为警醒。

那天睡到半夜，他一个激灵就醒了。

有幽幽的歌声，细丝样在空寂的屋子里缥缈盘旋。

聘婷在唱歌。

聘婷从来都是个能歌善舞的姑娘，小时候跳过芭蕾舞，唱得也婉转好听。虽然半夜里来这么一出显得突兀，但可能是换了一种疯法吧。

郑伯犹豫再三，还是决定过去看看。

有了罗文淼的前车之鉴，谁也不知道聘婷会不会哪一天也不声不响地跑掉，所以她的房间门一直是反锁的。但为了方便照看和递送东西，门的上半部分改成了类似栅栏模样。

这也是为什么歌声听来那么清晰的原因，这房间不隔音。

三更半夜，循着歌声而走，难免后背发凉。郑伯硬着头皮蹭到了门边，这才发现，聘婷不只是在唱歌。

她还在跳舞。

完全不同于她之前细柔曼妙的舞步，动作大开大合，姿势古朴怪异，像是围着什么东西，且歌且舞。

罗韧问：“她唱的什么？”

“来来回回，两字一顿，就八个字。”郑伯努力回忆，“她唱，端住、虚竹、飞兔还是匪徒来着、猪肉。”

……

一连几天风平浪静，罗韧没有任何消息。如果这么一直沉寂下去，木代相信，没过多久她就会把诸如落马湖啊、罗韧啊等都给抛到脑后去了。

但是一天晚上，李坦打来了电话，声音微颤，很是激动。

“我也没想到事情进展得这么快，画像画好之后，我想着，我是在小商河见到那个人的，应该从小商河找起，我就又去了一次。没敢大张旗鼓地问，自己在街上一张张地看脸，前两天，有一辆车进了小商河，我看到开车的人，我看到开车的人……”

他激动得说不出话。

“我跟过去了，不难找，那辆车我也见过。户主是叫罗文淼，你说巧不巧，小商河案第二天，这人就死了。还有，画像上那个人，是叫罗韧……”

木代觉得头疼，该怎么跟李坦说呢？事情并不是他想的那样，怎么就这么认死理儿呢？

“总之，”他像是下定了什么决心，“如果我出了什么事，你……明白的。”

明白什么？木代还没来得及说话，他已经把电话挂掉了。

李坦的话里，有着“风萧萧兮易水寒”似的悲壮。

木代心说不好，赶紧回拨，那头儿没接。她只好先编辑短信过去，请他务必冷静，事情很复杂，不是他想的那样，罗韧也不是帮凶。

发出去了，直如石沉大海。

她只好给罗韧打电话，心中万千的心有不甘：这样一个走了都不说一声的人，凭什么我先给他打电话？

罗韧很快接电话了，木代把事情简单说了一下，然后提醒他：“李坦找你去了。”

“谢谢。”

木代忽然不高兴：“你有功夫，我知道他打不过你，你不要一时手重把他打伤了，他挺可怜的。”说完，鼻子一酸，也不等罗韧回答，就把电话给挂了。

她是觉得李坦挺可怜的，先前跟霍子红那么说，只是为了烘托效果绘声绘色，但是现在，她越想越是恻然，枕在手臂上入睡，觉得这个晚上分外凄清。

李坦刚画出催眠画像就去了小商河，他是真的不准备好好过日子了。一辈子能有多长呢？如果红姨的的确确就是李亚青，李坦可是把大半辈子都耗在了一件堪称荒唐的事情上。

她辗转反侧，终于有了睡意，却做了个奇怪的梦，梦见自己在接手机，罗韧说：“李坦在这儿。”

她含糊地回答：“哦。”

“木代，你睡醒了没有？李坦在这儿。”

意识慢慢清醒，手机赫然就在手里，屏幕亮着，计时的通话时间一秒秒递增。

所以，这不是做梦，是真的在接电话！

木代赶紧从床上坐起来，有些前言不搭后语：“在这儿……李坦？你那儿？”

“嗯，翻墙进来的，亏得有你提醒……绑起来了，瞪着我呢……郑伯，别让他靠墙！”

后一句话好像是向着郑伯说的，木代想象不出那边的情况，一颗心怦怦乱跳。

过了一会儿，罗韧跟她说话：“被捆了之后，一直在骂，拿胶带封了他的嘴，又拿脑袋撞墙……最烦这种，都懒得跟他解释……解释了也听不进去。”

可怜之人，让人恨起来也牙痒痒的，木代忽然热血上涌，不管不顾地下床：“等我一下，电话别挂。”

她一口气冲到霍子红门口，临敲门又怯了，自己劝自己：算了，这么晚了，别惹红姨不高兴吧。

转身想走，忽然看到门缝下透出一线光来。

应该还没睡吧，木代犹豫了一下，还是敲了敲门。

霍子红披着衣服给她开门：“木代啊，这么晚还没睡？正好，过来帮我看看花样。”

她屋里只桌上的台灯开着，上头摊开了好多本各色花样的书、影绘本，还有十好几张或临摹或模仿的花样。霍子红拿了一张，映着灯光比给她看，这张是比着建筑装饰的纹样来的，一个是菱花漏窗纹，一个是荷花水禽纹。

“现在大多数布的花样还是那些花花草草，没什么新意。我想着他山之石可以攻玉，建筑上的一些纹样，要是能印出来，还挺特别的……”

又说了很多，木代都没听进去，她盯着桌上的汤碗看。红姨熬夜的时候，为了润肺抗燥，手边常备一碗川贝枸杞雪梨甜汤。

沐着煦暖灯光一张张临摹花样，倦了喝一口甜汤，而那一头儿的李坦，被捆了之后，一直在骂，被胶带封了嘴，又拿脑袋撞墙……

“红姨，你是李亚青吗？”

屋子里一下子安静下来。

过了一会儿，霍子红轻轻地把手里的临摹样纸放到了桌面上，样纸摩擦着发出细微的窸窣声。

那一头儿的罗韧愣了一下，看了一眼面前面目狰狞的李坦，起身走到了外头寂静的走廊里，呼吸忽然有些滞重。

木代有一瞬间的后悔，又想着，既然问出来了，索性就都问了吧。

“红姨，我跟罗韧见过面。他家里发生了跟落马湖一样的案子，叔叔死了，妹妹疯了，所以他在追查一切有可能知道真相的人。李坦就更不用说了，在这件事情上耗了大半辈子。

“红姨，你或许有苦衷，要隐瞒一些秘密，我不会追问的。但是，在不伤害到你自己的情况下，你可不可以把能讲的部分讲出来，给别人一些提示？至少，别让李坦那么绕来绕去了。

“如果我都猜错了，那红姨你骂我好了。”

她把手机屏幕激活，让霍子红看到了对方通话人，然后把手机递到霍子红手里。霍子红的手虚虚一松，手机就掉到了地上。

木代没捡，没说话，也没再看霍子红，转身就离开了。她一路回到自己房里，上床，盖上被子。

真好，上下眼皮一合，一片黑咕隆咚，什么都看不见了。

她能做的，也只有这么多了。

罗韧一直静静听着，没有出声。其实他对霍子红已经不抱什么希望了，倒是木代，挺让他意外的。

搁在古代得是个侠女呢，挺古道热肠的。

不知道出于什么心理，他没有立刻挂电话，或许是心里还有一线希冀，过了一会儿，又嘲笑自己想得太多了。

正想挂电话，那头儿传来霍子红沙哑的声音：“喂？”

第二天，木代很早就醒了，但是为了避免尴尬，她特意在床上磨蹭了很久，错过了早饭时间。

红姨一定是生气了，没来叫她，也没让一万三过来问她要不要留饭。

十点多时，她觉得有些不对劲，往常这个点，楼下哪怕不是人声鼎沸，也老早闹得人不得安寝了。

穿好衣服下来，经过霍子红门口时，她屏着气，生怕被叫住，脑子里盘算着待会儿见到红姨时，该怎么样最大限度地表示自己的懊悔和谦逊。

是的，经过一晚上和被窝的甜蜜厮磨，醒来时，那腔行侠仗义愤愤不平的热度已经降了下去，总觉得自己做得不好，但是不好在哪里，她又说不大清。

下楼梯的时候，觉得有点儿不对劲。

楼下很暗，往常开门做生意，都是阳光满堂，这明显非但没开门，还把一直卷起的挡窗帘给放下来了。

木代三步并作两步，噔噔噔跑下楼。

红姨不在，一万三和张叔坐在桌边，早饭似乎还没结束，桌上的碗碟都没收，但两人似乎心思也不在吃饭上，对着冷掉的粥碗相对无言，听到脚步声，两人齐齐看向木代。

木代心虚："看我干吗啊？"

她若无其事地走过来："红姨呢？"

张叔回答："出远门了。"一边说一边推了个手机过来——她的手机，昨晚塞给红姨，掉到地上，但是没捡的那个手机。

"凌晨四点多敲我的门，跟我说要出去散散心，也没说什么时候回来，让我看好店面，好好帮你。"

他一字不漏地学着霍子红的话："木代要是对生意有兴趣呢，就让她管，她要是没兴趣呢，你也随她，年纪轻轻的，玩儿心还重。"

为什么有种交代后事的感觉？木代一颗心直坠下去，茫然说了句："为什么啊？"

她下意识地打开手机，翻到通话记录表，最后通话是和罗韧，时长：2小时27分钟。

她脑子一蒙，直接回拨过去，听到罗韧的声音，差点儿哭了："罗韧，我红姨……你昨晚……"

罗韧打断她的话："木代，你别担心，你红姨走了吧？她跟我提过，不是因为你，是别的原因。"

是吗？木代心里好受点儿了。

"木代？"

"嗯？"

"你红姨确实就是李亚青。还有……"

他欲言又止，木代刚刚放下的心又提了起来："还有什么？"

"张光华是她杀的。"

第二十一章

少女蒙昧，因见识少而无知。

随着年纪的增长，李亚青越发觉得这句话是有道理的。

换作今时今日，艰难地走过许多路，冷眼旁观了许多事，山川不过手边石，江河无非脚下水，也能微笑温和地指引后来人如何如何的李亚青，是不会为了张光华这种人渣晕头转向的。

但当初不是，当初在她眼里，张光华一表人才，谈吐幽默，烂大街的灯芯绒裤子夹克衫，到了他身上就妥帖有型，人如其名，自带光华，秒杀得身周人都成了一抹黯淡。

二十岁不到，她就怀了孕。

张光华哄她打掉，带她去了小巷里的黑诊所。一进去，手术台上的白布血迹斑斑，那老太婆连手术胶皮手套都没戴，伸手从抽屉里抓出手术用具，热水里搅搅权当消毒，又示意她："躺上去。"

她自小受良好教育，母亲嘱她勤洗手，说"日常生活中不知多少看不见的病毒细菌"，那些打胎的器具，干净吗？不知被多少人使过。

李亚青脸色惨白，夺门而出，几经思量，还是哭着向母亲求助。

犹记得母亲听完，跌坐在沙发上，手捂着胸，说："我透不过气来了。"

母亲是有修养的知识分子，发怒都有姿有态彬彬有礼。

父母商量了一夜，到周末，一家三口如同做贼，围巾包头口罩遮脸，坐车去了邻县，找了母亲多年未见的在产科工作的朋友。母亲对人家说："是亲戚家的孩子，小姑娘早早不读书，被社会上的人骗了。"

手术归来，父母对她的态度一落千丈，但是也分场合，人前还是父慈女孝，一进家门，冷如冰窖，好几天都难得说一句话。

后来她知道，那也是暴力的一种，家庭冷暴力。

有一次父母卧室的房门没有关严，她听到两人谈话，言语中对她失望透顶，用词也激烈。"怎么能做出这种事""德行败坏""没脸见人""这辈子也是命苦，一个女儿找不回，另一个叫父母抬不起头""早知道当初把那个留下，这个送走"。

这段早年往事她是知道的，那时受大时代所苦，一对双胞胎女儿养不起，送了一个给乡下的好心人。后来知识分子地位大大提高，再想找回，那户人家早不知搬到哪里去了。

她暗中留心，想着，如果能把那个双胞胎妹妹找回，跟父母的关系多少会修复些吧。

平淡的日子一天天过去，但也夹杂了一些微妙的不平淡。

一是张光华当年非但没能提干，还被调到河南灵宝市"交流学习"半年。

二是母亲托人，给她介绍了一个大几岁的男朋友，在派出所做文档管理工作，叫李坦。

李坦对她一见钟情，和一切刚坠入爱河但初次恋爱的男青年一样，借给她书看，约着她逛公园，有时会画一两幅钢笔的风景画，吞吞吐吐地请她点评。

她不喜欢李坦，有张光华在前，越发衬得李坦一无是处，但是为了让父母满意，她礼貌地应承，李坦也就自然而然地对她好，出差去外地一定帮她带礼物，丝绸的围巾、中跟的皮鞋、机打的毛衣，也给她父母带礼物，水产、腊肉、无根厚肉大木耳。

那时候她不觉得这是心意，只觉得他整个人庸俗得都是烟火气。

或许还因为，那时候，她还暗中跟张光华有书信来往。

张光华一手漂亮的钢笔字，洋洋洒洒，给她讲函谷关的来历，“关在谷中，深险如函”。他经常携友小游，追忆那战马嘶鸣的古战场，信里封一颗红豆，搅得她心慌意乱。

她翻着日历数日子，盼着张光华回来，眼看着到了日子，母亲发话说：“看你跟李坦处得也挺稳定的，哪天吃个饭，定一下日子吧，至少，把婚先订了。”

母亲也知道张光华回来了，防她贼心不死，先切她后路。

吃饭那天，李坦穿着擦得锃亮的皮鞋，头发抹定型发胶，一根根服帖地往一边倒，吃饭时一迭声的“是的是的，好的好的”，笑得脸上都出了褶子。

真的要嫁给这样的人?

饭后，她借口头疼，请了半天假。她坐在沙发上，指甲泄愤似的抠着李坦画的风景画，一下，又一下。

就在这个时候，电话突兀地响了起来。

她满肚子气，凶巴巴地接起来：“喂！”

对方像是被吓到，怯生生地问：“请问，是李教授家吗？”

这个电话，真是她一生的转折点。

打电话来的，是霍子红。

情节像老套的电视剧，霍子红的父母带着她搬离乡下之后，其实辗转得知过李教授那边寻找女儿的消息，但是小人心理作祟，觉得养了这么多年，白白送回去心有不甘，而且霍子红是家里的重劳力呢，洗衣做饭，出摊卖菜，别提有多利落，所以刻意回避，从不回应。

直到那一天飞来横祸，夫妻俩遭了车祸，霍子红在手术室外哭得肝肠寸断，做爹的忽然幡然悔悟，奄奄一息之际，拼了最后一口气，跟霍子红讲了她生身父亲的籍贯和姓甚名谁。

但到底事起仓促，没什么过硬的证明，丧事过后，霍子红犹豫再三，还是辗转打听到了李家的电话，怯怯地打过来问问。

真是天大的好事，李亚青喜得都忘记了自己的苦恼。她吩咐霍子红先别声张，自己第二天就告了假，坐上了下乡的汽车。

霍子红来车站接的她，一照面，两人都愣了，不需要什么额外的佐证了，脸足以说明一切。

李亚青高兴地牵着霍子红的手晃了又晃："咱俩像一个模子里印出来的呢。"

霍子红有点儿自卑，一个模样吗？她可不这么想，李亚青城里人的装扮，穿皮鞋，呢大衣，提的包都是皮的，哪像她，头上还包着围巾，裤腿上不知道什么时候粘的菜皮，活脱脱土里刨食的模样。

她吞吞吐吐地问李亚青："咱……家里，是不是条件很好啊？"

向往财富，人之常情，霍子红也想过好日子，有能当大树依靠的父母。

李亚青脑海中忽然闪过一个念头：她要能代替自己嫁给李坦就好了。

她拼命摇了摇脑袋，笑自己的念头荒诞。

李亚青在霍子红家里待了一下午，到底是姐妹，有天生的熟络，两个人叽叽咕咕，几次笑得前仰后合。她说："爸妈找你好久了，这消息咱都不忙对外讲，好好合计合计，到时候我把你隆重推出，给他们一个惊喜！"

家里好一阵子愁云惨淡，是时候该有个惊喜振奋人心了。

霍子红处理了老家的房子，对外只说要去城里打工，到了落马湖之后，她特意选了个离李亚青家很远的地方租房子，以免在"惊喜"到来之前就遇到李家人。在左邻右舍面前，只说自己是卖菜的，偶尔有人问她蔬菜品种，她说得头头是道。

李亚青隔两天就来看她，每次来都口罩遮脸帽檐压得低低，进了屋，怀揣同样秘密的两姐妹笑作一团。李亚青给她带来自己的衣服、洗发香膏、雪花膏，教她用乳液一遍遍地抹手，这样显得皮肤嫩些，帮她梳一样的发型，教她用跟自己一样的语气说话，连一些娇嗔的小表情，都学得一模一样。

过几天是父亲的生日，她跟霍子红合计好，届时两人穿一样的衣服，留霍子红在外应承，她先躲到衣柜里，等霍子红撑不下去了或者完全把爸妈蒙骗下去的时候，再突然出现。

Big Surprise，完美！

霍子红还有些担心："真不跟爸妈提前讲一声吗？我怕太突然了，他们不认我。"

李亚青给她吃定心丸："爸妈一直在找你呢，没问题的，有我呢，我拼死给你证明！"

想想都心情愉悦。

这期间，只有一件叫她惆怅的事情：张光华没再找她了，有时偶尔遇见，他也很快避开，连个眉目间的暗示都没有。

那一天如期而至，觑着爸妈不注意，她偷偷把霍子红放进来，自己贼兮兮地笑着钻进了衣柜，关上柜门之前，挤眉弄眼地给霍子红使眼色，那意思是：没事的。

李坦单位有事，打电话来让大家先开始，不用等他。

衣柜里有点儿闷，李亚青百无聊赖，她其实还挺期待李坦初见霍子红：说不定顶着同样的脸，他其实更喜欢霍子红这一类型的呢。

屋里似乎很热闹，应该是菜上桌了，拖凳子的声音、碟碗的磕碰声，还有……忽然响起的敲门声。

李坦居然提前赶过来了吗？

她听到父亲极其不悦地说了一句："你怎么来了……"

话还没说完，忽然一声闷响，紧接着有片刻混乱，翻碗倒锅，李亚青确信自己听到了母亲短促的一声尖叫，还有霍子红挣扎似的踢拽，但是不知道从哪一秒开始，一切归于寂静。

李亚青的脑子里一片空白。

出事了！她拼命捂住自己的嘴，在衣柜里控制不住地哆嗦着，脑子里闪过一幕又一幕血腥的画面。

外头杂声不断，拖凳子，踩高，拖拽，那个杀人犯还没有走吗？

她怀着十二万分的小心，轻轻地，屏住呼吸，把柜门推开一条几不可察的缝隙。

霍子红侧躺在地上，身下是一摊血，嘴巴微张，眼睛瞪得好大，瞳孔却再也没有了神采。

——咱……家里，是不是条件很好啊？

第二十二章

霍子红的尸体被拖动了，身体和地面摩擦，发出沉闷的声音，地上留下宽宽的血道子。李亚青看到那个男人，穿褶皱的灯芯绒的裤子，磨脱了后跟的皮鞋，右脚鞋掌的凹纹里，粘了块干结的口香糖。

身形似曾相识。

有往墙上砸钉子的声音，手很稳，力道很大，当的一下，隔了一会儿，又一下。

钉得很有心计，不是那种容易扰民和引起反感的叮叮当当，但每一下，都像钝器凿在她的脑骨上。

她不敢打开柜门，也不敢有大的挪动，只能从一个角度透过那条细细的窄缝去看。那人有两次从那个方向经过，但两次都是背影，只是，他手里的东西，李亚青看得分外真切。

渔线、凿锥，还有线头上晃悠悠吊着的一根钩针。

李坦怎么还不来呢？

她度秒如年，又惊恐交加，自己逃过这一劫了吗？未必，入室杀人往往和洗劫挂钩，下一步就是翻箱倒柜搜寻财物了吧？

李亚青脑子里转过无数的念头：如果那人来开柜门，她应该先发制人一脚踹开柜门把那人撞个踉跄之后趁势夺门而出好呢，还是从里头死死抓住然后尖声呼救的好？

也不知过了多久，忽然听到脚步声渐渐向外，然后是“吱呀”一声门响，徐徐打开。

家里的门，她再熟悉不过了，如果出去没有关好，门轴惯性使然，就会这样吱呀着慢慢摇开。

那人走了？

李亚青意识到一件事情：如果这个人就此走脱，继而逃窜，可能就再也抓不到他了。

她脑子里热血上涌，但还是怀着谨慎，慢慢推开柜门，触目所及，险些昏厥过去。

数百道密密拉起的渔线，拉线上血色渍然，她的父亲、母亲，还有霍子红，就那样僵直而扭曲地缠身在线网之中，而地上，鲜血的细流正开始慢慢汇集。

李亚青忍住眼泪，强行抑制住胸腔里翻滚着的恶心，战栗着命令自己：“别看，别看。”

她小心地避开地上的血流，咬牙冲了出去。

走廊上有带着血的脚印，几步之后就淡了，巨大的惊恐和悲痛刺激下，李亚青居然异常机警，她把头发上盘，那是她很少尝试的发型；外套脱下，折向反面抱在怀里，否则就和霍子红衣着相同了；最后，高领毛衣的套领往上拉，一直拉到鼻子上头。

反正是冬天，外面冷。

真的冷，天又阴，风呼呼的，刮得人脑仁生疼，即便是中午，大街上也很少人，有一两个骑自行车的，包得跟熊似的，“嗖”的一下就从身边过去了。

那个人就在前面，走得不紧不慢，佝偻着腰，完全不像犯案后惊慌逃窜的架势，鞋底偶尔翻起，那块口香糖的结渍像是在提醒她：对，就是我。

路过一家饺子馆时，他停下来，仰起脸，问："饺子皮卖吗？"

这声音，还有这张脸……

她嘴唇嗫嚅浑身巨震，目不斜视地从他身边走过，最近时，肩膀几乎互相擦到，而肩膀向着他的一面，浑无知觉。

就这样一直向前走，没有停过。

张光华，张光华，张光华！

也不知道过了多久，有人拉住她，"咦"了一声："小红，衣服抱手里怎么不穿呢？冷不冷啊？"

她茫然止步，这才发现已经走到陈前巷口了。

她借口丢了钥匙，从房东那儿拿了备用的，开门进去，一头栽倒在床上，半晌惊怔一样起来，拼尽浑身的力气，拖了桌子柜子抵住门，窗户闩上了还觉得不够，又用胶水一层层糊了纸。

为什么是张光华呢？

是恨父母在两个人的关系上从中作梗，又害他工作不顺吗？不不不，他杀"李亚青"的时候，可同样没有手软。

李亚青的眸子渐渐收紧，眼睛里迸射出凛冽的恨意。

他连对"她"的时候，都没有手软！

李亚青一夜无眠，第二天拖着疲惫的身躯挪开桌柜打开门的时候，迎面扑来的像是另一个世界。

街头巷尾都在议论这件事，1992年前后，虽然没有网络没有即时通讯工具，但八卦和猎奇的热情已然足以煮沸一个沉寂的小城。BB机响的频次都比平时要多，连买菜的时候，买卖双方都要交换一个会意的眼神："你听说了吗？"

李亚青穿霍子红的衣服，棉袄、纳布底的大黑棉鞋，带穗子的红格子头巾，她面无表情地往派出所走，到门口时停了下来，假装看墙上的宣传栏。

几个民警站在门口，一边抽烟一边交换意见："李坦家属出了这事，你看我们是不是该捐个款？"

那时流行捐款，结婚、遭贼、白事、生病，都兴捐个款，好像不捐款就做不成朋友同事了。

家属？谁是他的家属？

李亚青攥着围巾下摆转身离开，忽然意识到，从某种程度上讲，她和霍子红的人生，已经悄然实现了互换——如果她保持缄默并且愿意的话。

她走进县新华书店，买了信纸，准备给派出所写一封匿名举报信，书店里没有桌子，她趴跪在书架底下的储书台上，一个字一个字地写。

“那个叫张光华的，跟受害者住同一幢楼，他有很大嫌疑，请公安干警务必关注……”

写到一半，她跪得眼花，揉着眼睛抬头，发现这是“法律&刑罚”的专柜书架。

她随手抽了一本量刑法则来看，看了几页塞回原处，那张写了一半的信纸撕碎了，团了又团，蹒跚着走出书店时，扔到了门口的垃圾桶里。

现代社会，随着文明程度的提高，法律量刑很少有“以牙还牙，以眼还眼”这回事，无论犯下怎样滔天的大罪，无论给当事人带来多少痛苦，最多不过——“一颗正义的子弹，结束了他的生命”。

太便宜他了！那颗正义的子弹，甚至不是她打出去的。

张光华没有在家里待多久，李亚青打听到，他马上又要去太原出差。

而警方的调查当时也没有指向张光华，巷子口烤烧饼的老汉有个亲戚在派出所做保洁，他绘声绘色地给街坊讲自己听到的消息：“听说是个惯犯，手法利落，心理素质好，不然你想啊，那家的女婿还在派出所工作呢，普通人谁还不紧不慢地在那儿一针一线……”

如果那个时候有犯罪侧写，张光华绝大部分都不符合，而如果不是她亲眼见到，抵死也不会相信。

听众面面相觑后背生凉，晚上关门睡觉都不忘在枕头边放个擀面杖。

李亚青退掉了在落马湖租的房子，跟着张光华上了去山西的长途车。

她打扮得土气，蜷缩在大巴车的最后一排，装着在打瞌睡，实则目光始终没离开过前两排的张光华。

他不知有人盯梢，也不知危险将近，和同坐的乘客聊得热火朝天，问，山西有什么好玩的？外派其实都是闲差，闲着也是闲着。

那人建议：看大佛啊，那家伙，佛跟山一样大。

张光华采纳了那人的意见，住下之后第二天就去车站买了去大同的车票，但没敢对外说，因公济私，不好太过张扬。

李亚青如影随形，但跟着他跨省过市这么久，到底怎么报复，她依然没有头绪。

杀人不是那么简单的，她没杀过人，想不出渔线人偶那样变态的方法，而且一路上，到处都有人。

张光华在大同市郊住下，方便第二天就近拦车去看石窟。晚上出来吃饭，走了好久才找到一家面馆，里头只寥寥两三个食客。

他要了碗打卤面，埋头正吃得香，有人从身边急掠而过，然后就是噔噔噔跑远的脚步声。

张光华惊怔抬头，一时间居然没反应过来发生了什么事。店里的伙计提醒他：“钱包！钱包！”

放在手边的钱包被人顺了！张光华碗一推，拔腿就追。

伙计跟剩下的食客看热闹一样哈哈笑，连面钱都不跟他计较了：“那贼是个小媳妇吧，低着头不声不响，脸都没瞅着……跑起来真快……”

确实，跑起来可真快，张光华气喘吁吁地追了好久，眼看就要接近了，那人似乎想脱身，忽然把手里的钱包远远扔了开去，向着另一个方向逃窜，一会儿就没了影。

张光华顾不上追了，小跑着向钱包落地的地方过去。这里是省道，一侧是山，一侧是大河，水流很急，哗哗的声音听得人顿生凉意。

他捡起钱包，借着微弱的月光小心地看了一下里头的东西：可别是掏光了钱给他扔回个空的。

正翻看着，后脑重重挨了一下子，眼前一黑倒地。

身后，李亚青抱着石头气喘吁吁，这一砸，几乎用了她全身的力气。

她想过用刀子，但是会有好多好多血，麻烦，原先是想勒死他的，她还为此准备了绳子……

水声似乎忽然大起来，凭栏下看，冰凉的月光下，大河水泛着黑色的亮。

李亚青在这一瞬间改变了主意，她把张光华的手脚捆住，又在他身上绑上大块的石头，最后用尽浑身的力气，把他拽坐在护栏上。

他太沉了，绑上了石块之后更沉，幸亏这里有条河，否则真不知道要怎么处理掉。

老天都帮她，那段时间没有过车，那间小面馆正拾掇着关门，伙计当笑话一样提起刚才的事：“不晓得追到没有，追到了也不会回来结账咯，外地人死精的……”

她耐心地等。

张光华慢慢呻吟着有了声息，李亚青一个巴掌狠狠掴在他脸上：“你为什么杀我家里人？”

张光华看着她，目光有片刻的迷茫，意识到自己身处的境地之后，脸色突然变得狰狞，嘶叫着让她马上放了自己：“不然连你一起杀了！”

真是荒唐，知道谁为刀俎谁为鱼肉吗？远处隐隐有车声，李亚青哈哈大笑，伸手在他脑袋上重重一推：“去死吧。”

重物扑通落水的声音，她低头看，水流何其之快，那个身体砸下的水花漩涡，只是片刻之间，就被新的流水盖过了。

好长的故事，以至于中间手机电池耗尽，木代不得已插着充电线跟罗韧通话。

听完了，长久的沉默，她都不知道该说什么，问出的第一句话是：“我红姨会因为杀人被抓起来吗？”

罗韧也不太清楚：“过了追溯期吧？再说了，谁去告她？她不说，谁又能查得到她？”

木代怔怔的：“我红姨一直在查张光华的消息呢。”

“杀人的人，到底心虚。她百分之九十笃定张光华死了，却又疑神疑鬼，怕他挣脱了绳索，被河水冲到别的地方得救了，所以一直打听着，没有消息就是最好的消息，即便有了，她也会第一时间知道。”

难怪凌晨时就交代了一切离开了，她把秘密说出来，有太多不想也没有勇气去面对的东西，索性一走了之。

“我红姨，跟我想的，好多不一样的。”

罗韧笑笑：“我也庆幸我没有太得罪她。”

木代多少有点儿歉疚，觉得是自己昨晚的逼问让霍子红迫不得已说出了这个藏了许久的秘密：“红姨她，是因为我吗？”

罗韧推开窗，小商河今天的天气很好，晴空万里，屋子泥黄色的院墙在阳光下泛着金光。李坦坐在前屋的房顶上，手搭在眼睛前头看天，像是从来都没看过一样。

风吹乱他的头发，花白的头发。

“别太看得起自己了，不是因为你。”

那就没自己什么事了，木代觉得心里空空的。原来真相是这样的，知道了真相，一点儿也不开心，她说：“那我挂了。”

“木代？”

“嗯？”

“你要来一趟小商河吗？”

小商河？为什么？

“你和我都知道，这件事，远没有完。”

第二十三章

要不要去小商河呢？

木代有些犹豫，小商河毕竟不在隔壁，出门左转几步就能到。去那里劳心劳力千里迢迢，她多少有点儿犯懒。

但是，并不只为了自己好奇，也为了帮红姨找出真相：她亲眼所见的，推落河底自以为就此结束的，其实仅仅只是事情的开始。

罗韧给她讲了聘婷的异常，也肯定了一件事：张光华落水的位置距离刘树海翻车出事的地点，很近。

也许，解开盘结的线头，现在就系在聘婷身上了。

但是，“端住、虚竹、匪徒、猪肉”又是什么意思呢？

她皱着眉头反复念叨引起了一万三的注意：“小老板娘，你念什么呢？”

木代说：“歌词呗。”

歌词？一万三确信他听到了“猪肉”两个字，现在的词作者未免也太任性了。

他厚着脸皮把八个字问了个全：“小老板娘，是你听差了吧，你知道澳门回归的时候唱的那个《七子之歌》吗？”

他清清嗓子，唱：“你可知Macau，不是我真姓。”

木代盯着他看，原来一万三唱歌这么难听。

一万三可不知道木代在心里暗暗埋汰他，继续给她解释：“我小时候怎么听也听不懂，一直以为唱的是‘一棵芝麻高，不识我真心’。”

确实有可能是郑伯听差了，原话应该不是这八个字，但是木代不是音乐发烧友，知道的歌实在有限。一万三热情地表示，都包在自己身上，毕竟老板娘不知道哪辈子才回来，对于酒吧刚继任的二世，他应该提起十二万分的热情才是。

一万三头一次不是为了更帖登录天涯，怀着虚心求教的态度发了个求助帖，果真大隐隐于市，高人在天涯，二十分钟之后，他扬扬得意地过来邀功。

“小老板娘，那首歌叫《弹歌》，是很早以前的民谣，有说原始社会的，有说奴隶社会的，总之是口头传唱，年代还要在《诗经》之前呢。”

《弹歌》共八个字，断竹、续竹、飞土、逐宍（rou，音同肉）。

意思是：去砍伐野竹，连接起来制成弓，打出泥丸，追捕食物。

明白了，同时也更糊涂了。

木代赶紧给罗韧打电话，罗韧没想象中的惊讶，应该是也通过各种方法查到了出处，些许聊了几句之后问她："决定了吗？过来吗？"

怎么说呢？去也有足够的理由，不去也说得通，她不像罗韧、红姨是直接当事人，到底隔了一层。

罗韧笑："过来的话包吃包住，路费也能报销。你来过沙漠吗？有空的时候，可以骑骆驼。"

木代正色纠正他："即便去也是为了正事，又不是为了玩。我考虑考虑。"

放下电话，她克制了又克制，还是去百度了"沙漠、骑骆驼"，看着夕阳下的驼队，想象着驼铃悠悠，眼睛简直要放光了。

她是真没见过沙漠。

过了一会儿，她蹭到张叔身边："叔，我要出趟远门，去一趟小商河，银川小商河。"顿了顿又强调，"正事。"

酒吧里新一批酒水食材送到，张叔招呼着一万三一起帮忙搬，一边搬一边叹气："就知道小老板娘的心不在生意上……不过小商河……"

霍子红之前一直想让木代多出去走走长长见识，不过木代去的，多是大城市，像是重庆什么的，安排好了行程，不怕出什么纰漏。

但是小商河，还在宁夏呢。

他问一万三："你以前不是在西部骑行过吗？那里……安全吗？"

什么意思？张叔这把年纪了，还想骑行？

"小老板娘要去银川附近哪儿，我不放心，想着要不要让你跟着……但是……"他自己宽慰自己，"不过咱们木代练了八年武呢。"

一万三脑子里迅速列出了跟去的利弊，不，利远远大于弊。

——可以脱离劳动，就当是公费旅游，运气好的话还能向张叔申请出差补贴，旅途中搞不好还能邂逅美女，共谱佳音……

"张叔，你去过银川吗？"

"没呢。"

没去过就好办了，等的就是这句话，一万三清清嗓子："那是相当乱啊。"

在他接下来的描述里，每年都有若干女子消失在那里，而等到警方费尽艰辛找到的时候，她们往往已经在哪个大山里给人做媳妇好多年了。会功夫不占优势，骗子们最擅长的是花言巧语设局设套，真是让人防不胜防。而所有这些，都逃脱不了他的火眼金睛……

于是事情就这么成了。

木代在河东机场下机，小商河的位置略偏，要先转车到中卫，再从中卫转去小商河。

从银川转车去中卫时，还算车来车往人声鼎沸，中卫的南郊汽车站就冷清许多了。候车室边上只有一家小超市，木代在货架间看来看去，忽然心念一动，唰地伸手，拿下面前的两盒饼干。

对面的人以迅雷不及掩耳之势把头低了下去。

木代对着那个小空隙勾勾手指头：“抬头。”

半晌，一万三满脸堆笑着……抬起头来。

老板和员工的待遇向来有差，木代是一路打飞的，一万三是事前掐好了时间坐火车到的银川。

他不想真的亦步亦趋地跟在木代后头，那样“出差”还有什么意思？时间得由自己自由掌控才行，所以他跟张叔说，小老板娘一向对他有成见，明跟着行不通，不如暗中加以“保护”。

银川过来一路还好，坐了差不多同一时间点的不同班车，但是从中卫走就困难了，每天就那么几班车，被识破是早晚的事。

一万三打着哈哈跟木代说话：“主要是张叔……他不放心你……”

亏得手机里还存了一路上张叔发的短信，张叔像个放心不下的长辈，每一条短信都絮絮叨叨不超字誓不罢休，但是很让人感动。

——一万三，你路上别瞌睡，好好看着木代，再怎么能耐也是个小姑娘呢，要密切注意那些忽然过来搭讪的，流里流气的那些要尤其注意，不流气的也要注意，骗子会装……

——遇事赶紧报警，不要让木代跟人打架，万一真打起来了你要冲在前面……

木代看得心里暖融融的，张叔跟着红姨打工好多年了，名义上是伙计，实则跟亲人也差不多了。不过，张叔明显对一万三太乐观了，他会冲在前面？不掉头就跑已经谢天谢地了。

木代把手机扔回给他，绷着脸问："买票了吗？"

这应该就是松动了，一万三赶紧点头："买了买了。"

上车的时候，一万三积极表现，拎着木代的包左突右挤，头一个抢到座位，还把木代的位置掸了又掸。木代瞥了他一眼，虽然嘴上没说什么，但心里必然是满意的。

一万三心说：以前就是爷不爱表现，要是真的表现起来，哼哼，那真是……通杀。

车子缓缓开动，出车站大门时，趁着木代没注意，一万三面朝车外，冲着墙角处的某个人使了个眼色。

曹严华心领神会地给他回了个OK的手势。

去小商河的路不大好，好长一段的颠簸，木代有些晕车。下车的时候接近傍晚，她给罗韧打了电话，电话里，罗韧教她怎么走方便。

木代一肚子气：远道而来，都不说开车过来接一下，悍马买来干吗？养在家里喂胡萝卜吗？

不开心，不受重视的感觉，这像是被"请"来的吗？

一万三却积极地拎着行李朝人问路，问完了颠颠跑过来："小老板娘，这边走呢。"

木代走得没精打采的，幸好路途不长，罗韧给开的门，笑着问她："路上还好吗？"

木代沉着脸"嗯"了一声，一万三觉得罗韧看着眼熟："你……你不就是那个……"

那天晚上印象可深了，霍子红尖叫着被人推倒，酒吧里议论纷纷，小老板娘还追了出去呢。

罗韧像是知道他在想什么："对，就是我。"

木代的房间早就准备好了，虽然没预料到一万三的出现，但好在空房多。安顿好木代后，罗韧领着一万三去走廊尽头的房间，路过一间房时，一万三好奇地频频回头。

房门可真奇怪，防盗门的上面怎么挖空了一块？装了好像栅栏一样的东西……

第二次回头时，栅栏后头忽然出现了一个女子。她穿白色的高领毛衣，衣领的边缘衬着精致而苍白的脸，长长的直发，细眉如烟，眼波又像是深不见底的水……

她是谁？罗韧女朋友吗？运气怎么这么好，有这么漂亮的女朋友？罗韧一定对她不好，不然她眼神为什么那么幽怨？对，一定对她不好，否则他们远来是客，罗韧怎么都要给双方做一下介绍吧……

从走廊到房间，短短十来秒，一万三的心潮起伏怕是超过了过去一个月的。

罗韧推开门，对一万三说："到了。"

进了房放下行李，木代先在床上趴了一会儿，这里的温度比云南低很多，干冷，嘴唇一直发干，床面凉凉的，寒意一下子就渗进衣服里。

罗韧进来帮她打开了空调，问她："不舒服吗？"

她继续趴着："嗯。"

罗韧拖了椅子在床边坐下来："本来是想去接你们的，但是郑伯带李坦去医院了，他这两天状态不太好。聘婷这里离不开人，所以走不开，你别介意。"

这样啊，木代立刻觉得自己挺小气的，毕竟罗韧这里的事更重要。

不对，他为什么说"你别介意"？他看出来了？

木代还没来得及说话，罗韧又问她："晚上吃什么？烤羊腿吗？"

"今天人多，可以让郑伯在院子里起个火堆，烤羊腿。宁夏的羊跟别处的不一样，放养在盐池戈壁，那里生长二十多种野生草药，天然药补，所以这边的羊肉没腥膻味。小商河有一家不错的店，腌制好的生羊腿可以现买，到时候让郑伯刷蜂蜜水，上火现烤……"

木代偏过了头看罗韧说话，直到现在才认真打量他。比起上次见面，他其实疲惫很多，很重的黑眼圈，好像连日都没有好好休息过了。

木代有些内疚，觉得自己之前的无名之火挺没意义的。她从床上爬起来，嗫嚅着说了句："随便吃点儿就行了，怪麻烦的。"

"不麻烦，远来是客。"罗韧顿了顿又说，"让大家都跟着你吃顿好的，这几天，谁都没心思好好吃饭。"

第二十四章

羊腿料理得很地道，两面都有花刀，据说撇脏后加数十种料炖两个多小时，然后放到浓汤里腌一天，取出了均匀抹上盐、孜然粉粒、迷迭香，套上了保鲜袋密封后才对外售卖。

郑伯是烤羊腿的高手，都不借助什么现代工具，木头架子扎了火堆，羊腿刷上了蜂蜜水，上火现烤，没多久嗞嗞冒油，肉香四溢。

木代看得眼睛眨都不眨："别焦了啊郑伯，翻不翻啊？"

郑伯笑得呵呵的，旁边摆了张条桌，笃笃笃在砧板上切葱白、黄瓜丝儿，顿了顿吩咐木代："翻。"

木代欢喜得跟什么似的，握着铁钎手柄把烤羊腿翻了个面："郑伯，这要是古代多好，我们就靠烤羊腿行走江湖，你来烤，我负责翻，没事还能行侠仗义什么的。"

小姑娘，想得天马行空的，不过郑伯挺喜欢她的。罗韧说头次跟她见面时，木代可不是一般的凶——哪儿凶了？他可是一点儿都没看出来。

第一根烤成，木代眼睛亮晶晶的："抱着啃吗？"

忍不住咽口水，哪怕吃得手上嘴上都是油也认了。

却原来不是。郑伯拿刀子把腿肉都片成了细丝小条，每个小碟里放一份，均匀地撒辣椒粉、孜然、盐粒儿，又盖一层葱白、黄瓜丝，搭了把小银叉，头碟给木代："尝尝。"

真是绝了，木代两只手捧了接过来："这吃得也太文雅了。"

郑伯笑："可不？聘婷爱吃，又嫌啃来吃麻烦，后来罗韧让我这么弄的。"

是吗？木代没吭声，只是下意识地四下看了看，罗韧不在，应该是进屋陪聘婷了。

"聘婷……应该治得好的吧？可以让罗韧带她去北京上海的医院试试看啊。"

郑伯叹气："罗韧也不是没试过，但不是身体的问题……"说到末了，叹息着摇头，又继续分碟。

木代知趣地不再说话，多拿了一碟，给坐在一边台阶上的李坦。李坦是看见她了，但没跟她说话。木代觉得挺内疚的，把碟子朝他身边推了又推："你尝尝啊，挺好吃的。"

李坦还是没搭理她。

好吧，人家是该嫌弃她的，毕竟那是她的"红姨"啊。

木代端着自己的碟子，准备换个地方，才刚起身，李坦忽然问了句："你红姨她……有提起过我吗？"

这要怎么答？善意的谎言，还是长痛不如短痛地实话实说？

见木代不说话，李坦笑了笑："知道了。"

其实不问也知道答案，问了能死心得更彻底一点儿吧。

木代觉得挺心酸的，想岔开话题："罗韧说郑伯陪你去医院呢，没什么事吧？"

“人老了，身子就跟辆老爷车似的，到处都是毛病。”李坦无限唏嘘，自嘲地拍了拍膝盖。真是奇怪，之前明明年纪到了，但从来也不觉得老，风风火火的，为了查出真相始终铆着一股子劲儿。但是那天晚上，罗韧拿着电话进来，同他说，有人要跟他讲话。

听到李亚青声音的那一刻，身体里的那股子劲儿，忽然就慢慢泄了。

李亚青跟他说“对不起”，他苦涩地笑，说：“没什么。”

没有人拿刀逼他，是他自己愿意的。

现在想想，真好像应了那句老话，“好一似食尽鸟投林，落了片白茫茫大地真干净”，痛过、闹过、争过、抢过，现在一片空落，怪没劲的。

李坦对木代笑笑：“我明儿就回去了。罗韧说，事情还有些蹊跷，我没力气查了。辛苦你们，哪天有了消息，打电话跟我说道说道。”

他费力地站起身，捶了捶酸痛的腰，自始至终也没动那盘木代端过来的羊肉。

也许，即便言语上释然，内心里，依然不愿意接纳任何跟霍子红有关的善意吧。

木代原地站了一会儿，叉了块烤羊肉递到嘴里，情绪低落，吃起来也味同嚼蜡。

无意中一转头……

估计所有人中，也只有一万三能吃得这般志得意满、狼吞虎咽了。

睡前一切如常，半夜时，木代醒过来。

干，这里是真的干燥，感觉空气中连一点儿水星子都没有，喉咙里干得厉害，嘴唇上都起了皮。

屋里没烧水壶，木代去客厅里找，也真是背运，饮水机里只接出半杯，一口就没了。

邪门儿了，烧水壶都没有？木代急急地冲到罗韧门口，想敲门又忍住了。

大半夜的，都在睡觉呢。

但是不敲门，就这么忍着吗？

正进退两难，门忽然开了。

烧水壶接上电，发出熟悉的焖水声，木代终于安心，裹着外套坐在沙发上等水开，顺便打量着罗韧的房间，目光很快被一面墙吸引过去。

像是电影里见过的张贴案例的墙面，也有上次在古城小面馆，罗韧用便利贴给她贴出的那张表，不过原先打问号的地方已经换成了“张光华”，有一条折线从张光华的名字处前引，尽头处写了三个字——

函谷关。

“函谷关”三个字用红笔圈了又圈，打了个问号，显然还是猜测。而另一头，罗文淼的名字那里也向后引了条折线，尽头处写着“聘婷”。

同样打问号，但不知为什么，看得木代有点儿心酸。

罗韧拿了杯子过来，里头放了些莲子心：“这里的确比南方干很多，很多第一次来的人都不适应。”

“你怎么知道我在门外？”

“郑伯说了聘婷的事之后，我特别留心，有时候整晚不睡。不过，到目前为止，我还没有碰上过聘婷再次发病。”说话间，目光落到那面墙上。

如果真如之前设想的，是一种“病毒”，聘婷真的会是又一个携带者吗？她的所谓异样，是发作初期的表现吗？这种病毒又是如何在个体间实现传播的呢？

转头时，看到木代正不安地舔着嘴唇。

罗韧伸手在她面前打了个响指，打得她一愣神：“别舔了，越舔越干。”

水烧好了，腾腾的热气，想喝又不敢，这一口下去，得烫掉一层皮吧，木代索性把脸俯到杯口上面，蒸汽一蒸，倒也舒服多了。

罗韧看着木代，又好气又好笑：“你没带唇膏吗？”

唇膏？平时倒也用的，但没那么必需，出门时也没在意。

罗韧从行李包里翻出自己用的递给她：“南方山温水软的，你也太掉以轻心了，这里不管男女，人手一支的。”

木代伸手去接，刚触到管身，罗韧又缩回去了。

他把唇膏旋出一段，拿过桌上搁着的直刃刀，把自己用过的那一头削掉，才又重新递给她。

真是够细心的，木代怔了一下：“没关系的，我不介意的。”

罗韧看她：“真不介意？”

木代心虚得耳根都红了。

真不介意？想想还是挺介意的。

木代低着头，旋出了唇膏往嘴唇上抹，抹着抹着，忽然浑身一震，抬头看罗韧。

罗韧脸色凝重，伸出手指在嘴唇边做了个“嘘”的手势。

看来，他也听到了。

不只是罗韧，郑伯、一万三还有李坦，都出来了。

这可不是郑伯形容的那种“幽幽的、细丝样”的歌声，这就是在唱歌，声音清亮，夜晚听来分外明晰。

几个人在走廊里遇见，罗韧对着郑伯使了个眼色，郑伯心领神会：无关人等，就不要掺和了吧。

他转身给李坦和一万三解释：“聘婷她……脑子这里，不太正常，不好意思，吵着你们睡觉了，包涵、包涵。”语意里软中带硬，有常识的人都听得明白：哪个主人家，会随便让外人看到自己家人发病的样子？

李坦原本就不大关心，释然之后转身回房。一万三也只好退了回去，心里惋惜极了：怪不得门做得像栏杆一样，那么一个美女，居然是疯子吗？这世上还有没有天理了？

罗韧引着木代靠近。

聘婷真的在跳舞，边唱边舞，动作的确大开大合，没有哪个文静灵秀的女子会这么跳舞吧？

有了《弹歌》做事件背景，木代看得相当明白：对，这就是上古时候的那种舞，不讲究姿势曼妙，随兴随地而舞。

聘婷的歌舞持续了两三分钟，再然后，忽然停下，又恢复了那种沉默的眼帘低垂的模样，安安静静地上床，盖上被子，顺手拧灭了床头的台灯。

满室寂然，床上的被窝隆起一块，好久都没有动静。

木代看的时候没觉得，直到此刻，才感觉像是有恐怖的余味自这间屋里四下蔓延着散开，不觉打了个寒战，两条胳膊上都泛起细小的战栗。

郑伯叹息着对她摇了摇头，好像在说：看到了吧，就是这样。

他迈着沉重的脚步回房。

罗韧站在栅栏前，一动不动，眼睛死死地盯着床上的聘婷，垂下的手慢慢攥起。

如果这真的是“病毒”，聘婷的症状，是不是逐步在加重？当初叔叔罗文淼并没有这种反应，难道说，各人反应不同，因人而异？

木代也不知道这个时候说什么话才最具安慰效果：“你放心吧，我会帮你的。”

罗韧心中一动。

几次三番打电话把木代请来，真的没有私心吗？有，她习武，又知道内情，是最好的帮手，万一到时候聘婷出事，自己控不住场子，木代在这里，抵得上三五个郑伯。

可是，如果事情的严重性超出了自己的想象呢？木代不会有危险吗？

“我师父说，习武的人，算是半个江湖儿女，嫉恶如仇解危济困，我勉强能做到吧。而且我红姨跟这事也有关，所以我一定会努力帮你的。”

罗韧心中失笑，木代比他想象中单纯多了，那天晚上被吓哭，他就看出来了。她这样的，是只要别人对她好一点点，她就会加倍去回报，自己有没有有意无意地利用她这一点，去博取她的同情？

有吧，真的有吧，还算个爷们儿呢，想想有点儿汗颜。

罗韧看她：“木代。”

“啊？”

“你明天搬出去，带上你那个朋友一起。”

“啊？”

木代觉得委屈，她说什么了？一转脸就不让住了？她说的都是好话啊。

明明挺聪明的小姑娘，有时候傻起来，真是脑门心都在冒傻气了，罗韧提醒她：“如果聘婷真的是感染了‘病毒’，我不确定会不会再传染另一个人，你们待在这里的话，很难说，真的很难说。”

木代的心险些漏跳了一拍。

她真的没想到这个，以前师父老说，有一句老话叫“武夫鲁莽”，说得跟身子骨练强健了，脑子就练没了似的，她扬扬得意地说：“师父，我聪明得很呢。”

聪明什么啊，也就对付对付一万三、曹严华这样的小角色气势十足，真正遇事才发现，丢三落四，想事情也没那么周全，还是缺了经验。

她赶紧点头：“哦，哦，好啊。”

神色紧张，好像待多一秒就会被感染，恨不得立马儿回房收拾行李的模样：“那……那我回去了啊。”

她转身就走，罗韧心念一动，迅速伸手抓住了她的胳膊：“我就试探你一下，说好的嫉恶如仇解危济困呢？说好的一定帮忙呢？”

真是啪啪啪打脸。

第二十五章

木代讪讪地结结巴巴：“我……我……我怕被感染，我挑个近的地方住，罗韧，你一打电话我就赶过来。”

她急得要跳脚了。

罗韧大笑着松了手："别太相信别人了木代，任何时候，保证自己的人身安全最重要。"

回到房间，木代还在想罗韧的话。

什么意思？弦外之音是说她单纯，容易被人骗吗？真是笑话，她有自己的分辨力，相信谁也是细细观察甄选过的好吗？不然怎么不见她相信一万三呢？

李坦第二天一早就走了，罗韧要看护聘婷走不开，郑伯送木代和一万三到最近的旅馆。

前台开房，一万三嘟嘟囔囔："怎么就不让住了呢？他们家那么宽敞。"

木代瞪他："还不是你昨天吃羊肉吃太多了，遭人嫌弃！"

真是什么都能赖到他头上！一万三拎着行李跟着木代往房间走，一路愤愤：人贩子都跑到哪里去了！

先到木代的房间，才掏出房卡，对面门打开，有个人哼着小调儿出门，刚一出来，一声惊叫又缩回去了。

来不及了，木代已经看见了。她看看一万三，又看看那扇半关的门："出来！"

曹严华内心挣扎了一下，还是耷拉着脑袋又出来了。

木代还没来得及说话，一万三先发制人，做惊喜状一个箭步跨过来："曹兄！你怎么来了？"

曹严华入戏也很快："真是人生何处不相逢啊，我去完云南之后，想换一个比较粗犷的环境放松一下心情，想不到你们也在啊！"

对此，木代只想说两个字——

呵呵。

她鼓励他们："演，继续演。"说完，自顾自刷卡进房，脚一蹬把门撞上。

观众撤场，一万三和曹严华面面相觑，开始互相埋怨。

"你住这儿怎么也不跟我说一声？"

"你就让我到了跟你说一声，又没让我报住哪儿。再说了，你们不是住人家里吗？谁知道又跑来住旅馆……我这拜师，是不是更没指望了？"

……

为了弥补，曹严华好说歹说，中午把木代和一万三请去了馆子吃饭。

一桌子菜，木代就是不动筷子："一万三跟着我，至少有个理由。你也跟来为什么，你不是刚找到工作吗？"

“也就是个……端盘子的工作，中断一两个月，不影响职业生涯。”

木代又好气又好笑，真是什么工种到了曹严华这儿都能变成“生涯”。

一万三帮腔：“小老板娘，我曹兄宅心仁厚，秉性纯良。你师父不收，你可以收啊，随便教他点儿仨瓜俩枣儿的功夫，蝴蝶效应，他将来要是救了谁，也是你功德无量呢。”

木代瞥了他一眼：“你也说蝴蝶效应，那他万一害了人，学了功夫又去偷，蝴蝶效应，我头上还算一份罪孽呢。”

曹严华一张胖脸涨得通红：“木代妹妹，我上次被抓进去教育过了，我真不偷了。你做了我师父之后，我要是再偷，你可以把我挑断手筋脚筋废了的。”

真是武侠小说看得太多了，木代百思不得其解：“你想学功夫干什么啊？”

曹严华的脸更红了，过了一会儿，他犹犹豫豫地从怀里掏出了个钱包来。

什么意思？木代疑惑地拿过来，李坦的钱包里，放的是她红姨李亚青的照片，敢情曹严华也有个青梅竹马念念不忘？

钱包打开，才知道是自己想差了，里头真有一张照片，那标志性的鼻子，怕是全世界的华人都认识。

成龙。

曹严华吭哧吭哧的，吞吞吐吐：“我一直有个梦想……”

真是不妙，又从“生涯”转成“梦想”了，木代迅速打断他：“好了，吃饭吧。”

曹严华不懂为什么才开头就被截了，还愣愣地站着。一万三给他使了个眼色，那意思是：哥啊，你就吃饭吧。

吃饭的当儿，一万三向木代打听聘婷：“小老板娘，那个聘婷，是罗韧的妹妹吧？”

木代说：“我觉得应该是女朋友。”

一万三眼珠子都快瞪出来了：“不是妹妹吗？都姓罗啊。”

“我觉得不是，我感觉很准的。”

原来只是感觉啊，一万三略略放心，不过言语上还是要顺着木代：“如果是女朋友，好端端的怎么疯了呢？肯定是那个罗韧不好，害得聘婷伤心，所以疯了……”

木代“啪”一下就把筷子拍到了桌面上。

“你要叫‘罗小姐’，或者‘罗聘婷’，不要聘婷、聘婷地叫，你跟她没那么熟，跟别人的女朋友保持距离，不要有任何非分或者逾矩的想法！”

一万三觉得自己很冤枉：“我怎么了啊？我就是问问。”

木代冲着一万三笑，笑得他背后凉风阵阵：“我告诉你，我感觉很准的。”

这一天没别的事，木代自己在小商河转了转，中途把一万三和曹严华都打发走了，一万三是乐得不陪她，曹严华反而忧心忡忡的：“木代妹妹，人生地不熟的，你小心点儿啊。”

其实有这样一个徒弟也不错嘛。

木代一直转到了小商河镇子郊外，远处连绵的沙丘围拥着一条进出的公路，木代向人打听：“怎么没看见骆驼呢？”

那人笑得差点儿抽抽：“姑娘，什么年代了，谁还养着骆驼玩儿啊。骆驼都在旅游景区，中卫沙坡头那儿，或者沙湖。”

合着有骆驼的地方距离小商河还好远，罗韧那语气，还“有空骑骆驼”，说得跟骆驼就是他家养的一样。

不过，木代的这股子气，刚回到旅馆就散了。

罗韧让人给她房间里送了个加湿器。

崭新崭新的，应该是现买的，木代依着说明书装了水插了电，加热没多久，柔润的蒸汽就在屋子里弥漫开来。

木代盯着蒸汽看了好久，一股子士为知己者死的责任感油然而生。

一定要帮罗韧做些什么才好。

旅馆离罗韧家的确很近，窗帘一撩，隔着不远，就能看到那幢鹤立鸡群的宅子。

这一晚上，木代把帘子撩了八遍不止：罗韧家来个贼也好啊，好让她表现一下。

撩到最后一次时，有辆车在门口停下，下来一个四十来岁的女人。

看着面生，这是谁呢？

木代心里一动，想起了罗韧的那句“别太相信别人了”，这个“别人”，也包括他自己吗？

论理呢，如果是朋友，是不应该偷偷摸摸去刺探别人的秘密的，但是……

她跟罗韧，也没那么熟啊。

木代围着屋子转了好儿圈，大门紧闭，敲门也没个合适的理由，还是老法子吧。

这边的屋都是泥夯的墙，上墙简直轻而易举，而且晚上风大，掀盖撼窗的咣咣当当，尤其容易掩盖异声。

木代很快就到了高处。

几扇窗户都看了，难免失望，客厅的窗子应该对着院子，而这面是后墙，都是卧房和洗手间，而且，为了避风，这里的窗户是常年关着的，隔音效果也好，即便能看到人，声音也听不到。

木代悻悻，正准备下去，忽然有人开门进来。

是那个女人和聘婷，罗韧也在，那个女人换了身白大褂，脖子上还挂着听诊器，笑着吩咐了几句，就和罗韧带上门离开了。

木代想起来了，应该是罗韧提过的那个定期帮聘婷检查的护士。

其实如果是在之前，聘婷洗澡的时候，那个护士是全程跟着的，但自从聘婷有了异样，罗韧就极力避免任何无关的人跟她独处。

洗手间里，只剩了聘婷一个人，她还是那副沉默而木然的样子，先打开了立式淋浴房里的莲蓬头，然后一件件地脱衣服。

好像有点儿……非礼勿视了啊，木代把目光移开，一颗心跳得怦怦的。

聘婷的身材可真好啊。

还是不看了吧，木代嘘了口气，身子在墙面上转了半幅，换了个方便下去的姿势，换手的时候，无意中又看向窗内。

聘婷似乎是忘了什么东西，打开淋浴房的玻璃门出来取，身子微侧，曲线极美的，白皙光洁的背上滚落一粒粒晶莹的水珠。

木代的眸光忽然收紧，聘婷的后背上，那是……

罗韧沉默着听木代讲话。

木代有些激动，身上沾了不少土灰，声音却相对低，像是怕被谁听见："只有一两秒，很快，在背部的皮肤下面，忽然凸起，那个形状……"

她犹豫地伸出手，指了指墙。

罗韧循向看过去，是自己列的那张表，"嫌疑人死状"一栏，23.5cm×5cm。

"就是那个形状。还有……"

就在那一两秒内，凸起的皮肤之上，并不是平展的，血管里的血，忽然红得夺目，透过皮肤，形成了一个笔画极细的形状。

木代找来纸，画给罗韧看，是一个被拉长了的S形状，左边加了一小撇。

这像是一个字。

罗韧打开电脑，搜索了几下，页面在屏幕上顿住，他招呼木代过来看："是不是这个字？"

木代连连点头。

页面是“刀的字形演变”，从甲骨文、历金文、篆文、隶书、楷书，直到现在的标准宋体。

木代画出的形状正是第一个，甲骨文的“刀”字。

上古时候的《弹歌》、甲骨文的“刀”字……

罗韧忽然问她：“你还记不记得，杀人现场，被线牵出的人偶，总有一个人是拿刀的？”

记得，场景是一个人手捂着脸，像是在躲，另一个人手里拿着刀，狞笑着要砍下去，第三个人两手旁推，像是在劝架。

拿刀的那个人，并不只是虚虚做个手势，手里是真有刀，大多是受害者家里厨房的刀，拿来了塞在受害者手里，还要用线一圈又一圈地固定住。

刀，到底代表什么呢？

罗韧的眉头皱起，食指、中指自然而然弯起，轻轻点着手边的沙发扶手。

“罗韧？”

“嗯？”

木代吞吞吐吐：“其实，你上次跟我说过以后，我找过那个万烽火，我问他，这世上到底有没有鬼。”

罗韧抬头看木代。

木代居然说得很认真：“我知道你不信啊，可是，有很多事情，可能是名义上是‘鬼’，其实有科学的解释呢。万烽火让我找的那个人，好像真的很厉害的样子，他还写书，还跟我说，要有科学的态度。”

“所以呢？”

木代是真的觉得这是个可行的方向：“那个人研究各种灵异现象二十多年了，听说一直在路上，见过许多许多稀奇的事。我想着，你要是同意，我们可以把事情的前因后果告诉他，说不定，他有类似的案例，也说不定，能给我们提供一些线索呢。”

罗韧心中一动。

——消息的打听就是这样，有时候得有一个契机，契机不来，等个三五年是常事。

是啊，如果一直没有新的契机，就要一直这样干等下去吗？既然万烽火和木代都相信那个人，说不定他就是下一个契机呢？

死马当成活马医吧。

罗韧长嘘一口气：“他叫什么？”一边说一边把电脑转到搜索页，想顺便搜搜这位学者的书，看看他的研究方向。

木代慢吞吞地回了两个字——

“神棍。”

第二十六章

正式通话之前，木代给神棍拨了个电话打预防针，大意就是如果罗韧的态度不好的话，请他多多包涵。

神棍说：“咦？罗韧是哪棵葱？他又不是我的好朋友，我为什么要包涵他？不打了，电话打来我也不接。”

果然写过书的人就是大咖，性格如此狂傲，高人一般都是这样的，木代赶紧表明立场：“所以说啊，我也看不惯他这样自以为是的态度，就需要你这样又有文化又有口才的人灭一下他的气焰，碾压，全方位的碾压。”

神棍让她说得舒心舒肺，登时就喜笑颜开：“好吧小口袋，看在你的面子上，我就碾压一下小萝卜吧。”

小萝卜？木代的手机险些摔地上去。

转过头来，还要跟罗韧打预防针——

“这个人呢……”她绞尽脑汁形容，“比较有个性，你想啊，老跟这种灵异玄幻的事情打交道，思考问题的方式自然跟一般人不一样。你从他给自己起的名字上就看出来了，神棍，为什么非得用这么招摇撞骗的字眼儿呢？说明他有自信啊。”

木代也是挺拼的，罗韧又好气又好笑，说这么多，无非就是想让他对那个什么神棍客气一点儿呗，行啊，反正客气又不花钱。

他点头：“还有呢？”

居然真的还有“还有”，木代期期艾艾地说：“他不喜欢叫人家的名字，会随口那么一叫……”说到这儿，赶紧强调，“但是真的是随口，绝对没有贬义。举个例子，那个万烽火，他叫他小万万，就说我吧，他喊我小口袋……”

罗韧动容，木代连自己都拿来举例做铺垫，那个神棍给他起的名字该有多难听啊。

他镇定地拿过边上的杯子喝水：“说吧，给我起了个什么诨号。”

“小……萝卜。”

罗韧的头皮有轻微的发炸，不过还好，不算太过分。

坏就坏在木代这个操碎了心的又过来画蛇添足："其实萝卜……营养丰富，是个好东西，民间有俗语'冬吃萝卜夏吃姜，不要医生开药方'，有些地方把萝卜叫土人参，所以其实他是变着法儿夸你是人参呢罗韧……"

罗韧一个忍不住，一口茶全喷了。

木代正对着罗韧说得声情并茂的，哪料到他会突然发难，饶是身形敏捷迅速避开，有半边脸还是溅到了。

木代素来是爱干净的，急得啊呀跳起来，满屋子找抽纸。罗韧从兜里拿出纸巾，正准备递过去，木代气咻咻地嗖一下抢过来，一边擦脸一边瞪他。

罗韧真诚地给她道歉："对不起啊木代，把人参水喷你脸上了。"

通话终于正式开始。

罗韧主讲，他条理清晰，叙事分明，神棍一开始以为是司空见惯的寻常事，听得有些心不在焉，到后来渐渐被吸引住，间或会问罗韧一些问题，而他的问题也很是打在点上，比如：究竟是什么原因，第一和第二桩凶案之间，相隔了那么久呢？

而对于木代来说，无异于把整个凶案又理了一遍，落马湖、二连浩特、小商河、张光华、刘树海、罗文森，还有……聘婷。

末了，罗韧说："找出事情的真相固然重要，但是对我来说，现在最紧要的，是救聘婷。"

短暂的沉默之后，神棍说了句："就我目前见过的案子中，没有类似的，但是我直觉应该有，只是还差点儿什么，如果再多点儿线索就好了。"

呵呵，如果不是一筹莫展，也不会走投无路向你求助，还差点儿什么？差真相吗？如果真相都找出来了，找你干什么？

罗韧笑了一下，碍于木代的面子，没把这些话说出来。

但是神棍显然不是说说而已："我晚点时候再给你们打电话，我要理一下。"

等的时间并不长，但是感觉上很漫长，罗韧带着木代去看了一趟聘婷。

隔着栅栏，看到聘婷抱着膝盖坐在地上，出神地盯着地毯看，脚下意识地向后缩，像是忌惮着想象中的血弄脏了她的脚。

"罗韧，你跟聘婷之间，其实是没有血缘关系的吧？"

罗韧转头看她："为什么这么问？"

"就是感觉。"木代示意了一下他脖子里的那条挂链，"像是挂情人的照片，我感觉很准的。"

罗韧笑起来："不只聘婷，我跟罗文淼也没有血缘关系，只是恰好都姓罗。小时候，因为家里的关系，我跟着罗文淼生活过很长一段时间，在我心里，他们是比亲人还要亲的。"

"可是郑伯说，聘婷出事之后，你从来不回来看她。"

罗韧的眼神黯了一下，但是很快，他又笑起来。

"不回来，因为没脸回来呗。

"叔叔跟我说，不要让他杀人，我没办到。离开聘婷的时候，我跟她说，别怕，有我呢。结果呢，她疯了。我说的话就像放屁，没一件做到的。这辈子，我都不会再给别人承诺了。"

木代怔怔地看着罗韧，想说什么，又不知道说什么好。

远远的铃声传来，神棍来电话了。

神棍说："我把整件事情从头到尾理了一下，接下来我说的，都只是推测，但是推测不一定是错的，任何科学的理论未经实验或者事实证明之前，都是以推测或者假说的形式存在的。"

罗韧觉得喉咙发干："所以呢，你的推测是什么？"

"聘婷的身体里有个什么东西。目前还不清楚是哪里来的，但是这个东西，跟张光华、刘树海，还有罗文淼身体里的，是同一个。

"这个东西，不像病毒，像是活的。它的传播也不像传染，而像是就近的自由选择。我姑且假设它的形状就是长方形，23.5cm × 5cm，如果你们能看到，可能就是人皮的样子，长方形的人皮。"

好像也有道理，毕竟死去的刘树海和罗文淼背部，都缺失了这样一块皮。

木代插嘴："那脚呢？每个人都被砍了左脚呢。"

"小口袋，你沉住气嘛，我待会儿会讲到的。"

好吧，木代知趣地闭嘴了。

"刘树海和罗文淼都是尸检的时候才被发现少了一块皮，而同时衣服上没有对应的破口，这是我觉得这块皮是活的主要原因。我猜测，当事人死亡的时候，现场乱作一团，这块皮悄悄地从死者的领口处爬出来，自己藏起来了。"

真是让人毛骨悚然的想象力，但是前思后想，竟然无法提出什么异议。

"我们现在只有刘树海和罗文淼两个案例做参考，岑春娇在刘树海死亡当时跑出去了，等她再回来的时候，带了个看门的老头一起，也可能惊动了其他的看热闹的人。而聘婷，据你说，罗文淼死亡之后，现场只有聘婷一个人，郑伯是隔了一段时间才发现的。”

罗韧心头一震：“你的意思是，这块人皮的附身，有意识地避开了众多的耳目，趋于选择落单的人？”

神棍说：“是啊，这就好像犯罪，很少在大庭广众之下进行，大都是选择没人的巷子、单身的路人。

“你提到过，济南的那家小旅馆靠近客运站，你叔叔的车又因为路上出故障，半夜才到达。当时凶案发生不久，如果你叔叔恰好是一个人从小旅馆后面经过，而那块人皮从刘树海房间的窗户来到了外面……这就是我刚刚说的，就近选择，但是有一定的自由性。”

木代后背直冒凉气，她盯着墙上的案例看。不错，是就近选择，张光华淹死在大同附近的河里，刘树海大同车祸落水后出现异样；刘树海死在济南客运站附近的小旅馆，而罗文淼半夜时恰好在附近经过；罗文淼自杀死在自己的房间，而当时，冲进房里的只有聘婷。

罗韧问了句：“那块人皮，是不是有蛊惑人心的力量，可以逼人心性大变，做出自己都不敢相信的事情来？”

神棍迟疑了一下：“我觉得应该是这样。但是因人的阅历、学识、自控力等而异。比如你的叔叔，我觉得他属于自控力较强，可能也进行了某些反抗，因为你曾经问过聘婷他到底哪里不对劲，聘婷说不出来，说明罗文淼控制得很好，只有亲人才有第六感的察觉，而且他还曾经对你说出‘别让我杀人’这样的话。

“与之相反的是聘婷，因为她已经疯了，意识很容易被控制，所以她的异状表现得极其明显。”

好像的确是这样，叔叔当年，也许也有想唱歌起舞的冲动，但只是意识里的恍惚一瞬，很快就控制住了。但是聘婷不同，她百无禁忌，想哼唱就哼唱，想起舞就起舞，不在乎合不合适，也不在乎有没有人旁观。

屋子里安静得有些可怕，神棍清了清嗓子：“现在我们把这个问题放一放，说另一个。

“《弹歌》是上古时候的民谣，刖足是差不多同时代的一种刑罚，之前你们受制于一种想法，那就是‘刖足’和‘剜皮’都是可怕的死状。可是，是否可以把它们分开看待呢？”

木代又忍不住了：“怎么分开呢？”

“剜皮是这块人皮的自行离开，因为它需要寻找下一个附身的对象。但是刖足是另一种力量对凶犯的惩处，也许他所犯的罪责在当时对应的就是刖足的责罚。”

说完这话，神棍停顿了好一会儿：“听懂了吗？”

木代点头：“听懂了。”

“小萝卜呢，听懂了吗？”

明明是这么紧张瘆人的场景，但是听到神棍叫“小萝卜”，木代还是想笑。

罗韧有些无奈地看了木代一眼：“听懂了。”

“听懂了就好办了。下面，我就要说出我最为重要的推论了，即，如何救聘婷。”

罗韧的眸光蓦地收紧，身子不觉坐直，木代也紧张地屏住呼吸。

神棍接下来的话让两人无语凝噎。

“你们不鼓掌吗？说重要事情的时候不该鼓一下掌吗？”

罗韧这种心情，还怎么让他鼓掌啊，但是神棍分析了这么久，好像确实也值得表扬，木代只好自己啪啪啪地鼓掌。罗韧看了她一眼，她的拍掌声立刻轻了下去，心里憋屈得不行：我这是何苦来？为了谁？

但是那一线小小的委屈，很快就被神棍接下来的话惊得一点儿不剩。

“如果推测得不错，聘婷跟罗文淼一样，会很快杀人犯案，你们当然可以防，但百密一疏，未必防得住，聘婷会很快迎来跟之前三个人同样的命运，死亡、刖足、剜皮。”

罗韧的脸色渐渐煞白。

木代不忍心，赶紧问神棍：“那怎么救聘婷呢？”

“刖足是因为死者杀了人，剜皮是因为这个人已经死了，没有利用价值，要寻找新的宿主。我的想法是，趁着聘婷还没来得及杀人之前，让她假死，等人皮离身之后，再让她活过来。”

“假死？”

神棍呵呵笑起来：“当然不能是装死的那种假死，那种应该骗不过的，我指的是，真正的停止呼吸，利用这几分钟的时间让人皮离身，然后再……抢救回来。”

“不过……”他话锋一转，“这个终究也不是良策。”

木代听懂了。

谁也不知道那块所谓的活的“人皮”到底是怎样一种邪恶力量，离身之后，能够被束缚、困住、制住吗？如果不能，即便救下聘婷，也总会有下一个被附身者的。

第二十七章

送木代出来时，已经很晚了，恍惚中，像是叔叔罗文淼出事的那个晚上，整个小商河，静得如同无人入住。

木代安慰他："你也别太担心了，总会有办法的。"

罗韧笑笑："可是聘婷等不了太多时间了。"

神棍说得没错，聘婷现在没有任何的自控力，如果那股毒蛇一般的恶念吐芯，后果真是不堪设想。

罗韧突然有了一个大胆而又危险的念头。

如果把聘婷身上的东西引渡到自己身上呢？被附身者不是突然发作的，从之前的案例来看，那块"人皮"在宿主身上的潜伏时间至少超过一年，虽然不是治本良策，但是，在眼前来讲，这是最好的法子了。

罗韧正思忖间，听到木代说："那我先回去了。"

她两手插进兜里，低着头往回走，又起风了，扑在脸上，干燥的沙子味道。

罗韧在后面叫她："木代。"

木代停下脚步，不解地看向罗韧。

罗韧看天，星斗都像是畏寒，在极远的高处发出疏淡的冷光。

"天气不错，出去逛逛吧。"

车出小商河，一头扎进茫茫黑暗之中，车里没有开灯，木代额头抵在车窗上，努力看周围的景色，好像没什么不同的，车灯过处，都是光秃秃的戈壁。

车速很快，但罗韧显然对路很熟悉。

"我喜欢开夜车，没有人的地方才好，安静，也没人管。随便找个地方停，下来坐着，觉得全世界只有你一个人。"

他很快转下公路进入戈壁，因为地面的不平整，车身持续颠簸，过了一会儿又加大马力一直爬高，坡度很陡，普通的车怕是也上不来，而且这高度像是总也到不了头儿。

木代有些紧张，下意识地攥住了座位的边缘。

罗韧忽然问了句："木代，愿意跟我一起死吗？"

木代目瞪口呆："啊？"

罗韧没说话，示意了一下前方。

木代下意识去看，头皮一下子炸开了：到顶了，前面没路！

她尖叫："罗韧，停！停！没路了！"

车头猛然下倾，木代脑子一空，心跳都停了，想着：就这样摔死了？

……

好像过了一个世纪那么久，又好像只有一小会儿，车子缓缓停下。

不是没路，也不是悬崖，只不过是视觉误差，还是有路的，是个坡度极陡的大下坡，人在那一面时，完全看不见，而且当时罗韧没减速，也没给她任何提示。

有一种生死间走了个过场的感觉。

罗韧过来，帮她打开车门，又替她解开安全带，木代魂魄估计还在外头飘着，也忘了要跟他算账了。

罗韧拉她："来，下来。"

木代被他拉着下车，刚一挨地腿就软了，她听到罗韧笑她："你不行啊木代。"

不行就不行吧，随便了，真是连反驳的力气都没有了。

罗韧从车上取下垫子，两个人倚靠着车身坐下来。

面前是广袤的黑，到天边极远处又有沙丘起伏的曲线，再往上看，星星多起来了，手张开着伸出去，指缝间都密密簇簇地落了好多星。

罗韧说："有些星星离我们很远，它的光到达地球，要跋涉许多年。我们以为是现在看到的星光，其实是它很多很多年前发出来的。"

他随手指向一颗星："那一颗，说不定现在已经死了。"

木代听过这种说法，关于宇宙中时间的解释，太阳光到达地球要8分钟，你此刻看到的阳光，其实是8分钟之前发出的，除太阳外，最近的一颗距地恒星半人马座南门二，距离地球4.2光年，也就是说，你现在看到的人马座星光，其实是4.2光年前发出的。

从某种意义上说，人类的肉眼，看到的一切都是过去。

木代说："听你这么一说，觉得这天上挂的，都是星星的骸骨，所有的星光都是磷火。"说完，忽然觉得自己怪有才的。

罗韧也给了她很大的肯定："真是下半辈子看星星的心情都被你给毁了。"

木代哈哈大笑，问他："以前常来看吗？"

"带聘婷来过。"

哦，带聘婷来过，也是这样漫天星斗的晚上，开着车，风声在耳边回响，冲下崖坡。

木代忽然觉得怪没劲的。

就在这个时候，罗韧说了句：“我爸爸有两个老婆。”

木代随口应了一声。

罗韧没说话，像是要等她反应过来，果然，顿了一顿，木代突然抬头，惊得说话都口吃了：“两……两个？法律不允许啊。”

“法律还不允许杀人呢。”

也对，真奇怪，总是被罗韧轻易就说服了，木代想了想，说：“那你家里一定很有钱，穷人是娶不起两个老婆的。”

罗韧笑了笑：“我妈妈算是我爸的糟糠之妻，经人介绍结合，跟着他吃苦，陪着他创业，后来他终于有钱了，觉得应该好好弥补自己，追求自己真正想要的东西，包括……”

他顿了一下：“包括爱情。”

木代骂了一句。

罗韧很奇怪，木代真不像讲脏话的姑娘，但是看到她歪着脑袋坐在那儿，咬牙切齿地迸出那两个字，反而觉得心里挺暖的。

其实有无数次，他自己也想这么骂来着。

“然后我二妈就进了门，除了不领结婚证，宴席礼金，都比我妈更风光，人又精明能干，里里外外，更像女主人。”

他笑：“有时候，我很气我妈，像个林黛玉，受气了就哭哭啼啼，咳着咳着能咳出血来。”

语气那么平淡，像是讲别人的故事。

“原本，日子也还能凑合着过，无非就是比别人多了一个妈。但是我二妈生了个男孩之后，事情就不一样了。

“很蹊跷的，在同一年，我出了两件事，第一件，差点儿被车撞死，第二件，不知道吃了什么，上吐下泻，被送到医院洗胃。”

他看着木代笑：“还好我命大，名字里这个‘韧’字，不是白叫的。我妈怀疑是二妈搞的鬼，但是没证据，至于我爸，明里暗里，反正是袒护二妈的。

“我妈觉得，不能让我在家里待下去了，待着待着，说不定就待没了。她找到我叔叔罗文淼，请叔叔照看我一段时间。罗文淼直接从医院里把我接走了。

“那个时候，叔叔还不住小商河。我洗胃的难受劲还没过，昏昏沉沉地醒过来，第一眼就看到聘婷。”

罗韧的唇角浮现出温柔的一丝微笑。

“聘婷那时还小，四岁还是五岁？我记得，她穿白色的小纱裙，长筒袜，红色的凉鞋，脑袋上一左一右扎了两个小辫子，怀里抱了一把大木刀。

“就是当年那种小孩儿玩的，木头做成的带红缨的刀，怕是比她的个子还高。她跟我说，小刀哥哥，爸爸说有坏人要害你，你别害怕，我有刀，坏人来了，我就砍他。”

木代想象了一下当时的情形，觉得聘婷真是比自己想的还可爱。

罗韧的声音很低：“我在叔叔家，一住就是六年，后来虽然离开，但还是时常回去。在我心里，聘婷和叔叔，其实比父母更像亲人。叔叔已经走了，我不希望聘婷再受到任何的伤害。”

木代说：“你别担心，总会有办法的。”

真是很想安慰罗韧，但是说来说去，只是这两句毫无说服力的话。

罗韧看向木代：“不管怎么样，认识你很高兴，木代。”

“是吗？第一次认识就拿刀子压我脖子，怎么看都不像很高兴的样子。”

罗韧哈哈大笑：“你一直都记着呢。”

他把别在身后的刀子拿出来，抽出来看看，又插回鞘里，最后递给木代：“送给你了。”

又是一出猝不及防，木代有些不相信：“送给我？”

罗韧说：“是啊，以后再生气，就把刀子拿出来，往地上砸两下，踩两脚就行了，别总想着我不好的地方。”

刀子拿在手里，比想象中大，也沉得多；刀鞘是皮质的，但拿在手里，还是有沁人的凉意。

回到旅馆，已经接近早上，木代困得不行，进了房间一头栽倒，揉着发痛的脑袋再起身时吓了一跳，居然已经是暮色四合了。

赶紧洗漱，刷牙的时候还挺纳闷：一万三他们，怎么不喊她一道吃饭呢？

收拾停当了，先去敲一万三的门，刚敲了两下，门蓦地打开，一万三意味深长地看着她：“小老板娘，你起来啦？”

曹严华居然也在，笑得话里有话：“木代妹妹，你终于起来啦？”

木代“呵呵”笑了两声：“你们两个有病吗？为什么不喊我一起吃饭？”

一万三惊讶：“小老板娘，你还需要我们跟你一起吃饭吗？”

看来这俩货是看到什么了，木代也懒得解释：“不管你们看到什么，反正不是，再不正常讲话……”

她做了一个抻筋的动作，满满的威胁意味，一万三警惕地退后了一步。

好在，木代的手机响了。

奇怪，居然是郑伯。

他声音慌慌地说：“木代啊，昨天罗韧跟你一起，有没有什么奇怪的？”

奇怪的？带她兜夜风，算奇怪吗？给她讲了自己家里的事，算奇怪吗？还送了她一把刀，算奇怪吗？

木代走到窗前，一把掀开窗帘，看到罗韧家的大门口，停了一辆车。

郑伯说：“我总觉得心里七上八下的，罗韧今天让把护士叫来，吩咐人家带急救的工具，早上又突然跟我说什么很多窒息的人如果急救及时，是可以缓过来的；刚刚又把聘婷带到大房间去了……他是想做什么，木代小姐，你清楚吗？”

木代一片茫然：“我也不知道……”

不对不对，慢着慢着。

有一个不祥的念头在慢慢膨胀。

神棍说，终究也不是良策，总有下一个被附身者的。

罗韧说，不希望聘婷再受到任何的伤害。

还说，不管怎么样，认识你很高兴，木代。

木代，你就是个傻子，你怎么没想到呢？

大房间是真真正正的防盗门，踹不开也撞不开，连门缝下面都用布塞实了，木代急得差点儿哭了，问郑伯：“有窗吗？这间房有窗吗？”

有，但是窗玻璃一砸开木代就傻眼了，罗韧一定事先做过准备，封死了任何那块“人皮”可能溜出去的途径，窗子被很大的壁橱挡死了，踹都踹不动。

她只好又回到门边拼命砸打，郑伯原先只是忐忑，见到木代这样，也吓住了，哆哆嗦嗦问她：“是不是出事了啊，木代小姐？”

木代想说什么，还没说出一个字，眼泪已经出来了。

就在这个时候，身后传来一声断喝：“让我来！”

回头一看，是杀气腾腾的曹严华，左手一把小型电动开锁枪，右手一把四个头的十字无敌霸王，腋下还夹了个开锁包。

这一瞬间，真是……高大威猛，自带光环，宛如……神祇降临。

第二十八章

曹严华不负众望，一阵间杂着铿铿砰砰撬声的劳作之后，锁舌“咯噔”一声弹开的声音，简直如同天籁。

这声轻响反而让木代冷静下来，脱口说了句：“慢着。”

说得迟了，曹严华已经推开了房门。罗韧的确做过准备，这间屋子等同于已经腾空，窗户用大的接地立柜挡严实了，屋子里只摆了一张简单的书桌，桌上只一把剪刀、水杯、秒表，连空调通气的缝隙都全部用胶带贴了起来。

一万三脖子伸得老长，东张西望地嘀咕：“没人啊。”

话音刚落，侧面的洗手间门响，罗韧抱着聘婷走了出来。

聘婷的双臂虚虚下垂着晃荡，身体毫无生气，衣服是干的，但头脸湿漉漉的，头发一直往下滴水。罗韧的脸色很可怕，嘶哑着嗓子吼了句：“别进来！”

罗韧是……溺死了聘婷？

木代的心怦怦跳得厉害，下意识伸手挡住一万三和曹严华。罗韧快步走到桌前，把聘婷面朝下放在桌面上，拿起桌上的剪刀，剪开她衣后下摆，双手用力一分，“哧啦”一声撕开。

从门口的位置都能看到，冰肌雪肤，光洁如玉。

一万三惊得口吃：“他……他……他要干吗？”

没人理他。罗韧拿起边上的秒表，嘴唇微微翕动，手臂似乎在抖，秒表的表链一直在晃。

木代紧张得耳边一直嗡嗡响，这个时候，时间比一切都宝贵，两三分钟之内，不管那块“人皮”离不离身，聘婷都要被送出去急救，但是，事情都有万一，万一救不回来怎么办？

那样的话，罗韧等于是亲手杀了聘婷，不就成了杀人犯？

还有，神棍说过，那块“人皮”是活的，倾向于避开众多的耳目，现在情势不同，众目睽睽，“人皮”还会离身吗？

木代脑袋都快炸开了，这件事情，其实还有太多的不确定因素，但是罗韧太紧张聘婷，不及细想就兵行险招。

这就是别人常说的关心则乱吧。

罗韧没有看她，但话是向着她说的：“木代，你要有分寸，该走的时候马上走。”

木代眼圈一红，下意识点头，想说一声“好的”，喉咙里哽着，怎么也说不出来。

曹严华立功之后连个“好”字都没捞着，多少有些郁闷，眼前发生的事匪夷所思，又没人给他解释，更加莫名，一迭声问她：“木代妹妹，这是怎么回事啊？”

就在这个时候，眼睛一直瞪得溜圆的一万三忽然倒吸一口凉气：“那是什么？”

好像是电影里的慢动作，聘婷的背上，缓缓卷起一块“人皮”。

薄如蝉翼，泛着奇怪的亮泽，边缘有血丝，像是薄片的塑胶被火燎烤，自然而然地卷起。

这就是那块“人皮”吗？木代的呼吸都快停了，瞳孔里异常清晰地映出那块“人皮”的每一个异动。

不知道是不是因为刚刚离体，动得还比较缓慢，活动时皮身的中间部位拱起，靠着这股拱力往前，或者转向退后。

它极缓地……爬下了聘婷的背，爬到了桌面上。

这个时候，曹严华回答了一万三的问题。

“可能是一种寄生虫吧。”

一万三居然觉得很有道理，毕竟大千世界无奇不有，吃苍蝇的猪笼草，帮蜘蛛吃人的日轮花，有这种寄生虫也不奇怪，就是挺瘆人的。

罗韧压根儿没去注意其他的动静，他一直死死地盯着那块“人皮”，待到它一离开聘婷的身体，马上抱起聘婷，犹豫了一下，直接把聘婷推扔过来，吼了句：“马上走！带她走！郑伯呢？急救！”

木代想也不想，一个前扑接住聘婷，但到底臂力不擅长，虽然姿势位置都对，还是被那股力撞得连退三四步，差点儿错足摔倒，好在门口挤的人多，帮她挡停。

郑伯一直守在门口，急得心脏都要不跳了，虽然知道事情蹊跷，但是罗韧此前吩咐过，不管发生什么情况，先救聘婷。

他赶紧把聘婷接了出去，没过两秒，就听到客厅里的护士大叫：“快！快！把人放平！”

感觉上，像是刚完成一轮接力，就快虚脱了。

木代喘得厉害，抬头看罗韧时，脑子突然一蒙。

那块“人皮”，已经立到了罗韧的肩膀上！

她尖叫了一声，也不知哪来的力气，右脚抵住门墙借力，整个身体直直向罗韧怀里撞过去。罗韧没察觉自己的危险，倒是怕她撞到，伸手出来搂她的腰。木代借势一手抓住他胳膊稳住身形，另一只手快如闪电，抓住那块人皮，狠狠往地上一摔。

抓住、摔地，整个过程，不到一秒。

一秒钟之后，木代双脚乱跺地，两手拼命甩着尖叫。

可能是习武的关系，有些时候，她动作比脑子快，刚才发生的事，如果给她时间思考，她是不可能那么贸贸然冲过来，更不可能不知死活去抓，谁知道抓了之后会不会感染病毒？

这个时候她才回想起那种触感，绵滑、黏腻、软绵绵的蠕动，想起来都要吐了。

罗韧一眼看到摔在地上的“人皮”扭身立起，顿时头皮发炸，也不管木代还在尖叫，抱住她的腰往上一掷，喝道：“上墙。”又吼了句，“关门，别让这东西出去！”

木代的身手不赖，刚挨着墙就翻身往上，利用屋角三面相接的位置稳住身体，等于是贴上了天花板。

她没事，罗韧就放了一半心了，再回头看门，真是哭笑不得。

是他表达不清楚，他原意是让闲杂人等出去，再关上门，务必不能让人皮走脱，哪知一万三和曹严华两个人，从里头死死关住门，曹严华还两手虚张，用肥胖的身子抵住门，得意扬扬地邀功：“关上了！”

木代在墙上大叫：“你们两个，跑！跑！别让这东西挨到，有毒！感染的！”

有毒？这可了不得，眼见“寄生虫”迅速爬往这边，曹严华掉头就跑。一万三反应慢了点儿，慌得赶紧去爬挡住窗户的立柜，奈何柜面太滑，怎么都爬不上去，只能扒住高处的柜角，两脚跳着往上缩。

而那块人皮蠢蠢欲动着，竟缘住柜面往上爬了，眼见快到一万三脸边。

罗韧急叫木代：“匕首带了吗？”

带了，木代从腰后拔出刀扔给罗韧，罗韧想都不想，甩手扔出，就听“噌”一声闷响，刀头入柜寸许，死死地把人皮钉在了柜面上。

一万三赶紧跳下柜子，一口气还没喘完，那块皮倏地挣脱开来，也没见裂成两半。

不怕刀？罗韧心里一沉。

一万三大骂：“妈的，就没见过这么邪性的虫子！曹兄，你掩护我，我出去一下，我不信治不了这个小贱人！”

他几步奔到门边，打开门嗖地蹿了出去。曹严华赶紧关门，才一回头，见那块人皮向着他的方向来了，惊得头皮发麻。

就在这个时候，罗韧拎着他的衣领喊道：“上桌子！”

曹严华得了提醒，手忙脚乱地爬上桌子，险些把水杯打翻了。

这时候，屋里剩下三个人，木代在墙上，曹严华在桌上，只有罗韧还在地上。

没错，那块“人皮”确实是活的，它原地立了片刻，转向罗韧。

罗韧并不躲，反而向前走了两步。

那块“人皮”的动作似乎比开始时快多了，突然之间腾身离地，几乎是个三十度角的抛物线。木代急得大叫：“罗韧，别让它碰到你！”

她都快哭了。

罗韧苦笑，自己的计划真的被打乱了，如果屋里只他一个人，大抵会安静目送着“人皮”上身吧，但是让木代他们这么一搅和，加上真正看到这块人皮的诡异，那股要牺牲自己的心思，忽然间没那么强烈了。

能拖一阵是一阵吧。

他就势滚地，避开了这一击，刚到门边，就听到门被踢得乱响，一万三大叫：“开门，神器来了！”

什么东西？罗韧不及细想，一把拧开了门。

一万三端着个面盆进来，杀气腾腾，双目炯炯：“哪儿呢？寄生虫哪儿呢？”

曹严华和木代一起尖声提醒：“那儿！那儿！”

眼见“人皮”再次蠢蠢欲动，一万三兜头把面盆罩了过去。

像是盖了个山包，地板上有油晕开，原来他端了一面盆的油进来。

反罩着的面盆发出砰砰闷响，紧接着四下晃动，一万三手忙脚乱地掏出打火机，不忘咬牙切齿：“MD，烧不死你！”

就在面盆被掀开的刹那，火焰顺着油面迅速燃起。

有片刻的沉寂，每个人的眸子里都映出火光，那块人皮似乎消停了，但一万三的脸色渐渐变了。

他抬头看向曹严华：“曹兄，你玩儿我呢吧？这能是寄生虫吗？”

火焰腾烧之下，那块“人皮”离地寸许，在半空之中由上而下，徐徐悬着展开，边缘齐整的长条形，如果猜得没错，长23.5cm，宽5cm。

周身焦黑，但正中有血字红得灼目。

像个拉长的S形，左边还加了一小撇，那是个甲骨文的“刀”字。

一万三慢慢后退：这他妈能是寄生虫吗？

这火并不蔓延，烧得极快，不多时火头就熄灭下去，那块“人皮”褶皱着掉在地上，像是一块落下的焦黑布头。

每个人都不说话，盯着那团“人皮”看。

像是不忍心辜负众人的期望，那块“人皮”蓦地一动。

曹严华大叫：“快！快！上桌子！”

一万三这辈子怕是都没跑得这么快过，那块“人皮”倏地蹿出，曹严华随手抓起桌上的水杯扔了过去。

本意是要砸它个半身不遂，但是水杯的盖子没盖严，半空之中，残留的水洒落开来，落地时泼下一道水痕。

奇怪的事情发生了，那块极速行进的“人皮”忽然中途止住，瑟缩似的退了一下。

电光石火间，罗韧忽然想清楚一件事情：“木代，它怕水！”

为什么第一件凶案和第二件之间，隔了足有十几年？因为张光华是淹死的，因为它被带到了水下，因为它一直也出不了水。

它怕水！

木代明白他的意思了：“你们先撑着，等我一下！”

她从墙上滑下，疾步奔进洗手间，不一会儿，那头儿传来哗哗的水声。

罗韧吩咐曹严华和一万三：“你们在桌上，别下来。”

他朝“人皮”走了两步，像是逗引，几次险象环生，仗着身手够敏捷，避开了“人皮”的腾跃。

木代端了盆水，气喘吁吁地出来，罗韧回头看了她一眼，略一示意，紧接着忽然发力，两步上墙。

那块“人皮”蓦地弹将过来。

罗韧猛然矮下身子，避开“人皮”的攻势，而木代端着水盆，从另一头扑过来，她轻身功夫好，在墙上用力一蹬，盆水兜头罩住了“人皮”。

兜是兜住了，但收不住势，罗韧半路截过，一手搂住她的腰，另一只手去稳水盆，两人同时摔在地上，拼着摔得痛，八分力道都在水盆上。

“铿”的一声，盆底触地，盆水就势扬起，几乎要漾出盆，而那块“人皮”，就浮在水面上。

木代和罗韧的眼睛，死死地盯在了那块“人皮”上。

桌子上蹲着的一万三和曹严华，如同两只守夜的青蛙，目光及处，大气都不敢喘。

美妙的一刻，大自然的作用力，或许还有物理原理，水又漾了回去。

下一漾，幅度就没有这么大了。

慢慢地，水面渐平。

也不知过了多久，曹严华说了句："沉底了。"

……

还是没有人动，每个人都保持着同样的姿势，直到门上传来"笃笃笃"的敲门声。

郑伯的声音："聘婷送医院了，暂时没什么事。"

罗韧终于舒了口气，他松开木代，仰面躺倒在地板上，后背一片冰凉。刚刚发生的一切，都像是在做梦。

木代也躺下了，轻声嚷了句："累死我了。"

罗韧转头看她，她就躺在他胳膊上，累极合目，密密的睫毛像小扇子，胸口起伏得厉害，白净的脸颊透出力竭后的红晕来。

目光下行，她的手就在他手边，罗韧伸手轻轻拢住她的，却小心地没有碰到。

……

两只青蛙还保持着原有的姿势蹲在桌上。

曹严华问一万三："要下去吗？"

一万三死也不下去："等等，等险情彻底解除。"

顿了顿，曹严华又拿胳膊碰了碰一万三："带手机了吗？"

"干吗？"

曹严华努努嘴，示意他看躺在地上的两个人："拍一张吧，和谐。"

第二十九章

终于起身收拾战场。

那一盆浸了"人皮"的水像颗定时炸弹，谁也不敢打包票说就此万事大吉，罗韧不方便离开，医院那边，只能让郑伯跟，随时打电话沟通聘婷的情况。

木代在洗手间洗手，洗手液打了一层又一层，搓了无数的泡沫，洗完了还举着手对着灯看了又看。

罗韧过来跟她说话："木代，要么今晚你们都住这边，明天我们给神棍再打个电话。"

她像是没听到，手心看完了看手背。

罗韧还以为她是担心之前抓过那块“人皮”有什么副作用：“应该没什么事，你……”

木代下巴扬着从他身边过去了，目不斜视，就跟没看见他似的。

擦肩而过的刹那，罗韧回过味儿来了：她不是没听见，也不是担心手，她是……生气了？

果然，木代沉着脸吩咐曹严华和一万三：“回去收拾行李，今晚有车今晚走，明天有车明天走，我要回丽江。”

一万三大惊失色：“啊？”

怎么能这样呢？不应该啊，这才出来几天，还没逍遥呢就回去了？再说了，虽然没搞清楚到底发生了什么事，但他和曹严华明显是“有功”的啊，那么凶险的状况，主人家怎么着都该请顿饭啊，这种“事了拂衣去”的态度是几个意思？千里迢迢的，他又不是跑来助人为乐学雷锋的。

曹严华也不吭声，刚一万三还暗地里跟他说，郑伯的烤羊腿味道不错，这一趟怎么着也会请个全羊宴的。

罗韧苦笑着过来，向着曹严华和一万三挥了挥手，那意思是“你们先出去”。

一万三会意，拽着曹严华离开，还“体贴地”给两人带上了门。

出了门，曹严华垂头丧气：“这么快就走，钱是一分没少花，早知道不如不跟来。”

当初都是一万三撺掇他，什么在路途中增加感情，什么创造机会让他表现从而赢得拜师的机会……都白搭了。

一万三倒挺乐观的：“没事，不就是生点儿气嘛，罗韧会摆平的。”

曹严华奇怪：“生气，生什么气？”

一万三看外星人一样看他：“我擦，这么明显，你看不出来？”

他绘声绘色：“你没看见小老板娘在那儿砸门，就跟孟姜女哭长城似的？综合一下前后场景，那必然是罗韧要做什么事，没跟她商量。当时情况紧急，只能一致对外，现在险情解除，必须秋后算账。”说完，惊觉自己后两句话朗朗上口，简直是左右批的对联，再加个“太有才”的横幅，堪称完美。

信息量真大，曹严华消化了半天：“那罗韧得赔罪啊！”

“赔个屁罪啊，”一万三嗤之以鼻，“一个字！”

还以为曹严华会接下去，谁知一抬眼，只看到他满布迷惑的脸。

一万三心里“咯噔”一声：“曹胖胖，你不是没谈过恋爱吧？”

“谁说的！”曹严华奋起捍卫自己的尊严，“谈过！”

如果向人表白遭拒也算“谈过”的话，确实谈过。

一万三干笑两声，食指在他眼前晃啊晃地说：“一个字，哄啊。”

门被带上，屋子里安静了许多，罗韧走到柜子边，把那把刀拔出来递给木代。

木代没接：“不要了！”

罗韧问她：“是不是生气了？”

“没生气，累了，想家，要回去。”

她就是不看罗韧，面无表情，说得大义凛然，嗒嗒嗒跟打字机似的，几个字一断句。

罗韧微笑了一下，没外人在，感觉挺好，那盆水静静地待在桌子上，平得没有一丝涟漪。

他放低声音：“木代，你要是觉得委屈，就说出来，我不想让你委屈。”

木代说：“我没有什么好委屈的……”

说到后来，自己控制不住，眼泪啪嗒就下来了，委屈得不行不行的样子。

真是小泪罐子一样，屋子腾空了没抽纸，罗韧忍不住伸手去帮她擦眼泪：“这么爱哭怎么得了？”

木代挡掉他的手：“我哭是有道理的。”

罗韧听着：“嗯。”

“作为朋友，我要跟你说，”木代一边擦眼泪一边讲道理，“你今天的行为，这种自我放弃，对待生命的草率态度，是非常非常……”

怎么说呢，最开始就是气，这个人怎么这么不成熟呢？有问题就解决问题啊，世上难道还有过不去的坎吗？动不动就要自我牺牲，他觉得这样挺悲情挺感人吗？

气得烧心烧肺的，看都不想再看到他了，就想一走了之。

可是他现在这样，追着问她原因，她反倒说不出来了。

罗韧应该也仔细考虑过吧，他是为了聘婷啊，自己只是外人，有什么资格对他为聘婷的牺牲说三道四呢？

木代觉得自己怪没劲的。

罗韧追问：“嗯？”

她只好说：“非常非常不对，反正我要回去。”

她眼睑微肿着泛红，蔫蔫的没精神，却又不讲道理地说话，但是奇怪的，罗韧反而心里一动，自己都说不清为什么。他忽然伸出手去，蹭了蹭她头顶，顺着她左侧长发拂下，到肩膀时，很是自然地帮她掸了一下。

有人说，女孩子的头发像绸缎一样顺滑，不是的，并不像，每一根发丝，都柔软得像是敛起的长睫，指间的柔软一直通向心跳，形容不出的感觉。

罗韧说："一定要回去的话，过两天我开车送你，这两天先听我安排。"

木代站在原地没动。

她听到门响，罗韧出去了，但她还是没动。

过了一会儿，她小心翼翼地伸手出去，摸了摸自己左侧的头发。

原来都在呢，可是她为什么感觉不到呢？

又过了一会儿，她小声说了句："不许摸我头。"

没头没尾，没个说法，这件事，好像就这么过去了。

已经很晚了，那盆沉了人皮的水被端到了客厅中央，死寂得没有任何动静，但也没有谁真的敢掉以轻心，看似坐在沙发上各玩各的，但几乎是每隔几秒，就要朝盆里看一看。

郑伯来电话，应该是说聘婷的情况，罗韧起身到外面接，木代咳嗽了两声，向着曹严华和一万三说："我问你们件事啊。"

曹严华和一万三都抬头看她。

木代很不自在地干笑："我有一个朋友，大学朋友，她毕业了之后回老家工作，刚才她问我啊，她说……

"她说她认识了一个男的，其实也不太熟，普通朋友的那种，有一天她跟那个男的说话，说着说着，那个男的忽然摸了一下她的头发……她问我这是什么意思……"说到这里，木代此地无银三百两地笑，"我又不是男的，我怎么会知道，呵呵呵，你们说这是什么意思？"

曹严华认真地思考了一下："这个女的洗头了吗？如果没洗头，摸上去油腻腻的，很难受吧？"

木代对曹严华死心了，抬头看一万三。

一万三说："你说的就是你自己吧？"

木代哈哈大笑："不不不，我也知道一般这么说，你们肯定以为是我，但是真的，确实是我的朋友！"

一万三很欠扁地笑："小老板娘，拉倒吧你，傻子都知道你说的就是你自己……"

木代的脸腾一下红了，目光中开始散发出戾气。

一万三觉得有点儿不妙，很警惕地开始朝后挪动屁股……

"曹严华，揍他！"

曹严华估计还在纠结洗头的问题，闻言莫名其妙，看看木代，又看看一万三："啊？"

"揍他，我就收你做徒弟。"

曹严华简直不敢相信自己的耳朵："啊？"

五秒钟之后，曹严华转头看向一万三。

一万三讪笑："曹兄……曹胖胖，我跟小老板娘闹着玩儿……曹兄，你别过来……曹兄，你应该拜个品行高洁的人为师，这种一开始就让你殴打百姓的，势必会被人民唾弃，曹兄！"

伴随着"嗷"的一声尖叫，一万三以迅雷不及掩耳之势跳过沙发向门外急冲，曹严华紧随其后，身形之迅捷直如球形闪电。

罗韧正在门廊下头打电话，身边有人疾风掠过，才刚抬头，又一阵疾风，风力高了数级不止。

这是……一万三和曹严华？

罗韧还没回过神来，但见不远处曹严华一声大喝，猛然前扑，直如三碗不过冈的吊睛白额大虫，把可怜的一万三硬生生扑倒在地。

难道是人皮又附身了？罗韧惊出一身冷汗。

一万三坐在沙发上，脖子以不正常的姿态扭着，上头敷一块白毛巾。

曹严华低声下气地说："我也就是闹着玩儿……"

"你是个有体重的人，能随便闹着玩儿吗？"

"是的是的，I'm sorry，I'm so sorry！"

木代原意是让曹严华挑一万三身上皮糙肉厚的地方捶两记老拳，没想到如此收场，又是歉疚又是好笑。

她生平头一回对一万三关爱有加："那待会儿我们守夜，你睡觉好了。"

有那么一盆子水在中间搁着，谁也没心思睡觉，这下好了，睡得理所当然，谁让这毒妇还有她杀千刀的徒弟算计自己来着？

曹严华一路小跑，从卧室给他拿来了鹅绒枕头。

可惜了，小姐的身子丫鬟的命，就他这脖子，什么枕头都没用了。一万三扭着脖子挪来挪去，终于把枕头垫在肩膀后面，以诡异的姿势躺了下去，脸吊着朝外，怎么看怎么死不瞑目。

木代坐在对面，低着头拼命忍住笑。罗韧过来，轻声说了句：“你也睡吧，今晚上我看着就行。”

木代忽然想起聘婷：“医生怎么说？”

罗韧神情黯淡了一下：“没什么大碍，但是要植皮。”

植皮？当时只是薄如蝉翼的一小片啊。

罗韧像是知道她在想什么：“不是的，伤口没那么简单，流了很多血……”

“小老板娘。”

咦？一万三叫她吗？

转头一看，他还是刚刚那别扭的姿势，脸上的表情却奇怪得很，眼睛死死盯着中央那盆水。

“小老板娘，刚刚水面上有一线亮。”

屋子里瞬间安静下来，所有人的目光都落到了那盆水上。

水面静得像是死的。

“不是的，你们看不到，应该是我这个角度才能看到，就是一线亮，转瞬即逝。或者，你们关一下灯。”

不关灯是大家之前商定好的，否则黑灯瞎火的，万一那片人皮爬出了水盆，想想都叫人头皮发麻。

木代和罗韧对视了一眼，罗韧点了点头：“先关一下。”

曹严华撳下开关，黑暗蓦地落满整间屋子。木代紧张得大气都不敢喘。过了几秒钟，她看到，那片水面的某个位置，果然掠过了一道亮光。

像什么？月光下泛着涟漪的湖面？是的，就像是泛着涟漪的一道亮，但是马上开灯，水面上一丝漾动都没有。

只是单纯的亮，水影？

一万三摇头，刚一动就叫痛：“不是的，我看到的亮光的位置都不一样，小老板娘，你再关灯，让我看一下。”

灯又关了。

亮光出现的时间不定，有时隔几秒，有时隔十几秒，每一道都极细，或长或短，位置不定，方向不一。

木代看不出什么端倪来，这就像是杂乱无章的水光。

正摸不清头绪，一万三忽然问罗韧：“有没有自动定时高速相机？”

罗韧还没来得及回答，他自己先叹气：“不行，太黑了，曝光不足，拍不出来。如果有好的装备，几秒自动拍一张，每一条光亮都能记录，然后在电脑上叠加，可能就能看出来了。”

罗韧沉声问他：“为什么？”

“像画，左一笔右一笔，不是连续的，但是如果有足够的耐心，一笔笔记录下来，一定是画……”他忽然激动起来，“罗韧，你帮我找纸和笔，我这个角度看得特别清楚，我来画。”

嗯，不错，一万三的确是会画画，也只能他来画。只是……盲画，有把握吗？

黑暗中，极偶尔地，能听到笔尖轻划纸面的沙沙声。

木代抱着膝盖坐在沙发上，出神地看着黑暗中泛着亮泽的水面。

还以为，都结束了呢，好像想错了，好像只是……刚刚开始啊。

第三十章

感觉等了好久，木代困意袭来，靠着沙发打盹儿，迷迷糊糊中，好像听到“哧啦”一声响，撕纸的声音。

似乎听到罗韧问：“怎么了？”

一万三答了句：“画废了。”

她睡在梦里，都不忘心里埋汰一万三：还盲画呢，拽得二五八万似的。

再然后，忽然一下，身周一片雪亮。

木代噌一下坐起来，脑子里嗡嗡的，有不知何时何地的恍惚感。斜对面的曹严华也茫然抬头，眼睛被灯光刺得睁都睁不开。

木代暗自惭愧，还夸口要守夜呢，真是丢脸丢了一师门。

她掏出手机看时间：凌晨四点。

纸张挺括的响声。一万三不知道什么时候已经坐起来了，正靠着沙发给脖子按摩。罗韧站在他边上，凝神看着一张刚从画本上撕下的纸。

咦，画好了吗？木代临睡前的记忆终于回流，赶紧过来一起看。

一万三辛苦了半夜的画作，如果只能用四个字来形容……

狗啃一般。

画了四五个小时，就画出这么个玩意儿？

一万三打着哈欠，声音凉凉地说："小老板娘，可以啦，将就吧，黑灯瞎火的，盲画啊，我又不是神笔马良，都画废好几张了。"

罗韧给她解释："一万三说，每过一长段时间，出来的水影就是重复的，也就是说，周而复始，无数的笔画，构成的只是一幅图。"

一幅图？眼前的这幅？这也……

木代不知道该怎么形容，远处寥寥几笔，会看写意山水画的人都知道，那代表远山轮廓；近处横抹勾画，也懂，画的是条大河吧。

山水之间，分左右两部分，左边的是一头……

木代疑惑："这是狼？"

罗韧看了她一眼："可能吧，我开始以为是狗。"

说话间，曹严华的大脑袋也凑进来，总结性发言："狼狗吧。"

又看右边，一卷竹简，像是古时候大臣给皇帝上书的卷轴。奇的不是这个，奇的是竹简的上中下三个位置，各蹲了一只鸟。

前两只鸟长得类似，虽然一万三画得惨不忍睹，但勉强认出都有长长的拖尾，说是孔雀吧，头又不像，最后众人意见达成一致，应该是凤凰。

但是最底下的一只，长得像鸡。

罗韧看木代和曹严华："看完了？什么感觉？说来听听。"

木代说："这不知道是狗还是狼的，蹲在河边上，要跳河自尽一样。这边是两只凤凰和一只鸡，蹲竹简上。没了。"

这就是她的感觉？罗韧额角青筋都不自觉地跳了一下："你还真直白。"

他又转头看曹严华："你呢？"

曹严华是典型的肚里没墨水又偏爱嘴上鼓捣两句雅词儿的人，此刻卖弄深沉："我觉得吧，不能只看表面，得看深层的意思。"

"怎么说？"

"你看这个狼……狗，我觉得代表了一种恶势力。古代骂人不都说狼心狗肺吗？要么就是'你这个畜生'，所以这是一种邪恶势力。至于这右边，两只凤凰一只鸡，这鸡的位置在最下面，而这筒竹简像个木架子，提醒我们一句俗语，所谓落架凤凰不如鸡。"

好嘛，一个赛一个地有才。曹严华这一头儿，简直是看图说话了：意思是有人被恶势力陷害，最终落架凤凰不如鸡。

一万三没给意见，只是有气无力地挥了一下手："别问我，我眼前现在还是成百上千条笔画，对我来说那就是笔画，没别的。"

木代和曹严华期待的目光落到了罗韧身上：既然大家都发言，那你的意见呢？

罗韧比木代还直白："我没看懂，待会儿看时间差不多，打电话问神棍吧。"

木代心里一阵诡异的骄傲感。

毕竟最初的最初，是她牵头找到了神棍，如今真是……与有荣焉。

四点挨到五点，又到六点，一万三呼呼大睡，曹严华围着水盆溜达，间或还伸头去看。

木代冷笑："看，再看！待会儿它跳出来贴你脸上！"

曹严华吓得脑袋一缩，脖子更看不见了。

快七点的时候，郑伯打来电话，说是要回来帮聘婷拿些住院用的家什，罗韧顺便让他带了几份早餐，米粥、大饼、油煎饺子、茶鸡蛋，满满一桌子摊开，几个人摆碗的摆碗，分筷子的分筷子。真奇怪，居然像一家人似的。

木代躲在边上，先给神棍打电话，想约个方便的通话时间，又怕他现在还在睡觉，打过去了吵着他——没想到神棍很快就接起来了，声音愉悦，精力充沛，说："我在晨练呢。"

还晨练？真是生活有序、劳逸结合、健康合理啊。

"我朋友跟我说，一个人走南闯北的，一定要注意身体，平时注意锻炼。"

这样啊，木代由衷感叹："你朋友对你挺关心的。"

其实神棍朋友的原话不是这样的，人家的原话是：老子现在有家有口的，没空管你。你自己强身健体，要是再敢有个头痛脑热就来骚扰我，信不信我弄死你？

反正在神棍看来，这就是心口不一、欲盖弥彰的关切，木代如此一说，更加得他心意："那当然，最好的朋友呢。"

寒暄完了，木代直奔主题。罗韧猜到她给神棍打电话，一边示意她把手机外放，另一边让曹严华他们保持安静。

于是才有了喧嚣响动的早上又沉寂了下去，曹严华斯斯文文地吃饼，动作都慢了两拍。

"怕水？怕水不怕火……没听说过……"

又没听说过，木代有些失望。她打起精神，又提到那幅画，远处的山、近处的河、河边的狼狗，还有那个什么“落架凤凰不如鸡”……

神棍的声音忽然高了八度，抑制不住的惊讶和兴奋：“慢着慢着，你刚刚说，两只凤凰，一只鸡，上中下三路，竹筒？”

木代的心怦怦乱跳，看向桌边时，每个人都停了下来。罗韧向她点点头，示意继续。

“那筒竹简，数一下，几根？”

木代赶紧口型示意罗韧：“画呢？”

罗韧还没来得及回答，一万三抢答：“七根。”又说，“我画的，我记得当时的笔画断在哪里，是七根。”

神棍似乎倒吸一口凉气。

木代没敢催，过了一会儿，她听到神棍感慨似的声音：“七根……还真有啊……”

什么意思？能说出这样的话，那表示他至少知道一些什么吧？木代紧张得心都快蹦出来了：“那是什么意思？”

神棍哈哈大笑：“小口袋，你的脑袋简直是个空口袋，什么鸡啊，那是鸾，鸾是‘赤色、五彩、鸡形’，你没听过吗？”

居然说她脑袋是个空口袋！什么鸾？老师上课哪讲过这个，都怪一万三不好，画个画也不上色，要是上了色，她能说那是鸡吗？

木代狠狠剜了一万三一眼，就跟上了色她就能认出来是鸾一样——其实哪怕依足了“赤色、五彩”去上色，她也会说那是一只五彩斑斓的大公鸡的。

“前头那两只，也不是凤凰，应该是凤和凰，上中下三路，分别是凤、凰、鸾，那是古代中国的三种吉祥神鸟。你看到的，是用凤凰鸾扣封住的七根凶简。”

七根凶简？

关键时刻，神棍居然好整以暇：“我要去翻一下笔记，整理一下，你们稍等。”

他还要翻一下笔记？木代的心像是猫爪一样在挠，恨不得把手伸进手机，揪住神棍的声音，把他从看不见的声波里揪出来。

罗韧反而比她冷静：“都等了这么久了，不在乎再多等一两个小时。”

他声音里有强行抑制的激动，木代看着他点头，心里真的替他高兴。

就在这个时候，一万三没好气地开口了。

“这什么凤凰鸾扣、七根凶简的，两位，我画了一夜的画，你们能把故事背景简单介绍一下吗？”

于是大家匆匆吃完饭，转场罗韧的房间。曹严华负责端盆，一路上战战兢兢，两只胳膊拼命往外伸，只恨爹妈没给个长胳膊长腿的高挑身材。

罗韧的房间里，那面墙就是最好的演示板，三桩往事、渔线人偶、娓娓道来的故事，听得曹严华呆若木鸡。一万三疑团满腹："那这个跟什么扣什么凶简有什么关系？"

木代给手机充电，以保证待会儿可能出现的长通话："那要问神棍了。"

神棍的电话直到下午才打过来，日头已经西斜，一片红色的光影笼着那半面墙，让人生出不真实的恍惚感。

真真正正的千呼万唤始出来，但是木代觉得，此时此刻，哪怕让她买票进场，她也愿意去听。

电话那头儿传来翻动纸张的声音，万烽火好像提过，神棍记东西用笔，二十多年下来，笔记多得要用麻袋装。他现在翻动的那个本子是哪一年记的？应该很旧了吧？

"这件事，确实是我很多年前听说的。在函谷关附近，听一个上了年纪的老头讲过，他当传说故事讲的。"

函谷关？

整件事，像是缺失了好多拼板的巨幅画面，木代心里默念着：对上了，又有一块对上了。

"从哪儿开始讲起呢？你们信不信，这世上的事，总有'第一个'，比如，第一个吃苹果的人，第一个吃螃蟹的人，第一个会游泳的人。"

有吧，那要很久很久以前了，但是一定有的，就好像历史学家推测的，原始人起初茹毛饮血，后来有一天雷电引燃了森林，林火烧死了野兽，肉香引来了人群，最勇敢的那个人说："我来尝一尝吧。"

于是开启了熟食时代。

"传说中，这世上最初有文字记载的七则罪案——没文字记载的不算，结绳记事也不算，一个一个绳疙瘩，别人看不懂，不具备传递信息的意义。

"但是最初有文字记载的，那时候应该是甲骨文吧，不管是刻在龟甲、兽骨还是别的什么上。最初的七则，据说有蛊惑人心的力量，后来但凡接触到的人，总会心性突变，也犯下类似的罪案，被当时的人称为不祥。"

罗韧问了句："为什么是'七'呢？"

神棍叹气："我也说不清楚。我后来专门查过'七'这个数字有什么特殊含义，《汉书》里说，‘七者’，天地四时人之始也，一周是七天，佛教里有七宝、七苦，人死了之后是七天一祭，比如头七……

“哪怕在西方，‘七’也有特殊意义。《圣经》里，上帝创造世界用了七天，而且，天主教教义中也有‘七宗罪’的说法。”

木代不关心数字，她只关心另一个问题：“为什么接触到的人都会心性突变？是……鬼……附身了吗？”问完，自己先起了一身鸡皮疙瘩。

罗韧沉吟了一下：“像日本的……字灵那种？”

《字灵》是日本的一则怪谈，出自梦枕貘的《阴阳师》，说的是中国唐朝的一个和尚抄写佛经，忽然有一天，有个女子出现在禅房，但总是以袖遮脸，后来和尚忍不住拉下女子的袖子，发现她脸上无口。女子消失之后，和尚再次抄看佛经，发现有个“大日如来”的如字，他少抄了“口”，写成了女字。

故事的寓意是万物有灵，那个字化作无口之女，前来提醒和尚。乍一听，跟刻于甲骨的七则凶案，的确有共通之处。

神棍想了想：“也不像，《字灵》只是怪谈故事，但是我说的这种，看不见，也摸不着，总之就是不祥之物，像是法老的诅咒，冥冥中会给人带来厄运。

“当时的人敬畏非常，祭祀百神时也曾巫祝祷天，据说卜得的结果是，后世会出一位大德之人，了结这段不祥戾气。”

说到这里，神棍忽然兴奋：“这个人活跃于春秋晚期，是真人，在中国的文化史上大大有名，堪称世界文化名人，你们猜他是谁？”

曹严华语音洪亮，掷地有声：“孔子！”

罗韧看了他一眼：“是老子吧。”

神棍“咦”了一声：“小萝卜加一分，刚刚抢答的是谁？”

曹严华之前得了木代千叮咛万嘱咐，要对神棍毕恭毕敬：“神先生你好，我姓曹，你可以叫我曹胖胖。”

曹胖胖当然不好听，但至少是他现有的绰号，他不想再多一个了。小萝卜？天哪，真不知道罗韧怎么忍的。

神棍教育他：“曹胖胖，孔子当然也是文化名人，但是你要联合上下语境来猜，我前头提过函谷关。老子跟函谷关可是有大大关联的，而且老子本身被尊为道教始祖、太上老君，比起孔子，他更具神秘感一些。”

他转回正题：“七根凶简的事，就要从老子过函谷关说起。”

传说中，周王室衰微，大德之人老子决意隐退，骑青牛过函谷关。

令官尹喜颇通天相，隐隐见到紫气东来，猜到会有贵人过关，便早早候于关隘，果真拦下了意欲出关的老子，苦留无果之后，说："先生那么大学问，不为世间留下些什么吗？"

史载，老子碍于尹喜的盛情，遂于函谷关盘桓三月，留下一部约五千字的《道德经》。

但是神棍听到的那个版本，远不只这些。

那个版本里说，老子决意为当世除一大害，引龟甲兽骨中的七道不祥之气于七根木简，用凤、凰、鸾三种青铜简扣扣封，吩咐尹喜说，五行造世，整个世界由金、木、水、火、土五种元素构成，其中的每一种都能暂克凶简，但终非治本之策。

木简属木，木生于土，汲水而长，暗含"木、土、水"，青铜简扣属"金"，"凤、凰、鸾"为当世神鸟，其性属火，至此五行俱全，引神鸟吉祥之气，封印七根凶简。

尹喜毕恭毕敬接过，问老子，先生为什么不毁了凶简呢？

老子叹息说，即便乖戾凶邪，但确实是人犯下的罪责，粉饰抑或销毁，都无法抹杀其存在，这早已是史籍的一部分了。

尹喜又问，那如果有一天凤凰鸾扣又打开了，七根凶简岂不是又要流祸世间？

老子哈哈大笑，拂尘一甩，径自跨青牛而去，说，放心吧，这世上，没有任何人可以打开凤凰鸾扣。

尾　声

也不交代个操作手册、使用规则、禁忌避讳，就这样哈哈一笑，跨青牛而去了？曹严华愤愤，忽然心念一动，大叫："我知道了，是那头狼打开了凤凰鸾扣！"

他越想越对："老子说了，没有任何人可以打开凤凰鸾扣，但是没说没有任何狼可以打开凤凰鸾扣！"

还能这么解释？罗韧哭笑不得。

神棍在那头儿怒气冲冲："老子说了没有任何人，言外之意也包括狼了！"

"但是……"

"没有但是，老子那样说是显得酷，酷的人说话都是言简意赅的，比如顺我者昌，逆我者亡，难道要额外强调顺我的人、猪、狗、狼都昌吗？这样啰里啰嗦的，还酷吗？”

专家都是这样强词夺理的吗？曹严华觉得委屈。

好在木代站在他这边了：“但是，现在看来，凤凰鸾扣的确打开了啊。”

神棍不否认这一点：“打开是打开了，但是打开的一定不是人，也不是什么狼。”

那就是……非人非狼咯？曹严华脑海中浮现出狼人的威猛身形。

不过……算了，他不敢说了。

还是罗韧打破了沉寂：“那么再看这幅画，山脉和河流我可以理解，据说函谷关是南接秦岭、北塞黄河，画上可能是用山河地势点出函谷关。七根凶简和凤凰鸾扣也清楚了，但是这只狼或者狗……”

神棍展现出了与罗韧、木代之前一样的直白：“这只狼我不知道，我也不会去猜，猜测是建立在有依据的基础上的，不能胡猜。”

罗韧点头：“那好，这只狼我们先不管，用既有的信息去理一遍发生过的事。”

如此看来，事情的源头远非那个打着问号的“函谷关”。

罗韧用记号笔继续往外引线，画到了墙边才停，在起始处写了“最早的七则凶案、龟甲兽骨”。

隔了一段，又写“不祥，待大德之人出世封印”，再隔一段，写“尹喜、函谷关、老子、凤凰鸾扣、七根凶简”。

这样就和之前推测的图幅连成一体，但罗韧的笔停在中间一点上，顿了顿，打了个硕大的问号。

“从后来的描述可以看出，张光华这个人普普通通，不是大奸大恶，也称不上大德大善。所以我认为，他没有那个能力打开凤凰鸾扣，在他之前，有别人先行打开。”

木代点头：“张光华只是第一个接触到的。”

神棍在电话那头儿咳嗽了一声：“他也未必是第一个接触到的，不要忘了，凶简有七根，张光华带出来的只有一根。张光华只是你们接触到的第一个罢了。”

一万三的目光落在那盆水上：“所以说，还有六块人皮？”

“咦，这位小兄弟的声音听起来耳生嘛，这是谁啊？”

耳生？一万三深深感觉到了被忽视的耻辱：“我之前发过言的，你问凶简有几根的时候，是我答的，七根！”

是吗？可能是当时太激动了，没注意吧，神棍愉悦得很：“怎么称呼？”

“大家都叫我一万三。”

“好吧小三三，我们继续正题。”

小三也就算了，还给他三了两个！一万三气急败坏，但话题已经继续往下走了。

“之前我不了解内情，说的时候用人皮替代，但是现在我要更正，没有人皮，只有凶简。怎么说呢？不祥的也不是那块简……

“那七道不祥的力量没有形状，也没人真的看到过，只不过老子当初引于木简，所以后人把它称为凶简。我猜测，它被困于木简的时间太长，所以即便走脱，在起初时，也习惯性地仍然有木简的形态。附身显形的时候，自然而然从皮肤下，凸起成木简的形状。当它急于离开人体时，走的方式比较……粗暴。”

木代接下去：“所以那些人背上，会有伤口？”

“是啊，掀走一块皮嘛。”

曹严华打破砂锅问到底：“那为什么在背上，不在脸上、胳膊上？”

神棍不耐烦：“23.5cm × 5cm，也不算小了，它需要比较平展的展示空间呗。”

“那，腿上也行啊……”

曹严华伸出自己肥嘟嘟的腿左右打量，还用手比画了一下，空间够大，上两根凶简都没问题。

罗韧示意他别再刨根究底了：“你如果把凶简当成一个人，它大概是有自己的喜好，就好像连环杀手，总有特征性的行为。”

神棍哈哈大笑：“小萝卜，你真是深得我心。这就是这件事情的可怕之处了！记不记得我说过，凶简是活的？”

木代心里直犯嘀咕：为什么“可怕之处”要用这样哈哈大笑的语气来说呢？

“没人知道它的样子，那只是一股看不见的力量，也可能只是一股气。南宋的时候文天祥写过一首《正气歌》，开篇说‘天地有正气，杂然赋流形，下则为河岳，上则为日星’，意思就是正气无所不在，充塞天地之中，各种形式。”

罗韧隐约猜到他接下来要讲什么了。

“由此推测，凶简也可能是这样，是活的。不一定附身，也不一定就是木简的形状。你不知道它是不是有思维能力，也不知道彼此之间是否互通有无。但我几乎可以肯定，另外几根跟这一根不一样，甚至可能因为这一根的受困而变得更聪明，也更善于隐藏。”

曹严华打了个寒战：“活……活的？”

活的，彼此之间还互通有无，那它记仇吗？

曹严华看一万三：“三三兄，你……你拿火烧过它！”

一万三心里早就忐忑着了，听曹严华这么一说，登时就如同被踩了脚，连“三三兄”这样的称呼都顾不得了：“我烧过它，那你呢？你没拿杯子砸它？”

木代给自己顺气，默念：“我没事，我没做什么……”

罗韧柔声提醒她：“木代，你拿水盆兜的它。”

木代反应比一万三还激烈：“那你呢？你用刀子捅了它。”

罗韧存心气她：“木代，那不叫捅，那叫扎。”

……

神棍在那头儿听得心花怒放，乐得看热闹不买票。那一头儿是个什么场景呢？曹胖胖一定已经和小三三厮打在了一起，至于小口袋，肯定扯住了小萝卜的头发……

看看，刚有了点儿危险就急着互相推脱，这几个人还不熟吧，过命的交情可不是这样的。过命的交情是那种，即便嘴上把你骂得孙子一样，当你有了危险，还是第一时间赶来帮助你。

神棍忽然想念自己的朋友们了。

他听到罗韧说了句：“行了，都已经发生了，事情是因为我，我要是能替你们挡，我一力承担，就是不知道它答不答应。”

它？它是哪个？

罗韧指的那个“它”，是沉在水里的那块凶简。

一万三垂头丧气：“算了，跑不了了，一个也不能少。”

觑着左右没注意，他忽然凑近那盆水，咬牙切齿：“还有电话那头儿那个，叫神棍，别漏了他。”

抬头时，看到木代鄙夷的眼神。

一万三无所谓地耸耸肩，怎么着？闻香下马摸黑上床，死道友不死贫道，老子就是这德行。

神棍说：“你们也不用太紧张了，有东西能制衡七根凶简的。”

罗韧想了一下：“凤凰鸾扣？”

即便知道罗韧他们看不见，神棍还是点了点头：“凤凰鸾扣除了兼具金火两性，它们还是当时的吉祥天鸟，其实是代表了和邪气相抗的力量。我有一个大胆的推测。

“我们之前说的，惩罚凶犯的来自另一股力量，可能就是凤凰鸾扣代表的五行。凤凰鸾扣扣住凶简长达千年之久，这股力量的余力一定都还在，不可能完全消除。

“刘树海和罗文淼都被砍掉了左脚，而刖足是上古的刑罚，请注意，上古时期，工具比较简陋，比如石刀、石斧，不可能像现代工艺那么切割锋利。这就可以解释，为什么被砍掉的伤口血肉模糊很不平整。”

所以，是凤凰鸾扣的那股力量在做牵制吗？

罗韧笑着看木代：“你看，也没那么可怕，万物互相制衡，有黑有白，有阴有阳。”

曹严华接下去：“嗯，有七根凶简就有凤凰鸾扣。”

一万三忽然想到了什么：“那我画的那幅水影……”

神棍再次点头：“那幅水影应该来自凤凰鸾扣的力量，凶简只会百般隐匿，而不可能提示你们它们是什么。我觉得，是凤凰鸾扣想重新封印七根凶简。”

木代忍不住：“那凤凰鸾扣现在在哪儿呢？”

神棍哈哈一笑：“谁知道啊，和其他六根凶简一样，就在这世上的某个地方待着呗。”

他忽然压低声音：“不过，说不定跟七根凶简一样，也盯上你们了呢。相逢即是有缘，水面的水影那么隐秘，还不是让你们发现了，还画出来了？”

所有人的目光，噌地一下，都落到了一万三身上。

一万三“嘿嘿”干笑了两声，又干笑了两声，笑得真是比哭还难看。

电话挂掉之后，木代才发觉时间过得这么快，原先打在墙上的夕阳光影，居然只剩下细细的一道线了。

她转头看罗韧，罗韧感觉到她的目光，转头一笑。

“想什么呢？”

“我在想，这一桩凶案到底是什么。”

曹严华嘀咕：“不管是什么，我觉得绝对不可能是拿线把人穿成木偶一样，古代人朴实……”

感应到大家的鄙弃目光之后，他又换了个说法：“原始人嘛，表达感情都比较直白，想杀你搬块石头就往你脑袋上砸，哪有那个工夫穿针引线去搞行为艺术啊，有这个精力还不如去打头野猪烤来吃。”

打头野猪？打猎？

罗韧心中一动：“木代，聘婷唱的那首歌。”

断竹、续竹、飞土、逐宍。

那是一首猎歌。

会不会是……描述事情将要发生，或者发生之前的场景？

去砍伐野竹，连接起来制成弓，打出泥弹啊，大家一起追捕食物。

然后呢？发生了什么事？争抢吗？那个资源匮乏的时代，食物比一切都金贵，或许有些人不再满足于与氏族部落的人共同分享一切，在猎物的分配上产生了争执，又或许是两个人共同射中了同一只野兽，一言不合，举刀相向。

渔线人偶的凶案现场，举刀、躲闪、另外有人两手外分着劝阻，多么像当时发生的场景。

始终有一个人狰狞地举刀，而那块被发现的凶简之上，也曾经出现甲骨文的“刀”字。

不管这则凶案是源于愤怒、贪婪或者占有，结果只有一个：那最初被制造，用来在艰难的生存环境中开拓空间、获取食物并保护自己的工具，砍向了同类。

而很久很久以后，过了几百几千年，当人类社会逐步战胜恶劣的自然环境，再不用茹毛饮血构巢为居的时候，忽然有一天，落马湖，寂静的午后，密密簇簇的渔线，一条一条，一根一根，拉构出了曾经的场景。

过去的永远不死，它甚至还没有过去。

一盆水困得住凶简吗？暂时吧，它总有办法出来的，就好像当时点着的火，火烧之时，凶简平展着不动，但火一熄灭，它即刻复生。

它曾在大同郊外的河底一蛰伏就是十五年，但那是山岳大河，不知道河底是不是另有玄虚，牵制的力量可不是眼前这一小盆水可以比拟的。

依着神棍最后出的“绝妙”主意，曹严华去院子里挖了小半盆土，通通倒进了水盆里。罗韧找来了个木箱子，把水盆放进去，箱子盖上，用车行里惯用的铁链五花大绑，最后一万三说：“箱子上我来画凤凰吧，权当是代表火了。”

铁链、木箱、水、画的凤凰、土，李鬼顶李逵，简易版的金、木、水、火、土。

至少，在第二根凶简蠢蠢欲动之前，可以勉强挡一阵子。

罗韧终于能放心地去医院看聘婷了，车子刚刚发动，他又停下来。

木代正奇怪，罗韧揿下车窗向她招了招手。

木代疑惑地走了过去。

“要不要一起去？”

一起？不用了吧，木代略显尴尬地笑：“我跟她……又不熟，你们一家人……帮我带个问候，祝她早日康复吧。”

罗韧笑：“聘婷神志不清，看她花不了太长时间。医院出来，我们还能顺便兜个风。”

又兜风？兜夜风？木代心有余悸：“不用了，好意我心领了，这辈子我都不想坐你的车了。”

这回答好像早在罗韧的意料之中，他突然凑过来，附到她耳边说了几句话。

温暖的气息拂在耳边，痒痒的，木代的眼睛渐渐亮起来，不确信似的问罗韧：“真的吗？晚上也能吗？”

罗韧点头：“也能。”

车子又开走了，不过这次，把木代也带走了。

曹严华酸溜溜地看着，一边看一边跟坐在一旁画箱子的一万三唠叨：“三三兄，我跟你讲哦，我第一次遇到我木代妹妹小师父，是在重庆解放碑的过江索道上，当时吧，我还没有改过自新……”

说得跟现在改过自新了似的，是谁一整套开锁的工具不离身的？一万三没理他，自顾自往箱子上描画。

曹严华继续絮絮叨叨：“我想偷她东西来着，结果，木代妹妹她真是耳听六路眼观八方，如同后背上长了眼睛，嗖地一下出手如电……”

他还带比画动作的，两根手指狠狠夹将出去：“就把我抓住了。我当时装着很镇定，心里想，这也太酷了……”

“结果呢……”他叹了口气，“明明看起来那么精明能干的人，为什么每次到罗韧面前，我觉得一块糖都能把她骗跑了……”

一万三推了推曹严华：“曹兄。”

“嗯？”

曹严华转头，看到一万三举着根记号笔，笔头已经磨秃了：“罗韧这笔不好用，出去帮忙跑个腿，买彩笔，最好是金色的……”

他指着箱子豪情万丈：“我给画个金凤凰，火凤凰，火得不能不能的。快点儿。”

好吧，这屋子里也没别人好指使了，曹严华拍拍屁股站起来：“你等着啊。”

他踢踏踢踏地走向了大门。

曹严华的背影消失在门口的刹那，一万三脸上的表情忽然垮下来。

他愣愣地坐了一会儿之后，从怀里掏出一张折叠的画纸，慢慢撸平了打开。

那时候，半夜的时候，他画好了一张，“哧啦”一声撕下，罗韧被惊动了，问他：“怎么了？”

黑暗里，他握笔的手哆嗦了一下，但声音还是很镇定，回答说：“画废了。”

番　外/

去医院看聘婷，对木代来说，真的只是“看”而已。

聘婷睡着了，黑色的长发散在雪白的医用枕头上，有一种对比强烈的分明。脸颊上淡淡的血色像是一个好的征兆：凶简离身，她也会慢慢好起来的吧。

罗韧和郑伯都被医生叫走了，据说是听取治疗建议。木代一个人守在床前，像个贴心的小姐姐，一会儿帮聘婷掖被角，一会儿又帮她顺拢头发。

直到身后传来罗韧的声音：“走了，木代。”

木代满心雀跃，赶紧起身。罗韧提醒她：“要不要先去洗手间？”

也是，到时候黑灯瞎火，茫茫沙漠，可找不到地方方便，木代一溜小跑，到门口时又回头嘱咐：“等我啊。”

真没安全感，说得好像他会开车跑了似的。

溶溶夜色中，车子又驶进了茫茫戈壁。这次却开得稳，没有飙车，也没有用什么断头崖吓唬她。

木代把车窗揿下些，闭着眼睛吹风，或许是白天的余温未散，又或许是心情不错，风吹在脸上，没有想象中那么冷，反而异样舒服。

直到罗韧提醒她："再吹，明早起来一脸的风刀子。"

木代不情不愿地把车窗关上，忽然想起了什么，问罗韧："骆驼晚上不睡觉的吗？"

"睡啊，所以你得进去把它叫醒，如果它困得爬不起来，你得扶它站起来。还有，睡觉的骆驼被叫醒的时候，脾气很暴躁，不但会踢你，还会咬你，不过没关系，你反正会上墙。"

木代想了一下："那我不骑了，白天再来吧，我在电视上看到过，骆驼长那么高，又重，我哪扶得起来，马我都扶不动。"

她居然当真了。罗韧忍住笑，过了好一会儿才说："没事，咱找头喜欢熬夜的骆驼。"

木代居然觉得甚是有理：就像人一样，骆驼当中，自然也有喜欢熬夜的。

车子缓缓停下。

这其实是个私人承办的沙漠风情园，娱乐项目包括烤全羊、围着篝火跳舞、骑骆驼，还搭了几个简陋的蒙古包以备过夜。

罗韧事先打过电话，车子到的时候，已经有人牵出两头骆驼等着了。木代头一次见到真的骆驼，又惊讶又欢喜。这骆驼真高，算上驼峰得两米多呢，黄褐色的毛，好像还是双眼皮，睫毛也长，长得真是讨喜。

她想摸，又怕被踢，罗韧在后头轻轻推她："喏，特别挑了匹爱熬夜的，不踢你。"

木代屏着呼吸慢慢抚上去，粗糙的皮毛质感，滞重的呼吸，清清亮亮的眼睛里甚至映出她的样子来，好像进入了另一个世界。什么凤凰鸾扣、七根凶简，刹那间通通抛到了脑后。

像她喜欢的一首诗里说的，下着瓢泼大雨呢，没带伞，还不忘弯下腰去，闻一闻被大雨打湿的叶子味道。

再不顺心的境遇，也总还是有美好的瞬间的。

罗韧是常客，付了押金之后，工作人员很放心地离开，木代反而不放心，一边往脚上绑防沙套一边问罗韧："他怎么能不跟着呢？待会儿骆驼发疯怎么办？驮着我跑了怎么办？"

罗韧看着木代的眼睛，柔声说：“相信我，我不会让它跑了的。”

“要是跑了，押金就要不回来了。”

这大概是截至目前，一生中最美好的晚上了吧。

骆驼的步伐很稳，但宽大的脚掌陷入沙子，仍免不了幅度不大的晃晃悠悠。有人把骆驼称作沙漠之舟，真像是行船一样悠游惬意。

风不大，拂面堪称柔和，天空中疏落的星，即便是骸骨都是可爱的骨头。不知道铃舌是不是有问题，驼铃不是叮叮当当地响，而是间或才叮当一声，反而添了几分古韵悠悠。

罗韧和她并驾，驮鞍前头有专门的置环放马灯，手里攥着两头骆驼的勒绳，间或轻拽控制方向。

他还会牵骆驼?

罗韧像是看出了她的心思：“常来，有时和叔叔，有时和聘婷。”

哦，怪不得。

木代低下头，轻声嚷了句：“也不带我玩个没玩过的。”

“沙漠里，什么是没玩过的，说来听听。”

他耳力居然这么好，木代吓了一跳：“我就是说说。”

罗韧没有立刻说话，过了一会儿，他俯下身子，把马灯的光捻灭了。

光亮乍灭，木代的眼前一片漆黑，罗韧说了句：“没玩过的，随便走吧，走到哪儿算哪儿。”

这可……不太好玩啊……

灯一灭，四周就诡异似的影影幢幢，丁点儿的声响都能让人心中忐忑。再走一段，又静得可怕，连驼铃声都似乎阴森瘆人了。木代心里毛毛的，有几次低头去看。

凶简的故事又在脑子里盘旋了，总觉得有那么一块正自黄沙中探出头来，攀住了骆驼的腿，诡异地一点儿一点儿往上爬。

她有些担心一万三和曹严华：“他们在家，不会有事吧？”

“神棍的法子，即便不能困个十天半月，三五天应该还是没问题的。而且，你还真别太小看这两个人，真有事，跑还是跑得掉的。”

“也不知道那六根凶简在哪儿。”

罗韧笑笑：“它们要是藏得好，十年二十年都未必现身。我们不是李坦，不可能长年累月追着这件事，大家都有各自要忙的。下次再见，就不知道是什么时候了。”

木代的心忽然漏跳了一拍。

——下次再见，就不知道是什么时候了。

为什么这句话听起来萧萧疏离，像是道别的前奏？

罗韧像是没注意到她的异样："所以我想，带你来骑个骆驼吧，也给你的小商河之行留下个好一点儿的印象。刚刚医生找过我，小商河的医疗条件毕竟有限，他建议给聘婷转大的医院，一来动手术，二来方便疗养。"

木代的声音轻得自己都快听不见了："嗯。"

"我不想拖，不好意思，木代，本来还说开车送你回去，可能……"

"没关系，没关系，"木代赶紧摇头，"治病重要的，我和曹严华、一万三他们一起回去就行了。"

"也好，总之……认识你很高兴。"

高兴吗？木代觉得一点儿都不高兴。她抬起头看星星，如果再低头的话，她会哭出来的。

骆驼停下，马灯又旋亮了，停在哪儿了？不知道，反正是干燥得没有人情味儿的大沙漠吧。

"木代，下来休息一下。"

木代"嗯"了一声，机械地下了骆驼，落地的时候，脚踩进沙里好深。罗韧拍拍骆驼的背，两头骆驼喷着白气，驯服地跪下四肢，像是在沙漠里支起了舒服的靠背。

木代慢慢靠上去，脑袋摩挲着粗糙的皮毛，脸颊被磨得生疼。罗韧在她身边坐下，笑着问她："怎么突然就没精神了？"

她低声回答："累了吧。"

不想看罗韧，不想看他这么言笑晏晏的，这么愉悦地说起将来：聘婷要动手术，方便聘婷疗养，会好起来的，会越来越好的。

她鼻子发酸，说："我要回云南去，我要回去收拾行李了，我们回去吧。"说完，撑着驮鞍站起来，刚走了两步，胳膊忽然一紧，整个人收不住，又跌坐回去。

罗韧攥着她的胳膊，语气有些奇怪："为什么忽然不高兴？"

为什么一定要问呢？木代茫然，想了想说："就是骑骆驼有点儿累了……"

"不是累了，不是冷，不是风大，为什么不高兴？"

还问！

木代眼圈红红的："那作为朋友，听说以后不见面了，人之常情，当然会有些难过……”

“你不用每次讲话都强调‘作为朋友’‘站在朋友的立场’，我知道我跟你是朋友。”

木代委屈极了：“那要怎么说？是你自己没人情味儿，高高兴兴地说以后不见面，任何一个朋友，听到这样的话都会不高兴的，你还问我为什么！”

她又用“朋友”在强调了。

罗韧深吸一口气：“好，那我换个问题。”

“你还想再见到我吗？”

风好像忽然停止了，马灯的光温柔得近乎迷离，那种感觉又来了，被他摩挲了头发的那种感觉。

木代咬着嘴唇，好久才问：“那你想再见到我吗？”

“想。”

哦……木代的头低下来，又过了很久，才说：“那……我也想吧。”

“我要是不想呢？”

这次她倒答得干脆了：“那我也不想。”

罗韧哈哈大笑，过了好一会儿，他拿过木代的手，放了串钥匙在她掌心。

“我在丽江，其实包了一整套宅子，我在想着，是退呢还是继续住呢？如果大家都还想再见到，那丽江，也是个不错的适合聘婷疗养的地方。

“当然了，如果你懒得再见我呢，就麻烦你帮我退了。那房子离你红姨的酒吧不远，作为朋友，帮这个忙也不为过。”

……

病房里，郑伯忙着收拾东西。罗韧吩咐了，尽快帮聘婷转院。前一天刚拿进病房来的，又都要拾掇了带回去。

收拾到中途，眼前忽然金光一闪。

那是？

郑伯揉了揉眼睛，慢慢走到聘婷病床前。那里，她的手心，似乎握着什么，露了一小截极细的……金色链子。

【第二卷 仙人指路】

XIANRENZHILU

第一章

古城好就好在，终年带着沁沁的凉，却从无刺骨的冷。

这个季节，北方大部可能还是春寒料峭、雨雪未歇，但在这儿，农田明艳柳枝返绿。再往北去，香格里拉大草原像是铺开的巨大画布，一天天蘸取不一样的浓墨重彩。

木代几乎是每天都会带曹严华到罗韧的宅子里“练功”，用她的话说：宽敞、清静、不怕人偷师。

沙沙扫地声，正是清晨，曹严华挥一把扫帚，在小院里扫得呼哧呼哧。每次开扫，他都要在心里骂罗韧个狗血喷头：有钱了不起吗？中国人均住房面积也就二三十平方米，你凭什么住个三坊一照壁带院子的大宅子？

要知道，他木代小师父的吩咐是：扫，扫，扫，大屋小屋，犄角旮旯，一处都不能少。

汗水从额上滴下，迷进眼睛里，蜇得眼睛痛，曹严华也只是眨巴两下眼了事，懒得伸手去抹。

要知道，他左右胳膊上绑的铅块，加起来得有二十斤！加上小腿上的，全身负重五十斤不止，别说扫地了，让他躺着都累。

可瞧瞧他小师父悠闲的……

曹严华酸溜溜地瞥一眼木代，她铺了块坐垫坐在台阶上，背靠廊柱看书，手边还搁了盆洗净的蓝莓，间或伸手摸一颗。吃就规规矩矩吃呗，可她像是故意气他，手指一弹，蓝莓就飞上一米来高，不管落往哪个方向，她目光都不带从书上挪开的，就跟头顶长了眼似的，身子一移，嘴巴一张接住，嚼得不知多开心。

曹严华一阵心酸加羡慕，他要扫到哪辈子才能扫成少林扫地僧啊。

又坚持了一会儿，实在不行了，两腿发颤，胳膊抖得跟经风的树叶子似的："小师父，我坚持不住了，真的啊……"

木代故作老成的声音传来："坚持，为师是为你好。"

国际赛事上比武对决都要考虑同一重量级，即便是真的"为他好"，能不能适当考虑一下胖子的承受能力？

又过了约莫五分钟，曹严华脑子发嗡，眼前发黑，拼尽全力又挥了一扫帚之后，轰然……

木代身形轻巧，燕子抄水一样直掠过来，在他摔到地上之前伸手拽住他的衣领，成功让他变跌为坐，另一手变戏法一样拿出一个女孩儿装爽肤水的小喷瓶，对着曹严华脸上那么一喷……

想来镇静清爽的效果还是不错的，因为曹严华的小眼睛忽然睁了一下，愣愣地看着前方。

"曹胖胖，继续。你是初练，我给你用我的爽肤水，下次我可就换芥末汁了。"

"小师父，我真不行了，我需要休息……"曹严华目光呆滞，还是愣愣地看着前方，"我刚刚看到……我眼前都出幻象了……"

木代弯下腰，试着从曹严华视平线的角度往前看："出什么幻象了？"

那里，映着清晨的日光，灰尘正慢慢落下——是刚刚他临摔前那一扫帚扫起的灰。

曹严华以一种要断气的口吻给她描述："真的……灰尘扬得最大的时候，忽然好像形成了一行小人，领头的骑着什么，一晃眼就不见了……"

木代笑眯眯的，声音温柔极了："是吗？"下一秒变脸，"编，再编！待会儿拿鸡毛掸子，把走廊里柱子上的撑拱和花牙子都荡一遍灰！"

都说一日为师，终身为父，那么为什么古代还会出那么多欺师灭祖的事？曹严华从前想不通，现在，他约略有些明白了。

回到酒吧，刚迈进门，就听到张叔在说一万三。

"怎么去了一趟小商河回来，这么没精打采的？整天跟掉了魂儿似的，连点儿工作积极性都没有。"

"叔，就这么点儿工资，还要我有工作积极性，你跟我搞笑呢……"说到一半，看见木代和曹严华回来，顿时话里有话，"再说了，你问小老板娘，这次跟她出去，我个人受到很大刺激，世界观严重颠覆，需要时间平复。"

还"世界观严重颠覆"，木代真是嗤之以鼻。七根凶简、凤凰鸾扣，连曹严华都平静接受了，一万三这种骗遍大江南北的，反而装起承受无能的小清新来了？

正寻思着用什么话呛他两句，手机响了，木代看了眼来电显示，赶紧接起来：“喂？”

一万三鼻子里哼一声，嫌弃似的耸耸肩，一边拿布擦抹杯子，一边用口型对着曹严华示意：罗韧打来的。

曹严华递给他一个心领神会的眼神，两人同时支棱起耳朵听木代说话。

木代早有防备，侧着身子说得细细悄悄，听来听去都只是“嗯”“好的”“没关系”，就在曹严华和一万三即将死心的时候，她的声音忽然高了八度。

“真的？什么时候？”

咦，有情况？曹严华和一万三重又兴奋。

似乎不是什么好消息，木代的脸色看起来沮丧极了，垂下的手攥起，懊恼似的连连跺脚，挂了电话之后，还止不住唉声叹气。

想必是罗韧不回来了，该！一万三神清气爽，问她：“怎么了啊？”

木代蔫蔫地坐到桌边，下巴搁在桌面上，呻吟似的叹息一声：“罗韧说，今晚就见到神棍了。”

一万三手上一颤，高脚杯“咣当”一声滚在吧台上。他赶紧捡起来，心虚似的看了看左右。

只有从门口经过的张叔没好气地瞪了他一眼。

“我早该想到的！”木代两手插进头发里，像是恨不得揪一撮下来，“神棍这样的，对灵异的事那么感兴趣，肯定要亲眼看一下凶简的模样。东西在罗韧那里，他当然会去找罗韧的，我早该想到的。”

曹严华很同情她：“妹妹小师父，节哀顺变。”

不就是神棍嘛，估计长得也跟棍子似的，搞不清楚木代嫉妒罗韧能跟他见面是为了什么，见识太少了吧。

一万三语气有些奇怪：“有什么好看的啊，大老远赶过去至于吗？让罗韧给拍张凶简的照片不就得了。”

木代斜了他一眼：“当然好看，不好看的话，神棍这么忙，为什么要赶过去！”

“罗韧说，借到你起先说的那种相机了，今晚和神棍碰面之后，会高速连拍，然后用电脑叠加照片，这样会得到很精细的画面。”说到末了，不忘踩一脚一万三，“比你画得狗啃样的强多了，说不定，还能从上头找到多点儿的线索呢。”

一万三没吭声，忙于擦拭杯子的模样，只有他自己知道，手微微有些发颤，近乎痉挛样一直擦拭同一个位置。

没关系的，他安慰自己，就算罗韧发现多一幅图，他们也绝不会知道那是什么的。

所以，没关系的。

思绪却不觉飘了开去，耳畔仿佛听到熟悉的海潮声。阳光照在老族长形容为“如鸟斯革，如翚斯飞”的青灰色檐角之上，刺得人睁不开眼睛。

木代好几次想拨电话，又怕打扰到罗韧和神棍的正事，一晚上坐立难安，即便上了床也是辗转反侧。

近凌晨十二点，罗韧的电话终于来了。

木代接起来，一迭声先追问：“见到了吗？长什么样？帅吗？是不是特别有风度？你帮我拍他照片了吗？”

这让罗韧怎么回答呢？

回想起一头卷发、看起来跟个中东大叔似的神棍，他左手拎红白蓝塑胶袋，右胳膊抱个肯德基全家桶笑嘻嘻地打开车门进来的模样……

这幻灭的一刻，以后让木代自己体会吧，他模棱两可：“是挺特别的。”

木代发出一声惆怅似的叹息，失之交臂、缘悭一面的那种惆怅，忽然又想起什么：“电脑叠加的照片呢？有吗？”

“我正想跟你讲这个。”

语气似乎不对，木代下意识从床上坐起来：“怎么了？”

“不管是我，还是神棍，还是特意借来的高速照相机……都没看到水影。”

相机没有记录到任何光弧水线，开始还以为是快门太快导致进光量太低，又仿照拍摄星轨的方法延长曝光时间，还是不行。

神棍说，可能是那线光太暗了，只能肉眼看到吧。

这话说得，自己都不信，镜头被称为人类的第三只眼，微距镜头、超长焦镜头，捕捉了多少人眼看不到的秘密。

关了灯，等了好久，那盆水沉寂得像是死的，连一丝一毫的光弧都看不到。

木代不理解：“那天晚上，我们每个人都看到了啊。虽然我们不知道那是画，但是每隔十几秒，总有或长或短的光弧出现的。”

罗韧叹气：“我跟神棍也是这么说的，我还说，可能是当时一万三的位置比较奇特。神棍围着水盆，不知道变换了多少种姿势，脖子扭得都快断了，还是什么都没看到。”

木代绞尽脑汁，想各种可能：“是不是那块凶简死了？那天你拿刀子扎过它，会不会当时没事，后来伤重不治了？”

罗韧哭笑不得，随手拿过搁在桌上的刀子：“木代，别忘了，那天神棍说的是，水影的提示来自凤凰鸾扣。如果水影忽然消失，也不应该是凶简死了，而是凤凰鸾扣被谁给掐死了……”

说到这里，他忽然心头“咯噔”一声，目光慢慢转到了那把直刃钢刀身上。

木代似乎感觉到了什么：“罗韧？”

罗韧没有回答，他屏住呼吸看刀身——刀身做的抛磨亚光，但还是能模糊地映出周遭的影像。

是他看错了吗？就在刚刚，有那么一瞬间，他好像在刀身上看到了一行小人在走。

第二章

天气转暖带来的附加效应是来丽江的游客日多，酒吧的生意水涨船高，木代几乎每天都要被张叔支使着帮忙。

是，名义上她是酒吧的小老板娘，但里里外外还是得张叔说了算。用一万三私下对曹严华嘀咕的话说：真交给小老板娘管事，咱不得餐餐喝西北风啊。

所谓的“帮忙”，无非是端盘子、点单、点单、端盘子。

这一晚，木代第N次撤了盘子送到吧台，沮丧得有气无力：“这不是我想要的生活。”

张叔正帮着一万三在吧台里忙活，闻言笑呵呵的：“那你想要的生活是什么样的？你是小老板娘，我们举全酒吧之力支持。”

木代更沮丧了：“关键就是，我连想要什么样的生活都不知道。我还不如曹胖胖呢。”

曹严华每次练完功，都要郑而重之地从怀里掏出钱包打开，向成龙的照片行注目礼。不消多问，也知道他在向偶像默默靠拢，不管是不是异想天开，至少比她强。

张叔很同情她：“要不，找个人嫁了？”

算了，还是端盘子现实一点儿。

木代黑口黑脸在托盘上放满酒水，颤巍巍端起时，张叔看不下去了：“懒成这样，你跑两趟上单能怎么样？”

能怎样？累呗。

托盘上有开了盖的百利甜、调好的鸡尾酒，高脚低脚杯都有，有的杯口插片柠檬，有的杯口斜个精致的小盖伞，不同颜色的酒液，随着步幅轻微晃动，偶尔能听到酒杯磕碰的轻响。

木代目光不离托盘，大气都不敢多喘，嘴里机械地重复："不好意思，请让一下。"

有人从身边经过，笑着说了句："木代长胖了。"

木代先没反应过来，继续往前走了一两步之后，忽然停下。

咦？

这是……罗韧？

他什么时候回来的？怎么没跟她提起过？

还有，给我说清楚了，什么叫长！胖！了！

罗韧也只是刚到，郑伯带着聘婷进屋之后，夸说，这屋子、院子打扫得可真干净。

曹严华如果听到，应该会特别欣慰吧。

安顿好聘婷，想着酒吧这边应该还没歇，于是过来打声招呼。

果然，流光溢彩，五色陆离，正是最热闹的时候。

一万三看见他，似乎有些不自在，略点了头算是致意。调酒师是酒吧的顶梁柱，罗韧也不打扰他，环视一圈之后，在曹严华的对面坐下。

"木代都那么忙，你反倒闲着了？"

曹严华端平了手臂给他看，一字一血泪："你看我这手抖得，这几天功夫练得太猛了，帕金森综合征一样，端什么摔什么——我妹妹小师父是一点儿都不知道心疼人啊。"然后才顾得上打招呼，"我聘婷妹妹怎么样了？手术还顺利吗？那个东西……"

说到这儿，他声音蓦地压低，递了个你知我知的眼色过来。

罗韧知道他的意思："带来了。"

曹严华倒吸一口凉气："关得住吗？"

难说，像个不定时的炸弹，说不准什么时候，又叫人猝不及防。

"曹严华，我想问你，这些日子，有没有什么……特别的？"

曹严华摇头："没有，就是累，练功累。我木代妹妹……"

原本想抱怨两句，忽然看到她就在隔了一桌的地方给客人点单，声音蓦地高了八度："但是怎么说呢，严厉点儿好，严师才能出高徒啊……"

余音袅袅，绕桌上梁，换来木代没好气的一个白眼。

罗韧眉头皱起，似乎有些失望，但还是多问了一句：“有没有曾经……看到过什么幻象？”

“没有，哪有啊……”

曹严华忽然反应过来，噌一下身子前探：“你刚才是说……幻象？”

酒吧打烊，已是半夜，罗韧和木代他们围坐了一桌。张叔对年轻人的事情没兴趣，自己在吧台后面洗杯子，哗哗水声，间着玻璃杯偶尔磕到的轻响，越发映衬得话题诡异荒诞。

“曹严华看到的画面应该是跟我一样的，一万三呢？有看到吗？”

“看到什么？小人？”一万三摊手，“没，我看到的都画出来了。”

“也不知道是不是小人，看着像。”曹严华努力回忆，“就是人太多了一点儿，老实说，如果只有四个，我还以为是唐僧西天取经呢，打头的那个像是骑着马。”想了想悚然色变，“为什么我们现在能看到幻象？不会是……感染了吧？”

明明不是什么好事，木代居然嫉妒似的失落：“你们都能看到，偏我看不到。”

罗韧沉吟：“不一定是你看不到，可能是你没有留心，因为我们都是无意中发觉的。”

一万三扭到了脖子，得以从诡异的角度看到了水面上的影光。

曹严华体力不支，行将摔倒时从扬尘中看到了转瞬即逝的一行小人。

至于自己，是在和木代打电话时随手拿过刀子把玩，眼角余光瞥见了刀身之上模糊的影像。

都是平淡无奇到容易忽视的场合。

罗韧心念一动：“你们有没有注意到，一万三是从水里看到的，曹严华从扬尘里看到，灰尘也可以算作是土，至于我，是刀身，直刃钢刀，勉强可以看成是金吧。”

曹严华听懂了，激动得连连点头，但不知道该怎么用言语表达：“对对，就是那个意思。”

按照神棍的说法，凶简只会刻意隐藏，对他们的提示来自凤凰鸾扣，而凤凰鸾扣的本源是金、木、水、火、土五行……

木代下意识盯着桌面看：既然她姓木，那应该是从木头里看到吧？这桌子是木头做的，倒是给她点儿提示啊。

“还有，我想请一万三帮个忙。”罗韧忽然想起什么，“在小商河的时候，我们每个人都或多或少看到水影，但是神棍来找我的那次，我们居然什么都没看到——我在想，是不是因为一万三不在。”

已经很晚了，郑伯和聘婷他们都睡下了，罗韧领着木代几个人进了二楼最边上的房间，取出钥匙打开挂锁，顺手揿开了灯。

屋子腾空，正中放了条桌，桌上摆了只大的箱子。

和小商河的那只不是同一个，一万三看了罗韧一眼，罗韧不否认：“为保险起见，重新找人做了。”

箱子是雷击枣木的，俗称“辟邪木”，紫檀色，四面用金粉密密麻麻写满了竖排的字。曹严华凑上去艰难地辨认：“道可道，非常道，名可名……”

罗韧承认：“让人用金粉誊的《道德经》。”

木代忍不住想笑，罗韧也是挺拼的，连《道德经》都搬出来了，转到另一面，憋笑憋得更狠：居然还给画了幅《老子骑牛图》。

罗韧无所谓，随便，想笑就笑吧，还不是死马当作活马医？他是找不到什么老子的手书真迹了，要是能找到，一准儿也找来贴箱子上。

打开箱盖，乍一看还以为是一箱子土泥，谁知罗韧伸手一拎，就拎起个四四方方的土包。

是透明的网纱包起了垒土，上头留了绳结方便提盖，土泥正中是个加盖的透明玻璃水箱，那块凶简正悄无声息地沉在水底。

尽管不是第一次打照面了，陡然看到，每个人还是心头一紧。木代下意识地退了一步，手背无意中蹭到了罗韧的手。

罗韧没有看她，却自然而然地覆手过来，把她的手握住了。

木代的脑子一嗡，酥麻僵直的感觉一直延伸到小臂：罗韧这是什么意思？他是不是握错手了？曹严华和一万三看到了怎么办？

罗韧神色自若，像是没这回事。木代隐约听到曹严华问了句什么，罗韧回答：“是没有火，我不知道怎么把燃着的火放进箱子，或者明天在箱子四周围一圈油灯，不知道能不能起作用。”

木代不关心这个：罗韧握着她的手呢，他自己知道吗？

接下来发生的一切，木代都有些魂不守舍，好像是关了灯，每个人都去看水面上的水影，这次似乎能看到了，但是都没有一万三能看到的那么密和多。

是因为一万三在场，所以他们都能看到了吗？但是又因为他是主“水”，所以别人看到的不如他全？

一直到临走，罗韧才轻轻松了手。木代不敢看他，第一个蹿出房间，夜风吹得凉飕飕的，这才发觉手背上火烫。

回去的路上，一万三和曹严华一直在低声嘀咕。木代疑神疑鬼，总以为他们是在讲她，凑近了听，终于放下心来。

原来并没有，他们关心的是那个箱子牢不牢靠。

终于上了床，木代还是辗转反侧，一直盯着床头板上的木雕图案发呆。家里的家具家什都是红姨一手操办，品味一如那个紫润坚厚的蝈蝈葫芦，讲究精致和古色古香，搁别人家平平展展一块床头板了事。在这里，精雕细镂，取不尽的吉祥如意。

边框是不断头的万字纹，每隔一段就有蝙蝠翩跹，代表“福祉绵绵”；角落里又有猴儿骑马，寓意“马上封侯”；正中是宝瓶，边上两只鹌鹑。那时候出事不久，她每晚噩梦睡不着觉，搬来这里之后，红姨带她看房间，指着图案跟她说，宝瓶鹌鹑，平平安安，红姨希望你每晚都睡得平平安安。

今儿个晚上，还让她怎么睡得“平安”啊！

不知所措，烦恼难安，心底深处却又好像蕴着纤薄的欣喜，忐忑地给罗韧编辑微信，六个字——

你是什么意思？

犹豫了很久，一狠心发出去，同时揿灭了灯，被子拉过头顶。

不想了，睡觉！

也不知是睡着了，还是没睡着，黑暗中，她第N回叹着气翻身，慢慢睁开了眼睛。

咦？

床头板上，边角里的那只骑马的猴儿，忽然对她眨了眨眼。

这是见鬼了吗？木代惊得目瞪口呆，屏住呼吸凑近去看。

不是猴子，是个峨冠博带的仙人，骑了只凤凰，像是看不见她，施施然往前走，后头陆陆续续跟了一长串。

第一个是条摇头摆尾的小龙，第二个是只昂首阔胸的凤凰，第三个似乎是只狮子，第四个似马非马……

从第四个开始她就不认识了，感觉就是一个个奇形怪状的走兽，倒是对末尾的那个印象深刻，像只表情严肃的猴子，偏偏后背上生了一对翅膀。

长什么翅膀，当自己是小天使吗？木代“扑哧”一声笑了出来。

就在这个时候，也不知是从哪儿，忽然出现一只手，嗖地一下抓住那只猴子，瞬间又缩回到无边的黑暗里去了。

木代“啊呀”一声惊醒过来。

黑咕隆咚，夜色正沉，是梦吗？

顿了两秒，她一骨碌爬起来，揿开手机的光，照向床头板的边缘。

昂首的小马，喜气洋洋的猴儿，好一幅“马上封侯”。

第三章

这个时间点，打扰谁都不合适，木代满腹心事地睡下，提醒自己明早做两件事。

第一，一定要跟罗韧他们讲一下自己看到的情景，果然就是从木头里看到的，但是那一排小人一样的玩意儿是什么呢？

没关系，可以让一万三发帖去问，就像上次的《弹歌》，还不是一问就问出来了？

第二，她要跟罗韧谈一谈，要不卑不亢，有礼有节，问他，你到底是什么意思？要表明立场，感情这种事，黑就是黑，白就是白，容不得暧昧含糊。

如果罗韧支支吾吾，想脚踩两条船，她就要高傲地一仰脸，跟他说，之前的摸手就算了，习武之人不介意这个。但是后面他再敢碰她一下，一定剁了他的狗爪子！

对，就要这样，师父教的，输人不输阵。

于是她再次睡去，做了好多芜杂的梦，最后一个梦尤为诡异，前一秒罗韧还在温柔地吻她脸颊，后一秒，罗韧在麻将桌边兴奋地哗啦啦“砌长城”，她破衣烂衫，抱着个孩子在边上哭：“都三天没米下锅了，你就知道赌！”

接着她又哀怨地低头：“儿啊，我们母子俩真是命苦……”

小毛头胖嘟嘟的脸映入眼帘，咦！活脱脱一个曹严华！

木代襁褓脱手，活生生吓醒了。

窗外晨曦初开，木代扶着沉重的脑袋坐起身来，良久，叹一口气：她真是想太多了。

三两口扒完早饭，木代跟张叔报备：“我去找罗韧，他昨儿刚搬来，你见过的，我去看看有没有什么要帮忙的。”

一万三赶紧跟上："昨晚过去，郑伯都睡了，我要再过去打声招呼。在小商河的时候，郑伯可客气了，请我吃羊腿来着。"

曹严华说："我要跟着我小师父……"

说到一半，见张叔沉着脸，赶紧改换借口："我聘婷妹妹动手术，我得去探望一下。"

霍子红走了之后，酒吧里缺人手，张叔顺水推舟留下了曹严华。他嘴巴利索，忽悠客人买酒点单一等一地溜，但也因为最不"资深"，请假溜工总是底气不足，不像一万三，一根羊腿说得跟再造之恩似的。

张叔动气："走走走，都走，我还不如重新招人，养着你们这些小姐大爷……"

话没完呢，桌边已经空了。

张叔冲着三人的背影吼："没说完呢，一个小时之内给我回来！"

到的时候，郑伯正带着聘婷在院子里"锻炼"，医生说了，要适当运动，提起精气神儿，最怕久坐久卧，时间长了眼珠子死鱼一样，都不会转了。

曹严华提一兜路上买的苹果、香蕉，典型的探视病人的架势，却也显得客气生分。一万三倒是随意多了，跟郑伯打完招呼之后就看聘婷。郑伯说："状态比以前好多了，就是不知道……"说到这儿，忍不住叹气。在他看来，疯了也是病，这病什么时候是个头儿呢？

一万三看向聘婷，院子里有一方做成了宝瓶形的小鱼池，一梗石雕的荷花自底探茎，露了惟妙惟肖尖尖角的小荷在水面上。几条鲤红色的小鱼，摇摇摆摆，绕着小荷转来转去。

聘婷手持一茎带叶的竹枝，耐心等候，专等小鱼惬意的当儿拿竹枝去赶，时不时莞尔一笑，于她，这也算是"运动"了。

安静美好得像一幅画一样，一万三连"疯"这个字都不愿意提。她怎么会是疯了呢？也许她的灵只是迷路了，一时之间找不到身体的方向。

他在小鱼池对面半蹲下来，手拨弄起水花，把小鱼往聘婷的方向赶，小鱼惊慌失措着四下奔散。

聘婷咯咯笑起来。

郑伯心念一动，试探着说了句："你们住得也近，要是有空，可以常来，医生说，有人陪着会好些……"

下面的话他没说出来，罗韧对聘婷好是好，但不会小孩儿一样陪着她玩的。

一万三随口应了句："好啊。"

木代左看右看，不见罗韧，犹豫了一下问郑伯：“罗韧不在吗？”

郑伯往上努了努嘴：“那儿呢。”

循向看过去，罗韧在二楼，不知什么时候出来了，靠住栏杆，居高临下，饶有兴味地看着他们，手里头还拿着……

手机！

罗韧其实在给木代回微信。

——就是你想的那个意思。

不过看到木代抬头，他忽然改了主意，揿住删除键，一个字一个字地，又删了。

表白这种事，还是当面说的好，就不要交给手机了，冰凉凉的电子构件、九宫格打出的汉字、冷冰冰的横撇竖捺，怎么看怎么显得没诚意，日后回忆起来，都没什么浪漫意味。

他收起手机，一副无事退朝的模样。木代恨恨地盯着他，忽然大叫一声：“开会！”

放箱子的那间屋子，权作会议室。

木代仔仔细细地把昨晚梦中所见描述了一遍。

曹严华听得合不拢嘴，这也太脱离现实了，“老子骑牛”，好歹历史上确有传说，老子其人也非捏造，但所谓的仙人骑凤，龙、凤还有长了翅膀的猴子，也太匪夷所思了吧？

一万三垂着眼，面上尽是不耐烦，好像在说：听不懂，不明白。

罗韧却若有所思：“这种的，我好像有印象。”

“有印象？”木代瞪大了眼睛，难道这是司空见惯的事？

罗韧伸手上指：“其实以前也没注意，包了这宅子之后，因为屋子年代久，很多老的装饰就留心了一下。你有没有注意过，丽江的很多屋檐上，都请了驱鬼镇邪的瓦猫。”

木代点头，老屋子上的瓦猫，在她来看，如同树上长叶子那么自然。

“但是各地都不一样，中国古代的建筑，房顶是分门别类的，大型的寺庙或者重要建筑，都用庑殿顶或者歇山顶……”

听众一脸的举目四顾心茫然。

好吧，罗韧换了个简单的说法：“就是屋檐的角，翘起来的那块，通称角脊。或为美观或为彰显，一般会在角脊上装饰一连串的立体雕塑。”

他一边说一边拿出手机，搜了一会儿之后，点了张图放大，递给木代他们传看。

是北京故宫太和殿角脊上的琉璃瓦走兽。

图上有介绍，最前端的是仙人骑凤，又叫“仙人指路”，后面跟着的一长串走兽，按照固定的次序，依次是：龙、凤、狮子、天马、海马、狻猊（音酸泥）、押鱼、獬豸（音谢制）、斗牛、行什（音航十）。

而最末的行什，一本正经的肃穆模样，的确是长了双翅的猴子形象。

再往下拉，有注解：根据建筑级别和屋顶坡身的大小，走兽数量不等，但通常是三、五、七、九等单数，也有只安一个的。只有故宫太和殿角脊之上安有十个琉璃瓦走兽，等级最高。

曹严华兴奋地拍桌子：“果然知识就是力量！一下子拨开云雾见青天，直指故宫太和殿！这个性质严重了啊，盗卖国宝啊！”

一直倚着窗边的一万三做了个极其不屑的表情。

罗韧和木代则是一脸的“此话怎讲”。

曹严华啧啧有声：“我木代妹妹不是看到有一只手嗖地把那只猴子给抓走了吗？必然是有不法分子想盗取我们的国宝，故宫哎！”

他止不住忧国忧民：“我建议赶紧给故宫博物院打电话，提个醒也好。”

一万三朝天打了个哈欠。

罗韧直觉不是故宫，这等级也太高了，而且如果真的事涉故宫，也不是他们管得了的，自然有更专业的人操心。

他沉吟着摇头：“应该不是故宫。古代社会皇权森严，礼制有严格规定，比如天子才能着明黄、穿龙袍，几鳞几爪门开几重都有讲究，但进入现代之后……”

言下之意是，现代讲究个性奔放。

“如果是正规的大型建筑，多少会参考专家意见，也合规合矩，但有些地方会私建，那就完全是顺着心意胡来一气。除非再有具体的信息，否则你不可能知道有这角脊的建筑到底在哪里。”

曹严华垂死挣扎：“真不是故宫太和殿？”

一万三语调轻松地鼓励他：“你打个电话去问问呗，没准儿国家会给你奖励的。”

无果，又是一筹莫展的僵局。

散会。一万三耸耸肩，头一个开门出去，曹严华悻悻跟上。罗韧看一万三的背影，心中忽然掠过一丝疑虑。

一万三现在的态度，也太超然物外了，和在小商河时杀气腾腾泼油点火相比，简直判若两人。

“罗韧！”

木代的声音把罗韧拉回到现实中来，咦，她还没走？

想了想又觉得理所当然：她当然不会走的。

罗韧心中暗自好笑，面上不动声色，轻咳两声：“有事？”

他越是满不在乎，木代就越是紧张，明明应该理直气壮，开口时，却一丝一毫的底气都没有：“你……昨天晚上，为什么要摸……握我的手？”

“摸”字听起来，总带三分轻浮，木代真是照顾他面子，换成了“握”字。

“握……手？”罗韧故意皱起眉头，似乎想不起来，片刻释然，“哦，你说握你的手啊。”

他似乎有些踌躇：“这要怎么说呢……”

木代说：“该怎么说……就怎么说……呗……”

她一颗心怦怦直跳，声音越说越小。

罗韧“真诚”解释：“主要是我胆子小，我也不清楚那番布置能不能困住凶简，凑近看的时候，实在太紧张，不知道边上是谁的手，赶紧握住了，壮胆。”

什……什么？

木代目瞪口呆，再借她三个脑袋，她也想不出会是这样的回答。

罗韧的声音还在耳边：“怪不得我怎么都看不懂你发来的信息，原来问的是这个……木代，你不会多想了吧？”

第四章

不会多想了吧……

是多想了。

木代站着不动，想好的脚本里，这个时候，她应该头一昂很不屑地说话吧。但完全不是，没精力去想罗韧说的是真是假了，就是觉得很委屈，也很丢人。

她一夜没睡好呢，那条微信编了又删，删了又编，忐忐忑忑发出去。梦都跟他有关，那么紧张地站到他面前，问出口的时候，手心都出汗了。

木代转身离开。

身后传来急促的脚步声，罗韧不知什么时候拦到她面前，声音没那么笃定了：“木代，你听我说，我逗你玩儿呢。”

木代不说话，眼睑泛着红，眼睛里一层水光。

罗韧后悔了，木代爱哭他是领受过的，不然也不会笑她是小泪罐子，但是今天，不应该让她哭的啊。

“我逗你玩儿呢，木代，我认错，你别往心里去。”

木代先还忍得住，听他低声下气地软语安慰，反而绷不住了，眼泪啪嗒啪嗒往下掉：“这也能逗着玩儿吗？”

罗韧悔之不迭，身上又没带纸巾，他走上前，用手背帮她擦了擦眼泪，低头柔声说：“我认错行不行？嗯？或者你说，要怎么样。”说完，目光无意中溜到楼下。郑伯、一万三、曹严华，齐刷刷仰头，嘴巴微张，跟看西洋景似的，连聘婷都捂着嘴巴咯咯地笑。

罗韧额上一道黑线，低头凑近木代的耳朵：“大家看着呢，木代。”

木代哽咽着断断续续：“那你……宣……布啊……”

罗韧的心略微踏实了些，还好，哄回来了。她脸皮薄，这种事，是该他宣布的。

不过，该怎么“宣布”，他也没经验，迎着下头的目光，总有些尴尬：“是，你们看到什么，就是什么，从今天开始，木代是我女朋友……”实在不知道该怎么说，末了硬着头皮请求支持，“要不……给点儿掌声？”

郑伯和一万三还有些蒙，只有聘婷拼命鼓掌，啪啪啪，啪啪啪。曹严华受她带动，兼又是自己师父的好事，正要捧场鼓一记重的，上头却风云突变。

木代一下子把罗韧推开了。

罗韧只顾着看下面，没提防这么一记，连退了好几步。

木代泪痕还没干，昂着头，一脸雪耻的神气。

罗韧觉得不妙。

“谁是你女朋友？谁是？你经过我同意了吗？我说了‘我同意’吗？”说完，噌一下转身，噔噔噔下楼。

观众一片寂静。

木代到了楼下，像小头目，瞪一眼一万三和曹严华：“走！”

两人对视半晌，忙不迭地跟上去，像狗腿子。

罗韧撑着栏杆往下看，心里足可叹倒一座山。聘婷叹了口气，重新坐回小鱼池边，继续拿着竹枝把小鱼赶得无处藏身。

短暂的沉寂之后，郑伯忽然哈哈大笑，拿手往上点着，一下下，像是要摁到他脑袋上。

“该！罗小刀！你该，还逗人家好玩，怎么着，玩儿脱了吧？玩儿大了吧？是不是觉得自个儿挺帅挺有魅力，说一句‘这是我女朋友’，人家就得感恩戴德往上凑啊？你经过人家同意了吗？人家木代说了‘我同意’了吗？”

半大老头子，落井下石起来，真是……

罗韧恨得牙痒痒。

郑伯觉得好一阵子没这么舒畅过了：“该！罗小刀，你该！就得有个人来治你！”说完看聘婷，“婷婷，说，中午想吃什么？伯伯给你做。”

聘婷一仰头，笑得小孩儿般灿烂：“肉！”

回到酒吧，曹严华添油加醋地给张叔描述了刚刚发生的事。张叔乐呵呵的，都忘了一小时早已过去这回事了，说：“哟，有小伙儿追了。”又说，“对，姑娘家就该端着，不能那么容易就给追上了。”

曹严华持不同意见：“但是我小罗哥条件不错啊叔，人长得帅不说，你光看那车，那就是有钱人开的。”

张叔瞬间就被说动了：“木代啊，也别端太狠了，见好就收啊。”

木代无语，这张叔，要搁到战争年代，立场如此摇摆，得是个双面间谍吧。

当天晚上，罗韧就过来讲和了。

酒吧里人多，他一个人在角落里挑了张桌子坐下，张叔笑呵呵地过去跟他打招呼，一万三在吧台里向他颔首致意，至于曹严华，滴溜溜跑过去跟他讲了好几回的话。

唯独木代，“忙”得顾不上理他，稍微歇下来的时候，曹严华一脸已被罗韧买通的表情，过来委婉地劝她：“小师父，你倒是给他点单啊，他占着我们桌子呢。”

木代这才过去，酒水单啪一下甩桌上，取下插在服务生围裙上的圆珠笔：“要点什么？”

罗韧看着她微笑：“木代，我们聊聊。”

木代弯起食指，“噔噔噔”点着桌上的酒水单：“有饮料、咖啡、鸡尾酒，不供应‘聊聊’。”

罗韧苦笑着点了杯咖啡，在酒吧坐了半个多小时，结账走人的时候，木代说：“不给点儿小费吗？这么好的服务。”说完，还扔了本酒吧意见留言簿过来。

罗韧点头："该给。"

他借了木代的笔，在留言簿上写建议，又从钱包里抽了两张一百给她。木代一脸高傲地把钱揣进兜里。

罗韧走了之后，木代翻开簿子看。罗韧字不错，一如其人，写着："该服务生热情待客，值得表扬。"

落款是：真诚道歉。

木代"扑哧"一声笑了出来。

张叔从边上经过，唉声叹气："见好就收啊，小老板娘。"

如是者三天，第三天下午，出去遛弯的曹严华说来了好几十辆旅行车，不知道是什么大型企业集体旅游。果然，到了晚上，戴小帽、挥小旗的旅行团一拨一拨的，偏爱拍照、购物或者吆五喝六进馆子吃特色菜，这热闹一直到九点多才消停。

而酒吧居然一晚上相对清闲。

近十点时，郑伯笑呵呵地背着手进来，聘婷今儿吃了两片药睡得早，他得空出来转悠，罗韧老提起左近的"邻居"，终于有机会来拜访了。

不过，虽然在酒吧里溜达了一圈，他大多数时间还是在吧台边跟一万三说话，木代几趟经过，隐隐约约听到几句对话。

——聘婷倒是跟你玩得来的，难得你能每天抽空出来。

——这边气候是要好一点儿，聘婷脸色比以前好多了。

——医生说，说不准，但是聘婷应该算好的，她不是疯疯癫癫的那种疯，我就盼着，有哪一天，她能突然好起来，那就阿弥陀佛了……

聘婷，聘婷，句句离不开聘婷。

一万三居然能耐着性子配合郑伯说话，木代思忖着即便是自己，说多了也会厌烦的——真是看不出来。

还有，一万三居然每天都抽空去陪聘婷吗？他还真是善用时间见缝插针。

木代倚着空桌子绕笔玩，郑伯踱过来，说："木代啊，罗韧跟我说，每天过来都吃瘪呢。"

是吗？木代觉得不好意思，想了想又好笑。

郑伯说："关键在你，你要是喜欢我们罗小刀，也别总晾着他，偶尔还是得给点儿甜头吃的。"

郑伯这么大年纪了，说什么呢！甜头？木代有点儿害臊。

郑伯循循善诱："我也看出来了，你跟罗韧呢，互相都有点儿意思，但还没那么深的感情。这感情啊，就跟种子吐苗似的，刚开始的时候靠栽培，等坚实了，长成树了，就牢靠了，那时候，你怎么作怎么闹，他都离不开你了。”

木代抿着嘴笑，张叔让她别端着，郑伯通篇的大道理，全世界都在教她谈恋爱。

“别一开始就作散了，别搞得像罗文淼跟罗韧妈妈似的，一晃一错就可是一辈子啊……”

木代惊讶：“罗文淼跟罗韧的妈妈？”

郑伯叹气：“不然呢？她说了一句话，罗文淼就把罗小刀接回家住了六年。你以为随便什么亲戚，都有这情分的？”

郑伯说到末了，有些酸溜溜的：“我把罗小刀跟聘婷往一块儿凑合，可凑了十来年了，就想着，大人的遗憾事儿成在俩孩子身上就好了，谁知道啊……”

他无限唏嘘：“半空一个惊雷，出了个你，功败垂成。”

木代笑得肚子都疼了，她把服务生的围裙一解扔给曹严华：“我出去一下，你兜着。”

曹严华慢条斯理地把围裙往腰上系，两手攥着系绳的两头，怎么也凑不上——不赖自己腰粗，只怪围裙的系绳不够长。

郑伯又和张叔说了一会儿话，正准备告别，冷不丁一抬头，看到罗韧从酒吧后头出来了。

他吓了一跳：“你你……不在家吗？”

郑伯这反应也太逗了，这么大个活人就在眼前晃着，居然问他“不在家吗”，罗韧笑：“我在附近溜了溜，买了点儿东西。”

郑伯抓过他就往外推，声音压得低低：“去，去，赶紧回去，我……”说到这儿，音同耳语，“我把木代忽悠得找你去了。”

这个郑伯！罗韧哭笑不得，早几年，年年把他同聘婷拉郎配，现在又换成木代了。

罗韧原路返回，住处距离酒吧虽然近，但还是要过几道巷子，时间有点儿晚了，两边都在打烊或者打烊中，罗韧远远看到木代就在前头，心里一喜，旋即又是一怔。

她站在一家川菜馆的门口，一动不动，边上站着餐馆老板，搓着手，手足无措的样子。

怎么了？罗韧大步过去：“木代？”

走近了，看得也清楚了，罗韧一下子变了脸色。

木代低着头站着，头上、脸上、身上都滴滴啦啦地往下滴油，红油，不知道是谁，泼了她满头满脸的水煮鱼汤料，头发上有麻椒粒，肩膀上红的是辣椒白的是鱼片，更叫人心疼的是，她连睫毛上都挂了红油，不自觉地一直闭着眼睛，那是辣椒油，蜇进眼睛里，得多疼啊。

罗韧抢过去，握住她的手，问：“怎么了？”

木代不说话，嘴唇翕动着，像受惊的小兽，手冰凉，一直在颤。罗韧掏出手帕给她擦拭，那么浓重的油腻，雪白的手帕只一抹，全浸透了。

罗韧狠狠地瞪向餐馆老板。

那是个中年胖子，赶紧摆手：“不是我，真不是我！我一直问她，姑娘，你没事吧，要不要进去洗洗，她吭都不吭一声的。”又讨好似的笑道，“幸亏，幸亏那桌子客人已经吃了一会儿了，要是刚上菜那会儿，油还热，这么泼上来，还了得啊……”

罗韧眸光一紧，眼神刀子似的锥向那老板：“你的意思是，有人泼的？”

他终于反应过来，木代站的位置，距离餐馆里的餐桌有好长一段距离，她脚下红油和水煮鱼的菜料堆了一摊——她被泼之后就没有挪过步子，她不是无意间被人错手泼到的。

是有人，专门端了那汤盆，走到她面前，兜头照脸泼上来的。

第五章

问她多少次“怎么了”，木代都不开口，末了说了句：“罗韧，我要找个地方洗一洗。”

她好像忽然醒悟过来身上被泼的邋遢，拼命拿手背擦脸，又背过身去避开路人的目光。罗韧拿手帕帮她擦拭，一条脏了，又换一条。

木代喃喃：“你带好多手帕。”

罗韧没吭声，其实很巧，今晚闲逛的时候买的，他平时也不用这个，无意中看到，想着，身边有个小泪罐子，平时身上得备一两条才好。精心选了几条，没想到都抹了红油，搓成一团，扔进垃圾桶，先前多细洁干净，转瞬之间，破布一堆。

好不容易把脸擦干净了，又帮她顺头发上的花椒。

顺不干净，一粒一粒，那么多，木代晃着脑袋，张皇似的东张西望，恍惚地说：“我要找个地方洗，脏得要命。”

低头一看，有些红油菜料都倒灌进靴口了，大概是觉得脏，想也不想，脱下来就扔到垃圾桶里。

罗韧觉得她情绪有点儿怪，于是顺着她说话："我那里近，先去我那儿洗吧。"

罗韧帮木代拿了套聘婷的衣服，候着她洗澡的当儿，又下来找那个餐馆老板。

胖子老板极力撇清。

用他的话说，前因是什么他也不知道，正好赶上一大拨客人吃完刚走，撤台收桌子忙得不可开交，无意间抬眼，看到木代在门口站着，目光躲闪脸色发白，面前站了个四十来岁戴着旅游小帽的瘦小女人。

再然后，那个女人腾腾腾进来，径直走向一张桌子，看情形跟那桌的人认识，老板先还以为她是要坐下用餐，谁知道她抱起汤盆就往外走。

"谁能想到她是去泼人啊，我还奇怪呢，心说可别把汤盆给我抱走了，谁知道她走到门口，当头就是一泼，小姑娘也没躲，闭着眼睛就受了。"

罗韧的心里轻轻揪了一下：傻不傻啊小丫头，不管前因是什么，哪怕真是你错，你躲开了再道歉啊。

"然后那个女人说，不吃了，这还吃得下去吗？说完把盆子甩了就走。那一桌子人互相看了看，也结了账跟出去了。"

说到这儿，老板有些心疼：那个女人把他的汤盆磕掉好几片瓷呢，真没素质。

"有没有看到是什么旅行团的？帽子上有标识吗？"

老板傻眼了：来丽江的旅行团直如过江之鲫，帽子不是红的就是黄的，导游旗不是方的就是斜三角的，他哪记得清啊。

罗韧心事重重地返回：只是无意间的口角磕碰吗？不像。

门虚掩着，罗韧心里"咯噔"一声，他离开的时候木代在洗澡，应该是把门关牢了的。

他试探着叫了声"木代"，轻轻推门进去。

木代盖着毯子，蜷缩在沙发的边角。罗韧还以为她睡觉了，下意识地放轻步子，走近了才发现，她眼睛是睁着的。

她说："我累得要命，没力气，想着你回来了还要给你开门，好麻烦，就把门留着了。"

罗韧笑了笑，不知道该说什么好。

她又说："沙发能不能借给我睡？困得很，又没鞋子走回去。"

罗韧点点头，示意她去床上睡，床总比沙发要舒服。

他看着木代安稳躺到床上之后，才放心地带上门出去。

室外有点儿凉，扶着栏杆，可以看到远近黑魆魆的屋顶，罗韧给酒吧拨了电话，让张叔接。

张叔似乎有些不高兴，说：“女孩儿家，怎么说在外留宿就留宿呢？这要放在过去……”

这要放在过去，当然是极不合规矩的，但现在毕竟是不一样了，加上罗韧说了木代情绪不大对，张叔牢骚了几句也就过去了：“那，罗韧，麻烦你了。”

罗韧没有挂电话：“张叔，木代跟什么人结过怨吗？”

张叔愣了一下，旋即打着哈哈笑起来：“小姑娘家，能跟什么人结怨啊……”

罗韧没有被他似是而非的说辞糊弄过去，很是平静地把晚上发生的事讲了一遍。

张叔不吭声了。罗韧又问了一遍：“张叔，你知道是谁吗？”

过了很久，他才听到张叔的回话：“我不知道是谁，但是，心里大概有数。没事，睡一觉就会好的，让木代好好休息吧。”

张叔拿他当外人，不愿言明，这可以理解，但什么叫“睡一觉就会好的”，拿睡一觉当止痛药吗？还是说，类似的事以前也发生过？

罗韧睡不着，宅子里有客房，即便把房间让给了木代也不愁没地方睡，但他就是睡意全无。

他楼上楼下走了几遍，路过郑伯的房间，听到老人在屋里咳嗽着翻身，路过聘婷的房间，停了许久，听到聘婷安静而匀长的呼吸，又路过木代的门口，犹豫了一会儿，还是轻轻地打开了门。

黑暗中，看得不甚分明，但是床上……

罗韧心里一紧，下意识地开了灯，没错，床上没人，非但没人，枕头、被子，都不见了。

她什么时候走的？罗韧转身就想追出去，才走了两步，蓦地又停下来，顿了顿，走到靠墙的立柜前头，慢慢蹲下。

没看错，立柜推拉式的门原先是紧闭的，现在开了并指宽的口，露出了几缕木代的头发。

她跑到……柜子里睡觉？

正犹豫着是不是要叫她，木代翻了个身，眼睛睁着，从那条不大的开口里看他。罗韧问她：“是我吵着你了吗？”

木代摇头："睡不着，要不说会儿话吧。"又说，"把灯关了吧，刺得我眼睛疼。"

罗韧从行李袋里翻出没充气的单人气垫床，拿出来的时候带了个小东西出来，骨碌碌在地上滚。

罗韧捡起了给木代："好玩的。"

木代把推拉门又推开些，伸出手来接过，是个拇指超微型单筒望远镜，迷你小药瓶大小，沿口印着"Made in Russia"（俄罗斯制造），另一端有个钢丝绕成的环，刚好可供食指套进去。

罗韧给气垫床充气，那么薄薄的一层，渐渐鼓胀起来。木代把望远镜凑到眼睛前面。屋子的空间太小，透过光学镜面去看，所有的家具都拉伸得庞大怪异。

灯灭的时候，木代想着：罗韧真是有好多稀奇的玩意儿。

气垫床贴地放好，罗韧躺下去，双手枕在脑后，眼睛适应了之后，眼前的黑暗就渐渐化开了去，向左看，木代缩在立柜里的两只眼睛亮晶晶的，没来由地让他想起偷油吃的小老鼠。

罗韧问她："今天的事，你想说说吗？"

她答非所问："罗韧，你是干什么的？这两年，你就一直查跟落马湖有关的案子，不工作的吗？"

工作？罗韧轻笑。

木代像是忽然反应过来："哦，想起来了，你家里有钱。"

这跟家里有钱有什么关系？

罗韧唇角带出一丝笑意，他盯着正顶上的天花板，有些不知道该从何讲起："我在叔叔家，住了有……六年多吧，然后我爸出面，把我接了回去。"

有些关系破裂了，恢复不来，更何况，那年纪，正是最叛逆的时候。

"我跟我爸关系不好，奇怪的是，连带着跟我妈都客气，不亲近，更别提还有个总在眼前晃的拿腔作调的二妈，对了，还有个很得父亲欢心的弟弟。"

和在聘婷家相比，天壤之别，谁想回到这样一个家？

说出去都挂不住脸，他有意识地不着家，拼命在外头结交朋友，什么样的都行，能带着他消磨时间就可以，有时为了拼义气，也跟人打架，打得越狠，就越被人接纳追捧。

父亲气急了，狠狠打过他几次，老头子揍人是有一套的，不知从哪儿找来的竹筢子，下头劈成了一根根的篾条，往身上一抽，哗哗作响，一记下去，背上都是血道子，一边抽还一边拿他当教材教育那个弟弟："别跟这败家子学！"

他背上渗着血，一声不吭，脸上却带着笑，满不在乎地看那个陌生的弟弟，看得那个小男孩瑟缩着一直往后躲。

"我反正有的是法子让我爸跳脚，升学考试，故意科科挂灯。我爸想着，再不济也得让我有个学历，于是花了大价钱，让我进了大学，花钱的大学。"

黑暗中，他轻轻笑："现在想起来，觉得自己也挺幼稚的。"

木代趴在立柜边框上："然后呢？"

"大学毕业，我爸得了不知道什么病，我妈催我回去陪床，我没有，约了几个朋友去东南亚玩，玩得乐不思蜀。要回国的那天，我爸给我打了个电话，国际长途，后来我才知道，那之前，他病危抢救了一次，差点儿没回得来，再世为人，大概想通很多事情，觉得我这样的儿子不要也罢。"

所以罗韧爸爸郑重打电话来，通知他，切断经济来源，财产一分钱别想，这个家门也别进了。

这样也正合他心意，他故意的，他觉得这样也合了所有人心意："我爸放下我这块心病了，二妈满意了，也成功报复我妈了。"

"这关你妈妈什么事啊，她在家里已经挺受气了，你这样，她得多难过啊。"

罗韧转过头，看着木代的眼睛微笑："真是单纯的不透气的小口袋。你以为当年我险些被车撞死、中毒洗胃这些事，真的是我二妈作怪弄鬼吗？"

难道……

木代惊怔失语：难道是罗韧自己的妈妈？这怎么可能呢？

……

两个人都没注意到，靠近走道的那扇窗纸上，鬼魅般的身影飘然而过。

第六章

为什么不能是自己的母亲呢？血缘在某些时候，并不等同于亲情。

罗韧沉默了一会儿。那时候，他心里有报复的快感，但是现在想起来，已经没什么感觉了，不恨，也不爱，就是漠不关心。

木代却以为他是难过，叹着气安慰他："有些时候，是这样的，我比你也好不了多少，你知道的，红姨收养的我——我妈把我扔在孤儿院呢。"

罗韧颇为意外地看了木代一眼，他当然知道木代是被霍子红收养的，但是他一直以为，木代被送进孤儿院的时候很小，是没有关于这件事的记忆的。

她居然记得。

“我都不记得她的脸了，就记得她牵着我走，她穿了双高跟皮鞋，鞋跟的胶都快掉了，走得一扭一扭的，我一直盯着她的脚看，怕她摔跤。然后她把我牵到一个大门口，塞给我一个桃，让我坐着，说自己要去办事，让我别乱跑。”

木代长长叹了口气，重新躺回去。

后来霍子红也问过她，但她不记得，小孩子的注意力很奇怪，只记得一些细枝末节，比如那双快要坏了的高跟鞋，再比如那个……桃。

那是个水蜜桃，红润柔软，闻着就带水果香，洗得干干净净，她捧在手里，舍不得吃，隔一会儿就捧到鼻子底下闻，然后咽口水。

她没吃，想等母亲来了咬第一口，这样妈妈会觉得她懂事，会更喜欢她的。

为什么当时会有这样的想法呢？

她就坐在孤儿院门口的石墩上，捧着个桃，从夕阳西下坐到暮色四合，孤儿院的阿姨出来了一趟又一趟，她就是不进去。

后来管事的出来，哄她说：“我们是你妈妈的朋友，你妈妈让你今晚上在这儿睡觉呢。”

她自作聪明地问：“如果你真是我妈妈的朋友，你知道我妈妈叫什么名字吗？”

……

末了，她还是住了进去，每天抱着那个桃，宝贝一样，谁也不让碰，晚上睡觉搁被窝里，上洗手间都抱着，生怕被谁偷了。

最后，那个桃自己烂了，她觉得是桃子生病了，让它枕枕头，给它盖被子，还学妈妈哄她睡觉时的样子，轻轻拍着被子，学医生讲话：“吃了药就好了。”

桃子还是烂了，她自己踢踏踢踏拿去扔了，手上沾满了汁水，踮着脚，把那个桃扔进垃圾桶里。

没哭，一滴眼泪都没掉，只是后来，一吃桃子就过敏。

再后来，也能用轻松的语调去给别人讲了，像是分享一件“当你是朋友才讲给你听”的秘密。

小时候的木代，应该也很可爱吧，谁舍得扔掉这样一个粉团儿似的女儿呢？

罗韧轻轻叹了口气。

木代问他：“后来呢？你家里不接受你，罗文淼帮的你？”

罗韧哈哈大笑，怎么可能？那时候，他心高气傲，憋着一股子气，怎么可能像斗败的公鸡一样回到聘婷的面前，一次两次寻求罗文淼的庇护？他已经是个成年人了。

“我做了一件后来想想很矫情，但是当时挺出气的事。我挂了电话之后，当着朋友的面撕了护照，说，就这样吧，我不回去了。”

迎着木代惊讶的目光，罗韧给她肯定的回答：“真的，我在东南亚生活了四年，大部分时间在菲律宾。”

木代说话都结巴了：“那……那你很辛苦吧？”

没有护照，没有正当的身份证明，哪能找到合适的工作呢？只能像黑移民一样，洗碗、刷盘子、打黑拳，干所有当地人不屑于干的体力活吧？

等等，她想起以前有来酒吧的客人聊起过，说是东南亚那边，色情行业很发达，不论男女，罗韧不会是……

木代被自己的想法吓了一跳，不行，为了把这个荒唐的念头从脑海中摒除出去，她必须问个清楚：“你在那里……做什么？”

这一次，罗韧沉默的时间比以往任何一次都久。

就在木代快要沉不住气的时候，他缓缓开口：“我受雇于当地持枪私人武装，是雇佣军的一种。”

雇佣军？好像听说过，但那往往和什么伊拉克、中东战场联系在一起，对木代来说，不啻另一个世界。

罗韧笑了笑：“你可能不知道，那里情况特殊。”

雇佣军的招募，成员多来自国外退役特种兵，但并不局限，也面向平民或者亡命徒，只要通过严苛的训练，就可以进入兵团。

木代愣了许久，默默理了一下时间：“那后来，是因为聘婷家里出事，你回来了？”

罗韧摇头：“不全是。我在那里得罪了人，不能待了。”

得罪了人？谁？

这晚上的沮丧，先前的抑郁，在罗韧的故事面前，轻薄得好像不值一提。

黑暗中，罗韧好像来自另一个世界，木代不自觉地瑟缩了一下。

罗韧笑起来，声音中无限自嘲和惆怅：“有时候，带着秘密，反而能走近，说出来了，却突然觉得，跟你距离变远了。”

他合上眼睛：“很晚了，睡吧。”

第二天早上，木代被讲话声吵醒，睁眼时愣怔了一下，这才反应过来自己是睡在罗韧家里。

她赶紧推开立柜，罗韧不在，立柜旁边放了一双她的小牛皮靴。

不是扔掉的那双，应该是早上刚从酒吧拿过来的，穿上的时候，木代心里好一阵失落。

漫漫长夜，同处一室，原本就互有好感，听起来，感情应该是更进一步，可为什么连她自己都觉得，跟罗韧的距离，好像突然间远了？

她满腹心事地下楼，小牛皮靴底踩在楼梯上，连步子都比平时要重。

一万三居然在，坐在小鱼池边上，在陪聘婷翻手绳。

清闲得他！酒吧里不要忙吗？

木代皱着眉头走近，还没来得及开口，一万三先发制人："小老板娘，是罗韧打电话让我给你送靴子来的。"又补充一句，"郑伯刚出去买菜，让我陪会儿聘婷。"

有理有据有节，让木代没法在鸡蛋里硬挑骨头，她"哦"了一声，左右看了看："那罗韧呢？"

一万三摇头："没看见。"

他只顾着跟木代讲话，怠慢到聘婷，聘婷老大不高兴地瞪木代，又去拽一万三的胳膊："小刀哥哥，你快呀！"

小……小……小刀哥哥？

木代吓了一跳，盯着一万三："她叫你小刀哥哥？"

一万三也很无奈："谁知道她，前两天忽然这么叫，我也吓了一跳。不过郑伯让我别在意，你懂的，又不能跟她讲理。"

说到最后一句，声音放低，明知聘婷听不大懂，还是很顾及她的情绪。

怎么又跟这个女的讲话！小刀哥哥还要不要跟她翻手绳了？聘婷很生气，手绳一扔，噌一下站起来，膝盖上搁着的红色毛线团滚落，滴溜溜滚到另一边，在地上拉开长长的一道红线。

有异样的感觉从心底升起，走到门口时，木代若有所思地回头。

一万三正一边哄着聘婷，一边弯腰从地上捡起线团，绕了又绕。

这一天都没有再见到罗韧，连晚上都没有出现，木代好几次忍不住去看罗韧常坐的那张桌子。

那里坐了个敦敦实实的男人，喝咖啡的时候呼哈呼哈，像河马饮水，隔着老远都能听到动静。

工作的间隙，木代去翻顾客意见簿，罗韧的字刚劲漂亮。

——该服务生热情待客，值得表扬。

想笑，笑不出来，惆怅似的想着，罗韧这样一个人，怎么会有那个耐心，顺着她玩闹呢？

张叔走过来，说：“罗韧把昨儿晚上的事跟我讲了。”

木代“嗯”了一声。

“是她们家的人？”

“是。”

张叔有点儿紧张：“你……没做什么吧？”

木代看着张叔笑，笑得连自己都觉得凄凉：“我敢做什么啊张叔，人家没把我剐了，我已经很知足了。”

张叔有点儿讪讪：“当初那件事儿，不怪你。”

木代笑得有点儿神经质：“你说得不对，你觉得是我错，红姨也觉得是我的责任，不然我们为什么要搬家呢？不然为什么你的第一反应是‘你没做什么吧’。你生怕我动手，你觉得我本来就有罪，要是还敢对人动手，就更有罪了。”

她说得急了，胸口起伏得厉害，张叔尴尬得一直叹气。僵持中，一万三纳闷地伸着脑袋过来：“聊什么呢？”

木代鼻子酸了一下，她把围裙解下来扔在吧台上：“我心里闷，出去走走。”

心里闷。

在小商河的时候，罗韧给她讲上古五刑，其中有一道叫墨，又称黥面，犯过的罪大剌剌横在脸上，像遭泼的门面，一辈子被人指指戳戳。

老话说，过去的都过去了，可是她觉得，过去的永远不会过去。

不知不觉，就走到了罗韧住处后头的巷子。

二楼所有房间的灯都亮着，爬山虎密密布满了半面墙，围拥着镂空的雕花木窗。没有看到罗韧，却几次看到聘婷的身影忙碌般来来回回从窗边经过。

想起她那句不耐烦的“小刀哥哥”，木代不觉微笑。又站了一会儿，她转身想走，才刚迈开步子，身子忽然打了个激灵，不敢置信地回过头来。

她明白过来聘婷为什么在窗边走来走去了。

聘婷在拉线，一根，两根，三根……

第七章

渔线人偶的记忆好像阴霾，重又在头顶聚集，木代的心跳得厉害，下意识地连退两步，忽然撞在一个人身上。

她触电般回头。

是罗韧。他没看她，目光飘在高处，表情很平静："你也看见了？"

原来罗韧已经知道了，木代放心了些，忽然想到什么："那郑伯……"

"我打发出去了，屋里没人。"

聘婷进过尽头处的那间屋子，罗韧一早已经知道，那间屋子，不可能只靠挂锁来防范，意会着拼凑起来的金、木、水、火、土，也不能让他完全放心。

所以他在屋子里装了简单的红外热成像监控，出于谨慎，没有跟任何人说，连木代他们都没告诉，而每天查看，已成习惯。

人体的温度偏高，当屏幕上出现熟悉而又模糊的热成像轮廓，当那个人缓缓打开箱盖，他的眸光骤然收紧。

最担心的事情还是发生了。

难道说，除非真正的死亡，否则凶简是不可能离体的？它感知到聘婷的存在之后，再次找上的，仍然还是聘婷？如果真是这样，聘婷还有摆脱这种厄运的可能吗？简直让人绝望。

罗韧给神棍打了个电话，声音没法保持平静："我打开箱子看过，那块人皮明明还在的。"

神棍的回答像是兜头一盆凉水："小萝卜，你是不是理解错了？凶简不等于就是人皮。"

是的，神棍讲过，那是一道不祥的力量。

是聘婷冥冥中听到了召唤，把"魔鬼"又引回到了身上。

而即便看住了聘婷，凶简还是会在某个不经意的时刻，某个所有人都熟睡的夜晚，找上聘婷的。

能困住凶简的，有且只有凤凰鸾扣。

罗韧把那块人皮夹出来丢在地上，水淋淋的，泡得发白，死气沉沉一动不动，只不过是行将腐烂的皮肤组织。

空气中，好像有看不见的狰狞的脸对着他笑，向他说：怎么样？骗得过我吗？我又回来了。

木代很担心他："罗韧？"

罗韧的思绪转回现实："你回去吧，我会处理好的。"顿了顿，又补了句，"不会像上次那样的，你放心吧。"

木代心事重重地回到酒吧。

郑伯也在，坐靠边的桌子，摆弄一个黄杨木的棋盘，颇为寂寥地往上头摆子，张叔兴致勃勃地在边上看。郑伯邀约："来一盘？罗小刀那臭小子赶我出来，说什么越晚回去越好。"

木代径直走到郑伯面前："郑伯，聘婷一直喜欢翻手绳吗？"

郑伯忙着摆楚河汉界，头也不抬："也不是，今儿突然提的。脑子不清醒嘛，当然是想一出是一出，我临时给买的线团。"说完了才想起问她，"怎么了？有问题吗？"

抬头看时，木代已经离开了。

吧台里不见一万三，代之以傻愣愣的曹严华。一万三总是这样，得空就开小差，随便抓个人顶包。

木代没心思关心一万三哪儿去了，疲惫地靠住台子，额头轻轻点在台面上，冰凉。

曹严华很体贴："小师父，要不要我给你调个酒？"

他当然不会调，只见过一万三调酒的架势，私心里觉得并不难：随便调呗，反正一样难喝，喝不死人就行。

木代摇摇头，说了句："聘婷可能又不好了。"

曹严华的第一反应是植皮手术不成功，下一刻才反应过来她说的是什么，惊骇得话都说不囫囵了："皮……那块皮又回去了？"

"嗯。"

曹严华打了个冷战，有那么一瞬间，觉得边上簇拥着的高瓶矮杯，发的都是冷光。

"那她……会……会杀人吗？"

会吧，木代额头抵着吧台点了几下。

她听到曹严华对着身后尖叫："三三兄，你听到了吗？聘婷又感染了，你可别再跑去见她了！她要是把你穿个绳就惨了！"

很好，一万三也听见了，省得她重复一遍了。木代转头看一万三。

他站在吧台近处的幽暗过道里，脸色有点儿发白，问她："那……那怎么办？"

木代苦笑："可能是罗韧做的那个什么五行的阵不管用吧，也应该不管用，如果管用，古代那些人老早就那么做了，也不用等那么多年才等到老子。"

曹严华点头："可不嘛，能封住凶简的应该只有凤凰鸾扣吧。但是凤凰鸾扣太不给力，传递信息也不明确，谁知道那图是什么意思啊，可怜我聘婷妹妹……"他越说越是心有戚戚，"可怜啊，可怜。"

一万三的声音有抑制不住的烦躁："那现在呢，现在怎么办？"

"罗韧说他会处理的。"

一万三原地僵了两秒，再然后，他突然大踏步向门口走去，越走越快，跨出门时，几乎是在飞奔了。

到了罗韧家，一万三把院门砸得震天响，没人应门，他一身的躁汗，转到门边试图翻墙，墙面很滑，他不是木代，几次助跑都上不去，心头火起，捡了半块砖头，吼了句"罗韧"，狠狠往二楼扔过去。

"哗啦"一声碎响，不知道砸破的是哪间屋的玻璃，过了一会儿，他看到罗韧出现在二楼的栏杆旁边，明明看见他了，却一点儿开门的意思都没有。

一万三吼他："开门！"

他还是不动。一万三真火了，往门上连踹好几脚，门自岿然不动，他的脚都踹麻了。

一万三破口大骂着又踢又踹，到后来，忽然腿一软，坐倒在台阶上，额头上冷汗涔涔，身子止不住打筛。

聘婷出了事，会不会是因为自己的刻意隐瞒？会吗？如果当时和盘托出，现在的情势是不是会更好些？

赶过来的木代没想到会是这幅场景，她抬头看罗韧，罗韧的目光落在她的身上，平静但毫无内容。

木代犹豫了一下，径直上墙，跳下内院给一万三开了门，一万三听到门响，噌地一下弹起来，几乎是撞开她往里跑的。

关上门之后，木代又抬头看了一眼罗韧，他还是原来的那个姿势。

沉重而惶急的上楼声，然后是一万三的吼声："你干什么了罗韧？你干什么了，啊？"

聘婷躺在最里头的床上，苍白着脸一动不动，两手并在小腹，手腕上绑了束带塑料手铐，脚腕上也有。

枕头边上有个打空了的玻璃针筒，床头柜上有两个掰掉了玻璃口的针剂瓶。

“强力麻醉剂，抑制中枢神经，持续使用可以让人长期昏迷。”罗韧平静得像是在背书，“同时可以让人四肢乏力，会造成局部肌肉萎缩，过量的话会损伤中枢神经系统，造成大脑缺血缺氧，最坏的结果是再也醒不过来。”

一万三的额上青筋暴起：“我操！那你还给她用！”

罗韧像是没听到他的话，上下打量了一下屋子的布局：“这房子不够牢，我会加红外探头，窗和门另外加固，实在不行，里头再加个囚笼，门口到笼边放传送带，吃的传输进来，尽量减少人和她的接触，或者保险起见，让她一直昏迷，可以打营养针剂。”

目前看来，凶简还没有强大到能翻江倒海，它还是要借助人体去行走、行动。如果聘婷持续昏迷，但又没有死亡，也许可以继续骗过且困住凶简。

凶简的确是附身了聘婷，但换个角度看，他也可以让聘婷成为一个活的，可以困住凶简的容器。

罗韧的声音静得近乎冷酷，木代的小臂上不觉泛起近乎酥麻的战栗。

一万三的眼睛里都要喷火了：“聘婷是人！”

罗韧笑笑：“是吗？等到她像我叔叔一样杀人的时候，你还敢这么讲吗？好了，看完了吧，二位可以走了吧？这是我罗家的地方，我说了算。还有，我不喜欢别人拿石头随便乱扔，也不喜欢不经主人家同意就擅自开门。”

忽然泾渭分明起来，是啊，这是别人的地方，别人的家事。

木代觉得自己像是被扇了个嘴巴，显得她和她酒吧的伙计都好没家教。

木代过去推一万三：“走吧。”

擦肩而过时，木代犹豫了一下，还是问他：“那你要怎么办？一直这样……关着聘婷吗？”

她难堪而又小心翼翼的样子让罗韧心里一软。

他语气柔和很多：“希望在这段时间里，我能进展顺利，搞清楚那幅图和仙人指路的信息，说不定那些是指向凤凰鸾扣的，而只有凤凰鸾扣才可以真真正正制住凶简。”

一万三忽然不动了。

屋子里静了有那么片刻，木代轻轻叹了口气，想再催一万三离开时，他忽然开口了：“仙人指路，我可能知道那个地方在哪儿。”

迎着罗韧诧异的目光，他自嘲地笑。

“应该没想错，我老家的那个祠堂，檐角上的行什，就是排在最后的那个猴子，是我敲掉的……”

第八章

那天晚上，在小商河，画着画着，一万三的额头上就出汗了。

他之所以敢盲画，是因为画画的人，不只用眼去看，心里头会有谱，一笔一画，就算不精准，大致也知道画的是什么。

这一笔一画，勾勒的形象，他太熟悉了。

老家在海边，却很少浪，更像是平静的滩涂，造祠堂的时候，成天价叮当锤凿，那时候他才七八岁，穿条破裤子，屁股上磨破了一个洞，露肉，走路的时候，不得不伸手攥着。

仙人指路、骑凤的仙人、能吞虎豹的狻猊、可以行云布雨的斗牛押鱼，他通通不认识，唯独凿行什的时候，他尖叫：“孙悟空，大圣！”

最后他失望地发现不是，孙悟空不长翅膀。

祠堂落成是在三月，正赶上祭祀海神。靠海吃海，祖祖辈辈的讨海人，手里头拈着香，一拜再拜。飒飒的海风吹过，高处角脊上的仙人指路像一行孤单而又瑟缩的小人。

目光落到祭案上，祭神用的三牲，牛头、猪头、羊头，脖颈处血迹斑斑，死不瞑目。

老族长拈着香，烟气飘在头顶上，嘴里喃喃着珠产蚌腹，映月成胎，海风的腥咸气拂面，脸皮糙得很，摸上去都好像有盐粒儿。

一万三牢骚似的想着：这鬼地方！我才不待呢。

他果然就没能再待在那儿了，四处混迹时，常被问及老家在哪儿，根据情况需要，各种说辞，一会儿北京上海，一会儿沈阳长春。

从没想过，有一天，会老老实实说出这几个字来：“广西，合浦。”

其实也不是合浦，只是那百八十里水带之上隐秘而闭塞的村子，不过太不知名了，他甚至以为，连合浦是哪儿，他们都不知道的。

谁知罗韧点了点头：“雷、廉二州，两大珠池，又修建祠堂，你老家的人，是讨海采珠的？”

一万三很意外地点点头。

雷、廉二州，其实是古名称，雷州府是指广东海康，廉州府就是广西合浦，两地盛产珍珠，古时候被称为中国的两大“珠池”。

泱泱华夏，两点明珠，想起来都觉得志满气扬。

而两大珠池之中，尤以合浦为珍，古语说“合浦、于阗行程相去二万里，珠雄于此，玉峙于彼”。

意思是广西合浦和新疆和田，相距约两万里，在这边是珍珠称雄，那里是玉石傲立。

能跟和田玉南北对峙而毫不失色，足见合浦珠的身价。

一万三从衣服的内兜里掏出那张折叠好的画纸递给罗韧，纸张的叠痕已经很深，边角磨了毛，揣了应该有一段日子了。罗韧展开了看，画的正是仙人指路，走兽错落，唯独不见行什。

“角脊上放十个走兽的本来就少，就算有地方仿，也不至于遍地都是，尤其最后还少了个行什的……所以我刚画出来，就知道是哪儿了。”

罗韧盯着他看：“那你为什么隐瞒了不说呢？”

一万三讥诮似的笑：“那鬼地方。”又换了副无所谓的神气，“我不想说呗，怎么着？”

出于某些原因不想说，但为了聘婷放弃了隐瞒，还好，希望亡羊补牢，为时未晚吧。

罗韧很快做决定：“你把村子的具体位置告诉我，我要去一趟。”

只是个简单的要求，一万三却犹豫了很久。木代催他：“你给他啊，不就是个地名吗？”

“小老板娘，不是你想的那样，很难进。”

木代偏盯着他不放：“怎么难进了？豺狼虎豹守着吗？”

一万三没理她，像是在权衡着什么：“要么这样吧罗韧，我跟你一起去，但我有条件。”

“什么条件？”

“保证我的安全，绝对安全。”

木代心里咯噔了一下：一万三的神情不像是作伪，光天化日朗朗乾坤，又是回的自己老家，难道有人能把他怎么样吗？

一万三又转向木代："小老板娘，这可得算我出差啊，不能扣我工钱。"

言外之意是：你们本来就给得少，再扣我真白瞎了。

罗韧点头："时间不等人，你先回去收拾收拾，这里安排妥当之后，我们争取明天就走。"

我们？这个"们"字不包括她吧，罗韧不准备邀请她？木代心里空空的，觉得自己是被晾着了。

她想了想说："那你们路上小心，我会过来照顾聘婷的。"

聘婷这种情况，郑伯肯定招架不住，罗韧又不在，由自己照顾聘婷，木代觉得理所当然。

罗韧奇怪地看了她一眼："关于怎么安置聘婷，我已经说过了。"

一万三有点儿沉不住气："你还要锁着她？"

"不然呢？木代能二十四小时目不交睫地守着聘婷吗？万一守不住呢？万一聘婷的危险程度超出我们的想象呢？"罗韧冷笑，"你别忘了，她身体里面，有个活了不知道几千年的混账玩意儿！"

一万三不说话了。

罗韧的做法的确让他难以接受，但是左思右想，竟然想不出更好的办法。

只能这样了，有一天算一天吧，他不想再耽搁时间，匆匆回去收拾东西。

木代却没走，鼓足勇气说了句："罗韧，我也可以跟你们一起的。"

她急急解释："一万三不是说要保证他的安全吗？也许那里很危险呢，他连功夫都不会，我在的话会好很多。"

罗韧摇头："不用了。"

木代形容不出自己的心情，像什么呢？像那次满怀欢喜地捧着桃子，等妈妈尝第一口，却始终没有等来；像在学校的时候，为了能被选拔进奥数班拼命地做题做题，最终下来的名单上却没有她。

那种被晾在一边，排除在外的感觉。

她不死心："小商河的时候，你也让我去的。"

罗韧有些不理解木代的偏执：这是什么人人争抢的好事吗？

他耐心同她解释："小商河的时候不一样，那个时候，霍子红牵涉其中，你间接有关联，而且，我承认，我有私心去利用你，你功夫好，我只是想让你帮忙。"

她真是只听自己想听的，又说："我这次，还是可以帮忙啊。"

"这次的事，跟你一点儿关系都没有。聘婷出事，她是我的家人，我应该为她奔走。如果事情危险，我就更不想把你也牵扯进来。再说了，你也有自己要做的事啊，你刚从小商河回来不久就东奔西跑，张叔会不高兴的。”

张叔不高兴就不高兴呗，反正他经常不高兴。

木代低着头站着，不说好，也不说不好，连头发丝儿都写着“倔强”两个字，换了旁人，他尽可以板起脸，说一些言辞苛刻赶人的话，但是木代不行，她会哭。

再说了，他上次买的手帕，可是一次性都用光了。

他只好让步：“这样吧木代，我再想一想，如果张叔也同意，你就当出去玩儿……”

合浦应该有不少好玩儿的地方吧，就当带她出去玩儿吧，华夏珠池，买颗珍珠也是好的。

木代抬起脸看他：“真的哦？你不会跟一万三偷偷开车跑了哦？”

她眼圈泛一点点红，眼睛晶亮，委屈的后劲没过，却又透着小小的窃喜，真想抱一下她，或者蹭蹭她发顶，或者刮一下她的鼻子。

自己好像比想象里的……要更喜欢她，这可怎么办？真带她一起朝夕相对吗？

罗韧觉得，需要认真考虑一下跟一万三开车偷跑的可操作性。

一万三很快打包好了行李，他东西不多，最适合说走就走，反正所有的身外之物都能靠钱买，至于钱，都能挣到。

漫漫长夜，守着个行李包，干什么呢？

他在床上躺了一会儿，下来，摸黑进了吧台，回来的时候，腋下夹了半瓶酒。

管它什么口味，管它贵不贵，喝呗。

他咕嘟咕嘟灌下一大口，跟喝水似的。

村子叫“五珠村”，听起来傻不溜丢的名字，其实有来历。那个时候，老族长被一群孩子围着，文绉绉摇头晃脑地讲村子的来历，说：“所谓龙珠在颌，蛇珠在口，鱼珠在眼，鲛珠在皮，鳖珠在足，这都是假的，真正出珠的，一定是老蚌！但咱们村就叫五珠，管你什么珠子，什么成色，都有！”

传说中，龙的下颌、蛇的腹内、鱼的眼、鲨鱼的皮内以及鳖足里，都能产珍珠，这当然只是臆测的说法，现如今，三岁的小孩都知道，珍珠是蚌壳里出来的。

又说，这五珠村，怕是中国东南最古老的村子之一。

“秦始皇统一岭南，置象郡，咱五珠村打那时起就有了，世代采珠，不管时局多乱，饿不死我们！但是那些外村的人，采得太频，眼珠子里只看得到钱，这一带的蚌都要被采绝了！竭泽而渔，以后这片海就出不了珠子啦！”

整个村子，都为了珍珠发疯，祭海神，抢海域，在比一般小船要宽和圆的采珠船上打得头破血流，混战中，好多人下饺子一样，扑通扑通掉进海里，又骂骂咧咧地扒着船沿上来继续“参战”。

终于惊动了乡派出所，几辆警车弯弯绕绕开到村外，警察小跑着过来，对天放了一枪，镇住了所有人。

都是向大海讨生活，打得如此不堪，两村的人都跟斗败的公鸡一样分列两旁听派出所的人训话，女人们过来围观，一万三的母亲忽然惊慌起来，大叫：“江照，江照，你爹呢？”

四处去找，最后才想起下水了，没有人以为父亲会淹死。常年采珠的人，最深可以下到水下几百尺捡蚌，怎么会被淹死呢？

父亲被水泡得发白的尸体被捞了起来，善骑者堕，善泳者溺，一辈子向海讨生活的人，被海讨了命去。

父亲的死带来的意外收获，是让五珠村在抢地盘的斗争中大获全胜。

但父亲的命没个说法，派出所的同志面对母亲的哭诉也很无奈：“婶，抢地盘的少说也有几十口，船上跳来跳去的，谁知道是被人推下去的，还是失足绊下去的，很难界定责任啊。”

骨灰盒拿回来的那天，母亲哭得死去活来，念叨说：“可怜呢，讨海的人，叫火烧成了灰，怎么也该葬在海里。”

她抱着骨灰盒就出去了。

一万三也没太注意，自顾自看电视，忽然听到咚咚锣响，老族长气急败坏地进来拧他的耳朵：“快，把你妈喊回来，女人怎么能进海呢？”

五珠村的女人不进海是规矩，据说海里有守珠的蛟龙，每年三月祭海喂饱了它，它就舒舒服服地在海底睡一年，让采珠人平平安安地下水捡蚌，但龙不喜欢女人，女人进海就是冒犯了它。

村人举着火把聚到海边，水面那么平整，月华银子一样泻在海面上。远远地，可以看到母亲瘦小的身影，摇着桨，慢慢往海里去。

几个气急的男人急急解采珠船的绳扣，推向水中准备追上去，一万三则长一句短一句地在海边叫，喊嗓一般：“娘，回来啊，女人不能进海啊……”

就在这个时候，月色如水，火光憧憧，黑色的海面上如同撒着无数碎金，众目睽睽之下……

那条小船突然翻了。

第九章

木代一直磨蹭到第二天早上，才吞吞吐吐地跟张叔说了想出门的事。

张叔半晌没吭声，过了一会儿说：“木代啊，你过来一下，我要跟你说两句。”

他把木代带到酒吧后头，空地上有两条排椅，曹严华正在不远处练绕圈跑，仍然是呼哧呼哧汗流浃背的模样，但比起前一阵子扫个地都要死要活，俨然是有进步了。

张叔吩咐木代：“坐，坐啊。”

这架势似乎太正式了，木代坐得惴惴不安。

张叔说：“你张叔是看着你长大的，话可能不中听，但都是为了你好。要不是打心眼儿里疼你，也不会拿这些话来刺你。木代啊，你是老板娘收养的，因为年岁相差不是那么大，所以你叫她姨，连女儿都不是。”

木代耳边嗡嗡的，她隐约知道张叔要说什么了。

“哪怕是亲生的，看着不顺眼，不合心意，还会被赶出去呢，更何况是这样的。”张叔叹着气，“你看看这房子，一砖一瓦，可都是老板娘的。换句话说，那就是别人的。虽然她放了话，暂时都归你，但哪天翻了脸呢？你有什么？”

木代“嗯”了一声，抬头看着屋子的檐瓦不说话：哪天霍子红真不要她了，她都没资格净身出户，她背了那么多的债，这么多年，吃的、用的、穿的，都是债。

她不是没有这样的意识，但或许霍子红对她太好了，她总会忘记这件事。

“你长大了，可以工作了，我私底下就盼着你像像样样地做件事，有自己的收入，手里有钱，腰杆子才能挺得直啊。别的不说，就说一万三吧，吊儿郎当的样儿，我也看他不顺眼，但他至少是在打工挣钱啊。”

嗯，不只是一万三，哪怕曹严华呢，每天也抢着帮酒吧忙这忙那，支一份微薄工资，唯独她，兴致来了就端端盘子点个单，心里不痛快了就甩手一走。

搬来丽江之后，悠悠然然的平静日子，侵蚀得她都忘记了早些年夜不能寐的不安。

眼泪似乎又要出来了，但她笑了一下，又忍回去了。

张叔也盯着木代看。

再单纯善良的人，都有小小的心机，木代没有吗？她也有。

张叔记得，霍子红最早想收养个孩子的时候，前前后后看了很多人，并没有立刻就属意木代——但木代很乖，一个人安安静静地站在边上含着手指头，霍子红偶尔看她一眼，她就笑。

霍子红后来说："笑得我都不好意思了。"

终于接到身边，她表现得谨小慎微，让她干吗就干吗，抱着比自己还高的扫帚扫地；张叔搬个箱子，她硬要来帮忙一起搬，抬的时候，憋得脸都红了；上桌吃饭尤为明显，霍子红说了哪个菜好吃，她马上就不夹了，也从不主动夹肉。

有一次，张叔把她叫到厨房，盛了碗留好的排骨给她，她不安地看看碗又看看张叔，最后咧嘴一笑，高高兴兴地拈起来吃。

原来不是不喜欢吃肉的啊。

稍微熟了之后，张叔暗地里问她为什么，她把张叔当自己人，悄悄跟他分享自己的小秘密："阿姨教过，到了人家里要勤快，不要吃很多肉，肉贵，万一人家觉得你能吃，就会把你送回去的。"

短短几句话，让张叔难过了很久，那么小的孩子，为什么就有这样的低声下气呢？都是被逼出来的。如果生在小康之家，父母掌上明珠，会这样小心翼翼吗？

有时候想想，人生来也并不平等，你一开始就比人家少了很多东西，要赔着小心、赔着笑去挣。

张叔说："你还记不记得你跟我说的，你说你妈妈不要你了，不想红姨也不要你，所以要很乖才行。但是木代啊，你过于依附一个人，总会有被抛弃的风险的。你得自己站直咯，这样哪天老板娘不要你了，赶你出去，你不会站在大雨里哭，你会走回自己的房子里去，照样有瓦遮头。我看出来你对酒吧的事也没兴趣，但怎么立身立本，你得好好想想，这是人生的大事。当然啦，广西你想去还是可以去的，我跟你说这些，是怕你玩性大收不回来，倒不是想让你不高兴。"

张叔走了之后很久，木代还在排椅上坐着。人的身体当然是慢慢长大的，但思想不是，思想总会在某些时刻被某些有意或无意的话甚至随意一瞥看到的场面提点，像是承一声狮子吼，醍醐灌顶。

罗韧是为了聘婷，一万三是回家，她呢？就是为了帮忙？还真是个好心人呢。木代叹了口气：确实，从各个方面看，她跟过去都挺不妥的。

她朝曹严华勾勾手，曹严华呼哧呼哧地过来，汗流两颊，显得更胖了。

确实是曹胖胖都比她强，当初以为他要学武只是说说看，没想到真的吭哧吭哧一天天坚持下来了。

木代觉得自己要仰视他了。

“曹胖胖，如果我想挣钱，你说我去干什么好呢？”

曹严华还以为她调侃自己：“小师父，你逗我吗？你还需要挣钱？你有这么大一个酒吧，再嫁个有钱人，钱都扑棱扑棱拍着翅膀向你飞好吗？”

他边说边扑棱着手臂，臂上绑着铁板，抬起的幅度有限，扑棱得像只笨拙的肥鹅。

木代用表情告诉他自己不是开玩笑。

曹严华终于把她的话当回事来思考了：“小师父，我觉得呢，什么样的人应该放在什么样的位置上，要做能够最大限度发挥自己特长的工作。像我吧，以我目前的技能来说，其实我是蛮适合当贼的……”

木代看了他一眼。

曹严华很有自知之明地岔开话题：“小师父，你的功夫就是你的标签啊，你可以开个培训班收徒弟啊，到时候我就是大师兄……”

想起一干如花娇媚的小师妹围着他叫大师兄的场景，曹严华一阵心神荡漾。

做擅长的事？

木代若有所思。

说是尽快，但罗韧忙完时，已经是下午。

他对郑伯交代了很多，时间有限，传送带什么的来不及安装，但红外探头、加固门窗等还是事无巨细，探头的屏幕在郑伯的房间，罗韧教他该怎么看、必要的时候如何把视频发给自己。

又给他一个电话号码，吩咐说如果聘婷的情况不对，一定打电话让医生过来注射针剂。

前前后后发生这么多事，纵然不完全知道内情，心里也有七八分清楚，郑伯挺难受的，末了说了句：“罗小刀，拜托了啊。”

“拜托”两个字，千斤重，到底不是一家，郑伯代表罗文淼，也代表聘婷，拜托他。

罗韧说：“我尽力而为。”

近傍晚时，他收拾停当，开车去了约好的地点，一万三和木代都在，但只有一万三拎着行李包。

罗韧心中一动。

果然，一万三上车的时候，木代原地站着不动，罗韧知道她说不出口，笑着给她台阶下："我知道张叔一定不让的，你这两天一定要勤快才是。"

自己吵着要去，临到头又爽了约，木代挺没面子的，像是为了弥补："如果有什么事，你给我打电话。"

"打电话请你赶紧过来帮忙翻墙开门吗？"

木代笑不出来，又吩咐一万三："你路上老实点儿啊，不要使坏，不要骗人。"

一万三嗤之以鼻："你吃错药了吗？一夜老成，跟我妈似的……"

像是想吐槽她婆婆妈妈，但忽然又住口。

罗韧不动声色地看了他一眼，开车之前，跟木代说："回来的时候，给你带串珍珠项链。"

木代点头，想了想，说："不要太贵的，戴着玩的就行，太贵了我就付不起了。"

车开出去很久，罗韧还在想着她的话，这好像是木代头一次在贵不贵的问题上如此郑重。后视镜里，一万三几乎是横躺竖卧着百无聊赖，问他："有烟吗？"

罗韧很少抽烟，但常年备着，都是为其他人备着的，他扔了根烟给一万三，看似不经意地问他："那个行什，为什么要把它敲掉呢？"

一万三推开窗户，"嗒"一声点着烟，迎着风猛吸一口，又喷出烟气："因为我爸死的时候，哦，我没跟你说过是吧，我爸死的时候，老族长看到了的，没救。"

这话，是母亲入殓的时候，他无意中听到的。

陡失怙恃，丧事都是老族长他们料理，祠堂除了崇宗祀祖之外，只有婚丧寿喜的时候才会开门，短短一个月，他二进祠堂。

那是个安静的晚上，月圆之夜，村里人闹闹哄哄地杂聚在祠堂的院子里，母亲的尸体搁在一边的竹床上，罩了块白布，只有几缕头发露在外头。

大家三五成群地议论纷纷。

"好好的船，怎么说翻就翻了呢……"

"难怪说女人不能下海，可别是底下的蛟龙掀翻了船……"

蛟龙，蛟龙，祖祖辈辈都在说蛟龙，就跟谁真的见过似的。

又有人说："连着几年，珠子越出越少，可别连累村里出不了珠啊……"

反正死的不是自己的人，两条命，抵不上几颗珠。

一万三蹲在竹床边，耳朵里嗡嗡的都是杂音，一张张嘴巴翕动喋喋不休的脸看起来都可憎可嫌。他神经质似的站起来，捂着耳朵往供奉牌位的祀堂里走，供案的黄幔子一直垂到地上，他幔子一掀就进去了。

眼前暗了许多，世界清静了不少。

但还是有嗡嗡的人声往里飘，也不知过了多久，杂沓的脚步声进来，然后是嘎吱嘎吱的门响。每当老族长他们有要事商议，就会这样：闲杂人等屏在门外，说得上话的人才能进祀堂，小小一个村子，也搞得这么等级森严。

他听到老族长清了清嗓子："我们来商量一下，江照后面怎么办，毕竟还要吃饭，还要上学，不少的钱啊。我的意思呢，饭就这么轮着，一家一家吃；钱嘛，每家均摊。"

边上几个人附和着同意，声音他基本都认得，奇怪，除了老族长，其他几个不是主事的。

顿了顿，老族长说："你呢，江六？你倒是表个态啊。"

哦，江六，村里有名的老抠儿。

江六终于表态，居然不是为了抠："出钱出力，我是没意见，但我这心里……不踏实。你说你害死了人，却让他儿子成天在眼前晃！"

老族长厉声喝止："放屁！他自己掉下去的！"

江六被老族长这么一喝，声音顿时低了八度："是自己掉下去的不假，但他在水里抽抽的时候，我们几个都……瞅见了的……"

又有人出来打圆场："不是说了吗？那时候，救也不一定救得回来。再说了……"他声音忽然压低，"也不白牺牲……我们把这片海给握住了……"

一万三脑子里一片空白。

他过了很久才想明白发生了什么事：父亲落水，突发性抽筋，挣扎的时候，即便现场混乱，老族长还有另外几个人都看见了，但是眼神交会之下，无声的交易就这么达成了，或者因为私心盘算导致的迟疑，事情无法挽救了。

两个村子抢海，即便落水，也肯定是被另一个村子的人推下去的，出了人命，邻村必然要担责任，气焰大受打击，这片海终于牢牢地被握在五珠村手里了。

老族长声音激动："当时不一定能救得回来，再说了，不是白死，也是咱五珠村的功臣，我们把江照给照顾好了，也让老江头闭眼。"

……

谈话没有再进行下去，因为祠堂的门忽然被人拍得啪啪响，间杂着激动难耐的声音："族长！老蚌晒月啦！海滩上那一片，连着十好几个啊！"

……

传说蚌孕育珍珠是在很深的水底下，每逢月圆当空时，就张开贝壳接受月光照耀，吸取月光精光，化为珍珠形魄。

五珠村把这样的情景称作老蚌晒月。

但是这些年，蚌越来越少，这情景也越来越稀罕，上了年纪的人都很少见到，更别提是“连着十好几个了”。

嘈杂的向外奔去的脚步声响起，原本闹闹哄哄的祠堂，忽然静得像一座死城。

一万三从黄幔下头钻出来，深一脚浅一脚地走到祠堂的院子里。院子已经空了，不知道是谁奔得急，拽脱了母亲身上盖着的那块白布，母亲露了大半张脸在外面，嘴角颓然下耷，却越看越像诡异的笑。

一万三站在空荡荡的院子里，忽然梗起脖子骂了句：“狗屁晒月！”

第十章

一万三一口气讲了很久，停下的时候天已经黑了。窗外的景色陌生起来，不知道是经过什么县城，屋子低矮而简陋，可能是为了方便过往司机，这里有很多修车洗车的铺子，每隔几个铺子，就有个饭馆。

停车吃饭。

两人选了个川菜馆，些许点了几个菜，罗韧吃得很少，一万三倒是大快朵颐，快吃完的时候，罗韧起身出去打电话，顺便结了账。

原来不用自己给钱，也不用什么AA，虽然早就想到了，终于确认的时候，一万三心里还是一阵踏实，心里轻松，又吃了不少。

酒足饭饱，推开脏兮兮的玻璃门出去，罗韧站在边上的暗影里，一阵风吹过，送来没头没尾的一句话：“那老岛那边呢？”

一万三心里“咯噔”了一声。

不是去五珠村吗，怎么又扯到老岛了？也在村子附近？还有，岛就是岛，得多老才称得上是“老岛”？

他不动声色，就当没听见。

上车之后，一万三偷偷拿出手机去查，出乎意料，居然不是国内的岛。

网页上说，老岛位于赤道地区，局势极不稳定，那里盘踞着多股武装势力，至今还在打仗。

至今还在打仗？

一万三看驾驶座上的罗韧，忽然觉得还是离他远点儿好：就算自己是个骗子，至少也是个简单的骗子。

也许是车里太沉闷了，罗韧继续刚才的话题："那后来呢？就因为老族长，你爬到屋顶砸了行什，又被赶出了村子？感觉上，起承转合，还缺了一段。"

罗韧的感觉挺准的，确实还缺了一段，那即便现在想起来，都还觉得解气和爽气的一段。

他其实没有立刻闹，十多岁的孩子，脑子里开始盘算一些什么：不能就这么便宜了他们。

他回到空荡荡的家，蜷在床上睡了一觉，第二天一早，拖拉机拉着母亲的尸体去乡火葬场火化。

一万三随车，老族长几个也坐在拖拉机的后沿上。乡路颠得很，蒙尸的白布没多会儿就颠偏了，要么露出母亲的脸，要么露出母亲的脚，一万三一路都在帮母亲拽布，似乎只要囫囵着遮上了，就可以走得体面一些。

老族长他们抽着烟，啪嗒啪嗒，聊得挺开心的。

聊昨晚的老蚌晒月。

——"多少年没见着了。"

——"今年是个好年头呢。"

好个屁！你家里连死两个人，你会觉得是好年头？一万三抬起头，狠狠地盯了老族长一眼。

没人注意到他，老族长脸色凝重，说得也很郑重。

——"老蚌出水可不一般哪，要我说，可能还不止那十来只，最关键还看今年中秋，蚌都是有灵性的，晒到中秋的月亮，那才真叫晒月。"

一万三没吭声，但一个字都没漏。

中秋？谁都知道中秋又是团圆节，这中秋，就是来讽刺他的。

一万三提前把要带的东西还有这些日子搞来的钱埋在了村外头。

这钱有些是村里人给的，有些是他偷的，他偷得心安理得，理直气壮到那些指指戳戳的人都不敢断言是他偷的：有哪个贼，会这样昂首挺胸得脸都不红？

然后，中秋节就到了。

按照风俗，每家都蒸了糖饼和菜肉饼，也有村外买回来的月饼，一万三挨家挨门地吃。夜幕降临，村里人争拥着去海边的时候，他还漠不关心地倚着自家的门，嚼得腮帮子鼓鼓。

吃完了，村里头也静了，他往地上吐了两口唾沫，从门后拎出一大桶柴油来。

他抱着那桶柴油，摇摇晃晃地往海边去了。

中秋月圆呢，叫你圆，烧你个永不超生。

村里人怕惊动老蚌，不可能真的守在海滩边看，都远远地错落着坐守在礁石之上，借着月光，看到海滩上那星星点点的亮，足以欣喜若狂。

就是要当着你们的面烧，烧了你们一年的收成盼头，叫你们跳脚，叫你们呕血，叫你们呼天抢地哭爹喊娘！

他走近的时候，礁石那边已经有动静了，有人站起来吼："那谁家孩子？大人怎么不管着？"

晚上看不清，只知道身形矮小，是个孩子。

呵呵，谁家的孩子？他也想知道，父母的魂灵都漂在冷冰冰的海上，说不定正被这声音惊动，睁开了眼睛看他。

父亲的骨灰盒还沉在海里呢，不知道被海底的涌流推到哪里去了，直到现在还没找着。

一万三把柴油稀稀拉拉地浇在蚌的身上，浇了一片海域。老蚌都很敏感，一点点动静就闭了壳。不管，照样烧，保不准香气四溢，好一道海味。

他避得远些，拔出插在后腰上的卷布火把点燃，有几个人已经往这边跑了，他专候着他们跑近，然后泄愤似的把火把往那片海域一扔。

火起，那么好看，像是海水上盛开了花，舒展又肆意，那场景，这辈子都不会忘记。

有人愤怒大叫："是江照那个狗崽子！"

他拔腿就跑，设计好的蓝本里，村人会忙着救火，他趁乱离开，到村外挖出藏好的行李，然后就去闯天涯——初生牛犊不怕虎，他还太小，一点儿都不怕，反而对外头满是憧憬。

但是他算漏了，不是所有人都去救火的，几乎有一半的人过来追他这个"狗崽子"。还算漏了一点，大人跑得比小孩子快。

祠堂的门关着，没法进去，墙边堆着破木料，他捡了把锤子防身，又借着木头堆上墙，沿着墙上了屋顶，现在想想，其实是蛮作死的逃法，自己把自己送进了包围圈。

他从屋顶上掀瓦，哗啦啦往下扔，越来越多的人围过来，下头尖叫声不断。

老族长给他喊话："江照啊，你这是被鬼迷怔了啊，给我下来！"

他掀瓦掀得更凶，一边扔一边骂："你们害死我爸，明明看到他在水里，黑了心肝肚肠不去救！"

老族长像个无师自通的谈判专家："江照啊，不是我们不救，当时谁也没看到他落水，你心里有怨言，我们懂……你下来啊，祠堂的屋顶可不能乱掀啊……"

话没说完，身后传来断喝，爬上屋顶的村人一记虎扑，拽着他的脚踝往后拖，硬生生把他拖倒。

这算什么，声东击西？那个惺惺作态的老东西跟他说话分散他的注意力，其他人趁机上墙？

被拖倒的一万三骂不绝口，两只手拼命地四下扒拉，忽然摸到带上来的那把锤子，想也不想，狠狠往底下的人群砸了过去。

"咣当"一声响。

角脊的走兽，他最喜欢的那个，长得像孙悟空的那个，应声而断，随着锤子一起，落向尖叫躲避的人群。

也不知道有没有人真的被砸到。

夜幕深重，车灯的光亮照着前面的一小片公路，不管开多久，都还是那么一小片。

这条公路，好像长得没有尽头。

罗韧说了句："一万三，你也够狠的。"

一万三嘿嘿地笑："我还以为老族长会扒了我的皮呢，居然没有。可能因为我爸的事，他心里头有愧，也可能因为我爸妈都没了，死人的眼睛在天上看着，他不敢把我怎么样。"

反正他记得被赶出村子的那天，是个早上，有点儿凉，村里人都聚在村口，他原先随着他们走在一起的，然后被人猛然一推，就被推出了那个大圈子，站在了他们的对面。

一个人，对许多许多人。

一个鼻青脸肿的小孩，对着许多许多横眉怒目的大人。

老族长说："江照，从今以后，你就不是咱五珠村的人了，你要是再敢踏进村子一步，可别怪村里人不客气。"

是不客气，一年的收入，一年的盼头啊。他看向一双双眼，都是恨得发红的虎狼的眼。

他往地上吐了口唾沫："不回来就不回来，老子还不稀罕回来呢。"

那个秋日的早上，他就那样晃晃悠悠地，穿着破衣烂衫，昂着头，走出了村里人的视线。

再没回去过，有人在外头受苦受罪会想家，他从来没想过，也没怀念过，偶尔想起来，脑子里冒出的唯一念头是：那鬼地方。

他拍拍罗韧的椅靠："罗韧，记得啊，保证我的绝对安全，我烧了老蚌，断了他们的财路，又掀了祠堂的瓦，等于揭了江氏祖宗的皮，那群老不死的，绝对不是撂狠话。"

罗韧笑笑："那时候你才多大，都十几年过去了，现在你就算站在他们面前，他们也不一定认得出你的。"

是吗？

一万三却有些近乡情怯，自言自语似的念叨着："要不然还是改个装吧，哪里方便，买顶假发什么的……"

第十一章

一万三在车上睡着了，一路都睡得浅，做很多梦，梦见自己回到了五珠村，村里人或是早已认不出他来对他视而不见，或是目眦欲裂地操刀拿棍，打得他抱头鼠窜。

看，关于这个村子，他永远做不出美梦来：什么魂牵梦萦之故土，对他来说，只四个字——

那鬼地方。

可是老话说：梦是反的。

当车子沿着坑洼不平的土路，在第三天的晨曦初起之时颠颠簸簸地到达村口时，一万三忽然愣住了。

没有熟悉的炊烟，没有热闹的人声，鸡不鸣，狗不叫，静得像是世界尽头。走近去看，那些破落的屋子，有的挂锁，有的门户大开，里头只剩笨重的家什，有老鼠"嗖"的一声，就从门后蹿到床底去了。

像个鬼村。

一万三脸色煞白，对着罗韧吼："我村里人呢？我村里人呢？"

吼到后来，他抱着头蹲下，呜呜地哭起来。

比梦还不如，"那鬼地方"，真真正正成了鬼地方了。

罗韧让一万三上车，退回到沿途经过的最近的村子打听。

——“五珠村吗？没了，前几年就没了。没出事，就是搬走了。”

——“他们靠采珠生活，海里不产珠，当然只能出去谋生路，也不是一下子走光的，陆陆续续走的。”

这村子很少来外客，闲散的村人热情地、绘声绘色地向他们讲起那个靠海的五珠村。

“听说有一年忒邪乎，跟同在海边的一个村子抢地盘，结果有个男人掉到海里淹死了，他老婆发了颠，半夜抱着男人的骨灰盒划船出海，谁晓得刚到海中心船就翻了。更邪门的还在后头。那一年中秋，老蚌晒月，怕是邻村来报复，一把火全烧了。

“那一年，整个村子一颗珠子都没采着，村里人也觉得晦气，都把希望寄托在来年，三月祭海神，搞得比以往都隆重，谁知道啊……”

那村人连连叹气：“那片海，从此就成了不下蛋的母鸡了。五珠村世代采珠，干不了别的，连着几年没生计，熬不下去啊，这不，开始只走一家两家，后来越走越多，前几年就成了空村了。人往高处走嘛，那片海不出珠，就成了穷山恶水，守着也没意思。”

一万三一直听着：“那老族长呢？也走了？”

村人似乎刚想起来，一拍大腿：“哦，哦，对，忘记说了，那老头有气节啊，就不走，说是祠堂在这儿，祖宗的魂在这儿，说什么都不能走。”

老族长就不走，每当有人劝，他就闭上眼睛，两行老泪顺着沟壑丛生的老脸，滴进下颌灰白的胡子里。

“咱五珠村，秦始皇统一岭南置象郡的时候就有了，祖祖辈辈啊，一片海养了全村上千年，不能因为几年不出珠，你们就都走了啊。‘珠徙珠还’，‘珠徙珠还’，我给你们讲过的啊。”

是讲过，老族长肚子里有墨水，闲暇时就给人讲历史故事，引经据典有根有据。

“珠徙珠还”的故事，出自《后汉书·循吏列传》，讲的还是合浦的传说，说是前任守宰见财眼开贪得无厌，遣人采珠不知节制，结果老蚌都迁徙走了。后来孟尝任合浦太守，他为官清廉，造福百姓，到任还没满一年，怀珠的老蚌又纷纷回来了。

其实用现在的眼光来看，这只是珍珠固有的消长规律，孟尝给了老蚌可持续发展的休养生息时间，并非什么清官感动上苍的神迹，但在老族长的想法里，不是这样的，他坚信老蚌都会回来的。

一万三轻声问：“然后呢？”

“然后，村里的人就越来越少，有一天，这老头发了魔怔，把祠堂里的祖宗牌位都抱了出来，放进采珠船里，划船出海了。他说，要去跟蛟龙谈一谈，看在列祖列宗的分儿上，这海也不能绝了村子的路。”

一万三仿佛看到，薄雾依依的清晨，平日领受香火的牌位横七竖八地倒在船舱里，老族长摇着船出海，嘴里念叨着：“列祖列宗在上，列祖列宗在上啊……”

一万三居然为他感到凄凉，胸中泛起不知名的苦涩况味：“然后呢？”

“再然后啊……”村人忽然变得神秘兮兮起来，左右看看，像是怕谁听到。

他伸出手，手背向上，空气中划出平直的一道，然后嗖的一下掉转成手心朝上。

“翻了，船到水心，翻了。记不记得前头我说，有个女人划船，也翻在海里死了？人家说，水鬼索命呢。还有人传，说是个女人，拽着脚就把老头拖下去了，瘆人得很呢……”

说着就哆嗦了一下，先把自己吓出了一身冷汗。

张叔跟木代聊过之后，也怕她多心，不过这两天看下来，言笑晏晏乖乖巧巧的，倒是还好。

但是，木代到底适合干什么呢？张叔把自己知道的、听过的那些工作一个个拿来往她身上套，觉得都行，但又总觉得，差了点儿什么。

当初木代大学毕业的时候就说过：“我对坐办公室给人打工是没兴趣的，上大学嘛，为了素质啊，基本素质。”

还以为她说着玩儿呢，原来不是。霍子红在的时候，张叔也忧心忡忡地跟她讨论过这个话题，霍子红比他想得开，说：“天生我材必有用，每个人的路都不一样，木代要是暂时还没找着自个儿的路，就让她玩儿呗。人这辈子，能心无旁骛地开开心心只管玩的日子，其实不多。”

既然是老板娘发话，张叔也就不说什么了，“嗯”了一声转身离开。

他没有听到霍子红接下来的话。

“说不定，以后想回到这样的日子都回不来了。”

这天下午，张叔给人面试。

是真面试，一万三个小兔崽子说走就走，张叔搞不明白那些红红白白的酒水，曹胖胖吆喝得倒是卖力，进了吧台也是熊瞎子一个。

到这个时候才发现，一万三还真是个技术型人才。

面前坐着的调酒师是相熟酒吧介绍过来的，硕大黑眼圈，一脸的欲求不满，吊儿郎当，坐没坐相，张叔看了就来火。

他咳嗽了两声：“你都在哪些酒吧干过啊？做调酒师几年了啊？自我介绍一下，自我介绍。”

话还没完呢，就听到木代欢快的一声：“大师兄！”

张叔吓了一跳，还以为自己面试的是木代的大师兄，直到她蹦蹦跳跳地迎出门去，才知道是想岔了。

张叔好奇地往外看。

木代的同门师兄？自己也还从没见过呢。

另一个因为听到“大师兄”三个字而血脉贲张的，是曹严华。

大师兄哎，传说中总是让小师妹爱慕得死去活来潇洒如风的大师兄哎！

他脖子伸得长颈鹿一样，目光所及，脸上的笑慢慢僵住，感觉上，笑都凝成了冰，拿锤子一敲，就会哗啦啦往下掉冰碴子。

这就是木代的……大师兄？

进来的人四十来岁，中年发福，脑袋已经开始谢顶，佝偻着背，穿得也松松垮垮。这形象，真是丢尽泱泱华夏上下五千年习武之人的脸啊。

木代欢欢喜喜地挽着那男人的胳膊进来，一通介绍：“这是张叔，这是我们酒吧帮工的，曹严华。师兄，你可以叫他曹胖胖。这是我大师兄，姓郑，郑明山。”

曹严华还没有从对大师兄的幻灭中恢复过来，有些不知所措，蓦地瞥到郑明山的腿，话不经脑，脱口冒了句：“大师兄……这腿……恢复得挺好啊，呵呵……”

糟了，怎么能这么说？木代提过，大师兄因为做贼，腿被师父打折了，于学武之人来说，这一定是不能提的禁忌……

自己这破嘴啊，曹严华的脸红一阵白一阵的。

郑明山听得云里雾里，低头看自己的腿。

木代生怕穿帮，推着郑明山落座：“大师兄，你坐。”

又来吩咐曹严华：“我大师兄喜欢喝白酒，酒吧没有，你去买二两，二锅头就行。要是有下酒的小菜，花生米啊，猪耳朵啊，也带点儿。”

白酒、花生米、猪耳朵？在如此精致曼妙小资情调的酒吧里？

他们这里是酒吧，又不是路边摊！

曹严华没忍住：“土不土啊小师父，人家都是咖啡鸡尾酒，他在那儿刺溜一口小酒，又嚼两口花生米，这不搭啊。还有啊……”

他偷偷指了指郑明山："兼职包工头吗？工地上直接过来的？"

木代瞪他："曹胖胖，人不可貌相。我告诉你，我大师兄很厉害的，他是退役特种兵，后来给有钱人做过押款的保镖，一个人单挑过六个路匪呢。"

曹严华的嘴巴张了张，有点儿合不拢了。

"还有，我大师兄开武馆的，桃李满天下，弟子们一人一口唾沫，也淹死你了，还不快去！"

曹严华一溜烟地去了。

有事弟子服其劳，更何况是师父的大师兄呢。

木代先给郑明山倒茶："大师兄，武馆里不忙吗？怎么有空过来？"

郑明山比木代先入门，只学了几年，他对轻身功夫兴趣不大，征得师父同意之后转攻其他，南拳北腿来者不拒，练得杂，又有自己的事忙，论到师门功夫的系统正统，还不如木代。

所以他开武馆教习，不算是师门授徒，杂七杂八格斗长拳什么都教。

他并不往自己脸上贴金："什么武馆，也就是培训班，一年办个几期，其他时间忙自己的……正好接到你电话，离得也不是很远，顺道就过来了。"

一杯茶下去，直入主题："怎么忽然想到要找事做？"

木代吞吞吐吐："那……人活在世上，总得想办法养活自己啊。师兄，你有门路吗？"

严格说起来，木代入门的时候，郑明山老早走南闯北历练出来了，两个人从来没有真的同时间在师门长期学艺。郑明山的许多事，是师父讲给她听的，在她心里，这个师兄有胆有识，朋友多，门路广，所以被张叔那番话提点之后，她第一个想到的，就是郑明山。

就算没有门路，给她点儿建议也好啊，她是小师妹嘛。

郑明山往靠背上一倚："有，看你想什么样的门路。你想四平八稳呢？不难，朋友公司我可以托人帮忙给你安排一个办公室的职位，不过……"

他打量了木代一会儿，自己先笑："就你的本事来说，有点儿浪费。让你去武馆当助教也行，就怕没两天就被坏心眼儿的小伙儿追跑了。"

木代被他调侃得不好意思。

曹严华回来了，酒盅上桌，又拈两筷子油炸花生米，郑明山来了兴致，拍拍曹严华的肩膀："谢了啊。"

好家伙，力道真沉，曹严华险些被他拍跪下了。

木代把装小菜的碟子往郑明山这边推了又推："师兄，其实我想像你一样，多历练历练，多点儿经历才好。我总觉得，学了功夫之后，我还不是高手，高手是那种……"

她托着腮，绞尽脑汁去形容自己心目中的高手："是那种有气场的，看着就很酷的，很沉稳的，不动声色又杀人于无形的……"

郑明山知道她的意思。

师父给他讲过这个小师妹："木代这孩子，老是问我，师父，我看起来厉害吗？让人害怕吗？好像学功夫是为了让人怕一样，喜欢穿一身黑的衣裳，项链上还挂个骷髅头，但是一笑就泄底了，她是个小姑娘啊……"

木代还在说话："师兄，我就想成为那种的，我不想做小姑娘。不想一有什么事，别人就把我拽到身后去护着。应该是，有了棘手的事，人家都觉得，嗯，木代搞得定的……"

这想当然的小丫头，郑明山微笑。

……

师兄好像晃神了，木代伸出手，在他眼前摆了又摆："师兄？师兄？"

郑明山回过神来，想说什么，却先轻轻叹了一口气。

他想起师父曾经说过的一句话。

——没进过江湖的人，总畅想着一番闯荡历练，却不知道江湖子弟江湖老，最后能稳稳迎着风站着的，都在江湖洗了一遍骨，脱了一层皮。

是啊，连普通的笑，都有了千回百折的意味。

郑明山说："如果你真的想，我这里，倒确实有个适合你的事。"

第十二章

确实也是赶巧了，这两天正好有人委托郑明山，通俗了说，类似要找个保镖。

要身手好的，最好是女的，人品要好，靠得住，陪着雇主走一趟，如果这一趟平平安安宾主尽欢，以后续个长订也有可能。

郑明山对对方略有耳闻，觉得是个不错的差事，虽然会有风险，但挣得确实多。话说回来，哪行没风险呢？盖楼的会一脚踩空，开飞机的还能从半天上栽下来呢。

人生苦短，同样的时间、精力，当然应该拿来做投资回报率最高的事，就像名画家挥毫，一幅画可以几万十几万，让他搬一天砖最多赚个大几百。

郑明山琢磨着有没有合适的人选，就在这个时候，木代拨了他的电话。

也好，肥水不流外人田，这个行当一贯的难进，木代要真能扎下根，这一辈子都不用为口粮发愁。

郑明山让木代收拾行李，如果“面试”能通过，应该即刻就要起程，省得折回来收拾了。

但是如果通不过呢？岂不是丢人？

木代心里嘀咕着往黑色的拎袋里装行李，忽然想到什么，伸手把里头猫猫头的、兔子头的，但凡看着少女风的衣服饰品，通通扔了出来。

以后要迈上“职业”的道路了。

张叔看着她收拾行李，几次话到嘴边，又止于嘴边，他说不出心里是什么滋味。

人总是矛盾的，他希望木代变化，但变化来得太快，他又畏惧这种变化。

作为长辈，他想向郑明山打听点儿那份工作的具体情况。郑明山的嘴把风很牢，只说：“肯定不是违法的事，自家师妹，我不至于坑她。”

张叔没办法，只好絮叨着说木代年纪还小，请他多多照顾。

郑明山打断他说：“第一，我只是牵个线，没法照顾她；第二，如果时时要人照顾，何必要出去历练，就在这酒吧里让你照顾得了。”

张叔无话可说，觉得这大师兄说话做事都硬邦邦的，一点儿都不软和。

曹严华则全程耷拉着脸，满眼被抛弃的哀怨。木代心有愧疚，只好假装没看到。

面试地点在昆明。

木代跟着郑明山在汽车站上车，郑明山只拎个塑料袋，里头放两瓶矿泉水，一袋饼干，一根手机充电线。

车开动了，木代抱着自己的行李包，歪着头看郑明山：“师兄，你都没有行李的吗？”

郑明山说：“有啊。”

他指那个塑料袋，又指自己身上：“手机、钱、卡都在身上呢。”

“洗漱的用品呢？”

“哪儿买不到牙膏牙刷啊。”

“那换洗的衣服呢？”

“哪儿买不着内裤啊。”

好吧，木代不说话了。其实师兄挣的钱足够置产置业，但他就是对身外之物毫无兴趣，如果以后能刷脸付钱鉴定身份，相信他连钱啊、身份证啊什么的都不会带。

虽然简易，但也有好处，拎个塑料袋在街上走，到哪儿都像得过且过、一穷二白的本地人，贼都不屑多看两眼。

初春时节，车窗外的风景不错，木代无心欣赏，还在为即将到来的“面试”忐忑。

“大师兄，对方是干什么的啊？”

郑明山打了个哈欠：“不犯法，其他的，让他们给你讲。”说完，把车座往下调了调，典型的上路就睡的架势。

“那……面试的时候我要注意些什么啊？我是实话实说呢，还是要装一下？”

“是什么样就什么样，又不是给你金山银山，犯不着牺牲演技。如果你没看上他们，俩字，走人。人嘛，得把自己当回事儿。”

木代忍不住想笑，过了一会儿，想再问些什么，转头一看，郑明山呼哧呼哧的，已经跟周公会上面儿了。

到了昆明，循着地址找过去，居然是在有名的景点大观楼附近，那一片区有一排极为高档的私家会所，每个会所都自带大片草坪，名字起得古韵悠悠，属于普通人望而却步的地方。

郑明山拎着塑料袋，踢踏踢踏往里走。

好大的门面！富丽堂皇，那是什么风格？巴洛克式抑或哥特式？木代不懂，只知道肯定是西式风格就对了。

她打量着高耸的建筑轮廓，心里忐忑，步子都迈小了几分。

郑明山回头：“任何时候，气势都得有，他住个豪宅你就怯了？你管他什么房子，还不都是土烧砖砌的！”

木代不好意思地笑了。

郑明山到门口摁铃，有个负责洒扫的阿姨出来开门。

进门就是好长的一段走廊，走到尽头，目光所及，木代先是一愣，郑明山也笑，回头看走廊说：“好家伙，藏得这么严实！”

眼前是个四合院一样的门面，抱鼓石、拴马石、半开的锚钉大门，门环搭着叩铁，把上还缀着缕儿。

直白地说就是屋里有屋，西式的外墙门面，藏了个古色古香的宅子，只有进来的人才得以窥端倪。

郑明山招呼木代一起进去。

里头的景别致，但无非中式庭院，鹅卵石铺就的小道、堆叠的假山、借景的如意窗和宝瓶门，右手边有口上了盖的井，盖子太大，明显跟井口不合。

稍远些还有一口水齐了沿的缸，水面上浮一朵莲花，一片碧叶，如果不是季节不对，木代还真会以为是长出来的。

正对面是屋子，门紧阖，窗紧闭。

郑明山的手机响了，他接起来“嗯”了两声，把手机扔给木代：“接。”

到都到了，还电话面试？木代满心的嘀咕，还是把手机凑到耳边。

那头是个苍老的男人声音：“木代是吧，你往右走。”

木代往右走，走了五步，前头就是井。

“现在停。”

木代老老实实地停下。

“转过身。”

木代依言转身，下意识地瞥了一眼那间屋子，她有直觉，那人就在屋里头看着她。

真是故弄玄虚，一点儿都不爽快。

“现在说说，你前方，都有些什么。”

考眼力？木代提醒自己要认真，看来，面试已经开始了。

她有些紧张，目光在正前方一遍遍逡巡，唯恐漏了什么：“假山、一丛竹子、一个石桌子、两个石墩……”

“仔细看看，石桌面上写着什么字，念出来。”

既然让她走到这里，想来是只能站在原地看的，木代踮起脚尖，努力地想看清楚些，念得也艰难。

“金银受日精，必沉埋深土结成。珠玉、宝石受月华，不受寸土掩盖……”

念到此时，身后突然“噌”一声，有什么东西飞上天去。

木代后背一凉，汗毛竖起，要知道，学武之人最忌后背放空。

身后是井，飞上天的应该是井盖了？木代猱身一个翻转，眼角余光觑到井口一个人影，手里的耙爪似乎是要抓下的架势，她不及多想，抬腿一个正蹬过去，踹出去时才发现，偷袭她的人是个女孩。

“扑通”一声，好巧不巧，那女孩被她一脚踹进缸里，水花四溅之下，原先飞到半空的井盖当头砸落。木代脚踩缸沿借力，上跃接住，借着未绝之势，飞身把井盖盖到缸上。

咦，正好，难怪觉得大小不合，这本身就是缸盖。

木代手摁缸盖一角，旋身上了缸盖，两脚一错，一个莲花座坐下，两手一合，眼睫低垂：“阿弥陀佛。”

她其实不信佛，轻身莲花座只是轻功的一个招式，不管是在屋檐、墙角，毕招之时，不慌不忙，款款而坐，端的是漂亮极了。

下头的人想出来，拼命顶着缸盖，木代身子轻，人随着缸盖被颠得右起左落的，就是不挪。

郑明山哈哈大笑：“漂亮！”

虽然他不会，但木代使得行云流水、一气呵成，他还是受用极了。

他朝她招手：“赶紧地，下来，别呛着人家。”

木代下巴一昂，很有点儿得意地跃将下来。

脚刚挨地，身后一声闷响，缸盖落地，哗哗水响间着大声咳嗽的声音，缸水不浅，足足到那女孩胸口。她恨恨地剜了木代一眼，扒着缸沿爬了出来。

这女孩二十二三岁，圆脸，扎了个马尾，不是时下流行的骨感美人，略带圆润，即便现下气鼓鼓的模样，也别样可爱。

只是，她腰上挂着的……

腰左边挂了个麻布袋子，里头坠坠的像是有东西，右边是个铃铛，不是那种别致装饰的小铃铛，足有小甜瓜大小。

奇怪，腾挪走动，那铃铛怎么不响呢？木代侧了头看，才发现铃铛罩子里塞了布，把铃舌给塞住了。

那女孩恨恨地看了木代一眼，捂着肚子一瘸一拐往屋子里走。

也是，那一脚她可没留情，木代吐了吐舌头，目送那女孩进屋，然后重重一摔门。

感觉上，屋瓦都在簌簌往下落灰。

木代看郑明山，用口型问他：“我没指望了？”

郑明山回她：“真没指望的话，是他们不识货。”

木代哈哈大笑。师兄说话就是中听，可惜了，要是年貌相当，她就一头嫁了。

郑明山走到石桌前，饶有兴致地看上头的字。桌面上的字竖版凿刻，都是繁体。

“金银受日精，必沉埋深土结成；珠玉、宝石受月华，不受寸土掩盖。”

这话的意思是，金银的生成承日精华，必定埋在深土里形成；珠玉和宝石则受月华，不要一点儿泥土掩盖，就好像，珍珠一定是藏在深水中一样。

木代则好奇地探头看那口井。

原来是一口无水之井，七八米深，井口有个挂环，坠了根挺粗的长绳。

难怪刚刚那女孩从井下突然爆起，有绳子作攀援呢。

木代正想着，忽然“砰”的一声，门又被重重打开。

那女孩站在门口，对她怒目而视。

“那个谁！”她伸手指着木代，“说的就是你！”

她停顿了一下，似乎老大不情愿，末了，终于把话从齿缝里憋了出来：“进来，就是你了！”

哦，是吗？

郑明山朝屋子努努嘴，示意她一起进去：“恭喜恭喜，看来面试是通过了。”

木代学着师父平素的样儿掸了掸衣袖，尽管那上头干净得根本没落灰：“那要看谈得怎么样，我不一定干呢。”

第十三章

雇主是个姓炎的老头，七十来岁，满头白发，穿件齐齐整整的对襟大褂，腰板笔挺，眼神却不好，蒙了一层雾样，黯淡。

果然眼睛是精气之神，双目无光，整个人的精神都打折扣。

被木代踹到水缸里的女孩是炎老头的孙女，叫炎红砂，也不说去换衣服，站炎老头边上，自顾自拧衣服上的水，头发打成了缕儿贴在脸上，黑白分明，像画里的人。

炎老头先跟郑明山说话，言语间很客气，木代寻思着，师兄应该跟这人打过交道，但没那么熟。

炎老头又向她说话，和蔼客气：“也不是什么棘手的事，走一趟，出个小远门，衣食住行都是我们包，短则两三天，长不过五六天。价钱是两万，先付一万的定金，你看怎么样？”

木代看着炎老头，都不知道要用什么表情来迎接这个消息。

也就几天的时间，两万！

她有些飘飘然，原来自己这么值钱呢。

郑明山咳嗽了一下，又瞥她一眼，那意思是：稳住，别没见过世面一样。

炎老头又吩咐炎红砂：“红砂，你给木代讲讲，我们是干什么的。”

炎红砂“嗯”了一声，先帮炎老头戴眼罩，是个银鼠灰色的丝缎罩子，散着清香的中药味儿。

郑明山站起身："我就不听了，外头等着。"

这是规矩，就像不能窥人学武，人家要讲私密的事情时，最好主动规避，等主人家来赶就不好看了。

炎老头戴着眼罩向他的位置拱手，像是谢他知情识趣。

炎红砂第一句话是："我们是采宝的，听过没？"

没听过，不过沾了个"宝"字，总让人心里不安，木代看着她："不违法吧？不是盗……宝吧？"

炎红砂翻了她一眼，倒是炎老头轻轻笑了两声。

"先前我爷爷让你看了桌面上的话了，你不懂的话，我给你解释解释。那上头提到了金银和珠宝玉石，这几样东西，在古代，哪怕是现代，都是顶贵重顶贵重的。"

木代没反驳，不过私心里，她觉得钱更实惠一点儿。

"但是金银呢跟珠宝玉石的生成方式相反，金银都是埋在深土里形成的，承的是日之精。珠宝玉石呢？是受月华，不要泥土掩盖。我们有一句话，叫宝石在井，上透碧空，珠在重渊，玉在峻滩，但受空明、水色盖上。"

炎红砂摇头晃脑，这段文绉绉的话，不知道跟多少人显摆过了。

木代隐约听得明白，这意思是：宝石在井中直透青空，珠在深水里，而玉在险峻湍急的河滩，都受明亮的天空或者河水覆盖。

她心里一动：宝石在井，刚刚院子里有口无水之井，炎红砂又自称"采宝"，所以说，她们是专门采撷宝石的？

"这宝石呢，价钱或许比不上顶级的珠子和玉，但其中的精品也是顶值钱的。常见的呢，有猫睛、琥珀、星汉砂、祖母绿、玫瑰宝石、煮海金丹等。古代人对中国的产宝地做过归纳研究，一共是两大产宝地。"

她说着就转到墙边，墙上挂了张好大的皮质地图，地图已经陈旧，显然很有些年头了，上头的山脉、河流线条都是粗笔手绘，笔画遒劲，苍茫雄浑之感扑面而来。

"一块是'西域诸邦'，放到今天来讲就是新疆一带，这也不奇怪，新疆遍地都是宝，比如和田玉啊，大红枣啊，哈密瓜啊，葡萄干啊，羊肉串啊……"

炎老头咳嗽了两声，木代忍住笑配合她："嗯，我也爱吃羊肉串。"

"另一块呢，书上讲是'云南金齿卫与丽江'，金齿卫指的是澜沧江到保山一带，总之就是云南。所以我和爷爷住昆明，到云南哪儿都方便，新疆嘛，住不习惯。"

木代想了想，她对宝石所知不多，但有些常识还是懂的："宝石……应该也是矿床里开采出来的吧，你说的那种是矿井吧，这种矿井也是土盖着的啊。"

炎红砂脸上的表情好像在说：我就知道你会这么问。

"采宝这一行，都是家族世代传承，人数少，运气好的话，采到一个井可以活一辈子，犯得着去开矿吗？我们采的，就是我说的那种井，'上透碧空'的井！"

木代的性子，素来吃软不吃硬，炎红砂一凶，她跟着也不客气："那种井都是敞口的，除非在无人区，有人的话，老早被路人拾掇走了。"

炎红砂"哈哈哈"大笑三声，一声一停顿，笑了三次才把"哈"字笑完："我就知道你什么都不懂，珍珠还要蚌藏着呢，玉还长在璞里呢，你以为宝石在井底下，金光闪闪闪瞎你的眼吗？你拣上来的都是石头啊，得交给琢工挫开，才能知道里头是什么宝贝。"

木代不吭声了，她确实不懂，真以为是进了四十大盗的宝藏，一下井就是满眼珠环翠绕——原来外行看来，井底都是普普通通的石头。

炎红砂再次纠正她的错误臆测："普通人贸贸然下去，必死无疑。书上记载着呢，'宝气如雾，氤氲井中，人久食其气多致死'。"

还有毒气？木代登时就觉得两万块钱也不是很多，立马声明："我不下井的。"

炎红砂"哼"了一声："你以为想下井就下井吗？下井也要靠练的。"

炎老头像是知道木代在想什么："这宝气，其实也不是毒气，但是自古以来，好东西都有凶煞之物守着，就好像传说里珍珠有蛟龙看守，出宝的井里也有致命的宝气。所以下井的时候，井上一定要有人，采宝人身上带口袋和铃铛，一到井下，赶紧抓取宝石装袋。当觉得宝气逼人快要受不了的时候，马上摇铃，上头的人听到铃声，就会马上把人拉上来。"

木代看了一眼炎红砂腰间的铃铛。

总算知道这么大的铃铛是干什么用的了。

她消化了一下自己听到的，所以，这爷孙俩平时做的，就是去荒僻的地方找这样的矿井？

难怪要人陪同保护，既然炎家人世代采宝，想来对怎么应付宝气也有独到的法子，确实是生财有道，无怪乎一老一小能在市区住这样的豪宅，还专门雇了人侍候。

不要她下井的话，这份工作登时顺眼可爱起来，有钱挣还能开眼界，何乐而不为呢？

木代点头："那行，我没问题。我们这趟，要下的井在哪儿？云南，还是……

新疆？”

炎红砂半晌没开口，再说话时，有些吞吞吐吐：“我们这趟，不是下井……”

不下井？不下井给她讲了半天的如何如何采宝？这么喜欢摆忽嘴皮子？

炎红砂说：“你跟我走，到我屋里，我给你看个东西。”

也不等木代同意，她转身就往后厅走。木代想了想，还是决定跟过去，出门时，有个钟点工打扮的女人端了碗汤进来。

“老先生，喝汤了。”

什么汤？闻起来味道真是怪怪的，打眼一扫，又有菊花漂在汤面上。

那女人像是看出木代的疑惑，笑着给她介绍：“鸡肝菊花汤，鸡肝一付，菊花三钱。小姐要不要也来一碗？”

鸡肝还能跟菊花一起烧？

木代觉得，自己真是见识太少了。

炎红砂给木代看了一段视频。

时间是晚上，但月光清亮，机子的像素也不错，不像某些机子拍出来的到处都是噪点。

好像是在水边，抑或海边，风平浪静，海面上迤逦着丝绸褶皱般的蔓延纹络，月亮映在水上，像无际的磷光点点，又像巨大的不平整的镜子。

炎红砂指着屏幕正中的位置：“这里，你看。”

那是什么呢？黑乎乎的一团。

拍摄者像是料到了观者所想，下一秒，镜头拉近。

可真不小，得有小圆桌面大小吧，但是，是什么呢？

好像是为了帮她解惑一样，那个东西，忽然身体张开了一条线。

木代的眼睛一下子瞪圆了。

“这、这是……”

“没错，蚌，你见过这么大的蚌吗？”

木代屏住了呼吸不说话，屏幕上，那只蚌缓缓移动身体。

屏幕里有画外音，是一个男人激动的声音：“从来就没见过这么大的蚌，它现在是在晒月，传说月圆之夜，老蚌会格外高兴，会随着月亮的东升西沉不断转动身体，以获取月光的照耀……我之前查过，世界上最大的珍珠又叫‘老子之珠’，有人头大小，现在估价两千多万美金。这么大的蚌，如果产珠的话，价值简直难以想象……我要靠近去看看。”

视频就在这里停止了。

炎红砂给她解释：“说话的是我叔叔，炎九霄。”

“叔叔是我们炎家的采宝人，但是我们家好些年头没开张了，因为我爷爷眼睛不行了。”

采宝，即便知道宝在井中，也不能蒙头瞎子一样去找，得从小练眼，练就一对能辨宝气的毒招子，要在泱泱天地之间，无数清气浊气之中，辨认出淡渺的一方宝气，谈何容易！

所以采宝的关键，不在于会不会采，而在于能不能辨。

不过，世事也有公平之处，得之于此，必失之于彼，炎老头的眼睛不能见强光，连阳光都很少见，常年避居屋内，及至上了年纪，越发成了半瞎子，看什么东西都困难。

讽刺之处在于，别的都看不到了，勉勉强强，还是能看宝气。

炎老头静心养眼，顺便指导孙女炎红砂学下井，炎九霄却待不住，虽然素日挣得多，但是他们平日大手大脚，消耗也惊人，为免坐吃山空，炎九霄表示要出去“碰碰运气”。

私底下，他跟炎红砂说：“咱们采宝的，眼底不漏宝，这宝也不仅仅限于宝石，南面有珠，西面有玉，要是有机会，不妨也掺上一脚。”

新疆毕竟路远迢迢，炎九霄头站去了广西合浦。

十来天之前，他打来电话，告诉炎红砂，在合浦，他听说了一个名叫五珠的村子，那是个好地方，因为听说，那个村子世世代代奉行老祖宗留下来的采珠之法，采的都是天然珠子，从不人工养殖。

绝大多数的采宝人都觉得，人工雕磨，毕竟多了斧凿痕迹，比不得天生地养。就好像整出来的当然也是美人，但拿到天生丽质的人面前一比，就少了些浑然天成的光晕。

更叫他高兴的是，听说五珠村已经废了。

炎红砂至今记得他说话时的兴奋语气：“听说荒废了好几年了，老蚌不受人扰，才能静心吐珠。海里淹死过人，临近的村人都忌讳过来，真是乐得清静。说不定，我在这片水里能捡个宝呢。”

又过了几天，他给炎红砂发来了上面看到的那段视频。

广西、合浦、五珠村，还真是……有缘啊。

木代问她：“然后呢？”

“没有然后了，然后，我叔叔就没音信了。”

木代后背有些发凉。

炎红砂没吭声。其实也不是没音信，有一个晚上，她睡得迷迷糊糊的，做着梦，她接到过炎九霄的电话。

说不清那是梦还是电话，或许是梦。

梦里，炎九霄在海底爬行，双手深深地陷进海沙里，海底的涌流推着他战栗不已的身子。他脸色惨白，双眼布满血丝，陡然间和她四目相对。

他带着哭音叫她：“红砂，我不想死在这里……”

炎红砂打了个激灵清醒过来，发现自己真的是在接电话，电话那一头儿，像是有海浪的声音。

她颤抖着，轻声问了句：“叔叔？”

第十四章

木代出来之后，跟郑明山说了一下要做的事。

简言之，炎红砂的叔叔炎九霄在五珠村“失联”了，炎老头放心不下，但一来自己上了年纪，二来眼睛不方便，就想找个功夫不错的姑娘，陪着炎红砂一起去。

他把炎红砂当下一代采宝人培养，多少有历练炎红砂的意思，之所以一定要女的，一是考虑到同住同行，异性有些不方便；二是，同天底下所有守着漂亮孙女的爷爷一样，炎老头也得提防有坏小子打红砂的主意。

郑明山说：“哦，行啊。那没事了，我走了啊。”

他说走就走，木代目瞪口呆，反应过来之后，小狗一样在后头追着：“师兄，你就走啦？你就这样把我扔了？”

郑明山停下脚步：“不然还怎么着？你不是要历练吗？不把你扔海里呛水，你学得会游泳吗？”

“可是，炎红砂也没经验，我也……半吊子……”

郑明山更不理解了：“又不是兵荒马乱，虎狼拦路，你自己又不是没出去过，买张车票，哪儿都到了，经验嘛，走着走着就有了。”

“可是……”

郑明山说：“小姑奶奶，你还像不像习武的人了？就凭你这两下，别的我不敢说，从街头打到街尾还是罕逢敌手的。炎红砂也会几招三脚猫，你们的战斗力比一百块钱游川藏的背包客强多啦，就去个广西，至于吗？”

木代脸上挂不住：“那……师兄，你好歹得交代吩咐我几句。”

就像游子上路，家人不絮叨点儿什么总觉得仪式未尽。

郑明山“哦”了一声，正要说什么，木代警惕地打断：“别再说什么到了陌生地方找饭馆、旅馆、车站之类的话了，我做梦都能背出来。”

原来说过的还不能说，郑明山苦思冥想，顿了一会儿之后，他伸出肥厚的手掌，很是有爱地拍了拍木代的脑袋。

“有困难找警察，钱省着点儿花，遇到不错的男人就拿下。”说完，拎着塑料袋，踢踏踢踏出去，头都没回一下。

木代有些感慨，这寡淡的师兄妹情谊啊，比之旧社会把儿女卖给地主老财当牛做马的无良爹都不遑多让。

合浦，五珠村。

要不要跟罗韧说一声呢？木代想来想去，还是决定不说：我又不是追着你去的，我是为工作去的，两回事儿，碰到了呢就打声招呼，碰不到也不稀罕。

不过，五珠村应该挺小的吧。

她在炎红砂家里住了一夜，炎家的家具都是老式的，尤其是床，居然三面合围，睡进去了，再把钩帐放下，像躺进四四方方的箱子里。

木代睡不着，想到院子里走走，出来的时候，看到炎老头的房里还亮着灯，走近了，絮絮的声音传出来，木头的镂空雕花糊纸门即便关紧了还有老大的透风缝，费不了什么劲就能轻松听到墙角。

——“红砂啊，在外头千万要小心，不管遇到谁，都得当成坏人来防，小心驶得万年船啊。”

——“也要防木代吗？”

——“郑明山作保，理论上应该没什么问题，不过防着总是没错的……”

木代嗤之以鼻，连墙角都不屑听了。

这老头，还真是没安全感，不过也对，采宝的人排外，人越多分账的就越多，因此大多小锅小铲地干，看谁都像居心不良谋算自己的黑心人。

昆明到合浦约一千两百公里，车程约莫一夜加半个白天，所以，她们第二天中午出发，两个人行李都不多，算是轻装，但心情大不一样。

木代很警惕，没人教她怎么做，但责任使然，无师自通，视线尽量不离开炎红砂，也会自觉不自觉地看周围的人，但凡有生人靠近，全身的弦都绷起来了。

第一次工作，她不想搞砸了。

炎红砂却心情舒畅，看情形，炎老头字字恳切的经验建议，她是全抛到脑后了。

哦，不对，有一点是照做了。

防着木代。

当然，多半出于私怨，木代踹她那一脚，她后半夜都疼得睡不着呢。

一出门，她就傲慢地把手拎袋递给木代："帮我拎着。"说完，昂着头往前走。

木代也不吭声，默默跟上，走出百十米远，炎红砂回头一看，登时跳脚："你怎么不帮我拎着呢？"

"我是保镖，又不是重庆棒棒。"

重庆棒棒，她上次去重庆时才第一次见到，现在说得云淡风轻，跟打小就认识棒棒似的。

炎红砂没办法，小跑着又把手拎袋给拎回来，跑的时候，肚子一抽一抽地疼。

上了大巴之后，炎红砂黑着个脸，下定决心不跟木代说话。木代乐得清净，自顾自把座位调低，学着大师兄，闭目养神，车子晃啊晃的，跟摇篮似的。

炎红砂过了好久才发现木代睡着了，气得不行，要知道，她拗那个生人勿近的造型，也是颇费力气的——睡觉了你也吭一声啊。

下傍晚的时候，车子中途停站，供乘客吃晚饭，就近的饭馆家家满座，木代和炎红砂等了好久才等到位置，炒了两个小菜，还没吃上两口，炎红砂叫她："木代，木代！"

木代抬头看，炎红砂气得脸通红："那桌，那个男的，色眯眯地看着我。"

木代循向看过去，还真的，这种二皮脸，什么地方应该都会碰到，就像韭菜，割了一茬还有一茬，又像野草，春风吹又生。

木代说："赶紧吃饭。"

"他盯着我看呢。"

木代扒饭："看就看吧，看了也不会少一块肉。再说了，你就不能低头吃饭不看他吗？你不看他，就看不到他在看你了。"

炎红砂被她气得饭都吃不下了："你这个人，怎么一点儿个性都没有？"

……

一夜无话。

第二天早上到的合浦，转了两个小时的中巴到镇上，木代分别朝不同的人问路，说是要搭乡镇公交车，在“两棵树”站下来，下来之后，再打听着走。

乡镇公交车在两棵树中间停下来，扔下木代和炎红砂，喷着尾气绝尘而去。

炎红砂尖叫：“两棵树站就真的只有两棵树啊，连个站台都没有！”

木代也很惊讶，但在炎红砂面前，她忍住了，总得有个人表现得老成持重一点儿吧。

同时，她开始有了担心。显然，两个人都对五珠村及其附近的旅游接待能力估量有误，这个地方，可不像有旅馆啊。

她带着炎红砂去最近的村子打听，得到的答复让她觉得不妙。

“五珠村？早废了啊，从海边那条路过去会好一点儿，你们怎么从这条路来？这儿没车去，要走一两个小时呢。”

木代跟炎红砂商量了一下，两个人都决定继续往里走，毕竟到都到了，再说了，时间还算早，即便在五珠村一无所获，还是来得及在天黑前赶回来的。

好心的村里人找了辆拖拉机，送了她们一程。

木代在拖拉机上颠得七荤八素，还不忘跟开车的大叔打听：“这两天，有外人来吗？开那种黑色的越野车？”

否定的答复。看来罗韧他们走的不是这条路，木代有些失望，回头看炎红砂，她倒是喜滋滋的，连不和木代说话这一条都忘了：“我第一次坐拖拉机呢。”

“你不担心你叔叔吗？”

炎红砂想了想：“有点儿吧，其实我叔叔经常往外跑，好久不跟家里联系也是有的。要不是……”

要不是那个梦，还有那个没头没尾、接起来只听到海水的声音、又很快电量耗尽的电话。

拖拉机把两人送到一处土山下头，大叔比画着让两人翻山，过去了沿着礁贴着海往东走，五珠村好认，因为村落里没人，再不行，认祠堂就行。

祠堂，角脊上十个小兽，仙人指路，没理由认错的。

翻过土山，再走一段，就到了海边，这边的海相对平静，海滩的沙子也细，炎红砂脱了鞋拎在手里，沿着海滩往前走，身后留下一长串浅浅的脚印。

她想招呼木代一起玩，忽然想到被她踹的那一脚，念头登时就消了。

再走了一段，她兴奋地大叫：“船！船！”

海边上，靠礁石的地方，修了一段不长的望海桥，大概是年代久远，桥板大部分朽烂，但桥墩子上，铁丝连了好几条横七竖八的采珠船，正随着海水一漾一漾的。

炎红砂小跑着过去，木代的目光却被别的什么吸引了过去。

不远处，距离沙滩有一段的地方，有车子的车辙印打弯，看情形，是想下到沙滩，但中途改变主意，又折回去了。

木代把手搭在眼前，向着远处高处看过去，似乎，真的是有村子的模样呢。

她的唇角不觉露出一丝微笑。

炎红砂摇摇晃晃地站在其中一条船里，也不知道她从哪儿找来的桨，梆梆梆地往船沿上敲，又惊喜地叫："木代，这船不漏水呢！"

木代招呼她："先到村子里看看。"

炎红砂抱着桨不撒手："先划着船转一圈呗，我叔叔那时候是在沙滩上拍的蚌，没准儿在海边留下了什么呢。"

真是满满的借口，说白了就是想划船——就算炎九霄真的在海边留下什么，那也是在沙滩上，总不会跑到海里去。

木代站着不动。

炎红砂也不管她，自顾自鼓着腮帮子拧开了挂船的铁丝，接着很是不成章法地划着船桨。

左一下子，右一下子，也不知道是桨起了作用还是海流的作用力，小船真的晃晃悠悠开始移动了。

她又"哈哈哈"地笑，典型的炎红砂式笑法，笑一声停顿一下，笑三声才笑完："你不是保镖吗？我现在要划船，你是跟我来呢还是不跟呢？"

木代没吭声。

海很平，浪很静，应该没什么问题，小船稳稳的，看来也不会漏水，所以，虽然她不会游泳，也不能叫炎红砂看扁了。

她在心里默默计算着小船和岸边的距离。

炎红砂划得很卖力，她倒也并不是很想划船，只是借题发挥，心里巴望着她上不了船："让你拎东西你不拎，让你帮忙教训流氓你也不愿意，现在我出海你也不跟着，让老天评评理，有没有这样的保镖？该不该扣钱？"

天高海阔，木代又离得远奈何不到她，炎红砂简直是手舞足蹈了，声音也高了八度："你说！该不该扣钱？"

话音未落，木代退后几步，忽然发力奔跑，炎红砂还没闹明白发生了什么事，眼前突然一花，她看到木代在离海最远的一块礁石上借力一点，身子如燕子抄翼般掠将过来。

她能一直飞到船上吗？不可能吧。

是不可能，到一半时，身子已坠，但木代在海面上踏下脚去，虚虚一点儿，瞬间又提气跃起，下一秒，船身一晃，木代已经进来了。

炎红砂把着桨，看着木代干笑：“你……你……还会水上漂啊？”

木代盘腿在船头坐下，下意识地把湿了的那只脚往里收了收，哪是漂啊，那时候，半只脚已经踏进水里了，好在轻功的底子不错，距离又计算得得当，一落一起，还是能叫炎红砂不敢多话。

她垂着眼，不冷不热：“继续划啊。”

炎红砂悻悻的，自己也觉得无趣：“那就回去呗。”

她掉转方向往回划，估计力道不对，光见涨红了脸使力气，船左右打着晃，反而离岸越来越远了。

木代有点儿慌：这距离，她再燕子抄水也抄不回去了啊。

炎红砂也气，说不清是气木代还是气桨，船桨抡起，再往下狠命使力时，一个没拿住，船桨“扑通”一声落水。

她赶紧扒着船沿去够，差一点儿就能挨到了，哪知道一个浪涌，那桨已经离得远了。

炎红砂倒不慌：“木代，你会水上漂，把船桨拿回来啊。”

木代差点儿被她气乐了：“我那不叫水上漂，我那是借着冲力，提一口气，有轻功打底，在水上能比别人掠得更远。这里水深，我才不会为了个破桨去踩水。”

水流一漾一漾的，小船也被推得一晃一晃，周围安静得很，抬头看，阳光刺眼，左右看，望不到边的海，小船真好像一片无依的叶子。

炎红砂先怯了：“那木代，我们怎么办啊？”

木代说：“没怎么办，就这样漂着吧，说不定你叔叔漂在我们前头呢；也说不定漂到国外去，人家以为我们是间谍，砰砰两枪！”

炎红砂差点儿哭了：“我想回家。”

木代斜了她一眼：“你现在老实了？你还划不划船了？”

炎红砂带着哭音摇头：“不划了。”

可怜见的，跟个红了眼睛的兔子似的，木代也不吓她了：“既然这样，我想办法吧。”

她拿出手机。

还好，信号虽然不是满格，打电话还是没问题的，木代翻出通讯簿，找到了罗韧的名字。

又不是自己主动要找他的，江湖救急嘛。

她伸出手指，轻触拨号键。

就在这个时候，船身猛地震了一下。

像是有什么东西，在水底下，忽然重重地冲撞了一下她们的小船。

木代僵了一下，隔着衣服，都能感觉到小臂的汗毛根根竖起。

炎红砂也傻了，她不自觉地向木代靠近，声音低得像耳语：“木……代，你感觉到了吗？”

木代的声音也低得不能再低：“别……别说话。”

也许，不说话，就没事了。

接下来的时间，不知道是一分钟，还是三十秒，似乎有一个世纪那么长，又比以往任何时候都安静，木代和炎红砂互相勉强着笑，心里存着侥幸：没事了吧？

电话接通了，罗韧的声音传来：“喂？木代？”

几乎就在同一时刻，船底传来“砰”的一声重击，小船几乎被撞得离开了水面。木代头皮发麻，对着电话没命尖叫：“救命救命救命啊，海上，我不会游泳啊……”

又是一声重击，船头翘起，木代还没来得及跟罗韧说自己在哪儿，身子忽然掉转，无数的海水涌过来，瞬间遮住了浮着白云的碧空。

第十五章

木代呛了一口水，那咸涩味，激得人想把头发连头皮都揪开了去。

她在心里提醒自己：不慌，不慌。

师父教过她，慌和乱从来就是连在一起的，慌了阵脚，就会乱，而一旦乱了，本来能补救的事都会办砸了。

她屏住呼吸闭上眼睛，尽量舒展身体，脚踝忽然钩触到什么。

是翻掉的小船！

木代精神为之一振，脚背上绷内勾，抵死不离小船，两手张开用力划水，尽量把身子往小船的方向送，待到一边的身子挨到船边时，简直如同捞到救命稻草，一个抓沿借力趴到了船上。

“哗啦”一声出水，鼻子里终于进了空气，欢喜得简直想哭。

她睁开眼睛看，船已经翻掉了，船底向上，她现在正趴在船的底上，炎红砂离她有几米远，已经浮起来了，脑袋在水面上一浮一沉的。

看起来会游泳，木代松了口气，伸手在船边上摸索，她记得船沿边上捆着麻绳，想拽起来把自己和船捆在一起，反正船不沉她不死，如果连船都沉了，她这旱鸭子为了活命也是尽力了。

她一边摸一边往水里看，水下，有个模糊的黑影，往一边荡开了去。

那是……什么玩意儿？

木代的汗毛根根竖起，落水之后惊慌失措，只顾着活命，现在忽然想起来，船是被水底下什么东西撞翻的。

水怪？鳄鱼？大白鲨？

曾经看过的恐怖片镜头一个劲儿地往脑子里扑，她八爪鱼一样抱住船身，动都不敢动了，只能用表情和口型示意炎红砂：快！快！

周围没有小岛，唯一倚仗的就是这条小船，尽管船上也不绝对安全，但总比水下来得踏实。

炎红砂也有点儿慌，划拉着水往这边游，木代紧张得很，在心里默念着给她鼓劲：过来，过来，动静小点儿……

眼看就快到船边了，炎红砂忽然脸色煞白，站在水里不动了。

是真的站着，原本划水的手臂慢慢抬了起来，乍一看像在投降。

但奇怪的是，她没下沉。

已经踩到陆地了？不可能吧。

木代的脸也跟着她白了：“你……怎么了？”

炎红砂哆嗦着，嘴唇都没了血色，小小声说：“我被夹住了。”

水纹荡着，那么安静，但往往就是惊变的征兆。

下一秒，炎红砂突然绷不住，嘶声尖叫：“我被夹住了啊木代，拉我上去啊！”

她拼命用力打水，木代脑子也炸开了，但怎么都够不着她。也是人有急智，她忽然想到什么：“你往水里倒！倒！手伸给我！”

炎红砂站的位置，伸手是够不到，但是她如果能把身体加手臂伸成一条斜边倒到水里，直角三角形斜边最长，那就有希望了。

炎红砂听懂了，憋一口气，硬斜着往水里倒，手臂绷直，只留了手腕以上在水面，木代这头借力划水，稍近了些之后觑准位置，一把抓住炎红砂的手，但怎么拽都拽不动，反作用力过来，反而把小船给拉近了。

木代正焦躁得不行，水底忽然一股大力下拽，要不是她把船扒得紧，早就一头下去了。这一下把木代吓得魂飞魄散，没命地尖叫起来。

接下来，一切都乱了，她不知道水下是什么，只晓得要死死拽住炎红砂的手。周围昏天黑地水花乱溅，小船忽而颠簸如斗，忽而被拽得半身入水，木代结结实实地喝了好几口海水，但她就是拧着一股子铆劲儿——这头不松手，那头不放船。

有一两次，她整个人都被拖到水下去了，两脚还死死夹住船舷。

又一次浮出水面时，不知道是不是看错了，迷迷糊糊的，远处居然驶来一条船，还有嗒嗒嗒的马达声。

木代拼尽全身力气大喊，又一次被拖到了水底下。

这一次，她呛水了，脑海中浮现的最后一个念头是：谁救我，我就把两万块钱都给他。我不想历练了，让我回酒吧端盘子去吧。

醒来的时候是下午，阳光斜斜照在脸上，慵懒的舒服，鼻端闻到腥咸的海水味道，身子却稳稳的，像是躺在床上，又不像。

木代睁开眼睛，咦，她躺在沙滩上，不过，身子底下是一张充气的气垫床。

没死。

活着的感觉太好了，木代什么都不想去想，她盯着澄净碧空，长嘘一口气：“阿弥陀佛。”然后，才转头去看。

这儿也是沙滩，但不是五珠村附近，不远处停了条漆成白色的捕鱼船，虽然很旧，但比一般的木船大，上头有驾驶室和船舱，船尾是挺大的引擎马达，船边的围栏上，挂了一圈晾晒的衣服。

再远些有村子，有村里的小孩儿在附近玩闹，胆大些的甩着贝壳穿珠的项链过来，隔着老远问：“买吗？便宜！”

不待木代回答，又哄笑着散开。

如果不是刚刚在海里的遭遇，这样安详宁和的场景，还真会给人现世安稳的错觉。

有人从船舱里走出来，木代蓦地瞪大了眼睛。

一万三？

她赶紧站起身，张口叫他的名字，这一喊大为惶恐：她的声音呢？哪儿去了？

一万三看见她了，从船上跳下来，木代惊恐地指自己的喉咙。

“你嗓子喊劈了，自己不知道啊，别讲话了。”说完斜眼看她，啧啧有声，“你那声音尖得，都能在船上打孔了。”

木代顾不上翻他白眼，口型问他：“我朋友呢？”

“活着呢，罗韧送她去医院了，她那个腿，小腿以下瘀肿，保不准要截肢呢……”

木代大惊失色：她头一次给人当保镖，就把人保截肢了？

一万三慢悠悠地把下半截话说全了：“幸好，罗韧先给她放了血，要不是船上没备什么药，也用不着送医院。”

五珠村空了，连张像样的床都没有，罗韧同一万三在祠堂凑合了一两天，除了偶尔有不知名的鸟儿落在角脊上拉屎撒尿，还真没什么特别的。

仙人指路，仙人指路，把他们指到没人的村子，倒是再给个信息啊。

一万三不想干坐着守株待兔，木代她们到达合浦的这个早上，他去了海边，逐条检查村里留下的采珠船，跟罗韧说，这船还能用。

“我带你回来，其实不全是为了聘婷，我爸的骨灰一直在海里，一直是我的心病。”

他比画给罗韧看。以前村子里采珠，采珠人腰缠长绳，绳头系在船边，头颈用熟皮子蒙住，戴锡做的弯环空管蒙住口鼻，然后下水，最深能下到一两百米呢。

一万三挨门挨户去找，果然让他找到一副遗留下来的，怪模怪样，有罩门，也就是简易氧气筒的功能。罗韧不大信任这个：“反正这边靠海，氧气筒、潜水装置不难找，要么再租条船，你们这里的小木船……”

言下之意是，一翻再翻的，经不住浪。

也是巧合，木代她们出事的时候，罗韧他们租到了船正往回赶，一万三在驾驶舱给罗韧指向：母亲当时翻船的位置离着村子不远，重点还是村边那片海域。

罗韧“嗯”了一声，稳稳控舵。

一万三心里犯嘀咕：为什么罗韧连船都会开？跟棉兰老岛有关？

木代的电话就是这个时候来的，罗韧腾不开手，让一万三帮忙递电话，木代只说了两句就断了，再打过去，再也不通了。

也是，那时候，她的手机落水了。

一万三约莫听到两句，什么救命、海上。

他穿凿附会：“咱丽江没海啊，什么海，不是拉市海吧？”

拉市海是湿地公园，也是丽江著名景点，就算掉下去了也不打紧：“拉市海一年到头短不了游人的，就算她掉下去，两秒钟就救起来了……”

罗韧沉吟了一下，摇头：“不对，木代不会把拉市海称作‘海上’，你马上给张叔拨电话。”

拨号的时候，罗韧已经加快了航速，而当一万三重复着说出“小老板娘怎么会来合浦呢”的时候，他把引擎拉到了最大。

听到这里，木代嘘了口气，暗自庆幸自己动身之前，跟张叔报备了去向。

她找了块石头，在沙地上写：“然后呢？那个东西呢？”

“什么东西？”

她继续写：“顶翻我们的船，还有夹住红砂的腿的那个东西。”

一万三盯着那行字看了半天，眼底翻滚着异样激荡的狠戾。

当时，他们是先看到了一处水花四溅乱成一团，并没有立刻认出来，船近了之后，听到木代的尖叫，被他形容为“尖得能在船上打孔”的尖叫。

罗韧留一万三在船上接应，自己下了水，很快把两人救了上来——木代死死扼着炎红砂的手腕，罗韧很是费了点儿力气才掰开。

木代和炎红砂的情形不一样，她虽然呛了水，但那水基本被她喝了，人晕了之后很快被救起，反而没什么大碍。炎红砂是一直在水下呛水，水进了肺，呼吸暂停，做了急救和人工呼吸才醒过来。

木代写：“你急救的？”

一万三指自己的脸：“我这长相，像会急救的吗？我连开车都不会。”

木代一甩手，把石头扔出去老远。

炎红砂醒了之后一直哭叫，又指自己的腿，估计是疼得受不了，罗韧拿剪刀剪开她的裤腿，这才发现她小腿以下，全部发紫瘀肿，于是先给她做了放血处理，然后把船泊到停车的地方，吩咐一万三照顾木代，自己开车带炎红砂去最近的医院。

至于木代……

她衣服湿着，一万三起了个投机取巧的主意，把她扔到沙滩上晒着了。

反正这里又不冷，晒着晒着，就干了嘛。

“罗韧猜说，那应该是一只蚌。”

蚌？木代忽然想到视频里那只小桌面大小的海蚌。

“可是，也说不大通，第一，把她小腿以下全部夹住，这蚌得多大啊。我也算是在五珠村长大的，看到的蚌，最多也就小面盆大；第二，蚌不会游泳啊。我印象里，蚌是靠斧足走路的，你见过哪只蚌是扇着两面壳，跟小翅膀似的，在水里游的？”

木代没怎么把一万三的话听进去，她站起身，向着远处的公路看过去。

黑色的悍马，顶上一排狩猎灯，罗韧他们回来了。

第十六章

木代脑子里转了好多转，跟罗韧见面的时候，她应该怎么表现呢？落落大方？款款一笑？熟人打招呼一样随便，还是最好矜持一点儿？

都没用上，因为罗韧停好车子往这边走的时候，她的眼睛忽然瞪大了。

罗韧为什么关上车门就往这边走？红砂呢？

责任感瞬间回归，她是保镖啊。

木代急急冲上去，对着罗韧就是一通比画。幸好一万三跟过来，给她代言：“她嗓子喊失声了，暂时不好说话。”

真是提醒罗韧当时看到的那一幕了，这小身体里，还真是蕴藏巨大能量啊，一个人能抵三个喇叭。

幸好他猜到木代想问什么：“你朋友没什么事，但是得休息两天，我觉得来回折腾对她腿不好，安排她住院了。”

住院了？虽然医院里没什么危险，但她理当跟红砂待在一起啊。

木代强行征用一万三的手机，把自己的要求打给罗韧看。

罗韧不理解：“为什么一定要跟她待在一起？医院里也不好睡，你暂时跟我们一道好了，船上有住的地方，过两天接你的朋友也是一样的。”

真是，不招不行了，她万般不情愿，期期艾艾，打出四个字——

我是保镖。

罗韧居然问她：“哪种保镖？专门雇来帮忙喊救命的那种保镖吗？”

木代气坏了：她喊得很夸张吗？怎么一个两个，明里暗里，都拿喊救命来取笑她？当时生死关头啊，何况她还不会游泳！

真是懒得理这些人，她脸一沉，也不要罗韧送了，抬脚就往路上走，走得飞快，把“我生气了”的身体语言表达得很准确。

出去的路是段低矮的盘山路，路上几乎没车，木代走了一段之后，罗韧开车跟上来，慢慢在后头跟着，车灯的光掠得远远，像是在给她照明。

木代不紧不慢地走了好一会儿，忽然站定，噌一下回头。

车停得也快，看不清他挡风玻璃后头的脸，灯光太亮，反而刺到自己的眼。木代眯着眼睛拿手遮光。从罗韧的位置看过去，她整个人被包裹在光影中，飞起的发丝都根根分明，像个美好的小精灵。

罗韧微笑，从车里打开她这边的门："大镖头，上车吧，你知道她在哪个医院啊？"

木代揣着些许小得意上了车。

路途不近，罗韧正好借这个机会把这两天的事给她讲一讲。一万三的事、抱着骨灰盒坠海的母亲，还有划着载满牌位的采珠船覆亡的老族长。

木代听得呆住，听着听着，脑子里忽然有一根线，慢慢地穿起了几件事情。

——一万三的父亲在五珠村和邻村的地盘争抢中落水，虽然老族长他们见死不救其心可诛，但采珠人都是水里的一把好手，他真的是淹死的，还是因为水里有什么东西，像炎红砂遭遇的那样，夹住了他，很快拖了下去？

——一万三的母亲和老族长都是在海里翻了船，根据描述，位置跟她们今天翻船的位置很像，如果还是那东西作孽呢？

越想越有可能，今天她们能脱险，是因为落水的只有红砂，她一直在船上拼死去拽，罗韧他们又到得及时，但一万三的母亲和老族长都是单人一条船，虽然岸上众目睽睽，但事起仓促不及施救。

罗韧也想到这一点了。

"这些事我们要联系起来看，如果是凤凰鸾扣的力量指引我们来到五珠，那么事情一定和凶简有关。第一根凶简在聘婷的身体里，我怀疑，第二根在老蚌胎中。"

木代点头。

这样一来，很多事情就解释得通了。第一根凶简附着在人的身上，勾引出人心的恶念；第二根凶简藏在蚌胎，用老蚌的力量造成一桩桩人间凶案。

神棍说，凶简是活的，那时听得一知半解，现在倒是真有些领会了。一般的想法里，金、木、水、火、土克制凶简，凶简理应怕水，但它藏在蚌胎，反而可以借助老蚌的力量在水里来去自如。

"我仔细想了一下可能跟第二根凶简有关的这几件事，觉得也很符合神棍说的那句，很少大庭广众下进行。"

初听不可思议，再一想颇有道理。

这几桩五珠村的案子，虽然都是“大庭广众”，但有其特殊之处。

第一桩，人人都在船上海上争斗，蚌却藏在水下，隔了一线水面，却是两个世界。它借着一万三父亲落水的时机，恰到好处地拖他入水，所以岸上的人只能看见一万三的父亲“在水里抽”，却不知道水底下另有玄虚。

第二桩和第三桩，一万三的母亲和老族长落水，岸上的人虽然都看见了，但他们只看到“船翻”。

木代这一次却不同，因为红砂落水之后，她死拽不放。紧接着马达声响，罗韧他们的船到了，接着罗韧又下水——下水的人多了，老蚌或许感觉到暴露的风险，很快松开了炎红砂沉底。

所以罗韧下水，只是救了她们，其实没有看到老蚌——他是综合了炎红砂腿上的伤，可能还有红砂醒了之后的一些描述，推理出来的。

木代忽然想到什么，心里“咯噔”一声。

她漏了一个人，还有炎九霄！

如果炎九霄那天晚上看到的蚌跟今天袭击她们的是同一只，而视频里，他说要“靠近去看看”，会不会靠近的时候，出了什么事？

越想越有可能，毕竟那天晚上，炎九霄是落单的。

她赶紧比画着要罗韧的手机，把炎家和炎九霄的事编辑了长长的一段，心里着急，频频打错字，不得不一再删了再写，快写完的时候，车身一顿停下了。

往窗外看，是个家常餐馆。

罗韧说：“待会儿就到医院了，先下车吃点儿饭。”

木代这才发觉肚子饿得厉害。这一天了，路上走水里泡，她都把吃饭这事给忘了。

进了餐馆坐下，木代继续认真写她的短信，菜都是罗韧在点，写完了一抬头，罗韧却不在对面，站在后厨口跟老板娘说着什么。

等他说完了过来，木代赶紧把手机递给他。

罗韧逐字去看，神情有些凝重，过了一会儿放下手机，手指在桌角轻轻点着。

上菜了，罗韧说了句：“先吃饭。”

说出来可能影响食欲，还是等她吃完了再说吧。

菜点得都清淡，但是木代的嗓子咽食难受，吃得小口小口的，时不时要喝水喝汤去送——她当时到底喊成了什么样子？那时候，自己极度紧张，现在想起来，一点儿印象都没有，罗韧他们怎么也不说拍个视频让她看看呢？想来也挺有纪念价值的。

快吃完的时候，罗韧才又开口："一万三的父亲、母亲，还有老族长的尸体，后来都被打捞出来了，也就是说，如果真的是那只蚌作怪，它害人，但不……吃人。想知道炎九霄有没有出事，还得从海底去找。"

所以，炎九霄的尸体，可能在海底？

木代不觉打了个寒战。

餐馆的老板娘过来，手里拎了外卖的塑料餐盒，木代还以为是给炎红砂打包的，哪知老板娘看着她笑："说是把嗓子喊哑了的姑娘，就是你吧？"

连餐馆老板娘都知道了，木代瞪了罗韧一眼：你不是有钱吗？去电视台打个广告呗，就说我怕死，喊救命喊得不能说话了，谢谢你帮我出名。

老板娘把手里的餐盒递给她："我们这儿的土方子，醋拌银耳，你每天吃点儿，不出两天包好。以前有喊海的人，嗓子喊坏了，把这个当饭吃呢。"

这样啊，木代有点儿不好意思，赶紧接过来。

到医院时已经很晚，炎红砂还没睡，躺在床上翻杂志。忽然看到木代进来，她喜出望外，噌一下就坐了起来，真不像个需要休养的"病人"。

她对木代表达感谢："虽然我被淹得半死，但我记得的，那时候你抓着我，就是不放，感动死我了。我当时就想，我死了的话都要给我爷爷托梦，让他给你加钱。"

劫后余生，炎红砂叽里呱啦形同话痨，感谢完木代又感谢罗韧，中心意思就是：报答！加钱！

木代私心里觉得，不能讲话也挺好的，这样她就不用假装客气地推辞"不用，不用"，而是面带笑容，就跟鼓励炎红砂加钱似的。

罗韧过来问了炎红砂的意思，这医院环境一般，味儿又大。炎红砂一听能走，举双手赞成，要不是腿还疼得很，怕是也举起来了。

罗韧要去准备一下，吩咐木代别乱走，吩咐的时候，炎红砂的眼睛滴溜溜地在边上看着，罗韧一走，她就抓着木代问："他是谁啊？你们认识的吗？那时候你说要打电话找人帮忙，就是打给他吗？"

木代点头。

"他跟你什么关系，男女朋友吗？"

还不算吧，毕竟那次她没同意，然后……

然后那天晚上聊了之后，紧接着又发生了聘婷重新被附身的事情。之后，她和罗韧之间，总好像有些不进反退的感觉了。

可是，罗韧对她，还是要比对别人不同吧。

木代垂着眼睫，不点头，也不摇头。

炎红砂自己猜：“互有好感？朦朦胧胧？单相思？发展中？”

八九不离十了，她大叫：“好险！”

好险什么？木代奇怪。

“我差点儿就对他有想法了你知道吗？”她解释，“你想，他长得帅啊，又救了我，我的行李都掉水里去了，住院没钱，他二话不说就付钱，还有啊，给我放血的时候……”

给她放血的时候，她疼得厉害，泪汪汪地看罗韧手里的三棱针，罗韧对她说：“头转到边上，别看。”

声音低沉，很镇定，她心里一动，乖乖地就转到边上去了。

还好，没有在错误的道路上再跨一步，但是还没恋呢就失恋了，还是让人止不住地伤感。炎红砂捂住心口：“我要躺一下，我有点儿心痛，我得五分钟才能缓过来。”

她自说自话，木代又好气又好笑。炎红砂躺了一分多钟，哀怨地转头看木代：“不行，木代，你得让我心里好受点儿，我不给你加钱了行吗？”

木代眼睛一瞪，伸手摁住炎红砂的脑袋，把她的脸掰到朝墙一面去了。

炎红砂梗着脖子，惆怅地想：真是人财两空啊。

第十七章

回到船泊的地方，已经是半夜。

罗韧帮炎红砂从医院租了辆轮椅代步，但上下车什么的，还是得抱她。炎红砂极其不配合，被他抱着的时候，还要双手举得高高的，跟投降似的，声音务必让木代听到：“我也没办法，我也不想的。”

罗韧莫名其妙，问她：“你不想什么？”

炎红砂凶他：“你不要趁机占我便宜啊。”

罗韧看了她一眼，直接扔了了事，第一次是扔车后座，第二次是扔船舱的床上。

第一次被扔，炎红砂痛得大叫，第二次，她叫得更厉害，不过是欣喜的：“船，船啊，我第一次睡船呢！”一边说，一边掀起床垫子瞅了又瞅，好像船上的床长得跟别处不一样似的。

一万三冷眼瞅了她半天，说："神经病。"

船上带小的淋浴间，两个人草草冲凉洗漱。船舱的房间让给女孩儿，罗韧和一万三两个去驾驶舱凑合，说是晚上不开船，明天一早去五珠村附近的海域。

听到要去五珠村，炎红砂睡不着了。

半夜的时候，她从床上探身起来："木代？木代？你睡着了吗？你倒是吭个声啊。"

黑暗中，木代翻白眼：你不知道我失声了吗？

她没好气地在床板上敲了两下。

炎红砂反应过来，一个人自说自话。

——"你说，夹住我的是什么玩意儿啊？会不会是老蚌啊？我叔叔发来的视频上的那只老蚌？"

——"你说，我叔叔会不会出事了啊？"

她忽然难过得不行："我叔叔要是死了，我爷爷得把眼睛哭瞎了。"

木代叹了口气，从床上爬起来，去到炎红砂的床上坐下。黑暗中，炎红砂的眼睛水亮水亮的，流眼泪了吧。

怎么安慰她好呢？木代想不出，只好学着罗韧的样子，在炎红砂的头发上摩挲了一下。

炎红砂又说："你说，那只老蚌，一直这样害人吗？在这之前，会不会有很多人遭过毒手啊？"

嗯，是的，如果把五珠村之前的人命案都算上的话。

不过……

木代心里忽然"咯噔"了一声。

在五珠村搬走之后的那段时间，会不会有别的、零星的想采珠的人也下过水？

第二天早上，船没有像商定的那样立刻开往五珠村。

木代她们还在睡梦中的时候，罗韧已经驱车去市里了。

他前一晚跟一万三聊了很多，两人都觉得，如果真是老蚌作怪，不能这么贸贸然过去，需要一些得力的工具。

没看见罗韧，木代有些无精打采，一万三从就近的村子里买了粥和菜饼。这里也真是海味丰富，粥是咸的，筷子一捞，还带出几粒小虾米。

木代打开昨晚的醋拌银耳，就着早餐一起吃，吃完了练习发声，一夜过去，嗓子好多了，可以嗯嗯啊啊地发声了。

吃完饭，木代去船边放下的入水楼梯上坐着，好多次有意无意地转头去看公路，就希望罗韧的车子能早点儿出现。

有一次转头，恰好和一万三四目相对，一万三说："还没回来呢。"

木代回了句："哼！"

"哼"是她继嗯、啊之后，娴熟使用的又一个音。

一万三走过来："我给张叔打电话了，说了一下你的情况。你自己手机掉水里了，张叔他们联系不上你，急得跟什么似的。"

哦，也是，昨天发生太多事，她倒是把这茬给忘了。

一万三就势坐下，问她："你跟罗韧怎么样了啊？"

他和曹严华他们，是亲眼看到罗韧说木代是他女朋友的，也亲眼见证了木代扬扬得意地拒绝："我同意了吗？"

不过，那时候，他们都觉得只是闹别扭罢了，罗韧不是连着好几天去酒吧给小费"请罪"嘛。

木代没吭声。

一万三说："你别觉得我说话不好听啊，我觉得，罗韧不适合你。

"罗韧这个人挺复杂的，你不知道他的世界里到底是什么。换句话说，他的那个空间，你进不去。"

木代咬着嘴唇不说话。

她知道，她有感觉。

她跟大师兄说，要多历练历练，多点儿经历才好，又说，要那种有气场的，看着就很酷的，很沉稳的，不动声色的……

因为她觉得，罗韧身边，应该是这样的人才对。

"小老板娘，罗韧喜欢你是真的，你讨人喜欢呗，我那时候见到你，还不是也想入非非？后来被你揍得没了心思呗。但是你发现没有，罗韧对你走到喜欢这一步之后，他就很难往下走了，他比以前克制多了。"

木代静静听着。

"从我们男人的角度来说，喜欢了一个人之后，接着就要考虑是不是继续认真地喜欢。其实以前，在路上，我也喜欢过一个姑娘，但是，在要不要继续的时候，我就想，我是个什么玩意儿啊。

“你懂的，我就是个骗子，好姑娘我喜欢不起的，门当户对，我他妈连门儿都没有。我就装不懂啊，装着不认真啊，她当时伤心，后来就好了。有一次，我进她空间去看，她结婚了，连孩子都有了。

“我敢跟你打赌，罗韧比我可复杂多了。昨天晚上，讨论拿什么对付老蚌，他说的那些工具，我真是……想都没想过。他跟你绝对不是一个世界的，你要是真的进去，指不定要受多少罪，所以……嗷！”

斜上方飞来一只拖鞋，正砸在他脑袋上。

一万三难得正经一次，跟她探讨感情问题的谈话，就这样结束了。

转头看，上头的小窗里露出炎红砂涨得通红的脸：“放屁！”

气窗就开在炎红砂铺位的上头，估计她是躺得无聊，贴窗透气，顺便听墙角了。

一万三恢复本色，气得头发根都竖起来了：“你拿鞋子砸我？你给我等着！”

他跳起来就往船舱走。

炎红砂气势汹汹：“等着就等着，人家自己的事，要你管！”

木代一个脑袋两个大，先还侥幸地觉得一万三大概就是吓唬吓唬炎红砂，待听到炎红砂在屋里鬼哭狼嚎，顿时觉得不妙。

她是保镖啊。

木代三步并作两步进了船舱，目光所及，哭笑不得。

一万三可真狠，拽着炎红砂的胳膊，把她从床上拖坐到地上来了。

木代没好气地把一万三赶出去，又帮着炎红砂挪回床上。

炎红砂火大得很：“他死定了！一万三是吧，我要一刀把他砍成两个六千五。”忽然又瞪大眼睛看木代，“你要防着他！一个男人，这么婆婆妈妈管人家谈恋爱的事干吗？我告诉你，他别有居心，不是爱上你了就是爱上罗韧了。这年头，男人抢男人不新鲜的，你要提高警惕。”

木代心里叹气，决定晚点儿给她解释一万三跟自己认识的时间其实比罗韧长。虽然自己总对他横挑鼻子竖挑眼，但他算是“自己人”。

炎红砂余怒未消：“克制！克制怎么了？难道他没听说过，喜欢就会放肆，但爱就是克制吗？”

木代觉得，心里好像有根弦，轻轻被拨了一下。

炎红砂还在抓着“克制”不放：“克制，现在就要提倡这种精神。克制才是想负责，不克制，骗你骗到上床，上完床就跑了，那才叫可怕！你哭都没法哭！”

木代哈哈大笑。

笑完了，忽然发现，继“嗯、啊、哼”之后，“哈”这个音，她也应用得很自如了。

罗韧下午的时候才回来，除了从车上拎下自己的行李包，还拎了另一个新的袋子。

几个人聚到船舱。

袋子打开，先拿出一包不锈钢链网，极其沉，拎上拎下，发出链环撞击的哗啦声。

木代觉得也是，要想捉那样的老蚌，得靠这样的链网才行。

再拿出来的，是个防水的水下拍摄装置，用一根放绳一直下放，最多可以到两百多米深。

罗韧说：“其实我之前用的叫‘水眼’，配置比这个高级，也就是说人在岸上操控，水眼像是延伸到水下的眼球，帮助你看到水底下的一些东西。但是这里没有这样的装备，暂时用这个代替，镜像可能会比较模糊。”

水眼……

木代和一万三交换了一下眼神，又很快错开。

还有一根，像是电棍，棍身却像带倒刺的狼牙棒。开关揿下，下头的刺棒高速旋转。

罗韧说：“这个分两道用。如果蚌壳不打开，这个就当电钻，尖头的钻头我试过，薄的铁板没什么问题。如果蚌壳打开……”

他看向炎红砂：“遇到有人又被夹住的情况，直接就伸进蚌壳。”

短短几个字，脑补的却多，想到这绞钻进肉，木代觉得有些不寒而栗。

但一万三的感觉跟她不同，一万三把父母的账都算在老蚌身上，只觉得这样还不够解恨，伸手拿过，说：“我带着这个好了。”又问罗韧，“这个是直接有卖的吗？”

“拆了几个电件，组装的。”

一万三“哦”了一声，转头去看木代。木代这次却不看他了，自己偏着头，也不知道在想什么。

炎红砂只祈祷叔叔只不过是暂时失联，根本没在水下遇到过老蚌，但是万一真的不幸……

用这刺棒在老蚌身上戳二三十个窟窿都解不了气！

马达声声，船身开动，向着五珠村海域的方向。回想起前一天险些葬身海域，现在全副武装地杀回去，真有报仇雪恨的快感。

罗韧先稳方向，教了一万三之后，把操作舵交给他，自己在边上调试“水眼”和电脑成像，忽然看到木代在边上站着，像是想起了什么：“对了，有东西给你。”

他从怀里掏出一个小的麂皮袋，显然是用了很久了，袋面磨得光光的。

木代接过来，疑惑地看罗韧。

罗韧催她：“打开啊。”

打开了，伸手进去，触手好像是条链子。木代拎着链子，慢慢拉出。

链头上挂着的，是个钛合金水手求生哨，粗粝石洗质感的哨身，虽然已经力求做得小巧便携，但一看就是男用。翻转过来，哨身背面凹刻着L.R。

罗韧姓名的首字母缩写。

哨子的边上，挂着一颗扁圆的小小的白色珍珠，迎着太阳去看，珠子身上，好像闪烁着一线金色的光芒。

罗韧说：“不能讲话的人，就必须挂个哨子，万一你掉到水里，我好去捞你。”

第十八章

金乌西坠，海风拂面，船尾搅起白色的海浪，如果不是水里有那玩意儿作怪，真像是来度假的。

还是“自驾游艇”呢，虽然是条破船。

木代觉得挺满足，往前看，罗韧正在船头打电话，往后看，炎红砂坐在轮椅上，兴致勃勃地练习如何兜链网。

链网太重，不可能人工抛兜。罗韧想了个办法，把链网展成平面，先从船舷边放下水，网边上的链环用钢丝索通穿，简单地说，像是布口袋边沿的抽绳。抽绳放下时，是一个平面，钢丝索的两头连接着船上的电动绕线绞轮，需要的时候，绕线轴高速旋转，把钢丝索全部绕起，下头的链网就成了扎紧口子的链袋。

炎红砂腿脚不便，正好定点定位，被委任绞轮操作工的角色。

她兴奋之至，觉得颇有纪念意义，一个劲儿地央求木代：“木代，你去朝罗韧借手机，给我拍一张嘛。”

她和木代都没手机，一万三的手机她又是万万不愿借的，只能打罗韧的主意了。

木代答应了，又不想打扰他打电话，隔一会儿就看他打完没有，也不知道看到第几次时，罗韧朝她招了一下手，示意她过去。

木代噌一下起身，小跑着过去，那个被她塞进领口的哨子凉凉的，珍珠也凉凉的。

不一样的两种凉。

罗韧说："慢点儿。"

说得慢了，她都跑过来了。

木代跑到了之后才反应过来，怪不自在的，觉得自己应该矜持点儿才对。

罗韧说："我给郑伯打了个电话，聘婷还好，郑伯尽量不给她注射镇静剂。酒吧那儿也还平稳，张叔招到人了，不过都是流动的，暂时顶你们的缺。还有，听郑伯的意思，你红姨给酒吧打过电话。"

红姨？木代激动起来。

罗韧笑："我知道你想问什么，她没说在哪儿，就是怕你们着急，报了个平安，也没说什么时候会回。"

这样啊……

木代还是挺高兴的，她没那么贪心，有消息了就好。

罗韧顿了一下："还有就是……猜猜谁现在在我家？"

谁？在罗韧家里，那得两人都认识，李坦？万烽火？还是……

木代眼睛突然一亮。

神棍？

罗韧显然也很高兴："听神棍的意思，他是要去畔水古城看朋友，正好路过丽江，打听到酒吧，缘着酒吧又找到郑伯，去看了聘婷。

"他跟我说，我那个仿金、木、水、火、土的箱子也就是个形似，但是路子大差不差。他觉得即便没有凤凰鸾扣，也应该有什么能暂时封印凶简，不让聘婷受罪，还说自己有点儿想法，不过还没理清楚。"

真是个好日子，听到的都是好消息，是不是也预示着，此行也会一切顺利？

木代比画着朝罗韧要了手机，过去给炎红砂拍照，刚拍完炎红砂就抢过来："我看我看，好不好看？"

她边看边自言自语："到时候让罗韧发给我，我得美图一下才行啊。"又把罗韧的照片前翻，"他平时都拍什么呢？会不会有自拍啊？"忽然兴奋，"说不定有半裸的那种。"

木代也好奇，又不想表现得太过，只好一副漫不经心的样子，但眼睛一直朝手机上瞄。

罗韧不像是喜欢拍照的人，自拍没有，多半是随手拍景，而且看得出来，他是那种不在意什么格式构图，随手拍了了事的那种。

炎红砂很快意兴阑珊，把手机还给了木代。

木代低头扫了一眼，心里忽然动了一下。

她的心怦怦跳起来，伸手点了其中一张，放大，再放大。

薄雾蒙蒙，那是重庆的长江索道。

照片拍的是江景，正好把对面的缆车拍进镜头。江面上不可能有这样的取景角度，除非是，他自己恰好在另一辆缆车上，手机的像素也没可能在那样的环境下拍清楚脸，但是，衣服可以看个大概。

尤其是那件依稀能看出是个大象头的打底T恤。

木代的头皮上好像有细小的火花，踮着脚尖，溜溜地一路跑过。

把手机还给罗韧的时候，她歪着脑袋，把罗韧从头到脚打量了一遍。

罗韧让她看得莫名其妙，问她："怎么了？"

木代回了一个字："哈。"然后就扭头走了，不过心情很好，想着：没错的，那个人就是罗韧。

那一天，罗韧在对面，朝着她轻轻点了一下，然后她猛地一转头，抓住了曹严华。

而现在，她跟罗韧在一条船上，脖子上挂着他送的口哨，要一起去捉老蚌。至于曹胖胖，已经是她的徒弟了，整天跟前跟后地叫她：木代妹妹，妹妹小师父……

那时候，她可想不到事情会这么发展的。

船身轻晃了一下，终于在之前遇险的海域稳了下来。

远远地，可以看到五珠村，木代眯着眼睛去看。罗韧过来，递给她什么。

也是见过的，那个拇指超微型单筒望远镜。

木代把望远镜套在食指上，凑在眼前东看西看的，视线忽然转到海滩，兴奋得差点儿叫起来。

她的行李还在，那天，掠身上船的时候，她顺手把行李放在沙滩上了的。

很好，到目前为止，除了损失了手机，其他都还好。

转身时，一万三已经慢慢地往下放"水眼"了。其实通俗来看，就是能够往下放的铁链连着简易水下相机，怕相机的分量太轻，底下坠了个颇有分量的铁球，铁链穿过栏杆上临时架设的一个绞轮，便于控制距离和停顿。

罗韧在调电脑屏幕上的对接画面，提醒一万三先不急着下放，静止一下看成像效果。

慢慢地，画面就清晰了。

水下的世界，静得让人有灵魂出窍的错觉。罗韧点了点头："继续吧。"

水眼一寸一寸地往下走。

所有人都凑在屏幕前面，随着深度的递进屏住呼吸，心情也随之紧张。

炎红砂眼睛紧盯屏幕，下意识地抓住木代的胳膊："木代，下头会不会有鬼啊？"

不知道，整个地球，海洋占据四分之三，七十亿人口只在陆地纷纷扰扰，谁也不知道海里会有什么，即便有鬼，你也管不着。

炎红砂提前给大家打预防针："我胆子小，我会叫的。"

尖叫也是舒缓紧张心情的一种方式，不过自己现在不能叫……

木代暗搓搓把衣领里的哨子拎了出来。

水眼继续往下走。

罗韧渐渐觉得不对，看了一眼深度传送数字，问一万三："这里虽然离村子有点儿远，到底也是近海，你从小在村里长大，这片海水里，没有鱼吗？"

水眼在水下，被那根铁链和铁球牵引，有时会以铁链为轴心做自由转动，也算是三百六十度无死角观察，但是视线所及范围，没有看到活物。

不是说多姿多彩的海底世界吗？倒像个死寂的世界。鱼呢？虾呢？林林总总的浮游生物呢？

炎红砂喃喃："这片海，好像是死的啊。"

一万三说："我不知道。我记得我小时候，海里有很多鱼的。"

何止是鱼啊，他曾经往下扎猛子，捞起过海星，还是蓝色的呢。

水眼继续向下。

视线里越来越黑了，阳光照不到海底，一般五百米以下全黑，罗韧又看了一眼深度传送数字。这里是近海的近海，可见度还勉强，深度估计也就二百米左右，快到底了。

有缥缈的细长的什么忽然在镜头前掠过，炎红砂一声尖叫："那……那……是什么？"

其他人没被画面吓到，倒是被她吓个半死。

一万三没好气："叶藻。"

是海草的一种，种类繁多，叶子细长带状，随着海底流水的动向慢慢拂动。陡然出现，确实有几分妖形魔舞的意味。

罗韧提醒一万三，再放链的时候分外小心，怕被叶藻缠上。

果然，再往下，叶藻就密了，一万三说："这叶藻挺长，得有一两米吧，不过分分秒到底了，叶藻是长在海底的。"

刚说到这儿，画面上忽然出现一个奇怪的东西。

圆不隆咚，泛着金属色泽。可能是和水眼的镜头离得很近，一时间看不出是什么，而水眼又是通过搭在栏杆上的绞轮下水的，上下自如，但左右没法调整。

炎红砂说了句："它在动呢。"

也不是动，而是慢慢随着水流在转，光泽感更强了。罗韧隐约看到镜面，约莫猜到这是什么。就在这个时候，水流一转，那个东西完全转过来了。

一双圆瞪的死人的眼！

炎红砂尖叫，身子往后拼命一顿，身下的轮椅往后一撞。一万三好死不死正站在后面，重要部位被袭击，痛得大叫，就势往边上一跳。轮椅失了阻滞，骨碌碌就往后滚，撞在驾驶舱门边。与此同时，罗韧耳边响起尖厉的哨声。

他送木代的是水手口哨，声音特点就是高和细，以利于穿透海上风浪，便于求救。

当这声音在耳边响起，简直了！

罗韧下意识握住哨身，用手把出声口盖住哨声，说："再这么吹我就没收了。"

木代看了他一眼，做错事一样松了口，嘴唇碰到他的手背，好像有一线电，从那个位置，嗖地一下，风驰电掣，直击心脏。

罗韧迅速松了手，心里咯噔了一下。

那个口哨挂下来，吹口处有湿湿的浅浅唇形，罗韧马上移开目光。

一万三痛得要命，还在原地嘘着气蹦蹦跶跶，炎红砂却突然用哭音喊了一声："木代！"

她双手撑住轮椅，想第一时间挪过来，但不知道是不是没使对力，轮子转了一下，没动。

电光石火间，木代忽然想到了一个人。

炎九霄！

罗韧显然也想到了，他全身一凛，视线重新转到电脑屏幕上：那是一个潜水头盔，可以想见，炎九霄穿着潜水服，戴着潜水头盔，身后应该还背着氧气瓶。

他是立在海底的？

一万三半弯着腰，神情痛楚地提议："要么把船挪开一些，把水眼和他的距离拉大，应该能看得更清楚。"

船往右侧移动了一到两米，距离变远，视线角度变大，终于能看到全景了。

炎红砂吸着鼻子，泪水止不住地往下流，忽然就把头转了开去。木代抱着她，自己也手足无措，只好像哄小孩儿一样拍着她的背心。

自己也不敢看，只偶尔瞥两眼，但即便只是一两眼，画面也久久挥之不去。

男人的反应就要镇定许多，木代听到罗韧吩咐一万三调整角度和方位："放，继续放，停。"罗韧又说，"你看。"

木代偷瞄了一眼，轻嘘一口气，画面上至少看不到人脸了。

罗韧把水眼的自带遥控照明灯打亮，在水下，那一点儿光线简直不足一提，但聊胜于无。

"看他的腿，是被叶藻缠住的，自由生长的叶藻，即便是一团乱麻样，也不可能这样，横着绑住一个人的腿。"

连炎红砂都暂时止住哭泣，抬头去看屏幕。

罗韧说得没错，炎九霄的小腿以下，缠得密密匝匝，乍看上去，像绑起的绷带。

叶藻，不可能长成这样的。

炎红砂颤抖着开口："我不知道我叔叔有没有带同伴，是不是有人……"

是不是有人也背了氧气瓶下去，把她叔叔绑在了海底？但是没听叔叔说过有人同行啊，而且大费周章这么做，动机呢？目的呢？

罗韧说："未必是人做的。我之前查过一些蚌的消息，有一则新闻记得很清楚，说是有人抓住大的河蚌，在院内挖小塘饲养，结果河蚌跑了。主人抓回来之后，在它的壳上拴上绳子，谁知第二天，又让他发现河蚌刚刚磨断绳索准备逃跑。"

他压低声音："你以为，它就不会做吗？"

木代仿佛看到，那只巨大的海蚌，稍稍张开扇贝，像夹子一样夹住叶藻的一头，沿着炎九霄的双腿，慢慢挪动着斧足，绕着他，一圈，又一圈。

你以为，它就不会做吗？

第十九章

有那么一瞬间，船上所有人都陷入了一筹莫展的境地。

炎红砂一直很小声地哭，有时发呆，大概是忽然想起了叔叔在某些事上的好，眼泪哗啦啦往下流。不过，她最担心的其实还是炎老头，一直喃喃着："爷爷知道了怎么办呢？”

“咣当”一声响，好像是船栏杆上的绞轮滑了，一万三挪着步子出去加固，一步一嘘气，大概痛劲儿还没缓过去。

罗韧一直上下微移着水眼，看了很久之后才说：“他身上没有伤痕，至少在我看来没有明显的外伤。我怀疑，他到海底的时候，人还没死。”说着，指了指画面上的氧气瓶，“这种氧气瓶，一般情况下可以支撑两个小时，但是海水越深，能够持续的时间越短。我假设在这个深度，他可以使用一个小时左右。”

炎红砂陡然惊怔，猛地抬头：“有一天晚上，我叔叔给我打过电话，我手机……”

她习惯性地伸手去摸手机，想给他们看来电记录，摸空了才想起来，手机早就掉进海里去了。

她努力回忆那一晚的情形。

是在半夜，因为那时她已经睡了，似乎看到叔叔在海底，拼命地想往外爬，双手深深陷进海沙，脸色惨白，眼睛里布满血丝，带着哭音叫她：“红砂，我不想死在这里……”

她打了个激灵从梦里醒过来，发现电话是接通状态，电话的那一头儿，海浪声清晰可辨。

这件事，木代还是第一次听说，一万三不知道什么时候也进来，倚住门框听得入神。

罗韧问她：“然后呢？”

炎红砂咬着嘴唇：“那头儿没有回答，过了一会儿就断了，再打过去，有时是关机，有时说不在服务区，总之再也没接通过。”

她怕大家不相信：“真的，我也以为我在做梦，但是我手机上真的有那通来电……”

她懊恼之至：手机是最好的证据了，怎么就丢了呢？

罗韧沉吟了片刻：“理论上，是圆得通的。”

大家都看他。

“有些至亲的人，在生死关头，会有类似的心灵感应。看到水眼的画面之前，我们还可以说，红砂是日有所思，夜有所梦，因为她最后一次跟炎九霄通话时，炎九霄是在海边。这个场景折射到她的梦里，潜意识会觉得炎九霄淹死了。

“但是在看到水眼的画面之后，这个梦，就很值得玩味了。”

他问炎红砂：“梦里，你是看到你叔叔在海底爬了一段距离，还是只是拼命往外爬？”

炎红砂擦了一把眼泪：“往外爬，很使劲的样子，但是好像没有爬动。”

木代短促地“啊”了一声。

一万三把她的话说出来了：“是不是可以假设，那只蚌把你的叔叔拖下了水，在这个过程中，人极度挣扎惊恐，会消耗大量氧气。那个时候，氧气瓶行将耗尽，你叔叔处于极度缺氧的状态，同时，他的腿被困住了，所以你看到，他借助海沙往外爬，很使劲的样子，但是始终没有爬动。”

炎红砂的身子战栗了一下：这样的场景太可怕了，叔叔没有被淹死，是氧气慢慢耗尽死去的吗？

罗韧有些不忍心，把话题转向另一个方向：“打电话也合理，你叔叔之前就拍过老蚌晒月的视频。准备了潜水装置之后，手机也会做相关处理，方便水下拍摄——他的手机应该装了抗压的潜水外壳和防水袋，也就是说，在水下可以通话。但是有一点他可能没考虑到，水下信号弱，为了和周边基站联系，电量消耗会大，而且海水热量来自太阳辐射，离海面越深，光照越少，温度越低，又会极大消耗电量。”

炎红砂怔怔的：所以电量耗尽是合理的？她之前还在心里怪过叔叔，下水的时候，至少把手机充满电啊。

她眼前突然模糊：所以叔叔当时，确实是在海底，拨了她的电话？

她痛哭失声：“都怪我，我晚上睡觉太死了，要不然，我就可以跟叔叔说话……”

罗韧打断她：“不是的。你叔叔拨通你电话之后，手机就不在他手上了。

“因为你在电话里听到了海浪声，海底是不可能有海浪声的，也就是说，那个手机至少是到了海面上，或者海岸上。”

一万三心里“咯噔”一声，脱口说了句：“老蚌晒月？”

罗韧说：“按照最一般的情况，手机是用挂绳挂在脖子上的，我怀疑，你叔叔拨通电话之后，不知道什么原因，老蚌从他身边经过，挂走了那根挂绳，也就同时挂走了手机。”

“所以，如果我没猜错的话，这个老蚌身上，拖了个手机。”

那这只老蚌在哪儿呢？

木代忽然想到了什么，赶紧抓住罗韧，伸出一只手，先是竖着，然后放平，嗓子里艰难发声：“水眼……放平……”

罗韧有些不明白：“你的意思是，水眼朝下，放平？”

一万三反应过来：“是这样，水眼现在能看周围三百六十度，但是看不到海底，我们应该把水眼转过来——而且，蚌休息的时候，是半个身子埋在海沙里的，所以我们看不到它，它现在很可能就在水底下！”

罗韧走出驾驶舱，抬头看了一下天，黑暮压顶，太阳只剩下最后一线颤巍巍的光，像是横亘云端的危桥，下一秒就要折坠。

“太晚了，海底没有亮了，要等明天了。”

大家一致同意去海滩泊船，谁也不敢在海上停船睡觉：海底有那么个瘆人的老蚌，万一趁着他们熟睡凿沉了船……

想想都不寒而栗。

正合木代心意，下了船之后，她第一时间把自己的行李捡了回来。

罗韧在海滩上点起篝火，炎红砂谁都不理，推着轮椅到海边，看着夜幕下黑沉沉的大海发呆。一万三揣着手电，说是去村里走走。

即便空了，也还是他出生的村子。

木代跟着罗韧坐在篝火边上啃压缩饼干。

罗韧看着大海，心有不甘：“这片海里，什么都没有，否则的话，可以烤鱼、烤螃蟹、烤扇贝……”

木代捡了根树枝，在沙滩上写：都被老蚌吃了吗？

罗韧说：“你当小鱼小虾都跟你一样傻吗？乖乖等着老蚌来吃？它们不会跑吗？”

木代“哼”了一声。

罗韧看着她笑，忽然说：“你知道我们以前怎么烤鱼吗？”

他一副“你绝对猜不到”的表情。

“我在老岛的时候，有一片常去的海滩。海滩上有礁石，说不清是什么石头，平展展的一块，我们想办法把下头轰了中空，乍看起来，像一个环。”

他用手比画着石块的样子：“然后，在环下生火，把石头烤得炙热。”

他唇角慢慢漾起微笑。

“很多好兄弟，出生入死的兄弟，有人负责捞鱼，至于我，专门负责烤，因为我刀工最好。”

他从腰后拔出那把直刃刀，取下皮套，刀身映着火光，发出澄澄的光亮。他伸出手指，弹了一下刀身。

铮然长音，像是古人说的金石之音。

“鱼捞上来，去皮去鳞，我负责削鱼片，刀刃这么平着抹下去，那一片，薄如蝉翼，往石头上一摊，盐粒撒下去，飞快再撒一层孜然、辣椒粒，或者是当地的香料粒，瞬间揭起。”

他轻轻闭上眼睛，像是在闻醉人的香气。

“不知道是不是因为火光的关系，鱼肉是金黄色，肉质丝丝分明，微微蜷卷，上头的香料，一粒粒，都像勾人的馋虫，伸出舌头，把鱼片卷下去，卷到舌根，细细品味，好吃得像是要炸掉。

“然后是一大杯德啤，咕噜灌下去，爽得你必须起来唱歌，或者跳舞。”

木代出神地看着罗韧，他的脸被火光映得发红，轮廓半明半暗，像线条分明的雕塑，却比雕塑更多柔情。

“那时候，我有个好朋友，日本人，叫青木，会弹尤克里里，就是夏威夷小吉他。他会唱家乡的歌给我们听，那首歌我不会唱，但歌词他翻译过给我听。”

罗韧的声音低下来：“讲的是一个年轻的渔夫，第二天就要出海打鱼，不知道什么时候回来。他心爱的美丽姑娘，夜晚偷偷和他相会，又赶在天亮之前回去。

“那首歌说的是，今晚枕的是丝绸枕头，明天出海就要枕着波浪了，我问枕头我睡了还是没睡，枕头说话了，说我已经睡着了。枕头啊枕头，什么也不要说啊，那个可爱的人和我的关系，对谁都不要说啊……”

罗韧捡起树枝，给篝火加柴。

“那时候，青木歌里这个美丽的姑娘，是我们共同的梦中情人。”

木代惊讶：“啊？”

这惊讶，似乎在罗韧意料之中，他说：“我知道，你们看起来，不过就是一个女孩背着家人私会情人的故事，道德家会上升到更高的角度，可是我们，不这么觉得。”

是的，他们不这么觉得。

在老岛，血和死亡已成家常便饭，钞票一沓沓塞满柜子。晚上关上，明天不知道还有没有命打开。睡梦里，一枪轰了脑袋，你都不知道到底是梦，还是真的从此一了百了。

睡过山地、沼泽、蚊虫叮咬的树林，枕着树桩，叶片上森森的水滴进脖颈。半夜醒来，看到异国的月亮——即便全世界真的共用一个月亮，照往这里的月光，也一定分外森冷。

那个时候，多希望一睁眼，就看到他心爱的姑娘。

偷偷地，只来会他，赤着足，拎着鞋子，唯恐发出半点儿声响，穿过阴冷的河岸，穿过黑暗的密林，只为他来，眼睛里只有他，看到他时，眼波温柔得如同融进月光。

他一定起身迎接她，和她热烈地接吻，抚摸她柔软的长发，身在地狱，亲吻天堂。

他抬头看木代，隔着火光，她的发丝好像都镀着金光。

梦里的姑娘。

木代继续在沙地上写：那你的朋友们呢？

那你的朋友们呢？

罗韧盯着那行字看，眼前渐渐有些模糊。

仿佛回到了那个林子里薄雾蒙蒙的早上，他一个人收拾好装备，推开了门，忽然愣住。

他们都在，起得都比他早，好像昨晚他安排的那场酒，根本没有灌倒他们一样。

他们扛着家伙，看着他笑，对他说——

“罗，算我一个。”

“也算我一个。”

第二十章

第二天一早，木代被船上的走动声吵醒，艰难地睁开眼睛，先伸一个懒腰，嘴里呢喃：“好早啊……”

心里一个激灵，陡然间睡意全无：她能讲话了？

果然，她尝试着做了下吞咽的动作，喉咙不疼了。

这辈子都没觉得能自如讲话是这么让人开心的事。

第一反应就是想叫醒炎红砂，转念一想又忍住：红砂因为叔叔的事，难受劲儿还没过，自己就别在她面前欢喜地叽叽喳喳了吧。

穿好衣服洗漱了出来，头一个遇到一万三，木代喜滋滋地拦住他：“一万三？”

一万三斜她一眼：“干吗？”

“我有什么不同吗？”

一万三很警惕，木代上次对他这么笑，两秒不到就变脸，把他的手扼得三天端不起碗，惨痛教训，记忆犹新。

他如避蛇蝎：“跟以前一样美，一样美……”一边说一边急急走开，还挥了一下手，跟撵苍蝇似的。

木代很不甘心，慢慢腾腾又挪到了驾驶舱。

罗韧已经在准备开船了，早饭搁在一边，吃了一半的压缩饼干，加凉白开。

木代故意装作不经意地走过去，咳嗽了两声，说：“要开船啦？”

罗韧盯着操作表盘，随口“嗯”了一声。

木代挺泄气的，虽然她的嗓音不是什么天籁之音，但是哑巴了两天，至少给点儿反应吧。

她转身想走，罗韧伸手拦住她，另一只手拿起饼干，咬了一口。

“能说话了是吧，口哨还我。”

木代反应奇快，抓起垂在衣服外头的口哨，噌一下塞进衣领里，还用手捂了一下。

本来也是逗她，但这反应……

罗韧缩回手，心里想着：无赖，还挺无赖。

木代很不服气地看他，默默嘀咕：小气，真是小气。

船又回到那一片海域，关了马达停稳之后，重新调整水眼入水。

炎红砂盯着缓缓下放的链条，忽然说了句话——

“木代，我不能让叔叔的尸体就这么在海里泡着，我们能……把他捞上来吗？”

话是对木代说，实则是问所有人的。

她的心情可以理解，但是危险性也不言而喻，一万三沉不住气，说她：“在水上船都能被撞翻，谁敢到水下去？跟你叔叔并排绑一起吗？”

炎红砂眼圈一红，不作声了。她其实也知道是这个情况，但是忍不住要说，说出来了，即使被拒绝，至少也是争取过的。

木代拍拍她的背，柔声安慰她：“也不一定没办法的，我们先看看水底下的情况，如果只有一只老蚌，说不定可以声东击西啊。”

具体怎么个声东击西，她心里也没底，但有个隐隐的轮廓：如果只有一只老蚌的话，它一定没法心挂两头，想办法把它引开，不就可以趁势下水吗？

炎红砂低下头，过了一会儿，偷偷看了一眼罗韧。

一万三看来是不可能下水了，木代又不会游泳，如果真有那么丁点儿希望，那全在罗韧身上了。

罗韧会下去吗？

水眼停在了一个较高的位置，以使得视线角度够大。

场景渐渐清晰。

木代觉得心口发凉，问："那是……骨头吗？"

是骨头，森森白骨，部分杂乱铺排在那一片巨大的看起来还算平整的海沙之上，部分浅埋在海沙之中，像一片浸泡的修罗场。

罗韧觉得不可思议："海底有这么多死人？不可能吧。"

他看向一万三。

一万三也有点儿蒙："我不知道啊，那时候我虽然常在海里游着玩，但没下过海底，只有真正的采珠人才会下到海底。那时候，海里一定没有这东西，如果有，采珠的村民会察觉的。"

那就是五珠村采珠停了之后才有的？

炎红砂忽然尖叫："那儿，那儿！看！手机！"

所有人的目光聚到一处。

不是手机，是趴伏在海沙中的老蚌，有一根色彩鲜艳的挂绳挂在边上，连着个可以在水下发出荧光的防水袋。

老蚌跟视频里看到的差不多，得有小桌面大小。

罗韧说："其实对付它也简单，如果它再上岸晒月或者晒太阳，趁它张开扇贝的时候，扔进一颗拉了线的手雷……"

一万三也点头："或者像我当年一样，烧不死它！"

说完，心里都觉得好笑，嘴上逞英雄这么畅快，而事实上，望海底而兴叹，连靠近都不敢。

只有木代还盯着屏幕看，忽然说了句："人的骨头长那样吗？"一边说一边指向老蚌身后，"那不是人的骨头吧？"

屏幕上，老蚌似乎稍稍移动了一下身子，露出身后一根斜曳的有弧度的尖角。

一万三脑子里似乎有火花闪了一下，脱口而出："我知道了！"

他有些兴奋："那个时候，村里为了采珠兴旺，兴祭海神，每年三月，都要下三牲。有时是牛头、猪头、羊头，有时候，特别隆重的时候，会下全猪全羊，肚子剖开，塞进石头，让猪羊沉底。老族长说过，不沉底的话，不知道随海流漂到哪里去，旺的就不是咱们五珠村的这片采珠地了。"

那就是说，不是人的骨头？

也不尽然，至少，从那一片杂乱的白骨之间，是可以看到属于人的头骨的。

一万三盯着那片海沙看："罗韧，咱们把水眼往上提，距离再远一点儿，我好像看出些……”

话没说完，老蚌忽然又动了一下。

木代紧张：“它干吗？是不是要……上来？”

罗韧沉吟：“之前我们知道的几桩案子，除了一万三的父亲在争斗中落水，老族长还有一万三的母亲，包括你和红砂，都是划着采珠船，然后船被顶翻。”

罗韧从前生活在老岛，真正沿海一带，下水的次数多，对水底下的事多少有些了解：“不同的船经过水域，引起的水流震感不一样，有些水底下的生物，是可以捕捉这一声波频率的。我们可以假设它像人一样聪明，知道海面是平静还是震荡，知道上头经过的是小船还是大船。”

一万三冒出一句：“但是，我们的船关了马达有一阵子了。”

是的，寂静无声，就这样随波漂在海上。

木代还在想着罗韧的话。

所以，这只老蚌习惯性攻击采珠船吗？五珠村的采珠船体积不大，最多只能坐两个人，采珠的时候一般是多只集体出海，跟单人划着桨孤身出海有本质的不同。

这只老蚌可以清楚地感知到有单只采珠船，有节律地打着船桨划进大海吗？就像那天，她跟红砂在船上你争我吵的，但是水底下，老蚌已经悄悄靠近了？

木代不自觉打了个寒噤。

一万三的声音抖了：“它真的在往上，真的！收……收水眼！”

水眼几乎和老蚌保持同样的速度上升。画面上看，完全说不清老蚌到底是怎么游泳的，就那么敦实地直上直下，黑压压靠近，边上缀着手机挂绳挂着的手机，像条诡异的尾巴。

炎红砂也紧张起来：“我……我们的船够大，不会被顶翻吧？”

罗韧笑了笑，吩咐一万三：“抄家伙吧，如果真是冲咱们来的，是时候亮真章了。”

每个人都紧张起来，连炎红砂都费力挪着轮椅往船后：她是负责兜网的，这两天已经练了好多次了。

木代靠在栏杆上，抓着栏杆的手有点儿出汗。

这只老蚌，为什么忽然往上动了呢？真的是冲他们来的吗？就不兴也有别的船恰好划进了这片海域吗？

她拿出那只拇指单筒望远镜，向着五珠村的方向看。阳光灿烂，海滩平静，空无一人。

——又转到船的另一边，那是昨天，他们一路开过来的方向。

咦，好像真的有条小船，一荡一漂，船里的人正埋头撅着屁股奋力划桨。过了一会儿不划了，站到船头，迎风闭眼，摆了个张开双臂的陶醉造型。

木代目瞪口呆，手里的望远镜险些没拿住。

那是……曹严华？！

曹严华这一趟为了过来，埋汰了一万三不少坏话。

一万三跟张叔报备的时候，怕他担心，只说木代手机丢了，又说她感冒，嗓子说不出话，暂时就不打电话了。

曹严华借题发挥，在张叔面前添油加醋，意思是习武之人，怎么可能说感冒就感冒呢？一万三这个人向来是不靠谱的，就说小商河那次吧，张叔明明是让一万三一路跟着保护木代的，但是自己亲眼见证一万三多次抛开木代开小差。

最后总结：指不定我小师父怎么样了呢，要是我在身边就不一样了，毕竟我是师父的亲徒弟啊！

天天叨叨，望风叹气，张叔半是担心半是被他叨叨烦了，终于挥手放人。反正留在酒吧也不认真工作，还影响新进员工的工作积极性。

于是曹严华一路风风火火地来了，沿途打听，在前两天木代他们泊船的村子得到消息：几个城里的年轻男女，租了条船，估摸着是度假的。

曹严华嫉妒得一塌糊涂，同时又有被集体抛弃的凄凉感：小师父这个骗子！不是说出去找工作吗？怎么又和罗韧他们到一起了呢？他们商量好的不带他，骗子！

村里人给他指了路，曹严华嫌走着累，跟人说了不少好话，终于借来一条废弃的船——虽然他划得也不甚熟练，但是随着海流一摇一荡的，吹着海风，心情不觉惬意起来。

他漂一阵划一阵，也不知道过了多久，远得连岸都看不见了，极目四望，海天一色，胸臆为之舒展，真是让人诗兴大发。

曹严华索性也不划船了，船桨往舱里一甩，站上船头，双臂舒展，气沉丹田，然后深情地：

“啊，大海！”

远处，他没看到的地方，木代在甲板上跳着脚挥手：“曹严华！曹胖胖！”

天大地大，这是他一个人的舞台。

曹严华咳嗽了两声，变换了个姿势，向着船下微笑致意。

“这次，能从成龙大哥手中拿到这个奖杯，我心里，非常激动……”

罗韧快步冲上甲板，从木代手中接过望远镜。

镜头里，曹严华笑得如花般灿烂。

“成为一名优秀的、以中国功夫见长的影视演员，一直是我的梦想。在这里，我要特别感谢我的师父，木代女士，她就坐在那里……”

曹严华向着船下一挥手。

罗韧攥住望远镜，齿缝里迸出两个字。

“我擦。”

曹严华的目光又转向船下，碧波荡漾的海面。

“在这里，我特别想给大家念一首诗，抒发我的感情……

“惜唐宗宋祖，稍逊风骚，一代天骄，成吉思汗，只识弯弓射大雕……”

驾驶舱里，一万三大骂：“曹胖胖这孙子不接电话……”又看一眼屏幕，脸色陡变，“水眼已经看不到那只老蚌了，不在我们水下……”

罗韧面色一凛，很快做决定：“一万三，开船，最大马力，马上往那个方向开，电绞棒给我。”

“那个成吉思汗啊，只识弯弓射大雕，俱往矣，数风流人物啊，还看……”

曹严华的胖脸憋得通红，深情而又缓慢地吐出最后那两个字：“今……朝！”

砰！

第二十一章

船身一震，曹严华一个仰八叉摔进船肚子里。

第一个反应是：触礁了？这礁石长得也太突兀了。

又是一下船底重击，小船几乎被颠离水面。

曹严华事先没有被任何人普及过一万三的家事、早年的几桩沉船以及海里会有这么个让人毛骨悚然的老蚌，典型的无知者无畏，居然还很生气地嚷嚷：“谁啊？”

他撑着船沿坐起，把木桨抓到手里，很是警惕地伸头看水下，害怕的感觉终于一丝丝出来了：是条大鱼吧？吃不吃人啊？

先下手为强，后下手遭殃，曹严华有点儿紧张，目光须臾不离水面，寻思着只要鱼露头，他就狠狠给它一下子。

远处传来隆隆的马达声，循声看去，一条白色的捕鱼船正全力赶来。

真是精神为之一振：这下就算落水也不怕了，更何况，自己还会几下狗刨呢。

只这略一分神，船的后半侧又遭一记大力顶撞。这一下力道空前，整条小船几乎在海中立起。曹严华猝不及防，抱着木桨跌进水里，感觉水面都让他砸了一个凹窝。

木代在这头望远镜里看到，惊得头皮发麻，催一万三：“快快快！”

一万三几乎整个身子都趴在控速把手上，好像增加点儿重量就能让早已到顶的速度再快一点儿似的。这一头，罗韧已经穿好潜水服，吩咐炎红砂：“到时候我给你提醒，也是个机会，直接下网兜了它！”

炎红砂被紧张的气氛感染，手一直停在揿钮边上，只觉血脉贲张，手上的筋都在一跳一跳的。

落水之后，曹严华脑子里只一个想法：刨！刨！赶紧刨！

他深憋一口气，尽量把口鼻露出水面，双手双脚很是不成章法地在水中乱捣。简单地说，就是张牙舞爪，歇斯底里扑腾，双脚风火轮一样乱踏。突然踏到什么，坚坚实实如履平地，心里一喜，狠狠借力。

原本只是口鼻露出水面的，现在，胸部以上都出水了。

真是神奇，踩到的是什么玩意儿？

船更近了，几乎能看到船头激起的水花，有个身形矫健的人形鱼跃入水。曹严华正要往船上挥手，右脚踝忽然一阵夹痛，一股大力下拽，整个人不由自主，直接被拽了下去。

这一下不能呼吸，口鼻处咕噜翻水泡，心里骇到极点：什么东西？这是什么东西？

他双手和另一条腿尚自由，垂死挣扎扑腾。就在这个时候，忽然有人稳稳抓住他的手，虽然没能阻止他下沉的力道，但曹严华简直是热泪盈眶了。

一定是船上的人下来救他了！

罗韧先抓到曹严华的手，借力水中翻身，憋着一口气，俯身向下。

终于近距离看到这只老蚌，最大直径在一米五左右，厚度接近半米，壳口处并不平整，有很多破口和劈裂。那条手机挂绳，恰好就被卡死在一个裂缝之中。

曹严华的脚踝被卡，蚌壳因此张开了一条口子，像是张开了巨大的嘴。虽然水下不能呼吸，但总觉得腥臭味扑面而来。

时间紧迫，罗韧取下腰后挂着的电绞棒，径直从蚌壳开缝中塞了进去，感觉插到蚌肉之后，狠狠摁下电动开关。

下头的刺棒高速旋转，带动上头的把手一直颤抖。老蚌吃痛，蚌壳陡然一张，曹严华趁着这一张之力迅速缩腿，罗韧伸手要拔电绞棒时，水流猛荡，蚌壳又是狠狠一闭。这一下力道极其之猛，几声刺耳的声响之后，刺棒的转速慢了下来，居然直接卡停。

罗韧心叫不好，怕是这下惹怒了它，这老蚌血红了眼要报复——赶紧一个水中翻身，在老蚌身上重重一蹬，也不管是不是把它蹬开了，迅速带着曹严华浮出水面。

曹严华早就淹得七荤八素了，虽然还不至于昏过去，但是一出水双眼发直，抬头看到不远处船上木代的脸，一时间居然反应不出这人是谁。

木代尖叫："罗韧，快！"

话音未落，脸色陡变，她看到罗韧身后腾起巨大水花，老蚌出水了！

木代声音都变调了："快！快！"

罗韧也想快，但是曹严华半死不活的，人又死沉，他必须腾出一只手拽着他。更何况，在水里，你能多快？快得过水生水长的土著？

蚌壳发出类似骨节磨动的声响，紧接着，难以想象地，蚌壳居然呈一百八十度向两边各自张开。

从船上看，像是水面上浮出一只巨大的丑陋蝴蝶。

木代怔住：它要干什么？

一万三也从驾驶舱出来了，紧张得脸色发白："它……它要飞吗？"

飞？它要是能飞，那还了得？

下一刻，他们都知道老蚌要干什么了。

它缓慢地，以自身为圆心，开始旋转，瞬间加速，边刃生风，向着罗韧和曹严华的方向压旋过来。

一万三几乎呆住：它要是转得再快，就等于是个旋刀。别说人了，船都不一定扛得住啊。

之前不是说，人多的时候，老蚌怕暴露吗？就像上一次木代和炎红砂落水，他们一来，老蚌也就悄无声息地不见了。

这次是为什么？被激怒了？拼个鱼死网破，还是说，它连这条捕鱼船也不准备放过？

木代脑子嗡嗡的，眼见着老蚌的边刃是向着罗韧他们直切过去的态势，大叫："小心啊！"

罗韧何尝不知道要小心，曹严华也终于搞明白目前的状况了，惊得脸色煞白，挣扎着扑腾起来。

老蚌的速度总是比他们快的，眼见着蚌壳的边刃逼近，罗韧情急生智，摁住曹严华的脑袋，两个人一起沉入水中。

老蚌沉重的壳顶几乎是擦着两人头上掠过。

第一击没有中，但是携未尽之势，部分蚌壳划到船身，发出难听的金石相磨声，船身的白漆伴着零星铁屑簌簌落下。

一万三想得没错，要是老蚌发狂，持久攻击，船都不一定扛得住。

木代快速解下船栏上的盘绳，把一头系在自己腰上，一万三大叫着催炎红砂："你赶紧抛啊，兜住那个老蚌！"

炎红砂急得满头大汗："它不过来，我怎么兜啊？"

说话间，罗韧"哗啦"一声浮出水面，曹严华依然没顶，估计是被他提在手里。老蚌瞬间又旋将过去，罗韧一个侧身，肩膀擦过蚌壳，只觉得肩上一痛，一缕血线很快顺着海水荡开。

电光石火间，木代忽然想到什么，大叫："红砂，不要兜老蚌，兜罗韧！"

她推一万三："你去驾驶舱，随时开船，兜到了人我们就往岸上跑。"

罗韧听明白了，拉带着曹严华转向游往船尾。之前教炎红砂操作兜网的时候，他估算过方位，知道什么位置最利于抛兜。

但老蚌的速度还是快，得有人掩护罗韧他们才行。

木代嘴唇发干，腾腾跑进船舱，颤抖着身子环视了一圈之后，抱了床被子跌跌撞撞出来。

罗韧已经接近船尾，但老蚌穷追不舍，更加险象环生。一万三没法安心待在驾驶舱，抱着根船上用于撑岸的撑篙，一直试图去挡老蚌。飞旋的蚌壳一旦碰到篙身，就会发出犹如电锯锯木般的刺耳声响，入水的一截很快被锯断。

木代勒紧身上的捆绳，吩咐一万三："扶我。"

一万三就手把撑篙砸向老蚌，过来扶着木代站到船栏高处。木代觑着老蚌的位置，把手里的被子张开，一个气沉丹田，整个人随着被子扑了下去。

正正好好，厚厚一床被子，把老蚌整个儿盖住，木代跌在蚌壳中央，瞬间弹起。

老蚌似乎察觉到蚌心有人，两边蚌壳立刻闭合。木代铆足了劲，足尖在蚌身一点，几乎是擦着两边的蚌壳飞身出来，向着船上直扑过去。

那一头，罗韧和曹严华已经到了挂网下，迅速扯动链网，炎红砂等的就是这一刻，猛然揿下揿钮。

绞轮迅速转动，伴随着链网铿然有声，罗韧和曹严华终于"哗啦"一声被兜出了水。木代眼见就快抓到护栏，忽然腰身一紧，她吓得尖叫，一万三顾不上多想，探身出来抓住她的胳膊。

定睛一看，才发现木代身上缠着的捆绳，被老蚌夹住了一截。

老蚌那头力道太大，又是一个后挪，一万三险些被扯翻出去，急得乱叫：“抓住我！抓住我！”

也不知道是让木代抓住他，还是让炎红砂从后头扯住他。

炎红砂也看出事态紧急，赶过来加入，轮椅往这头一倒，死死抱住了一万三的腰，同时顾不上腿疼，拼命钩住轮椅的椅身。

轮椅还算有些重量，带来了一两秒的制衡，但显然老蚌的力量更大，又一道力道过来，炎红砂只觉得身下的轮椅都有些离地了。

一万三急得大叫：“硬拉不是办法，得割绳子！你去拿刀子！”

炎红砂也大叫：“我没有手去拿，我一松你们就下去了！”

正僵持间，绳子突然断裂，木代连着一万三和炎红砂，在船板上跌成一团。落地时，她看到罗韧的那把刀，半空中去势不减，远远跌入水中。

一万三此时反应飞快，也不去拉木代和炎红砂，跌跌撞撞冲进驾驶舱，船很快发动，向着最近的岸边疾驰而去。

转头去看，那只老蚌似乎追了一段，但很快被抛在后面，夹着那床被子，似乎心有不甘地在海面上停了一会儿之后，悄然沉入水下。

水岸在望，至少暂时是安全了。

木代走到船尾，网兜像个多出来的大包袱挂在船壁上，罗韧和曹严华就那么蜷手蜷脚待在里头。曹严华是垂头丧气，好像还傻不愣登地没回神，罗韧反而抱着手臂，一直看海，安静得好像看戏一样。

木代蹲下来，问他：“伤得重吗？”

罗韧看了一眼肩膀，那里，被割开的伤口血肉外翻，看着很有些触目惊心。

“还行吧。”

“上岸了才能把你们放下来。”

“没事，凉快。”

木代想笑，顿了顿又说：“你的刀子丢了。”

她垂着头，发缕儿拂在脸边。

罗韧笑起来，忽然心里一动，想伸手帮她拂开，顿了顿说：“木代，今天抽个时间，我想跟你聊聊。”

木代突然不想聊，如果聊她想听的内容也就算了，如果不想听呢？那还不如现在这样，就挺好的。

她不说好，也不说不好，就这样僵持间，船身重重一震。

泊岸了。

噔噔噔的脚步声，一万三气喘吁吁地过来，脸色有点儿怪，也不说先把罗韧和曹严华放下来，只是问他：“罗韧，刚刚，就是蚌壳完全张开的时候，你看到里面的东西了吗？”

里面的东西？

罗韧皱了下眉头，当时他和曹严华在水中，逃命唯恐不及，实在顾不上细看蚌壳里头有什么。

至于木代，她的注意力全在罗韧和曹严华身上，让她回想，记忆一片茫茫。

只有炎红砂依稀有点儿印象。

她说：“我也说不准那是什么，说是珍珠吧，又四四方方的……”

四四方方？

罗韧心里“咯噔”一声。

一万三似乎想笑，但是嘴角牵扯了一下，笑得比哭还难看：“我刚刚开船的时候，突然想起来了，我爸的骨灰盒，掉进水里之后，一直没有找到……”

第二十二章

时间已是下午。

重新回到岸上，每个人都筋疲力尽，坐的坐，躺的躺，一室无话。木代看到罗韧单手拿着棉纱绷带往肩上裹，赶紧起来帮他。

以前练功时，她也经常有擦伤碰伤，包扎伤口堪称熟练，小心翼翼地帮他包扎，剪刀轻轻剪断，又拿胶带贴住，问：“疼吗？”

罗韧说：“疼啊，怎么着？”

木代傻了眼，她觉得罗韧一定会答“不疼”，然后两个人相视一笑什么的，电视剧里都这么演。

罗韧这么说，多少出于故意：对啊，就是疼，你有什么办法，能让我不疼吗？

木代的回答让他哭笑不得。

“哦，那忍着吧。”

五个人聚到一起，吃饭睡觉都是问题，罗韧的车停在上一个村子，距离五珠村有段距离。本来可以水路来回，但所有人都不想再下水了，暂时也没那个胆子下。

船上的干粮不够，压缩饼干不够啃，得有人去村里弄些吃的。

罗韧决定带上一两个人过去——炎红砂不能走路，曹严华在水里泡得失魂落魄，蔫蔫提不起劲儿；一万三原本准备和罗韧他们一起的，但是临走的时候，曹严华拼命冲他挤眼睛，险些把小眼睛都挤没了。

于是一万三说，船上总得留个顶事的人吧。

那就只有她和罗韧一起去了？木代低着头，脚尖在地上抵啊抵啊，说不清是窃喜呢还是不好意思。

过了一会儿罗韧过来，说：“走吧。”

好长的一段路，太阳渐渐落下，霞光把这一脉水路染成了黄金海岸。四围静静悄悄，只两人在沙滩上走，偶尔回头，看到身后那一串脚印，他和她的。

木代找话跟罗韧说。

“你很会玩刀吗？”

罗韧说：“是啊，罗小刀嘛。要对得起这个名号。”

“也是在菲律宾练的？”

罗韧摇头：“练刀很早就开始了，那个时候，聘婷叫我小刀哥哥，我为了在她面前要神气，在院子里练飞刀。”

他想起往事，忍俊不禁：“每次我一练，满院的人都跑个精光。我叔叔偶尔有事出来，都要举个锅盖当盾牌，还埋汰我说，罗小刀的刀子甩出去，他自己都找不到。”

木代也笑，当年当年，谁没有笨拙狼狈的当年啊。

又问：“你要跟我聊什么？”

罗韧说：“晚上说吧，吃饱了饭再说。”

木代心里没来由地一沉。

还要吃饱了饭再说，是怕她听了之后再也不想吃饭了吗？

到了村子里，罗韧买了不少鱼虾，还有烧烤的钎子，又吩咐木代去杂货店买了饮料和零食。大包小包，很有些露营就餐的架势。

木代忍不住嘀咕：“今天发生那样的事，胆儿都吓没了，你兴致倒还挺好。”

罗韧回答："习惯了。以前遇到凶险的事，又活了下来，觉得像是赚到，总要大肆庆祝一番，玩得都很疯。这里是条件跟不上，如果是从前……"

他没有说下去，脸上却不觉露出微笑。木代觉得，他可能又想起了那帮在石头上烤鱼片喝德啤的朋友吧，还有喜欢弹尤克里里的青木。

上次聊到这个话题时，罗韧沉默以对，木代也猜出可能是他不想提及的往事，忙岔开话题："那接下来，我们怎么办呢？"

罗韧问她："你觉得那只老蚌可怕吗？"

木代想了又想，迟疑着想点头，又摇了摇头。

开始觉得可怕，是因为面都没照一个，脑子里太多臆测的想象和未知。今天见识到了，虽然情势也凶险，但是知道了它有什么本事，反而没那么害怕了。

更何况，这次仓促间狭路相逢都能全身而退，下次，要是能做万全准备，指不定谁占上风呢。

在这种荒僻凶险的地方，居然能有一顿饕餮大餐，曹严华实在是喜出望外。

他自告奋勇，洗鱼洗虾，又遍地捡柴，把篝火烧得旺旺的。

天完全黑下来，炎红砂手上的穿虾钎子在火堆上翻着滚儿，香气四溢——但即便是这样，都舒缓不了她的紧张心情。

她总忍不住回头去看海面。

——要是老蚌袭击我们怎么办啊？

——它会不会飞过来，像飞碟一样，嗖地一下……

说这话的时候，她担心地拿手护住脖子，头缩得不能再缩。

木代觉得好笑：飞起来？血滴子吗？

罗韧说："我们都知道，一只蚌绝对做不到这样的，从根源去想，还是凶简作祟。"

炎红砂如堕云里雾里："凶简是什么东西啊？"

曹严华也欲求不满："那个老蚌，到底是个什么玩意儿？你们倒是给我讲讲啊。"

很好，两个人都信息缺失也信息互补，于是几乎同时被踢出讨论，"交流"完了再回来。

这头，一万三担心极了。

如果还是附身，凶简到底是附在骨灰盒上还是老蚌身上呢？

罗韧说："我对神棍说过的一句话印象很深刻，他说，凶简可能是活的，彼此之间说不定能互通信息。

“我们总以为凶简害怕金、木、水、火、土，会下意识地避开这些元素。可是换个角度想，它其实也可以曲线救国。”

他想到第一根凶简，它是直接从张光华身上附到刘树海身上的吗？有没有可能，在水底时，它离开张光华，附上了鱼虾，然后刘树海落水的时候，又通过鱼虾附到刘树海身上？

它怕水，所以需要可以在水里自如行动的媒介。

一万三想了想：“可能还是我之前的思路受到局限，总觉得凶简只能附在人身上，现在看来，它只是下意识要离开‘死’的东西，而只要是‘活’的，它都可以利用。”

木代扑哧一笑：“那树也是活的，花花草草也是活的，它也可以附身这些咯。”

罗韧点头：“有可能。”

木代本意是打趣一万三，没想到罗韧居然认真以对，一时有些愣怔。鼻端忽然闻到焦味，她一看，是自己钎子上的虾在火里烧焦了，赶紧举起来，凑到面前懊恼地看了又看。

不能吃了，上一个她烤得太生，咬了一口全吐了，这一次又太焦，成虾炭了。

罗韧从她手里把钎子接过来，把自己的递给她。

都是在烤虾，别人都是整头整尾穿了就烤，他不是。也没注意他是什么时候把虾去了头，切了壳，挑了线，又用小餐刀在虾身剜了十字口，涂了油，抹了盐粒，时时转着，翻烤均匀。送过来给她时，白里微带金黄的虾肉向外微掀，才闻到味道，口水已经出来了。

木代接过来，舍不得吃完，小口小口地咬，学着他说的，用舌头把虾肉卷到舌底。咸香的味道像是小人，踮着脚在味蕾的琴键上跳舞，把她不敏感的味蕾从大梦里一个个唤起来。

那种百花齐放、新芽萌出的幸福和酥痒感，真想马上来一瓶德啤，灌它个酣畅淋漓。

罗韧还在和一万三继续刚才的话题。

“不过，鱼只能在水里游，蚌会更高级些，毕竟还能上岸。如果凶简能像人一样思考，它们或许隐隐也在害怕凤凰鸾扣的重新封印，所以分散开各自隐藏——而藏在水里，确实相对隐蔽。”

一万三沉吟：“那也就是说，这根凶简可能一开始就另辟蹊径，并不准备附在人身上？那它为什么又要害人呢？”

老蚌拖他的父亲下水，完全可以不让他父亲死，而是趁机从蚌身转到人身，但是父亲偏偏又淹死了——包括后来的母亲和老族长。这根凶简有那么多次机会附在人身上，偏偏没有，那么害人的目的是什么呢？只是因为不祥，所以本性就想杀人害命吗？

他脑子里模糊一片，总像是有什么闪念，但是抓不住。

罗韧笑笑说：“其实它也聪明，附在老蚌身上，水陆两栖，什么时候做蚌做腻了，就附个溺水的人上岸来玩，进可攻，退可守……附在骨灰盒上也有可能，因为凶简无形，只是一股力量，只要在蚌胎之中，它就可以影响老蚌。”

木代随口说了句：“既然是无形，那它要是附在骨灰里呢？其实附在蚌身上也有隐患啊，你可以拿火烧啊，附在骨灰里，外头有个盒子，盒子外头又包了珍珠，最外头还有老蚌，层层庇护。而且吧，因为在蚌胎，等同于它同时附身老蚌……”

一万三红了眼，跳起来冲她吼：“要是附在骨灰里，我怎么把它弄出来，嗯？我怎么把它从我爸的骨灰里弄出来？”

木代愣了一下，不远处的曹严华和炎红砂也听到了，疑惑地朝这里看了又看。

罗韧说：“一万三，你坐下。”

一万三胸膛起伏得厉害，顿了顿，突然狠狠地在沙地上踢了一脚，掉头就走。

木代有些不安，低声问罗韧：“我说错话了吗？”

罗韧缓缓摇头。

他突然间想到了什么。

神棍讲述那段早年的故事时，用了一个“引”字。

——老子决意为当世除一大害，引龟甲兽骨中的七道不祥之气于七根木简，以凤凰鸾扣扣封。

“或许我们跟老子这样的大德之人差得很远，但是我们在做跟他类似的事情。”

他给木代解释：“我们现在在寻找凶简，聘婷也好，骨灰也好，其实都像是容纳凶简的‘龟甲兽骨’，我们是在寻找这些凶简，试图困住它们，至少让它们不再作祟。等我们找齐了这些，又同时找到凤凰鸾扣，这个‘引’和‘封印’的过程，也许会自然发生。”

他找了根钎子，在沙滩上画着示意图给木代看。

“现在，我们暂困了一根，用聘婷去困——神棍在帮忙想更稳妥的方法。

“又找到了一根，在海里，暂时还没想到对付的办法。不过，我猜测，到时候，我们可能会抱个骨灰盒回去。

“这一过程当中，凤凰鸾扣一直给我们微弱的提示，以此类推，会不会凶简被找到得越多，这种提示就会越明显呢？最终会提示我们拿到凤凰鸾扣的。”

听着很有道理，但木代觉得有些荒唐：“也就是说……我们要找齐七根？”

这第二根凶简，明显比第一根要棘手更多。如果说，凶简真是活的，真能彼此互传信息，那剩下的，岂不是更加难对付？

还有，其他凶简知道了自己的“同伴”被他们困住，会不会有所动作？就好像葫芦兄弟，一个被蛇精抓走了，其他的都会蜂拥来救……

不对不对，木代觉得自己立场有问题，她怎么能把自己这方比作蛇精呢？

罗韧纠正她：“不是‘我们’，是我。

“为了聘婷和叔叔，我没法置身事外。”

他抬头看远处的一万三：“如果第二根凶简真的在骨灰里，一万三可能也不会撒手不管。”

“但是你，木代，你和曹严华他们，你们不必。”说到这里，他看向木代，“我们来玩个游戏吧。”

“什么游戏？”

罗韧转头看向篝火，明亮的焰头在他的眼底跃动着闪光：“真心话，大家都是成年人，我保证在这个游戏里，说的每一句话都是真心话，也不会去遮掩自己的自私、懦弱、虚荣，还有贪心。”

说到这里，他微笑了一下：“你敢吗？”

第二十三章

你敢吗？

木代没立刻接话，抿了下嘴唇，说：“那我把红砂他们叫来一起玩。”

罗韧说：“我只邀请你，不是要玩集体游戏来的。”

木代说不清楚，心里隐隐有点儿负气，问：“怎么玩儿？”

罗韧伸出手，手心里摊着一枚纪念币。

“我们来抛硬币，是字你问我问题，是花我问你问题，一次问一个，问完了再抛。”

木代没吭声，心里模糊着有了个决定，点了点头。

罗韧先抛，木代目不转睛地盯着。那枚纪念币在空中翻飞，像密密震动翅膀的蜂。落到罗韧手背时，按常理，他要伸手盖住，但是手刚抬起，木代忽然伸臂挡住，眼见那枚硬币已经在他手背上翻成花了，她伸手过去，一盖一抹一带，又把硬币翻成了字。

这耍无赖也是耍得登峰造极。

罗韧笑笑："好，你先问。"

木代问："你还喜欢我吗？"

木代打定主意，一定要先问，如果罗韧回答"不"呢，她想知道的就都知道了，这游戏也没玩下去的必要了。

真是讨厌这些日子为了他患得患失的自己，木代觉得要来个了断或者准话才行。

罗韧点头："喜欢。"

咦，喜欢？木代的魂儿飘了一下，忽然不知道该怎么摆表情了，眼看着那枚硬币再飞起来，也觉得无所谓了。

这一次是罗韧发问。

"你喜欢上一个人，会为了他去死吗？"

木代没有立刻说话。女孩子其实都敏感，她觉得，罗韧想问什么，目的是什么，她都知道。

不是说要真心话吗？不掩饰自私、懦弱、虚荣，还有贪心，那就照实说。

她说："喜欢上一个人，是为了在一起更开心，干吗要死呢？谁会轻易去死？红姨收养我长大，我那么想报答她，可是你如果说要我为她去死，我也要考虑很久的。"

罗韧点头。

这一次是木代抛，又抛了个花，还是罗韧提问。

他问得更加明显："如果你喜欢上了一个人，但是他有很多麻烦，会把你带进麻烦里来，你还会喜欢他吗？"

木代盯着他看："那我要先问，他怎么做呢？"

罗韧迟疑了一下："木代，我有很多麻烦，要命的麻烦。"

"所以我问你，你要怎么做呢？"

用不着硬币了，就这样直来直去地开始吧。

"木代，我希望你一直平安，过得开开心心的，不希望你冒险，更加不能因为我的麻烦，让你受到伤害。”

木代问：“那要我怎么做呢？离得你远远儿的？回去之后我就搬家，再也不跟你联系，找别的男朋友，结婚，生孩子，过了几十年，我老死了，也不通知你，我埋这儿，你埋那儿，大家各死各的，是吗？”

罗韧没有说话，她短短几句话，从生到死都说完了，原来人与人之间的联系真的这么寡薄，前一天还可以同生共死，后一天就能相忘于天涯。

她追问：“是这样吗？”

罗韧沉默，当然不是这样，他不想这样。

木代又说：“或者，我先避开你，等你把你那些要命的麻烦都解决了，天下太平了，世界大同了，美好的日子即将开始了，我再和你在一起，是吗？”

罗韧迟疑了一下，这确实是最好不过的法子了。可是，总觉得，她话语里，满满的讥讽意味。

果然，她说：“你做梦呢。”

她眼圈都红了，说：“我以前是没有爱过人，但是不代表我不懂。我只知道，两个人在一起最好的时机，就是你喜欢我我也喜欢你的时候。那种等我有钱了，等我出名了，等我解决这些麻烦了，等我怎么样怎么样了，等着等着，就都没了。”

罗韧看着她。

她说：“我小时候，喜欢吃牛奶巧克力糖，红姨不给我买，怕我把牙给吃坏了，我心里天天惦记着。现在我长大了，自己可以买了，但我已经不喜欢吃了。

“罗韧，你就像我小时候惦记的那块牛奶巧克力糖，总得不到，也就不惦记着了。我不会等你的，我只会等那种跟我有很深感情的，我爱他爱到愿意为他去死的人。咱们两个，谁对谁，都没喜欢到那份儿上呢。”

她又喃喃：“那种感情，这世上也不知道有没有呢。”

她叹了一口气，起身离开，走了两步，又回头。

“罗韧，你说不想我冒险，不想我受伤害，我想跟你说，即便离开你，可能我还会跟着另一个我爱的人冒险的，也会受伤的。未必你离开我了，我就能安安稳稳地过一辈子，你又不是我。”

说完，她扭头就走，一直走到炎红砂身边坐下。炎红砂好奇地看她，问：“聊什么呢？”

木代先把曹严华凶走，满肚子话，想说又说不出，末了化作一声叹息。

她说：“感情的事可真麻烦，我本来以为互相喜欢就行了，原来还有很多很多事要考虑。”

炎红砂说：“那当然了，感情嘛，当然要千回百转、忐忑不安、流泪伤心、喜极而泣，方能修成正果。”

木代白她：“你又知道了，你谈过恋爱？几次？”

炎红砂不说话了，过了一会儿，慢吞吞回了句：“那人家书上都是这么说的，说得不对，能让出书吗？”

曹严华被木代凶走，一时没了去处，寻思着罗韧大概也不欢迎他，于是去找自己的好基友一万三。

一万三坐在不远处，腿盘着，拿着树枝在沙滩上画着什么。曹严华知道他是个文艺青年，大老远就打招呼：“三三兄，你画什么呢？”

一时走得得意忘形，脚底下一绊，踉跄着摔了过去。万幸的是，一来沙滩软，摔倒了也不见疼，二是手及时撑住了地，没有一头铲到一万三的画作上。

一万三没好气地看趴在自己脚边的曹严华：“路都不会走，起来起来！”

曹严华也嚷了句：“画的什么横道道竖道道斜道道！”

一万三心里“咯噔”一声，忽然想到什么，曹严华撅着屁股要起来时，一万三一把摁住他的脑袋。

曹严华抗议：“喂！喂！”

一万三问：“我画的什么？”

曹严华被他摁得脸距地不过十多厘米，打眼看去都是被树枝划拉的翻起的泥沙，心头一阵怒：“谁知道你画的什么！你怎么不说把我头摁到地里去看？”

一万三手松了些，拎着曹严华的衣领到稍微高些的地方：“现在呢？”

“横道道竖道道斜道道。”

一万三松手：“你站起了看。”

曹严华嘟嘟囔囔地站起来，拍着身上的沙，横挑鼻子竖挑眼地看，时而进几步，时而歪脑袋。

“树，房子，海……你画村子呢？”

是画村子，今儿晚上，他一直憋闷，所以坐在这里，一笔一画，想着小时候村子的样子。

可是叫曹严华给搅了。

一万三的心怦怦跳，忽然站起身，手里的树枝一甩，快步跑向罗韧。

所有人都聚到了篝火旁。

一万三有些激动，前言不搭后语地把刚刚发生的事说了一遍。曹严华没听懂，心说，怎么了啊？离得近当然看不清楚了，犯得着吗？还得聚众讨论啊。

他漫不经心地听一万三说话。

“就好像长城，你从高处、远的地方看，才能看到那是蜿蜒着的一道防御体系，但如果隔得近，你可能只会觉得那是相隔不远的两道墙……”

他按捺不住内心的激动：“那天，在船上，通过水眼往下看的时候，我心里就有点儿想法，但是那个时候，老蚌忽然动了，就把这事给忘了……”

罗韧打断他：“怎么说？”

“这件事，或许跟渔线人偶的性质是一样的，海底的那些骨头不管是人骨头还是祭祀的兽骨，也许不是杂乱地排列的，也许那是一幅画，海底的巨画，跟渔线人偶类似，描绘了某个凶案的场景。”

海底，用白骨堆列出来的巨画吗？

一万三说过，五珠村世世代代都会祭祀海神，那这底下的骨头，得有多少呢？水眼确实没法看到全景，但视线已然不小，如果在那样的角度还看不到画的全貌，这画，又该有多大呢？

曹严华总算是听明白了，他小心翼翼地提意见：“可是，水眼再高一点儿，就什么都看不到了吧，海底下，本来就看不大清楚。”

罗韧说：“那也未必，我们可以拼图。船在海面上变换位置，水眼每次截一幅图，然后把一大片海域的图……拼起来。”

那会是怎样的一幅图呢？明天就知道了吧。

木代在床上辗转反侧，被子被她拿去盖老蚌，舱里只剩了毯子，盖着总觉得有点儿冷。炎红砂倒是不在乎，在她身边睡得极安稳。

驾驶舱睡不下，几个人都不是忌讳的人，所以曹严华和她们挤一间，只是打的地铺，呼噜震天响。罗韧和一万三睡驾驶舱，兼轮流放哨。

今晚，注定是个不眠之夜。

海浪声远远近近的，又让她想起罗韧说的那首枕歌。

——今晚睡的是丝绸枕头，明天出海就要枕着海浪了……

——我问枕头我睡了还是没睡……

轻声的门响，木代循声看去，看到罗韧熟悉的身影。

他在门口站了一会儿，径直走了过来，脚步很轻，一直走到她身边坐下，然后俯下身子，低声问她："睡着了吗？"

其实不需要问，她眼睛睁着，黑亮黑亮的。

但还是怕他不知道，伸出手去，攥到他的衣角，轻轻扯了一下。

罗韧附到她耳边耳语："过十二点了。"

过十二点了怎么样？

"我们就从今天开始，好不好？"

他的呼吸拂过耳际，暖暖的，又痒痒的。

木代枕在枕头上，点头，点一下不够，又使劲点了几下。

黑暗中，罗韧低下头，轻轻吻她的眼睛。她不得不闭上，但睫毛还是忍不住轻轻颤着，擦着他的唇边。

听到他说："那晚安，明天……待会儿见。"

还能晚安吗？

木代躺着不动，看船舱那扇没有关严的门，外头是蒙蒙的夜，延伸到好远好高，甚至可以看到斜天边一隐一隐的星。

忽然不确信起来，罗韧是来过呢，还是没来过？是真的呢，还是自己做的梦？

边上的炎红砂忽然噌一下抬起头来。

她说："你看，我就说吧，感情就是这样百转千回，你上一秒都不知道下一秒会发生什么。哎呀，刚憋死我了，我都没敢喘气……"

木代的脸腾地一下红了，劈手抓过毯子蒙在炎红砂脸上，吼她："睡觉！"

床的另一边，传来曹严华的声音。

"要么，妹妹小师父，你去跟我三三兄换一下，你俩搁一舱里，想干吗干吗。我们都是诚心想睡觉的人，睡又睡不着，黑灯瞎火的，看又看不见，老难受了……"

第二十四章

这一夜都不知道是怎么过去的，睡着了，又好像没睡着，一直挨到天蒙蒙亮，然后大亮。

曹严华和炎红砂都先后起来了，木代装着没睡醒，即便昨晚上暴露了个现形，那也好歹是晚上啊。大白天的，要看到他们的脸……

不想，至少能拖一刻是一刻吧。

她听到炎红砂扶着床走路，半带惊喜地说好像可以走两步了，又听到轮椅的声音。曹严华说行了红砂妹妹，你赶紧上来，我推你吃早饭去。

到舱口时，不知道是遇上一万三还是罗韧，曹严华忽然声音高了八度：“我小师父在装睡呢。”

木代被气得在被窝里直翻白眼。

人都走了之后，她才磨蹭着起来，就着水箱里的水刷牙洗脸，拾掇好了之后去驾驶舱。炎红砂她们都快吃完饭了——说是饭，其实也不过是昨天买的袋装小面包还有饼干，就着矿泉水。

见木代进来，炎红砂忽然伸手就去拢桌上剩下的小面包，扒拉扒拉全护到自己怀里，说：“没了，都吃完了。”

曹严华手上的面包本来才刚撕开口，闻言三两下塞进嘴里，嚷着说我也没了，确实吃完了。

说完，推着炎红砂就往外跑，到门口时还招呼一万三：“三三兄，出来啊，看日出啊。”

一万三没好气：“早就日出了，吃个饭都吃不安稳。”

不过还是出去了。

于是驾驶舱里，只剩了她和罗韧两个人。

罗韧觉得好笑，他慢慢嚼着面包，饶有兴味地看木代。

木代拘谨得很，也不敢去看罗韧，知道他在看自己，只觉得手和脚都摆得不是地方，装模作样地在桌上的包装纸间拨拨拣拣，自言自语说：“真的都吃完了啊。”

罗韧忍住笑，不去搭她的话。

这还用得着拨拣吗？你不是一进来就知道吃完了吗？

她又客气地跟罗韧说话：“你看，你们也不给我留点儿。”

罗韧憋笑憋得肚子痛，说：“我留了啊，我给我女朋友留了啊，就是她还没来呢。”

过了一会儿，她自己过来了，十分不好意思，说：“那就是我啊。”

罗韧问：“你是谁啊？”

她又憋了一会儿，说：“女朋友啊！”

罗韧笑出声来，觉得她可爱到没法说，拉过来搂住，亲昵地蹭蹭她的面颊。她埋着头不说话，耳根都红了。

罗韧说："你以后早点儿起来，不然饭都抢不着的。"又说，"不过没关系，我会帮你留的。"

她只是点头，接过水和面包，其实跟普通的水和面包也没什么不同，但就是觉得不一样，拿在手里，好像分量都更沉一些。

第一天，感觉一切都美好，连海里的那只蚌，都没那么可怖了。

船再次向那一片海域驶去。

越是靠近，炎红砂的心情就越低落。

或许是因为年轻，总会因为身边振奋的小事而兴奋，到此时忽然想起来，叔叔还在海里，登时就觉得自己好不应该，不应该高兴，也不应该笑。

她牵着木代的衣服，小小声求她："木代，我知道罗韧同你好，你说话他肯定听的，你能让他想想办法，把我叔叔的遗体弄上来吗？"

木代不知道怎么答才好，只好安慰她："会有办法的，一万三父亲的骨灰盒，还有你叔叔的遗体，我们都会有办法的。"

话说得轻巧，可是，办法在哪儿呢？炎红砂咬着嘴唇，下巴搁在船栏上，一下下地轻轻磕着。

引擎关掉，海面一下子静下来。

这一次，目的很明确，不是要跟老蚌斗，也不指望抓它，只是转换不同的位置拍摄，希望如设想的一样，能拼成想象中的巨大画面。

木代他们对水眼的视线画面已经不觉得稀奇，曹严华是第一次看，看得一惊一乍的，嘴里念念有词。

"还真没鱼，估计都被吓跑了。

"那一大片一大片的，是海带吗？捞上来能吃吗？"

"真的好多骨头啊……"

炎红砂让他说得不耐烦，朝屏幕上看了一眼，脸色渐渐变得奇怪，问木代："我们是在那天同一个位置吗？"

差不多吧，海面上没法定位，只能目测，木代问她："怎么了？"

"我叔叔呢？"

炎九霄不见了。

那个被叶藻缠在海底的，随着水流飘摇晃荡着的炎九霄，就这样凭空不见了。

木代只觉得有一股凉气从脊背上冒起，直冲头顶。

这却似乎给了炎红砂一丝荒唐怪诞的希望，她攥着木代的手，不安地舔着嘴唇：“木代，我叔叔会不会还没死啊？”

一万三泼她冷水：“没死是好事吗？在海底那么久，没死更吓人吧。”

炎红砂被他一呛，不作声了。

罗韧想了想：“我觉得被移走了的可能性比较大，水底下，毕竟有那么一只谁也捉摸不透的老蚌。水眼能看到的范围有限，我们还是按照原计划拼图，如果之前设想的路子不对，再作其他打算。”

事实证明，罗韧的想法是对的，变换到第三次位置时，一万三指给炎红砂看：“那是吗？”

其实不用问，所有人都知道是，炎九霄穿着潜水服，还戴着潜水头盔，样子醒目得很。

这一次，他以扭曲的姿势卧在海底，像是在做什么动作。

一圈拍下来，自觉纳入的海域已经足够大，水眼拍的照片有上百张，重合也无所谓，都留给一万三去慢慢拼接，罗韧他们去到主舱，商量怎么对付老蚌。

目前看来，这老蚌也只能在海里或者海面上逞勇，关键在于把它和水分开。

而更关键之处在于，把老蚌同凶简分开。

炎红砂想起叔叔传给她的老蚌晒月视频：“我们可以耐心一点儿，等到月圆之夜，它上了岸之后，想抓就方便了。”

罗韧沉吟了一下：“这个很难说，你没法确定月圆之夜老蚌就一定出水，更何况，离月圆还有十多天呢，总不能老在这儿耗着。”

曹严华想了想：“要么，我再一个人划船去海上？不是说老蚌习惯袭击单只的采珠船吗？”

罗韧苦笑：“你不会游泳，怕就怕老蚌没抓着，又把你给丢了。”

木代想到了链网。

罗韧还是觉得不稳妥：“链网的角度太刁，老蚌移动的方向和速度又无法预测，可以纳入方案，但还不是最佳。”

那要怎么办才好呢？木代的眉头都凝成了疙瘩。

曹严华叹气说：“要是有个巨人就好了。

“巨人嘛，可上九天揽月，可下五洋捉鳖，哗啦一下子，两个手指头就把它拈起来了。再不然，带个大网兜，呼啦一下，也兜起来了啊。”

想一出是一出的，炎红砂翻他白眼。

罗韧却心里一动：“好像确实是可以的。记不记得那天，老蚌被激怒之后，是在水面上转圈的？”

当然记得，曹严华至今心有余悸：“像个风火轮呢，嗖嗖嗖，谁挨到谁见血。”

木代下意识地看了一眼罗韧的肩膀。

罗韧说：“那个时候，水底下反而是安全的，如果水下有一张足够大的网，就可以把它给兜起来。”

道理都懂，但是操作起来似乎不可行，炎红砂瞪大了眼睛：“你怎么在水下张起那么大的网啊？不现实啊。”

罗韧笑起来：“是你不敢想。”

炎红砂很不服气，辩解似的嚷嚷：“那只老蚌那么大，好像还有点儿小聪明，它看到有网，怎么也不可能自己进来的！”

罗韧起身去找纸笔，过来之后，先在纸上画了条船。

画工比起一万三，的确是差些，不过看在木代眼里，怎么样都好。

她托着腮看。

罗韧又画了条船，和前头的那只隔开些距离，并列。

炎红砂嚷嚷：“我们没两条船啊。”

木代瞪她：“所以说你不敢想啊，船可以再租嘛。”

炎红砂被她噎得没办法，又不甘心她和罗韧这样一唱一和的，风牛马不相及地冒出一句：“谈恋爱了不起吗？”

咦，这跟谈恋爱有什么关系？木代脸上一烫，正不知道怎么反驳，罗韧轻描淡写说了句：“当然了不起，说话有人帮腔啊。”

木代觉得说得对极了。

炎红砂悻悻的，没话说了。

罗韧继续，在每条船上，都画了自船栏铺下去的链网。

他解释：“两条船要隔开一段距离，船中间的水域就是我们捕猎老蚌的水域，引诱老蚌的采珠船，也只能在这水域中间活动。”

说着，他在中间的海域上，添了一条小木船。小木船上站了个小人，画完了又看木代一眼，在小人脑袋上加一撇，意会的小辫子。

这说明，小木船上，是个女的。

炎红砂惊叫："我吗？我腿还没好啊。"

罗韧说："你就给我乖乖地待在捕鱼船上，这木船上，我放的是木代。"

炎红砂倒吸一口凉气，喃喃："自己女朋友也下得去手，真狠哪。"

木代有些紧张，不过并不很慌，下意识觉得，罗韧一定有安排的。

果然，他在两条船之间，加了一根绷紧的绳子。

"以木代的轻功，上绳应该不成问题，这样，木代上船还是上绳，都游刃有余，可以设法把老蚌引到水面上。这个时候……"

说到这里，他用笔在两条捕鱼船上各加了一个人。

"曹严华和红砂，要从两边的船上往下垂直地放链网，确保链网尽量悄无声息地入水。至于我和一万三……"

他停顿了一下："我们下水，在水下，用链钩把两副链网钩连起来。"

他做了个合二为一的手势："看懂了吗？这样一来，链网在老蚌的身下结二为一，这个时候，只要抓准时机，两条船上的绞轮同时运作，就能很快把老蚌兜出海面。"

曹严华的嘴巴半张，好久合不拢。

他说："只要能兜出水面，到时候是杀是剐，就全由我们了吧。"

越想越是兴奋，正要再说什么，罗韧忽然看向他身后："图片都拼好了？"

身后传来一万三的声音："好了。"

"是画吗？"

一万三的嘴角牵了一下："是画。自己过来看吧，真是……"

他用了个半带讥讽的词儿。

"真是，栩栩如生的。"

第二十五章

电脑屏幕上，一万三已经做好拼图，并不复杂，场景而已。古时候的场景，又能有多复杂呢？

森森密密的白骨，堆叠成山川、树林，还有就近的一条河，像拙朴的简笔画，象形、会意。

之所以说栩栩如生，是因为图画里的人物。

不是堆叠出来的，都是真的死人尸骨，而且，那场景，一共两幅，第二幅没有完成。

像连环画。

第一幅，有人蹲在河边，似乎在屈膝饮水，身后站了个人，蹑手蹑脚，偷偷靠近，像是意图去推。

第二幅，先前那个饮水的人正被后一个人摁在水里，双手上举，似是拼命挣扎。远处，飞奔而来第三个人，像是听到呼救前来阻止。

那个飞奔而来的人，正是炎九霄，之前单看，只觉得他是卧在土里姿势扭曲，现在看懂了，原来他是摆出了奔跑的架势，虽然穿着潜水服戴着头盔，看上去分外滑稽。

但是，没人笑得出来。

像是要活跃气氛，又像是确实发现些什么，罗韧说："也是一只笨到家的蚌。"

木代问："怎么了？"

罗韧指第二幅图："看见没有，这些场景的摆设，从右下到左上，还没完成，刚刚到炎九霄这里。"

"可是炎九霄明明好几天前就被绑在海底了，说明了什么？"

一万三迟疑着："说明它活儿干得慢？"

活儿干得慢？木代想笑，可一瞥眼看到炎红砂红着眼的样子，心里一沉，那丝笑影儿又回去了。

再怎么说，也是红砂的叔叔呢。

罗韧说："说明它根本没什么逻辑性，说到底，只不过是低等动物，没我们想的那样会思考。

"如果从一万三的父亲出事开始推算，这只老蚌，在这海底，至少也有十多年了。十多年了，铁杵都磨成针，不管它想拼什么画，不要说两幅场景，十幅都拼出来了，为什么现在第二幅才刚刚完成一半？"

曹严华想了半天，忽然恍然："是不是因为，画的核心是人，有了人，它才会开工？"

木代也懂了。

这就像是画手作画，如果某一部分需要特殊的材料但是暂时缺失，画手会暂时避开那部分，先把图幅完成，等到材料齐全之后，再去将那一部分补上。

但老蚌不是，它近乎死板，机械地按照顺序堆叠画面，到了某一部分时，自然停下。

因为没有角色去补缺，顺理成章、合情合理地停工。

炎红砂迟疑着开口："所以，它把我叔叔绑在海底，只是……先存着？存着备用？"

一万三说："理论上讲得通，人死了有时候会浮出水面，所以老蚌把他缠在水底，以防万一。你看这里……"

他指炎九霄的脚踝，那里有个倒扣的牛头，旁边堆着压叠的石头。

"这类似于固定，牛头的尖角卡着脚踝插入海泥，像是图钉把什么钉住，而且，人不是躺在海底，是半陷进去的——这样便于隐蔽，一旦有大规模的采珠，很多人下海，可以马上移过海沙覆盖。"

一万三忽然伤感："这可以解释为什么我爸、我妈，还有老族长的尸体都捞上来了，因为当时距离事发不久，很多人下海去救——老蚌可能来不及隐藏，也不想隐藏，毕竟如果来救的人在海底翻来翻去，很容易暴露它的秘密。"

可是后来，事情就方便多了，五珠村的人整体迁移，再下海的，往往都落单。

炎九霄之前，至少已经死了四个人了。四个人，有的是骷髅骨架，有的是被海水浸泡成碎缕的破衣烂衫包着骨头，年代都不可考，说不准是在一万三父亲出事之前，还是在村人弃村之后。

一万三盯着那几具尸体看："或许，其中有一个人也去过函谷关，带走了一片凶简，又在这里落海。"

或许吧，不过现在谁也不知道究竟发生了什么，毕竟，骨头不会讲话。

看来，这第二根凶简的命案，跟水有关。

第二根凶简比之第一根，很多相似，但是也有不同。第一根只是场景的一再重复，而第二根，似乎努力排列拼接出一个事件。

木代想不通："但是为什么，不管是第一根凶简还是第二根，都那么热衷于把当年的场景重现呢？"

罗韧说："你不觉得，这像是对早年凶案的一种……献祭吗？"

近乎偏执的重现，在人世，在海底，还有其他几根呢，在哪儿啊？如果七根聚在一起呢？

木代不自觉打了个寒战。

炎红砂问："那个凤凰什么扣，干什么吃的，为什么不管管呢？"

昨儿才被曹严华灌输过七根凶简的信息，对里头那些佶屈聱牙的名字，炎红砂还是记得不大清楚。

罗韧说："大概没那个本事吧，它要是能管，早把七根凶简封印起来了。"

木代不服气："可是，上一件事里，它至少刖足了啊，砍了那些凶犯的脚啊。"

罗韧提醒她："那是在凶简离体之后，凶简在身的时候，你见过凤凰鸾扣起作用吗？"

木代不吭声了，想想也是，总觉得这凤凰鸾扣近乎欺软怕硬，凶简在身的时候从不作为，凶简走了之后它才来个迟到的公道。

现在对老蚌呢，也要这么着吗？等他们剥离了凶简之后再来惩治老蚌，火烧刀砍？煎炸油烹？有意义吗？

罗韧劝木代："要往好的方面想，可能是现在凶简散落各方，凤凰鸾扣鞭长莫及，等到我们一根一根把凶简给收了，说不定凤凰鸾扣的力量会越来越强的。"

曹严华说："那我们就是站在凤凰鸾扣这边的吗？"

他越想越美："你说，我们这么辛苦，凤凰鸾扣会不会送我们点儿什么？说不定送我们一人一只小凤凰啊。到时候，我们就去街上溜凤凰，溜大熊猫的都没有我们威风啊！"

有这么个胡思乱想的徒弟，也真是丢脸，木代没好气地瞪他一眼，谁知道曹严华又向她说："妹妹小师父，到时候，你和我小罗哥一人一只凤凰，说不定，两只凤凰也谈恋爱呢。"

是吗？想想也挺萌的，木代脸上绷不住，止不住就笑了。

果真不是一家人，不进一家门，这师父和徒弟，也真是绝配了，罗韧泼他俩冷水："行了啊，能送你们一只中华田园犬就不错了。"

说者无意，听者有心。

一万三心里忽然动了一下。

他想起在小商河时，自己画出的第一幅水影，画面上，除了有凤凰鸾扣封住的七根凶简，还有一只不知道是狗还是狼的玩意儿。

至今没有端倪解密，那又是什么意思呢？

所有人，集体离开五珠村，船车并退，回到就近的村子。

要准备的东西很多，忙忙碌碌，却又井然有序，炎红砂也不坐轮椅了，扶着船栏在甲板上走来走去，说："我也是有功夫的人，指不定关键时刻要上手的。"

罗韧和一万三在船上商量着链网的使用，到时候不能是人工放网，人力毕竟有限，还得有类似滑轮的装置。

木代在水里练习划船。

曹严华在边上指导她："不对，不对！哎哟我的妹妹小师父，要双臂一起用力，往后扳水、扳水！像你这样，船根本动都没动！"

木代一张嘴巴狠起来，也是能把人气晕："船不动，是因为你坐在船上！你就跟个锚似的，船能动吗？去去，下去！"

曹严华很伤自尊，悻悻地爬起来，拍着屁股上了捕鱼船。

真是怕什么来什么，他离开了之后，那只船，居然真的动了。

旁观了全过程的一万三过来，到底是好基友，坚定地站在他这边："小老板娘一直是这德行的，说，你说不过她，打，你也打不过她。"

曹严华心酸："我本来就打不过她，我小罗哥在这儿，两个打我一个，我会赢吗？我只会更肿。"

一万三压低声音："你可以上网去'八'她。"

万万没想到，曹严华居然是同道中人。

"你的意思是八一八？天涯的八一八系列？"

一万三声音又低了两度："有账号吗？没有我借你。"

曹严华表示不用了。

"我也有！"

一万三给他传授经验："不要用真名，要用代号，也千万别说她是你师父，用老师替代，描绘她的时候，如果她美，你要说她丑；如果她瘦，你要说她胖，尽量混淆现实情况。"

曹严华感激地看了他一眼。

三三兄真是一个好朋友。

华灯初上。

两条船都亮了光，晕黄色的灯光，拂着两条船之间粼粼的细浪，木代已经划了十好几个来回了，越划越熟，两只桨使得得心应手。

她歪着头看船上，看完一边，又看另一边。

罗韧和一万三在调试链网的绞轮。平展展的链网沉入水中，下沿每隔一段就有锚钩，有数十个，到时候，要两边齐动，才能把两头的链网合二为一。

这就意味着，罗韧和一万三在水下，动作要很快，也同时意味着，水上的她，要拖住老蚌很长时间。

链网带着水光，映着灯的颜色，罗韧站在网的那一边，沉吟着做着示范，一万三倚在链网上，不知在说什么。

另一头，红砂在驾驶舱里准备晚餐，无非就是买来的吃食，分五份，一份份摆好，木代听见她大叫："哎呀曹胖胖，大家来一起吃了！一起！"

木代不觉得压抑可怕，甚至，她觉得很久很久以后，直到自己老了，也会回忆起这一幕，会想起这一晚的灯光，船上站着的那个自己喜欢的男人，有朋友，也有满腹牢骚的徒弟，大家齐心协力做一件事情，一件说起来，普通人都未必相信的事情。

要是真有一只小凤凰该多好，像是她参与过这些奇异的事的见证。

她慢慢划到捕鱼船的下水梯边，罗韧伸出手来，她抓住罗韧的手，轻快地跳上来。

罗韧问她："紧张吗？"

"一点点。"

"如果船翻了，你立刻到绳子上去，或者顺着绳子上船，千万别落水，也别硬拼。如果我们这次不奏效，至少还有保底的方案。"

保底的方案，指的是守株待兔，死等，等着老蚌上岸晒月——但是经过这两天的对阵，老蚌或许会分外谨慎，又或许会很长时间都不再上岸。

木代想了想："落水怎么样，落水了，你不救我吗？"

就知道她会将他一军的，当然得救，怎么能不救呢？

他说："主要水底下比较危险……"

"危险就不救了吗？"

罗韧说："不是啊，危险的话，我等着我女朋友从上头救我啊。"

嗯，女朋友这名字真好听，比木代还好听。

木代说："那好吧，我拼死都不会落水的。"

罗韧笑起来，想再说什么，手机忽然响了。

神棍打来的。

不会是聘婷那里出了什么事吧？

罗韧心中一凛，迅速接起来。

神棍声音里有些许兴奋："小萝卜，我可能找到问题的关键了，我问你啊，金、木、水、火、土，你们找到火了吗？"

第二十六章

罗韧没听懂。

神棍解释说，根据罗韧后来跟他说的，在小商河一起对付第一根凶简的四个人，都在不同的时间、不同的介质上，看到过仙人指路的信息。

一万三直接画出了水影，罗韧从刀身上看到影像，曹严华从扬起的尘土中看到幻象，至于木代，她那个梦，源出睡的那张木头雕花大床。

分别应了五行中的水、金、土、木。

那火呢，火有了吗？

罗韧的脑子有点儿乱，他们几个人，居然每一个都对应了五行中的一种吗？这说明了什么？他们是被选中的，还是冥冥中自有注定？

神棍哈哈大笑，光听声音，都能脑补出他笑得前仰后合的模样。

他说："小萝卜，你想太多了，你们就是一群乌合之众，还'被选中'，你们特殊在哪儿了，能被选中？"

说话这么不留余地不给面子，罗韧也真是叹服：老实说，世道还算艰险，这神棍走南闯北这么久，说话如此没轻没重不讨喜，居然还能安安稳稳过到现在，也是当世一大拍案惊奇。

他问："如果不是选中的，为什么能一一对上呢？"

神棍的回答是："还不是因为当时你们四个正好就在现场，每个人就分配了一个呗！"

罗韧倒吸一口凉气：这算什么？大马路上拉人？拉到谁是谁？

他问："那第五个火，该怎么找呢？"

"你们对付第二根凶简，有没有多人啊？多了的那个就是。如果没多，随便拉一个来，拉来的那个就是。"

如此儿戏？罗韧啼笑皆非。

神棍反而严肃了。

他说："小萝卜，你别看多了那些七七八八的小说故事，以为这种讲究什么命中注定，以为你们是因为天赋异禀，所以凤凰鸾扣调查了你们祖宗八代之后辛辛苦苦把你们聚到一起，你想多了——我想来想去，就是随机的。如果在小商河的那次，我也赶到现场的话，火八成就是我了。”

罗韧只觉得匪夷所思：“怎么能这么随便呢？”

神棍笑起来：“你觉得随便吗？我倒是觉得合情合理。

“当年是什么情况，等了那么久，出了个大德之人老子，引七道不祥戾气于七根凶简，然后用凤凰鸾扣扣封。

“凤凰鸾扣、木简，其实都是物质化的东西，是物质，你懂吗？”

罗韧抚额叹息，这跟物质又有什么关系？

木代看出来这个电话没那么快结束，自己先进舱吃饭。

“这些物质化的东西，在老子之前也可以被造出来，造一堆都可以。”

罗韧有点儿明白了，神棍抛出了一个问题：凤凰鸾扣、木简，在老子之前就有了，但是为什么那之前，没能封印七道戾气呢？

所以封印最关键的因素不是凤凰鸾扣，而是老子，或者说，两个都重要，但是老子的重要程度更高。

神棍说：“你要在当代，再去找一个老子一样的人物还是很难的，所以我隐约有一种感觉，凤凰鸾扣在借助人力。

“这就好像有五个空位，亟须有人去填补，根据它的指引，去做一些事情，这五个人是谁，品行如何，是否特殊，其实不重要，它只需要马上填缺。”

说到这里，神棍又叹气：“其实说你们不特殊也不对，你们其实也特殊——你们可能是第一批站出来，跟凶简作对的。”

这话没错，在他们之前，好像凶简只是不断在害人，肆无忌惮，从张光华转移到刘树海，又从刘树海转移到罗文淼，知道的人只是以猎奇的眼光去看去讨论，但没有人真的把几件案子联系起来，着手去做些什么。

小商河那一次，他们是实实在在跟凶简斗过的，非但如此，还把它困住了，依照着自己的意会做了个“金、木、水、火、土”的箱子——虽然那箱子没过多久就失效了。

就这样，被“选中”了吗？

罗韧笑起来：“选中就选中吧，反正，为了能让聘婷彻底好起来，我原本的目标也是找齐七根凶简封印——如果这是治本的方法的话。”

神棍反常地没有说话。

这异样的沉默带给罗韧一丝不安：“怎么了？”

神棍迟疑了一下：“小萝卜，我要提醒你，我看多了类似的事情，你不要简单地觉得，七根凶简就是邪恶的化身，凤凰鸾扣就代表正义和善良，没有那么分明的界限，为了达到目标，过程可以不择手段。”

船舱里传来轻快的笑声，罗韧下意识地抬眼去看，曹严华不知道为什么趴在桌上，木代正没好气地揪他起来。

他转过身，压低声音：“什么意思？”

“我现在也只是猜想，但是不知道为什么，这种感觉很强烈——我感觉，刚刚我说的那五个空位，你们填进去了，未必出得来。也就是说，被选中的时候，你们没得拒绝；参与之后，也没有那个自由说甩手不干。”

一股凉意从罗韧的后背升起。

什么意思？

即便是之前跟木代有过开诚布公的对话，但他对木代依然是有安排的，他不想让木代卷到这么多凶险诡谲的事情里来。对，木代可能会主动要求参与，但那跟她根本无法退出是两回事！

这让他想到童话里充满魔性的红舞鞋，懵懵懂懂穿上，就再也脱不下来，直到死吗？

他把这话问出来了：“直到死吗？”

神棍说：“死了，会有新的人填上去的，直到事情最终完成。”

懂了。

罗韧沉默着挂掉了电话。

如果神棍说的都是真的，那么凤凰鸾扣需要的并不是他们，而只是可以用来填缺的人。

金、木、水、火、土，不是指具体的谁，而只是个面具化的符号，谁都可以来做，不堪胜任的人退出不了，只会死在任上，紧接着就有人替补，前仆后继。

对凤凰鸾扣来说，金、木、水、火、土五道，始终要有人供它驱使，它一点儿也不在乎那个人是男是女，姓罗还是姓木，只要有人就行了。

自己、木代、一万三、红砂，还有曹严华，是第一批的金、木、水、火、土。

太多的凶险和未知，中途，每一个人都可能被替换，而替换，只会在一种情况下发生。

死亡。

其实，和他们认识的时间都还很短，除了木代是他女朋友，其他人，谈不上生死之交，也谈不上多欣赏认同。

但是，他不希望看到任何一个人出事。

也不知道过了多久，身后传来脚步声，这声音，他听得出来是谁。

罗韧笑了一下，并不回头，却往后伸出了手。

果然，有人握住了他的手。

温暖，纤细，而又柔软，罗韧回握，轻轻一拉，就把她拉坐到身边，问她："吃完了？"

她从兜里掏出吃的递给他，压扁的小面包，压碎的饼干，说："曹胖胖他们现在可坏了，吃东西跟抢一样，你要是不动粗都抢不过他们。"又叹气说，"有男朋友之后，压力是比以前大，吃东西都要抢双份的。"

罗韧大笑，撕开面包袋的封口，拿出扁扁的面包咬了一口，说："不过，有了女朋友之后，吃东西是要比以前甜了。"

木代有些脸红，却又欢喜极了，眼睛里亮亮的，像揉碎的星光。她抱住他的膝盖，下巴轻轻搁上去，看着他吃，还催他："吃啊。"

真是喜欢她，都找不到什么不喜欢她的理由。

罗韧想了想，问她："你真的收了曹严华做徒弟？"

木代点头："我觉得他人不坏，虽然未必能学到上乘的功夫，但是，强身健体也好啊。"

罗韧点点头："你有空多教教他，以后……"想到以后可能会发生的事情，心里多少有点儿滞重，于是换了个看似轻松的说法，"以后打群架，也多个帮手。"

第二天一大早，两艘船，再次出发。

人也分了两拨，罗韧、木代和炎红砂一条，一万三和曹严华在另一条。

炎红砂已经能走路了，自己在甲板上又是踢腿又是下腰，对面的曹严华羡慕地看着：那天聊天的时候，他已经知道炎红砂也习武，而且跟人比画过招是没问题的。

真是太不平衡了，木代和炎红砂都会武，反而他和三三兄肩不能扛，手不能提的，都是文弱男子。

这两天出来，都没空锻炼，曹严华悚然心惊，于是赶紧趴下，做了两个俯卧撑。

对面的炎红砂看到，问木代："曹胖胖在干吗呢？"

木代朝这头溜了一眼，漫不经心道："大概累了，趴着休息呢。"

停船，关引擎，抛绳，在两条船的上空架起绳路。

罗韧帮着木代把小木船推进水里，低声说了句：“小心啊。”

木代说：“放心吧，我不会落到水里的。”

她慢慢摇动着桨，向着水中央划去。

哗啦，哗啦，船桨荡起水波，阳光很好，但云很多，有时候把太阳遮住，海面上就没了阳光，森森的，有点儿阴冷。

罗韧和一万三已经穿好了潜水服，每个人都背了小的氧气筒。曹严华调试链网的绞轮，炎红砂在查看水眼，隔了一会儿就跟木代招手：“还没来呢，你放松。”

也没法太放松，毕竟，她不会游泳，脚底的世界不是坚实的，是晃晃悠悠的。

哗啦，哗啦。

木代都说不清自己划了几个来回了，两边的人都靠在船栏上看她，像是参观动物园里会划船的猴儿。

炎红砂看了一眼电脑屏幕之后，懒洋洋地打哈欠：“没来。”

老蚌或许变聪明了，没那么容易被诱出水面。

木代划累了，把桨横在船上，抱着膝盖歇息，下巴抵着膝盖，不知道是不是昨晚没睡好，困意袭来，忍不住想打哈欠。

将打而未打时，她忽然愣了一下。

远处的海面上，有一道水线，笔直，雪白，飞快，向着这边过来，初见很远，只交睫的时间，已经近了很多。

木代忍不住站起来，掏出那个迷你的望远镜去看。

水花翻卷，起落处，可以看到青灰色的蚌壳。

是那只老蚌！

它没有直接从这片海域的海底浮出，而是从很远的地方迂回过来，所以吊在船下的水眼看不到老蚌。

它甚至打破常规，整个儿竖了过来，像是立起在水中的极速旋转的齿轮，所以只有一道细窄的水线。

而那条水线的延伸方向是……

木代悚然心惊：那几乎是恰好把她的小船一分为二的！

水线瞬间逼近，她的瞳孔里几乎映出了翻起的水花。

罗韧大吼：“木代！弃船！”

木代心下发冷，手足微颤，如之前无数次练习的那样，瞬间提气上跃，手刚挨到拉绳，一个轻身飞举，整个身子绞到绳上。

就在这个时候，所有人都意想不到的事情发生了。

“哗啦”一声巨大水响，转旋着的老蚌腾空出水，向着绳上的木代劈旋了过去！

第二十七章

木代听到曹严华因为极度惊恐而变得尖细怪异的声音——

“它飞！它会飞！”

巨大的张开的蚌壳转旋而来，木代的脑子里一片空白，有一种连空气都被劈裂的错觉。

罗韧觉得像是有冰柱从天灵盖直直刺入，冻住咽喉，直透心脏，他第一反应居然是去拔枪，拔了个空。

就在这个时候，木代蓦地撒手，又从绳上坠了下去。

一坠，一上，极短的时间差，蚌壳擦着她的身体直上，滚断拉绳。

木代跌落在小木船里，而老蚌去势不减，一个长长的抛物线后直切入水。

整个过程，其实只几秒钟，但罗韧觉得，心脏已经停过一次了。

真是莫大的庆幸，木代的临场反应能力，真是出乎他的意料。

还有，他看出，这老蚌并不会飞，只是像游鱼一样，借势上跃。

木代茫然地从船舱里爬起来。炎红砂尖叫：“木代，你赶紧划啊，划到这里来！”

罗韧迅速解下船栏上的一截长绳，绳头扣个扳手，凌空旋了几下，远远地向着一万三那条船扔了过去。

还好，他们有准备，两船相隔的距离不是很远，短时间里可以为木代再拉一根绳。

咣当声响，扳手稳稳套住对面的船栏，一万三和曹严华两人赶紧去结死扣，正手忙脚乱间，曹严华忽然发觉，船好像……在震。

他脸色煞白地看一万三，问：“你听到了吗？”

一万三也听到了。

震动来自船底，不同方位。

静默了两秒钟之后，曹严华只觉得发根嗖一下根根立起：“它……它在切我们的船吗？”

一万三反应过来，转向对面拼命挥手，声嘶力竭地大叫：“罗韧，开船走，它在切船！切船！”

渔民出租的捕鱼船，大是大些，但设备和速度都一般，想当成进退自如的“战舰”使用，简直痴人说梦，船身包了铁壳，可到底不是真的铁板一块，船底和船侧可攻击的地方太多——而且震动如果来自不同方位，就说明老蚌是在试探。

一万三冲进船舱，试图启动开船，熟悉的引擎声响起，一口气还没松完，咣当两声，引擎歇了。

要命了，这就叫出师未捷身先死吗？还没开打呢，一条船已经挂了。

一万三脑子里迅速转过好多念头。

这里离岸边太远，如果两条船都歇火在海中央，那真是任人鱼肉了。

他冲回甲板，冲着对面大叫：“我们船不能动了，你们先走！先走！再想办法，别让你们的船也废了！”

话没说完，高速转旋的嗞嗞声大作，老蚌出水，沿着船身中缝开始切旋。

海面上漾起波浪，推得木代的小船一漾一漾的，她划着桨，似乎要靠近那条拉绳，但是人力不及海浪的推力，反而离船更远了。

曹严华头皮发麻：“它……它是要把我们的船拦腰截断吗？”

不过到底是实木包铁，蚌壳切入船身的时候，速度有些变慢。

罗韧突然有了个主意，他看了一眼木代：很好，她离两条船都远了。

罗韧三两步冲到船栏边，把刚刚那条拉绳解了，绳头扔给炎红砂：“把你自己绑在船上，越紧越好，让一万三和曹严华也一样。”

他又远远示意木代：“离开，离开，别靠近！”

说完迅速进舱，俄顷船就发动了，掉转身，和一万三的船呈九十度，持续后退。

曹严华虽然不懂炎红砂的吩咐是怎么回事，但还是赶紧利用船上的盘绳，一头捆住自己，另一头尽量往结实牢固的东西上绑。船下的震动持续传来，视线里，几乎是铁屑、木屑乱飞了。

他问一万三：“罗韧这是要干吗？”

一万三隐隐猜到了。

罗韧这是要撞船。

如何让高速运转的齿轮停下来，一般人的经验里，会搅入一根铁棍，制止或者尽量降低轮轴的转动。

同理，老蚌的转旋虽然可怕，但是同样受到外力的阻滞，就好像第一次时，木代用被子盖住了它，这一次，它的蚌壳切入船身，速度明显降低。

如果能利用这一时机，从另一面也给老蚌同样的阻力，那有极大的可能，在短时间内，让老蚌的转速降为零。

它的蚌壳是张开的，这个时候，是剥离凶简的最佳机会！

一万三死死扣紧了绳头，同时伸出手去攥紧了船栏。

远远地，罗韧的船后退了一段之后，果然向着这里加速了！

曹严华不敢再看，紧紧闭着眼睛，尖声惊叫："我不想死啊！"

看鬼片时，鬼还没有出来，就吓破胆地叫，几乎要把同伴吓死的人——就是曹严华这种了。

巨大的冲力迫来，一万三牙关咬得更紧，正准备全力迎接那灭顶的一击时……

他看到，罗韧的船近距离变相扫尾，变直撞为船身侧撞。

虽然不是天翻地覆，但巨大的冲力、撞力加上水的变动拂起，还是让一万三有要翻船的惊惧感，胃部极大不适，整个人像是被抛起，又狠狠落下，眼前激起水排的浪墙，但是……

但是，他没有漏过那听起来几乎美妙的声音：那种齿轮咯吱咯吱、欲转而不转、心有余而力不足的声音。

一万三躺到了甲板上，船已经被浪打湿，一躺下去，海水很快浸湿了后背，但他不在乎。

他就那样躺着，两只船几乎就快并到一起，跨个一大步就能跨过去，他看到罗韧扶着门框从驾驶舱里出来，稳着身子从工具箱里拿出了凿子和锤子。

一万三挣扎着爬起来，向船舷边爬了几步，低头去看。

老蚌就在底下，张开的两扇蚌壳分别卡在两边的船身里，徒劳地四下想转，却又像被破坏了电源的机器，嘎噔嘎噔，动作笨拙。

一万三哈哈大笑。

你也有今天啊。

太阳缩到云层后面了，不知道什么时候，海面上水汽茫茫，像起了雾。

刺鼻的腥味，浅褐黄色的蚌肉，在那之间，他看到一个四四方方的珍珠盒子。

又或许，只是被老蚌分泌的珍珠质给裹住了。

在蚌肉之间，还有大大小小的珍珠，不是很圆，一边光彩像略微镀了金。罗韧认识这种珠子，那个时候，想给口哨配个珍珠送给木代时，店员跟他讲过，这样的珠子叫"珰珠"，就是古人说的明月珠，白天，天气晴朗的时候，可以看到珠身有一线光芒闪烁不定。

大家都挣扎着爬起凑过来，曹严华喘着粗气说了句："都没受伤吧？"

好像没有，不过，即便受伤，也管不了那么多了。

罗韧跳入水中，半边身子倚一条船，脚踩住另一条船的船身，把凿子抵在那个骨灰盒的后头，屏住一口气，狠狠砸了一锤子。

蚌身震动，连带着船都在微微摇晃，蚌肉剧烈收缩，炎红砂大叫：“看！”

不用她说，大家都看见了，珍珠盒的盒面，忽然漾起血一样的纹络，中间一道竖长，两边两道短小。

这个字，很好认，也最象形。

甲骨文的“水”字。

第二根凶简，果然就在里面。

一万三喃喃：“因刀致死，因水而亡，所以，这是告诉我们死亡的原因吗？”

他们之前讨论过，七桩凶案，是不是应该各有寓意呢？就像基督教中所说的七宗罪一样，分指贪婪、色欲、贪食、嫉妒、懒惰、傲慢、暴怒？

罗韧否决了这个想法，原因很简单，神棍说，那是世上最早的七桩有记录的凶案。

因着最早，时间上的发生应该临近，不可能分门别类，你代表贪婪，我代表嫉妒。

第一根凶简是“刀”，第二根为“水”，答案似乎渐渐明朗。

第二凿，一锤定音，那个珍珠骨灰盒离体，蚌肉抽搐般翕动了片刻之后，慢慢偃息。

炎红砂怯怯问了句：“死了吗？”

罗韧没有回答，他忽然想起了什么似的四下看去：“木代呢？”

木代呢？

不在船上，也不在你们船上吗？想起来了，那个时候，要撞船，为免波及，让她避开的。

但是，人呢？

罗韧着急起来，他把骨灰盒塞给一万三，快步上船，迅速站到了船顶，极目之内，一片沉寂，再远些就是雾了，迷迷茫茫的，连岸都看不大清。

船下头，炎红砂他们已经喊起来了。

“木代……”

“小老板娘……”

“妹妹小师父……”

罗韧的脸色慢慢转作灰白，问了句：“她会不会落水了？”

会不会是，撞船时，掀起的浪太大，把她的船掀翻了？那个时候，船刚刚撞过的时候，每个人都有一段时间的晕眩和巨大耳鸣，什么都没听见，而清醒过来之后，他只想着对付老蚌……

木代有呼救过吗？她会不会是……淹死了？

炎红砂他们好像也想到了这一点，神色惊惶地低头去看水面。

罗韧的脑子里嗡嗡的，好像听到一个声音在说：淹死一个人，很快的，要不了多久的。

他咬了咬牙，迎着众人惊惶的目光，一头扎进水里。

没有太阳，水里出奇地冷，罗韧屏住气，拼命地往下，摸索，再摸索。

直到一口气再也屏不住，才反向上浮，快出水面时，他看到顶上的水花，一万三也下来了，还有炎红砂。炎红砂的腿不好，腰上系了绳子，跟曹严华说话，如果她上不来，在下头抖绳子，就赶紧把她拉上来。

“哗啦”一声出水，清冽的空气涌入肺腔，曹严华一个人，抱着骨灰盒站在船边，愣愣地问他：“我小师父在下面吗？”

罗韧不说话，曹严华脸色越来越白，几乎带了哭音：“我小师父不在下面吗？”

罗韧忽然“嘘”了一声，示意曹严华不要说话。

他屏住呼吸，眼睛渐渐亮起来，问他：“你听到什么了吗？”

听到什么？没有啊。

罗韧好像真的听到了什么，他辨了一下方向，犹豫似的看了看两条挨在一起熄火的船，再次跃入水中，撂下一句：“待会儿让一万三试船。”

不是，你去哪儿，倒也说一声啊，曹严华眼睁睁地看着罗韧游远。

哗啦两声水响，炎红砂先屏不住出水，曹严华知道她腿使不上力，趋身过去正要扶她，炎红砂忽然脸色大变，惊怔似的往后缩了一下，说话都结巴了。

“曹……曹胖胖，扔掉，扔掉！”

扔掉，扔掉什么啊？他怀里，就抱了一个骨灰盒啊。

曹严华莫名其妙地低头去看，目光所及，吓得魂儿都飞了。

骨灰盒的珍珠盒面上，不知道什么时候，凸起了一张怪诞的人脸，那脸左冲右突，像是随时都要破盒而出。

第二十八章

曹严华吓得大叫一声，直接把骨灰盒扔了出去。炎红砂眼见骨灰盒是向自己这个方向掷过来的，头皮都炸起来，没命一样拿手挡了出去，挡完忽然反应过来：那是老蚌的方向！

骨灰盒万一贴回去，老蚌会不会就……死而复生了？

曹严华也想到这一点了，他难得反应快一次，关键时刻，居然大喝一声，两手抓出船栏，身子从船栏下头直溜出去，一脚踹飞了骨灰盒。

就听一万三暴喝："你俩有病吧！"

曹严华没来得及回答，他功夫不行，收放无法自如，整个人控不住，"扑通"一声落水。

炎红砂回头，看到一万三怒目圆睁，像是恨不得吞了他们，身后不远处，骨灰盒正在海面上一下下地荡着。

炎红砂心虚地回忆了一下刚刚的场景，曹严华扔——她挡——曹严华再踹，不明白的人看，还以为是抛球抛着玩呢，难怪一万三要发火，那是他爸的骨灰盒啊。

一万三不想跟他们两个费口舌，转身朝骨灰盒游过去。曹严华狗刨着在水面上勉强支撑，伸手抹了一把脸上的水，朝着一万三大叫："三三兄，你当心，别伸手去碰，我刚刚亲眼看见，它要出来的样子！"

一万三的手正向骨灰盒伸过去，闻言硬生生定住，过了一会儿转身吩咐曹严华："拿撑篙。"

曹严华听懂了，手脚并用着爬上船去，俄顷抱了根撑篙出来，协助一万三，把骨灰盒慢慢拨近。

一万三和炎红砂也都水淋淋地上来了，一万三问曹严华："你真看见了？"

曹严华很肯定："要出来的样子，就像上次，凶简想从聘婷的身体里出来似的，就是这次它不是竹简的形象，好像一张脸啊……"

想起那张怪形怪状的脸，曹严华一阵哆嗦。

一万三用盘绳编了个简单的网兜，身子伏到甲板上，把网兜从船栏下方的空隙处放了下去，在曹严华的撑篙帮助下，把骨灰盒兜了起来，慢慢往上提。

曹严华和炎红砂两个屏住了气，一左一右趴在他身边，都伸了脑袋往下看。

炎红砂紧张地提醒一万三。

“别……别离那么近……”

女孩儿家，就是叽叽歪歪的胆小麻烦，一万三皱着眉头，正想呛她两句，忽然“砰”的一声，珍珠盒面上瞬间凸起一张狞笑的人脸，像是要撞将出来。

一万三吓得手一哆嗦，网兜带着骨灰盒“扑通”一声落水，不过幸好，提绳还拉在手里。

炎红砂和曹严华两个刚刚被吓过，此时反而比一万三来得淡定，炎红砂甚至有几分得意：“看见没？我让你别离那么近吧。”

一万三没理会她，脱口说了句：“看！”

骨灰盒正浮在水面上，盒面平平展展，泛着米白色的珍珠荧光。

一万三若有所思：“好像刚到水里，那张脸瞬间就没了。”

曹严华一下子反应过来：“凶简怕水，它不敢直接出来！”他越想越觉得后怕：凶简之前待在老蚌体内，可以借助老蚌来去自如，脱离了蚌身之后，急着找“下家”，自己刚刚居然好死不死地把骨灰盒抱在怀里，如果不是炎红砂叫得及时……

曹严华打了个寒战。

但是当它浸在水里的时候，只能靠外头的盒子保护，盒子万一破碎，就等同直接入水，所以颇为忌惮，不敢立刻破盒而出。

怎么办？就这样用网兜兜着，浸在海里？

一万三斜了他一眼：“找个盆、桶，或者水箱吧，再造个金、木、水、火、土的阵，不说能顶十天半个月，撑上两天是没问题的。”

曹严华这才想起罗韧走前吩咐的话：“我小罗哥让你试船呢。”

是吗？现场看起来，的确是一片狼藉，两条船都瘫痪在这儿，船试不好，连岸都回不去。

一万三问他：“罗韧知道木代去哪儿了？”

曹严华说：“看起来，好像是知道了……”

罗韧确信自己是听到了口哨声。

说不清游了多久，口哨的声音，断断续续的，藏在无边无际的薄雾背后，但方向应该没错，随着他不断地前行，越来越清晰了。

近处横着什么，游近了看才发现是船桨，罗韧伸手把船桨拨开：木代怎么了，连船桨都丢了吗？

只是，没空去想那么多了，再一次浮出水面，他终于隐约看到不远处横着的孤零零的小船，还有船上坐着的人。

那一口提着的气终于松下来，这个时候，忽然觉得胳膊和腿都有千斤重，再也提不起来，身体的酸痛和疲乏铺天盖地袭来，他在心里对自己说：再坚持一下，再坚持一下就到了。

十米……八米……五米……

终于伸手搭到船，罗韧的身体都有轻微的痉挛了，他额头抵住船舷，剧烈地喘着气，胳膊一阵阵发颤。

好一阵子，他才抬起头看木代。

她一定哭过了，眼圈泛着红，手里攥着那个口哨。

罗韧说："你漂得可真远啊。"

这是实话，今天海上有浪，小船会不自觉地随流而漂，又起了雾，可视度比平时低，但是根据最初听到的哨声判断，她这位置不是一般的远，而且，一般的距离也不可能让他手脚发软。

你漂得可真远啊。

木代说："又不是我想漂的。你上来吧。"

不是不想上去，现在手足都没力气，觉得爬上船都很难做到。

罗韧看了她一会儿，说："你下来一下。"

"我不会水。"

"没事，不会淹到你。"

木代犹豫了一下，小心地坐到船舷边，搂住罗韧的脖子，然后慢慢挪下来。

没有淹到，罗韧很快就搂住她的腰了，胳膊慢慢收紧，海水浸透衣服，很凉，却更容易感知到他的身体和温度，她在海里没有支点，只能偎依着他。

为什么让她下来？

罗韧凑到她耳边，轻轻说了声："对不起。"

有点儿说不下去，只是搂住，然后把脸埋进她的肩窝。

他是真的觉得很对不起，那段时间，和老蚌恶斗的那段时间，他是真的把她给忘了。

游过来的这一路，海水也许并不很凉，但对他而言，冷得彻骨，他设想了可怕的可能：如果她不是漂走，而是淹死了呢？

她会淹死的，她一定会淹死，因为他忘记她的那段时间，足够她淹死好几次了。

老蚌很重要吗？那只畜生很重要吗？抓不住又怎样？罗韧痛恨自己在那段时间里，下意识地把对付老蚌放到了第一位。

木代呢？被他忘记了。

所以重新看到她的那一刻，他有失而复得的感觉。

幸亏她没有出事，幸亏那可怕的假设没有发生，如果她出事了，真是自己人生中最荒唐拙劣痛悔的一笔，为了一只蚌，把她给丢了。

木代有点儿奇怪，罗韧刚刚是同她讲“对不起”吗？有什么对不起的呢？

罗韧说：“来，上船吧。”

他把她送回船里，眼神和动作都很温柔，只想对她好一点儿，再好一点儿。

木代问：“怎么回去啊？”

罗韧笑笑：“先歇会儿吧，我们不着急，说不定一万三修好了船，可以过来接我们。最多我带着船往回游。”

听到一万三的名字，木代一下子想起来了。

“你们怎么样了？那只老蚌呢？”

罗韧说：“没事了，已经解决了。”

木代长嘘了一口气：“吓死我了，那时候我还以为我要死了，脑子里一片空白。”

罗韧笑她：“跟当初我拿刀子吓你，哪个更吓人？”

木代说：“不一样的，那个时候，我虽然吓哭了，但是没那么怕。这次不一样的，我直接就吓蒙了……”

她瑟缩了一下，垂下头来。罗韧微笑着，伸手想去拂她的头发。

“然后，不知怎么的，我就在这里了，雾又大，听不到声音，又看不到你们……”

罗韧心里“咯噔”一声，伸出的手慢慢收回。

她还在低声喃喃：“然后我忽然想起了那个哨子，我想，如果吹哨子的话，你可能会听见的……”她仰起脸来，“然后我果然就看见你了。”

罗韧笑了一下，但是这一次，笑得有些牵强。

他问：“木代，你还记得你从绳上摔到船里吗？”

木代疲惫地摇头：“我可能吓蒙了，我就记得我在绳子上，然后老蚌忽然飞起来，曹胖胖还喊说老蚌会飞……”

一股怪异的感觉从心底升起。

“那我当时要撞船，让你避开，你记得吗？”

木代露出疑惑的神色来：“你要撞船吗？我不记得啊，可能当时太乱了，我太慌，没注意吧。”

“木代，你的船桨呢？”

她好像这时才察觉到船桨不见了：“可能是我上绳的时候，小船一晃，船桨落到水里去了吧。”

罗韧在心里说：不是的。

那时候，老蚌向着绳上切旋的时候，木代蓦地撒手落下，他还在心里夸她，临场反应能力真是出乎自己的意料。

再然后，他们拉绳，想帮木代上绳，但是不知道为什么，她划着船，反而离绳远了。

接着，他决定撞船，于是对木代讲，离开，离开，别靠近。

他亲眼看到她把船划远了的。

但是现在她说，不记得，没印象，只记得自己在绳上，老蚌朝着她切旋，下一刻，就到了大雾里，小木船上，大伙儿都不见了，连木桨哪儿去了都不知道。

这要怎么解释？吓晕了吗？他不相信。

当时，他喊出“离开，别靠近”的时候，把桨划远的那个人，是她吗？如果不是，是谁？

罗韧忽然恍惚起来。

木代奇怪地看他，又伸出手，在他眼前晃了晃：“怎么了？”

罗韧回过神来，他尽力压下内心的不安，对她回以一笑，说：“没什么。”

第二十九章

回去的中途，遇到了一万三他们前来接应的船，船没完全修好，开一下停一下，跌跌撞撞像是才学会走路。

曹严华帮着把木代拉上了船，知道事情的原委之后，眼睛瞪得跟铜铃似的。

——妹妹小师父，我们和老蚌打得天昏地暗的，你怎么就漂走了呢？

——要是我小罗哥没找着你，你得漂哪儿去？漂去西天取经吗？

炎红砂瞪他：“去，去！”

她拿了床毯子，把木代包起来，女孩儿就是心细，看出木代身上湿了会觉得冷。

老蚌捞上来了，了无生气地躺在甲板上，骨灰盒上绑了铁链，放在盛满了水的水桶里，桶身上写满了字，这次写得相当直白，诸如："金、木、水、火、土""老子""凤凰鸾扣"。

一万三耸耸肩说："顶得一时是一时嘛。"

罗韧问："另一条船呢？"

"坏得比这条厉害，赶着来接你们，先扔那儿了。"说到这儿，像是想起了什么，"亏得你不是直撞，不然两条船都得废，你还挺有先见之明的。"

他觉得罗韧在那一瞬间，改直撞为侧撞还是挺明智的。

罗韧看了他一眼，说："过奖了。我当时没想那么多，我只想着，两条船都是我出钱租的，撞坏了我还得赔。"

回到原先的位置，一万三继续鼓捣着按照图纸修船——至少能让船回到岸边，罗韧则穿戴好装备下水，去带回炎九霄的尸体。

炎红砂感动得不行，跟他说："罗韧，你真是个好人。"

罗韧下水之后，炎红砂的感激之情还是无以言喻，又去找木代："木代，你赶紧嫁给罗韧好了，他真是不错的。"

木代很疲惫的样子，说："我要睡觉了，困得很。"

哦，睡就睡吧，木代睡着之后，炎红砂帮她把毯子角掖好，蹑手蹑脚出去，又关上门，感觉这样，像是间接报答罗韧了。

很快，罗韧就带着炎九霄的尸体上来了。

在水下这么久，潜水头盔早就进了水，头颅惨白肿胀，炎红砂不敢靠近，罗韧用外套把炎九霄上半身遮住以后，她才红着眼挪过来。

跟这个总在外头忙东忙西的叔叔谈不上特别深厚的感情，但到底也是叔叔。

她打定主意，就近把叔叔的遗体火化，这事，暂时也不告诉爷爷。

正恍惚间，听到曹严华在说："那这老蚌，怎么办呢？"

罗韧说："死都死了，你带回去做什么？"

曹严华嘀咕："那这里头，还有珍珠呢。"

"你没心理阴影？给你做串项链，你会戴？"

难道就这样掀回海里去吗？曹严华怪舍不得的。

炎红砂忽然反应过来，说："给我吧。"

罗韧点头："也行，你叔叔本来也是冲着珍珠来的，你把这些带回去，也算是不空来一场。"

炎红砂摇头，给他解释："我家里本来就是采宝的，有很多合作的下家，价钱相对合理。我虽然不大会看珍珠，但这老蚌胎里的珍珠成色都不错，能卖个好价钱。船都撞坏了，要赔不少钱，可以用卖来的钱贴补，如果还有剩下的，见者有份呗。”

“见者有份！”这四个字太动听了！

曹严华登时就激动了，这一趟累死累活的，小命都搭上半条，如果能有些贴补，那是极好的——而且这些珍珠的成色何止是不错啊！

红砂妹妹真是慷慨大方。

罗韧并不在意，随口说了句：“随便吧。”又问，“木代呢？”

“说是困得很，累了。”

是吗？罗韧有些微的不安，但是自己也说不大清楚，这不安究竟来自哪里。

船勉强能动时，已近黄昏，两条船一般的德行，走着走着就瘫痪，有时候又像摇摇车，摆得人哭笑不得。

终于到达歇脚的村子，罗韧找了村里的机械工来修船，曹严华朝村里人借了刀子，自己一颗颗地先把珍珠给剜出来，装了满满一塑料袋，想着这一行居然有意外之喜，乐得眉开眼笑的。

他并不是贪财的人，但是，放眼看去，这全天下奔波劳碌的，有几个敢说不是为财呢？

晚饭是付了钱请就近的一户村民家给做的，热气腾腾，有鱼有虾有肉，白米饭堆得像元宝尖，真是这些日子以来，吃得最好的一顿了。

木代也睡眼惺忪地起来了，几个人在船舱里围坐就餐，舱门一关，平添几分暖意。

曹严华吃得呼哈呼哈的，忽一抬头，看到罗韧在看木代。

他笑得贼贼的，说：“小罗哥，吃饭呗，吃完饭再看呗，我小师父又不会跑了。”

木代脸一红，心里却是欢喜，抬头看罗韧。罗韧轻易就把话题岔开了去：“今天晚上，大家都睡在一个舱里吧，就像上次小商河一样。”又嘱咐一万三，“你留意一下，能不能画出水影。根据上一次的经验，你是最先看到的。”

一万三一定会是第一个看见的吗？曹严华有点儿不服气，临睡前，他去到岸上，拿塑料袋兜了一袋的沙土，就搁在头边上，一直盯着看。

炎红砂挺羡慕的，觉得他们每个人都能看到些什么，真是怪稀罕的。

自己偏偏就不能，有点儿低人一等的感觉。

她无精打采地躺在床上，想跟木代说会儿话，谁知她鼻息浅浅的，又睡着了。

炎红砂想着：木代今天可真是嗜睡啊。

罗韧在外头打电话。

先打给张叔，这个点正是酒吧最忙的时候，电话一接通，就听到张叔忙得火烧火燎的声音，估计在支使新的伙计："快，快，点单。"然后匆匆走到僻静处跟他通话，劈头就问，"我们木代怎么样了啊？"

声音里，有隐隐的不悦。

当然不悦，直接间接地都是因为这个罗韧，他酒吧的人几乎跑光了，前两天一万三来了个没头没脑的电话，说什么木代不能说话，可把他担心坏了。

得知都平安无事，这两天就会回丽江，他总算是放了心。

挂电话之前，罗韧忽然欲言又止。

"张叔，我想问一下，木代从前，会突然忘掉些什么吗？"他不知道该怎么解释，"就是那种，自己做了什么，但是事后完全不记得。"

张叔呵呵笑起来，像是忽然想到了什么好笑的。

"有啊。"

罗韧心里一喜。

"小老板娘要是喝醉了，酒醒之后，就完全不记得发生了什么了。"

不是这种，罗韧有些失望，但还是问了句："木代不能喝酒吗？"

"能喝，有时候自己闲着没事，她都会斟杯酒在手边，当饮料喝。但是她喝酒有个度，就像量变到达质变的那条线，到那条线，可就糟糕了。"

张叔啧啧，又像是心有余悸的后怕："她要是喝醉了酒，可太可怕了。"

罗韧苦笑着挂了电话。

不是的，木代今天这种情况，跟喝酒没关系。

他想说服自己别多想，安然接受她只是"吓蒙了"这个理由，但是不行，心里总觉得哪里不对。

有个可怕的念头，她会是被凶简附身了吗？虽然有一根凶简已经被确认就在那个骨灰盒里，但如果这老蚌身上，有两根凶简呢？

当时，她从绳上下坠的时候，老蚌擦着她的身体上旋，会不会就在这错身而过的时间里发生了什么？

罗韧的脑子里很乱，勒令自己别再胡思乱想，但是止不住。

回身时，船舱的灯已经熄了。

时间不早了，已经是睡觉的点了，而且，一万三的水影，最好在没有光的情况下画。

罗韧犹豫了一下，又拨通了神棍的电话。

那头儿很吵，他听见神棍中气十足的大叫声："每次来，都让我干活儿！信不信我下次不来了！"

神棍也会被人欺负吗？听来匪夷所思，但不知为什么，他说话的语气，总让人有种"言若愠怒，心实喜之"的感觉。

罗韧问："你不在丽江了？"

"不在，我看朋友来了。"他像是想起什么，"那个火，你找到了吗？"

"找到了怎么样？找不到又怎么样？"

神棍的声音压得低低，又有隐隐的得意："如果找到了，我大概能知道怎么救聘婷。"

罗韧浑身的血一下子激到了头顶："怎么救聘婷？"

"你听好了，凶简跟凤凰鸾扣是一定水火不相容的。如果说你们真是凤凰鸾扣选定的人，那相当于金、木、水、火、土五种力量被引渡到了你们身上。我想了个比较粗暴的法子，但是应该可行……

"把你们五个人混合的血，注射到聘婷的体内，很可能会逼出那根凶简。"

五个人混合的血，注射到聘婷体内……

"这种，血型不合，可以吗？"

"哎呀小萝卜，你脑子里装着的，都是萝卜吗？"神棍不满地嚷嚷，"这种时候，你还想着血型，你思维发散一点儿好不好？不是所有的事情都要严格依照科学的，而且，聘婷已经那样了，你就死马当作活马医了……"

罗韧脑海中，好像闪烁出细小的火花。

五个人混合的血，注射到聘婷体内……

他突然问神棍："如果五个人分具金、木、水、火、土的属性，是不是说明，凶简不会附身？"

刚一万三不是说了吗？骨灰盒里原本有张狰狞的人脸，但是扔回水里之后，盒面瞬间就平展了，水是五行之一，木也是啊，木代能从木质里看到凤凰鸾扣的信息，如果木的力量被引渡到她身上，理论上，凶简也会忌惮她的……

神棍倒没想过这个，有些不确定："好像……也有这个可能。"

罗韧长长嘘了口气。

船舱里，忽然传来炎红砂的尖叫声。

罗韧浑身一震，快步冲了进去，顺手揿着了壁上的灯，所有人都起来了，木代正挥手帮炎红砂打扇，抱歉似的看罗韧他们，用口型说了句话——

她做噩梦了。

还以为是出事了，罗韧松了口气，看向一万三。一万三摇摇头，把手里的画本递给他，说："只画了一半。"

罗韧接过来看。

那一头儿，曹严华在床垫子上爬了几下，爬近木代她们的床，问："红砂妹妹，你做了什么噩梦啊？"

炎红砂小声说了句："我梦见把叔叔火化了。"

可能是日有所思，夜有所梦吧，白天的时候，她决定就近把叔叔炎九霄火化，晚上，就做了个跟火葬场有关的梦。

梦见她把叔叔炎九霄送去火化了。

火葬场里，空荡荡的，她一个人，推着载有叔叔遗体的小推车，到了焚化炉边。

那个焚化工长得奇形怪状，头上还蒙了黑色的布罩，瓮声瓮气地跟她说："你回一号监控室去等。"

那里有一排房子，都是监控室，监控室里装有闭路电视，方便遗属观看焚化的过程。

一号监控室，在那一排房子的第一间。

于是她回到监控室里，监控室里有三排座椅，她坐第一排，正中。

她一直盯着电视屏幕看，终于有影像了，她看到叔叔裹着白布的尸体慢慢进了炉口，再然后，几乎是瞬间，火起，炉口一片火红。

按照老一辈的习惯，这个时候要喊一句"躲火啊"，提醒那个正要离开的魂魄不要被人间的烈火烧伤。

炎红砂低下头去，擦掉眼角的眼泪，再抬头时，忽然如遭雷击。

她看到，炉口出现了一个女人，披头散发的女人，正在尖叫。闭路电视是没声音的，但正因为没有声音，视觉的冲击尤为恐怖，那个女人痛苦而扭曲的脸，几乎要挣出屏幕。

第三十章

发生什么事了？为什么烧的是叔叔的遗体，却出现了这样一个女人？

闭路电视是即时播放的，难道说此时、此刻，有个女人，正在被活活烧死？

炎红砂觉得全身的血一下子滚烫，像是也被烈火炙烤沸腾了。她冲出监控室，向着焚化炉直奔过去，大吼着："有人，里面有人啊……"

那个焚化工还在焚化炉外站着，炎红砂冲过去，结结巴巴："那个……那个……"

说着，她忽然觉得不对劲。

炎红砂低头去看。

那个焚化工的裤子里，尾椎的位置，鼓囊囊的一团，好像在动，像是……

像是有条尾巴。

再然后，他缓缓地，伸出戴黑色手套的手去拉布罩，先看到他的脖子，毛茸茸，再然后是嘴……

炎红砂尖叫一声，就是这一声，让她最终醒了过来。

梦里的那个人，长了一个狗头。

曹严华被这个噩梦瘆得出了一身冷汗，原本想安慰她的，现在只余自己心悸了。

罗韧低头去看手里的画，的确只画了一半，画上有幢起火的房子，大火中现出一个女人痛苦而狰狞的脸，而右下角，只开了寥寥几笔，似乎还蹲着什么。

他把画本还给一万三。

罗韧有一种感觉，炎红砂所做的梦跟一万三所画的画，其实是一个场景，只不过画面直白，梦境却芜杂，掺杂了炎红砂自己的所思所想，整个场景复杂化了。

得知自己的梦跟一万三的画可能是同一场景之后，炎红砂惊讶极了，问道："为什么我也能看到呢？不是只有你们才能看到吗？"

木代说："虽然是梦，但你是从火里看到的呢。"

说到这里，木代忽然想到，金、木、水、火、土，五个人，五种秉性，总好像有什么寓意。

罗韧没吭声，一万三眉头紧皱，显然跟她有一样的困惑，至于曹严华，几步跑回自己的铺盖边，把塑料兜里的那摊泥沙颠颠抖抖，看得目不转睛。

他有一种没道理的紧迫感，觉得连炎红砂这种新加入的都看到了，自己资历这么老，居然什么都没看到，真是……

岂有此理！

第二天一早，大家传看一万三的画，这一幅是他在已经画出水影的情况下根据画面里的位置、远近、笔画等重新调整了再画的，经过修饰，一目了然。

画面上是个院子，房间都已经被吞噬于大火之中了，女人的脸隐隐自火中显露出，表情痛苦，目光憎恨。

画面的右下角是一丛长势恰好的芭蕉叶，旁边蹲了只狗。

当然，或许是狼，狼狗不分家。

那是只狗的背影，自然看不到表情，但不知为什么，看得人后背发凉，总觉得那狗坐得气定神闲，像是安然欣赏那女人被烧的惨状。

炎红砂抖抖索索地说："这不是家养的狗吧？我家里要是养这样一条狗，还不如打死算了。"

她看多了忠犬护主的故事，觉得主人家遭遇大难，豢养的狗不说拼死上前营救也就算了，反而安坐如山，实在天理难容。

炎红砂忽然突发奇想："罗韧，那个梦会不会是个预兆？原先我就打算就近找个火葬场把叔叔先火葬了的，会不会是，火葬场里，会发生什么事？"

罗韧摇头，指着画示意他们看。

那个女人，虽然几乎被湮没在大火之中，但是脖子以下，还是能看到些的。

"看到她的衣服式样了吧，右衽，这至少得是民国乃至之前的衣服样式了，还有这里……"他又指了指画面的边角，火焰中显露出的一截弧形门洞，"如果把这个门洞复原，应该类似我们看到的园林里的边门。还有院子里种植这样的芭蕉，都不像现在的住宅风格。"他沉吟了一下，"保守地说，距今八十到一百年是有的。"

这么久吗？那想查也无从查起了吧。

木代问一万三："只有一幅水影吗？我记得上次，应该是两幅啊。"

上次，一万三画出了两幅，隐瞒了其中一幅，但后来大家各自都接收到了信息。

一万三赶紧撇清自己，他这次可没什么隐瞒的，水影里，他的确只画出这一幅。

罗韧没说话，目光长久地停留在图下方那只似狗似狼的畜生身上，他记得，在小商河画出的水影，上头也有一只类似的畜生。

当时，曹胖胖的理解里，看图不能只看表面，得看深层的意思，那个似狼似狗的畜生，代表了一种邪恶势力。

果然，曹严华又急吼吼地发言了："我觉得吧，这只狗，其实不是狗，是一种艺术的夸张。我红砂妹妹看到的，不就是一个长着狗头的人吗？这就说明了，这是一个狼心狗肺的衣冠禽兽！

"看见这女的眼神没？那种憎恨，火八成就是这个禽兽放的。啊，我知道了！"曹严华像是忽然顿悟了什么，激动得双眼放光，"这两幅图可能得连在一起看。记不记得第一幅图是这只狗蹲在凶简边上，八成是被凶简附身了，然后就来放火害人了！就像老蚌被附身了，然后害人一样！"

虽然道理听起来够歪，但是似乎又确实是那么回事。

暂时似乎只有这些信息了，罗韧把画纸卷好了收起，犹豫了一下："我想跟你们……商量件事。"

他把神棍关于注血帮聘婷逼出凶简的想法提了一下。

没人反对，毕竟只是抽一点儿血，又不是要命，曹严华还撸起袖子，拍打手臂上的血管，好像在看是不是方便下针。

罗韧说："那五珠村这里，暂时就告一段落了。你们看看这头还有什么事要做的，没有的话，我们就回去了。"

有短暂的沉默。

顿了顿，一万三说了句："我想回村一趟，这趟回来，都没能在村里好好走走。"

炎红砂也小声说了句："我要把我叔叔遗体火化，火化的话，是不是手续还挺复杂，不是有钱就行吧？"

炎红砂要留，木代就得留，毕竟她是"保镖"，而既然木代要留，曹严华也就顺理成章地留下，因为他是徒弟。

无论从哪方面看，罗韧都没道理先走，索性大家都再留两天。

退了船结清租金之后，一万三自己回五珠村，其他人在附近寻了旅馆，要了个里外多人的套间住下，料理炎九霄后事的同时等一万三过来会合。

罗韧极其注意木代，但又不得不承认，她跟从前又没什么两样了，那天海上的事情，好像真的只是小小的意外插曲。

最忙的是炎红砂，跑进跑出，开死亡证明，联系殡仪火葬场，也亏得她的确是炎九霄的亲属，确实有这个代表的资格，而且炎九霄死亡多日，尸体再拖延着放下去确实也不合适。

火化的当天，她坚持大家都陪她一起去，理由是：说不定关于火葬场那个梦，真的是个预兆呢？

于是除了在五珠村的一万三，所有人都去了。为了避免让凶简离开视线，曹严华找了个塑料袋把桶罩住，一路抱着去，又抱着回。

火葬场不大，但所有工作人员各司其职，过程很顺利，一切井然有序。炎红砂不死心，想去火化间那儿看个究竟，被人礼貌地请出来了。

那个人身材单薄瘦小，小鼻子小眼的，也不是梦里焚化工的模样。炎红砂觉得自己一定是魔怔了，还特意去瞧他的裤子，那是条裁剪得当的裤子，前后都贴身，也不像藏了条尾巴。

当天晚上，一万三从五珠村回来，懒懒散散的样子，拎了个布包，里头东西不大，但看着沉甸甸的。

曹严华问他都干吗了。

他漫不经心地回答："也没干吗，给我妈烧了纸钱，守了坟；每家每户都去走了走，有冤报冤，有仇报仇呗。"

整个村子只他一个人，想干吗干吗，是，村里人都走了，房子都还留着呢。

他走一家祸害一家，踹门，砸窗户，搬起石头把笨重的不及带走的灶锅砸穿，心里无比畅快。

小时候，母亲教他村里的忌讳，去人家家里玩儿，别动人家的锅，那是人家吃饭的家伙，你要是把人家的锅磕着碰着，灶神一生气，那家人就得饿肚子呢。

现在好了，通通砸了，饿就饿呗，反正饿不到老子。

那一口恶气，积攒了许多年的恶气，就这样朝着没知没觉堪称无辜的门窗物件上发泄过去，自己都觉得自己欺软怕硬荒唐可笑，但是随便，无所谓！

砸累了，一屁股坐到地上，阳光晒得他眼花，眼前却晃动着许多年前的那个日子，那个薄雾蒙蒙的早上，身后一只手，猛然一推，就把他推出了村人的圈子。

"江照，从今以后，你就不是咱五珠村的人了，你要是再敢踏进村子一步，可别怪村里人不客气。"

他挑衅似的看着这破落的没有人声的村子，对着阳光下的空气叫嚣："我就是又踏进来了，还砸了你家了，来啊，对我不客气啊，来啊！"

没有应答，有尘埃在阳光下跳舞，远处，海浪声很轻很轻，像是在问："你是谁啊……"

内心深处，他想着，有个人出来揍他也好啊，那样至少，这个村子，还是活的，管它接不接纳他，至少，这个村子，还是活的。

过了很久，一万三站起身来往外走，路过祠堂的时候，他偶然抬头，不知道是不是阳光太好，灼痛了他的眼，祠堂高高翘起的檐角上，那个骑凤的仙人，峨冠博带，大袖那么敞着，似乎风一动，就要飘起来了。

仙人指路，它在给谁指路呢？指的路又通去哪儿？

一万三洗澡的当儿，曹严华盯着那个布包看，好奇心像面团一样发酵，里头究竟包着什么呢？

炎红砂瞪他："曹胖胖，尊重别人隐私！"

曹严华不服气："其实你也想看吧，看一下怎么了？看一下又不会跑了！"

炎红砂"哼"了一声，她当然想看，她那点儿好奇心跟簇簇的小火苗似的，其实也知道，未必是什么秘密的东西，一万三敢大剌剌往那儿一放，就没那么不可告人……

但是，谁让你非罩上一层布呢？不撩开那层，心里愣是抓心挠肝地难受。

不过，她还是自诩道德水准比曹胖胖略高一筹，反正，她不会自己去揭开的。

曹严华又看罗韧："小罗哥，你说呢？"

这屋子里的人，总得都拉下水，达成一致才好。

罗韧不去蹚这趟浑水，也不让木代蹚："木代，跟我出去走走吧。"

木代看他，先不动："你是在邀请我吗？"

罗韧点头："邀请你。"

她笑起来，噌一下就起来，跟着罗韧出去了。

洗手间的哗哗水声不绝于耳，房间里只剩了曹严华和炎红砂两个人。

一不做，二不休，曹严华果断过去，三两下就解开了布包。

那是……

祠堂檐角上骑凤的仙人，宽袍大带，翩然欲飞，最底下不太平整，一看就知道是被敲下来的。

炎红砂也凑过来，一时间也忘了要置身事外，俨然共犯的架势。

她说："看起来，一万三对村子还是心怀愤恨的，连这个都敲下来了。"

曹严华也深有感慨。

先敲了行什，又敲了指路的仙人，一头一尾，都折在他手里，他三三兄，可真是角脊走兽终结者啊。

尾　声

渔村歇得早，乍一出门，黑得什么都看不见，木代脚下一个踉跄，险些撞在罗韧身上。

罗韧握住她的手，说：“小心点儿。”

他牵着她往外走，经过渔民低低矮矮的屋子，鼻子里闻得见小木屋经年的潮气，暗处的角落里有拴着的狗，似乎嗅到入侵者的气息，黑暗中抖索着浑身的毛站起来，像是拉开了架势要奋力一战。

罗韧把她拉到身后，半蹲下身子，喉咙里发出威胁似的恐吓声，那只狗周身的气势忽然就软了，颠吧颠吧又跑回角落里，脑袋往下一卡，做了挖沙埋脑袋的鸵鸟。

木代央求罗韧：“这你都会？怎么吓唬到它？教我啊。”

他说：“这有什么好学的，什么出息。”说完就往前走。

木代惆怅似的叹息，不肯走。

罗韧又回来，说：“这样吧，你要是能站着不动，五分钟，连眼睛都不眨，我就教你。”

木代挑衅似的看他，说：“那你计时啊。”

这能难得倒她吗？忘了她习武八年吗？被师父罚一动不动，没有十次也有八次，那可要难多了，头上还要顶个小香炉，里头燃根香，她站得极稳，有时候，那根香燃尽的灰，都能保持好长一截不落。

至于眼睛不眨，很难吗？换个角度思考，睁开眼睛不闭很难，但是闭上眼睛不睁呢？

那也是“不眨眼”的一种啊。

她带着窃喜的浅笑，慢慢闭上眼睛。

眼睛看不见了，其他的感官就分外敏锐。这个夜晚是温柔而沉静的，空气濡湿，带着水汽，发丝有一两根，痒痒地贴在脸庞，风里有轻微的腥咸，海的味道。

在这里还没有人，在这片村子还没有雏形之前，这海就在了。

小木屋里，也不全是安静的，有时能听到木头细微的裂响，还有轻微翻身的声音，也有夫妻夜话，有一搭没一搭，听不真切。

还有，罗韧真的在计时，打开了秒表，打开了声音，嘀嗒嘀嗒，马不停蹄。不喜欢这样快的声音，感觉人生都在气喘吁吁地奔走，无暇旁顾。

她喜欢慢。

就像农家揭开了蒸锅的木盖，白色的蒸汽在屋里慢慢地绕，映衬着窗外的雪和檐下的冰溜溜。

就像骡子脖子上挂了摇铃，叮当叮当，从门前经过，经过了很久很久，铃声还在门口慢慢打着转儿歇脚。

就像给情人绣荷包，竹绷子压紧布面，银针拖着丝线，慢慢地迤迤逦逦，绵绵密密长长久久的情意，看不到头。

罗韧说："木代，我走了啊，把你一个人丢在这儿了，我真走了啊。"

他的声音越来越远。

她安安稳稳，还是不动。

罗韧又说："木代，那条狗朝你走呢，它看着你呢，张开了嘴，马上就要咬你了。"

她还是不动，黑暗的光轻柔地笼在脸上，打过睫毛、鼻梁、唇角，密密的廓影，最细致的笔触也画不出的精致的画。

猝不及防地，罗韧忽然抱住她了。

她感觉得到他，熟悉的气息，臂膀的力道，秒表的声音也近了，嘀嗒嘀嗒，嘀嗒嘀嗒。

他慢慢向她低下头来，温热的气息拂过她的眉梢，脸颊，到唇边。

木代想着：这个时候可以动的，可以忽然睁眼，咯咯笑着说"不玩了"，可以"呀"一声叫出来，然后负气似的指责罗韧"这样不符合规则的"。

但是她不动，不想动，有细细小小的声音，在心底里，叽叽喳喳，好像在说：你也想的，你愿意的。

罗韧吻在她的唇上。

像她喜欢的那样，轻柔而缓慢，又慢慢加深，不容回避的力道。

嘀嗒嘀嗒的秒表声，忽然就停了，不知道是真的停了，还是她忽然什么都听不见了。

如果人真的有灵魂，那么现在，她的灵魂，一定是细成了一根根的丝，散漫着，往着无穷无尽的高处飘去，枕着几乎听不到的音乐，茫然而无处落脚。

罗韧松开她时，周围那么安静，海也出奇地静，海浪声浅得像是情人的叹息一样绵长。

罗韧问她："还去海边吗？"

不去了，她愿意待在这里，这逼仄的空间，周围低矮的木房屋角，湿潮的气息，还有角落里一条不知道是睡着了还是全程观望的狗。

多待一会儿吧，这个地方，她会记一辈子的。

罗韧笑着，轻轻拥住她。她脸颊发烫，偎依在他的胸膛，听他沉稳有力的心跳。

罗韧说了句："我的姑娘。"

等你很久了，我的姑娘，在山地、沼泽、蚊虫叮咬的树林，无数次梦到你，赤着脚，穿过阴冷的河岸，穿过黑暗的密林，眼波温柔得如同溶进了月光。

等你很久了。

回到旅馆，静得没有声息，炎红砂他们都已经睡着了，木代屏住气，伴着那轻轻浅浅的呼吸声，悄悄上床，又拉上了被子。

枕头柔软而又舒服，她忽又想起罗韧说过的那首枕歌。

——枕头啊枕头，什么也不要说啊，那个可爱的人和我的关系，对谁都不要说啊……

嗯，是的，她偷偷把脸埋进枕头里，呓语样吩咐自己，又像是吩咐枕头："不要说，对谁都不要说。"

枕头也不牢靠，枕在头下，不知道会不会窥视到她的秘密，她终于体会到情人那忐忑而甜蜜的心情：不要说，对谁都不要说。

就怀着这样的心情，无数次辗转反侧，终于入眠。

今夜，会做个好梦的吧。

真的做了个梦，却无关罗韧。

梦见简陋的房间，一个三四岁的小姑娘，偷偷推开卧室的门，地上杂乱地摊着衣服，女人的胸衣、内裤，男人的条裤、皮带，红色的磨了跟的高跟鞋。

男人的呼噜声很响，要很仔细很仔细，才能听得出夹杂其中的女人的气息。

小姑娘转了身，踯躅而又孤独地往小客厅里走，头上扎了羊角辫，皮筋一圈一圈，脱了线，露出里头灰褐色的筋皮。

她看到小姑娘踮了脚，费力地从五斗橱上挪下一个饼干盒，掰开盖子，探头朝里看。

饼干盒里是空的，不过每个角落里，都积了些饼干屑，小姑娘费力地伸手进去，手指头上沾到饼干屑，送进嘴里，吃完了，又拿手指头去沾。

直到把饼干盒的四角沾得干干净净。

然后，她又费力地把饼干盒盖起来，踮着脚送回原处。

木代反应过来。

这个小姑娘，就是她自己。

童年的，完全遗忘的片段，忽然在这个梦里，清晰地伸展开来。

她看到自己在小客厅里绕着来回，把沙发上铺着的布慢慢撸平，掸得干干净净，又拿跟自己一样高的扫帚扫地。扫的时候，不知把什么东西扫到了茶几下面，她低着头，撅着屁股，小脸涨得通红，伸手使劲往里摸。

日头从正午一点点地挪，挪成了夕阳，卧室里终于有动静了，那个男人拎着裤子出来，打着哈欠，先去厨房，对着水龙头接了一口水漱口，哗啦啦哗啦啦，然后吐在长了青苔的水槽里。

家里的水管上水也不好，龙头一开，嗡嗡的声音。

那男人出来时，忽然看到她，说："哈，小不点儿。"说完穿衣服，从裤兜里掏钱，一张张的十块，扔在桌上，又过来，给了她一张五角的，说，"给你买糖吃。"

她看着钱，手心都出汗，男人把钱塞在她围兜的口袋里，那是个半圆形的小口袋。

男人走了以后很久，女人才打着哈欠起来，刷牙，洗脸，坐到梳妆台前头，打厚厚的劣质粉底，一张脸涂得陌生，遮了黑眼圈，平了细细的交错的纹。

然后，她忽然看到一边的钱，拿过来数了数，脸上露出了一丝笑纹。

她就趁着这一抹笑的时间，赶紧过去，说："妈妈。"

女人"嗯"了一声，拧开一支睫毛膏，膏头干结，她不知骂了一句什么，从茶杯里倒了点儿水进去，又旋起，握在手里使劲地摇晃，再拧开，膏头上湿湿润润的，终于出色了。

女人满意地对着镜子眯起眼睛，一点点给睫毛上膏，睫毛长是长了，尾端却结成了一缕缕，看着沉重。

她说："妈妈，我饿了。"

女人漫不经心："不是给你买了饼干吗？"

"吃完了。"

女人的脸一下子沉下来，像半天的云头被人泼了墨，黑到了底。

女人说："我有没有让你省着点儿吃？又吃完了，你这么能吃，我怎么养得起你？！"

她低着头擦眼泪。女人霍一下起身，把饼干盒拿下来，掀开盖子看了，砰一下砸到地上，一个指头戳在她额头上。

“天天吃，吃！就没见你做事！养条狗都能看家，我整天供着你吃，供着你穿，凭什么，啊，凭什么！”一边说，一边一下下戳她额头。

她的脑袋被戳得一偏一偏的，但是不敢动，眼泪哗哗的，流了满脸。

女人说：“不准哭！”

她抓起小围兜的下摆擦眼泪，哽咽似的倒气。女人不理她，她也就不说话了，默默地又回到沙发的角落里。

饼干她是省着吃的，为了省，每次她都拿水泡，薄薄的一块饼干，泡了水，膨胀得大了一倍，虽然一点儿饼干的味儿都没有了。

她蹲在角落里，看镜子里的女人描眉，擦口红，盘头发，款款地挎起包，就那样出去了，出去之前跟她说：“你老实待在家里，别乱走。”

门“砰”一声关上。

她的肚子咕噜咕噜叫，怎么这么饿呢？

她掀起小围兜，抓起自己的小裤腰，拼命往外拧，裤腰越来越细，勒着小肚子，勒得紧了，好像就不那么饿了。

天黑下来了，她爬到沙发上，盖上小被子，就那么睡着了。

又醒了，被嘈杂声吵醒的，睁开眼，看到屋顶吊着的钨丝灯，灯底黑了一块儿，灯绳晃啊晃啊，晃得人眼花。

母亲在，穿着睡衣，头发散乱着，卧房的门虚掩着，有烟气飘出来，间杂着不耐烦的咳嗽声。

还有个不认识的胖阿姨，牵着个小男孩。小男孩红着眼，额头肿起一块，上头胶带贴着纱布。

胖阿姨一直在愤愤地说话：“我烙了肉饼，给小通子拿了一块，转头就听到他号，抢东西吃也就算了，为什么还打人？你看看，头上这包肿的，我们要去医院查，要是打出脑震荡，这事没完！”

母亲也笑，言语越发尖刻：“东西可以乱吃，话不能乱说，你家儿子个儿比我家囡囡高了一头，她能从小子手上抢东西吃？再说了……”母亲转头看她，“囡囡，你晚上出去没有？”

她怯怯地摇头，说：“没呢。”

母亲脸上露出胜利的喜悦，还没来得及说话，那个胖阿姨忽然上前一步，狠狠攥住她的手，嚷嚷起来。

“你看看她手上，这油光，这油！”又低头在她掌心闻了一下，“是不是肉味儿，你自己闻，自己闻，偷腥的猫，爪子都没洗干净！”

母亲的脸瞬间难看下来，忽然兜头就给了她一巴掌，尖叫：“我养了个贼！谎话精！”

她被打得七荤八素的，后来，是那个胖阿姨架住了母亲，慌慌地说：“算了算了，小孩子嘛，馋嘴也难免的……”

卧室里那个男人也出来了，尖声尖气的：“哎呀哎呀，小事嘛，小孩子嘛……”

胖阿姨他们不知道什么时候走的，母亲凄厉而呜咽的声音一直在耳边回响，卧室的门关上了，她还听到母亲在说：“要送走，把她送走……”

男人说：“哎呀，算了算了，来来，不要扫兴嘛……”

所有的声音终于消落下去，渐渐地，被男欢女爱的呻吟代替。

黑暗中，她摸到水槽边上，踩了个小板凳上去，拧开了水龙头。

只开细细的一条水流，开大了，母亲会说：“水不要钱吗？”

她摸到水台上的一块臭肥皂，拿来抹了手，搓了又搓，搓了几下之后，抬起胳膊，擦了一下眼泪。

又继续洗手，洗着洗着，她小小声地说：“我没有抢东西吃。”

“哗啦”一声，窗帘响。

阳光照在脸上，痒痒的。

木代睁开眼睛，炎红砂噌一下凑到她面前，神情欢悦。

“起来了木代，今天要回去了。”

番　外/

聚散随缘酒吧。

晚上十点，正是忙得脚不沾地的时候，张叔无意间一抬头，看到了门口进来的人。

先是如释重负地心头一喜，紧接着又是秋后算账一样脸色一沉：“哟，还知道回来呢！”

木代笑得人畜无害，眼角眉梢浅浅嗔意。张叔看着看着心就软了，上下打量她，问：“那时候说不能说话，生了什么病？病好了吗？”

于是木代知道，自己过关了。

她撂下一句：“早就好了。”说着步伐轻快地进来，手抚着肩膀，活动筋骨。

“坐了一天车，累死我了。”

张叔目送她上楼，目光又转回来，盯着门口剩下的两人。

一左一右，一胖一瘦；一个像斗败的门神，蔫蔫地杵在门口，胖胖的脸上满是讨好的笑；一个活脱脱吊儿郎当的混混，拎着行李，看起来低眉顺眼，实则察言观色伺机而动。

张叔真是气不打一处来。

“叫我怎么说你俩才好！”

同人不同命，小老板娘就是小老板娘，犯了天大的错，骂都没挨一句。

他们就没这么好的待遇了……

曹严华看着张叔给他和一万三安排的上下床铺位，心中无限凄凉，起先，至少还是一人一间啊。

张叔的话犹在耳边：“新雇了人了，就得给人安排地儿睡觉。你们这种流窜的，谁知道哪天又跑了？有个床位就不错了。”

也是，有个床位就不错了。

曹严华跟一万三商量：“三三兄，要不，我睡下铺？我人重，睡下头整张床都稳。”

一万三白他：“是，你是地基。”

曹严华没行李，大部分身家都在翻船那次落了水，倒也乐得轻松，冲了个澡就上床，一万三要整理从原来的房间挪过来的家当，乒乒乓乓翻检个没完。

伴着翻检的噪音，曹严华心酸地盘点自己的财产，只剩贴身藏着的几张票子了。

简直克制不住重操旧业的冲动，幸好，还有炎红砂那里五分之一的待售珍珠以慰寂寥。

这么一想，老蚌简直是可亲可爱起来了。

他翻了个身，看坐在一堆杂乱摆放家当中的一万三：“三三兄，我希望下一根凶简是藏在金矿里的，这样忙活了一趟之后，我还能搞根金条，比在酒吧打工赚得多多了。”

一万三头也不抬：“不是说好了不掺和这事了吗？”

哦，也是。

曹严华惆怅似的叹了口气：“我也就是想想。”

接近两天多的赶路，中途在昆明停，放下了炎红砂，炎红砂请了帮炎老头看病的医护人员来，给他们每人都抽了一管血，密封塞塞紧，标签贴好，放在专用的医用箱里。

其实用不着标签，反正接下来都要混合在一起的。

送别他们的时候，炎红砂依依不舍：“过两天我就找你们玩儿去。木代，我会把工资打给你的，还有啊，买了新手机之后告诉我啊。”

一行五人，除了罗韧和一万三，其他三个人的手机都殒命五珠村，没法组建五人小分队的微信群，让炎红砂耿耿于怀。

群名她都想好了，叫“凤凰别动队”，虽然一万三说这个名字土得掉渣，杀了他他都不会接受邀请的。

其实炎红砂也觉得这名字挺土的，但是谁让一万三反对呢？一万三反对的，她一定要坚持。

下午，几个人其实已经回到丽江，但都没有先回酒吧，毕竟，还有至关重要的一役。

五个人的血，真的能逼出聘婷体内的凶简吗？

郑伯比前些日子憔悴，心里头那些对聘婷的担忧都写在脸上了，领罗韧他们进房的时候，说了句：“罗小刀，希望这次能行啊，别再让聘婷受这种苦了。”

聘婷静静地躺在床上，手脚都被捆缚带紧缚，或许是镇静药剂的作用，她睡得很沉，用郑伯的话说，针剂几乎没断过，不是在打镇静药剂，就是在打营养液。

可营养液到底不是五谷杂粮，维持着躯体的正常运转，却不能让她神采奕奕。

聘婷比上次看到的时候瘦多了。

罗韧把混合的血液推了半管进聘婷的身体，然后回避。

木代掀开聘婷的衣服。

这一次，反应要快得多，聘婷的皮肤泛起不寻常的红润，后背之上，红润的面积慢慢扩大，正常肤色的部分越来越少，最终留出一条竹简形状，像是被逼得再无退路。

紧挨着上一次的疮疤，那块人皮迅速掀起。

木代脑子里冒出一个奇怪的念头：这凶简，可千万别再上聘婷的身了，否则一次又一次，都要掀起人皮，次数多了，那真是货真价实的体无完肤。

她手里攥了双筷子，目光所及，下手极稳，拈起那块人皮，唰一下扔进脚边准备好的水盆里。

另一间屋子里，郑伯按照之前罗韧的吩咐，已经备好了一个大的透明鱼缸，一万三把盛了骨灰盒的水桶先放进去，曹严华往里注水，注得差不多的时候，木代端了水盆进来，把这一盆水又倒了进去。

现在这鱼缸里，有两根凶简。

罗韧把剩下的半管血液推进了鱼缸。

说不出那是一种怎样的体验，或许每个人血液的颜色、黏稠度都有轻微的不同，明明已经蛮横地混合在一起了，但入水之后，还是能看出，有五道。

像是驾着云气，迤逦散开，却又首尾相连，变幻着无法辨别的形态。木代屏住呼吸，仔细去看……

那块人皮轻轻蠕动了一下，像是有什么脱了体，紧接着，骨灰盒上，也有看不见的一片什么直冲而出。

曹严华头皮发麻，话都说不清楚："看……看啊……"

不消他提醒，每个人都在看。

水中，极细的红色滚边，镶出了两根23.5cm×5cm的长条。

条身上都有红字，古老的甲骨文。

一个是"刀"，一个是"水"。

一万三特意转了角度去看，哪怕从背后看，看到的也不是两个字的反字，不管哪个方向，看到的都是一样的。

它没有形状，像平面，又像立体，紧挨着，竖起，并立水中。

而在它的周身，绕着一圈……

一万三喃喃："好像一只凤凰啊。"

是像一只凤凰，虽然只是血液在水中化开的形状，首尾相衔，鸡头，燕颌，蛇颈，麟身，龟背，像孔雀一样长的拖尾，总觉得它有眼睛，狭长，微闭，神态安详。

曹严华屏住呼吸，用钩子把盛了骨灰盒的桶钩了出来，水波荡漾，凤凰和竹简的形状却并不散乱，反而随着水纹微微游动。

曹严华盯着骨灰盒看，没有那张狰狞的脸了，也不再有让人猝不及防的骤然凸起，那只是一个普通的陶瓷骨灰盒。如果非要说有什么不同的话，那就是它包裹了一层浑然一体的莹白色珍珠质。

一万三如释重负地嘘了口气。

木代问罗韧："这样就可以了吗？保险吗？"

保险吗？这样的话谁都不敢说，但是，至少比他们自己胡乱琢磨的所谓金、木、水、火、土的阵法要靠谱多了。

罗韧拿出手机，调出照相功能，对焦，轻轻揿下。

"咔嚓"一声，那只凤凰安详的姿态就出现在了手机屏幕上，凤目狭长而微闭，像是轻浅的笑。

聘婷再一次脱离了凶简的困扰，一万三也完整地拿回了父亲的骨灰。

有种功德圆满全身而退的味道。

君子不立危墙之下，似乎也找不到什么理由继续掺和凶简的事情，更何况，也没有人再接收到来自凤凰鸾扣的信息。

于无声中，每个人都心照不宣地达成了一致。

就这样吧。

第二天，木代难得醒得早，打开窗户想呼吸一下新鲜空气……

有人比她起得更早。

曹严华。

他正吭哧吭哧绕着酒吧外围跑步，两步一喘，到后来，简直是在扶着墙挪步子了。

那句话怎么说来着？一天不练，手生脚慢，两天不练，功夫丢一半，曹严华的确是好些天没练了。

一万三也在，拎着张板凳坐在门口，在磨刀石上磨着什么。

看不大清，木代忽然想到什么，找出那个微型的望远镜，凑上去仔细看。

是那个骑凤的仙人，因为是被一万三敲掉的，底座不平整，一万三正往磨刀石上洒水，想把下头磨平。

磨这个干吗呢？

曹严华像辆散了架的老车，哼哼哈哈地又挪过来，帮她把这个问题给问了："三三兄，你磨这个干吗啊？"

一万三没理他，低头还是吭哧吭哧一阵劲磨，磨刀石上一条条的道道，水一冲就不见了。

三三兄，你磨这个干吗啊？

其实他想磨来摆着。

但是又觉得，好像还是用布包起来，深深地、深深地藏进看不见的角落里才好。

不管了，先磨好再说吧。

木代慢慢地把望远镜转了个方向。

罗韧在干吗呢？

他住得不远，但是房间是背向这头的，只能看得见关上的窗户。

起床了吗？

木代撑住窗沿，不甘心似的俯了一下身，有什么贴在胸口，温润的。

她促狭心起，拿出口哨送到嘴边，吹了一声。

悠长的，嘹亮的号子，把所有人都吓了一跳。

张叔从酒吧里跑出来，望了一圈才锁定她这个肇事者："小老板娘，你要命啊，边上还有人在睡觉呢，会被人骂的。"

岂止是在睡觉，这里游客很多，大多数人都是睡到自然醒的。

木代有做了坏事的侥幸，做着鬼脸把哨子又送进领口，无意间一瞥眼，忽然愣了一下，旋即又笑。

罗韧推开窗户了。

他好像刚醒，困倦的样子，睡袍的口敞着，露出古铜色的结实胸肌。

木代唰地拿起望远镜，对准，看得目不转睛。

过了一会儿，镜筒慢慢上移。

罗韧当然发现她了，一脸的无奈，过了一会口型示意她等一下，转身离开。

干吗呢？木代好奇。

不多久，罗韧又出现了，拿了个画本，示意她看。

纸上写了七个字："早上好啊，女朋友。"

好想回他话，但是一时找不到纸笔……

是得赶紧再买个手机了。

罗韧又翻到第二页。

上头写："想看过来看！"

翻完了，毫不客气地关窗，只留下镂花的窗玻璃对着她。

木代笑起来，嘴里却不服气似的嚷了句："谁稀罕吗？"

她回到书桌边，弯腰打开电脑，点出网页之后在搜索栏输入"新款手机"几个字，鼠标刚移到搜索，忽然像是想到了什么，停住了。

过了一会儿，她拖了椅子过来坐下，一个字一个字地把输入的字符删除。

代表字符输入位置的竖线一直在跳，提示她在空白栏输入搜索内容。

木代重新输入了四个字——

双重人格。

她看了很久，然后，回车确认。

图书在版编目（CIP）数据

七根凶简. 1 / 尾鱼著. — 北京：中国友谊出版公司，2017.5（2025.11重印）
ISBN 978-7-5057-4057-0

Ⅰ. ①七… Ⅱ. ①尾… Ⅲ. ①长篇小说－中国－当代
Ⅳ. ①I247.5

中国版本图书馆CIP数据核字（2017）第105000号

书名 七根凶简. 1
作者 尾　鱼
出版 中国友谊出版公司
发行 中国友谊出版公司
经销 新华书店
印刷 北京世纪恒宇印刷有限公司
规格 710毫米×1000毫米　16开
20.5印张　357千字
版次 2017年6月第1版
印次 2025年11月第9次印刷
书号 ISBN 978-7-5057-4057-0
定价 49.80元
地址 北京市朝阳区西坝河南里17号楼
邮编 100028
电话 （010）64668676